이각 박안경기 6
二刻 拍案驚奇

Amazing Stories (the 2nd version)

옮긴이

문성재 文盛哉, Moon Seong-jae

우리역사연구재단 책임연구원, 국제PEN 한국본부 번역원 중국어권 번역위원장. 고려대학교 중어중문학과를 졸업하고 국비로 중국에 유학하여 남경대학교(중국)와 서울대학교에서 문학과 어학으로 각각 박사 학위를 받았다. 그동안 옮기거나 지은 책으로는『중국고전희곡 10선』·『고우영 일지매』(4권, 중역)·『도화선』(2권)·『간전노』·『회란기』·『진시황은 몽골어를 하는 여진족이었다』·『조선사연구』(2권)·『경본통속소설』·『한국의 전통연희』(중역)·『처음부터 새로 읽는 노자 도덕경』·『루쉰의 사람들』·『한사군은 중국에 있었다』·『한국고대사와 한중일의 역사왜곡』·『정역 중국정사 조선·동이전』 1~4·『격강투지』·『남채화』 등이 있다.

2012년에 케이블T채널이 기획한 고대사 다큐멘터리『북방대기행』(5부작)에 학술자문으로 출연했으며, 현대어로 쉽게 풀이한 정인보『조선사연구』가 대한민국학술원 '2014년 우수학술도서'(한국학 부문 1위), 『루쉰의 사람들』이 한국출판문화산업진흥원 '2017년 세종도서'(교양 부문), 『한국고대사와 한중일의 역사왜곡』이 롯데장학재단의 '2019년도 롯데출판문화대상'(일반출판 부문 본상)을 수상했으며, 작년에는『박안경기』가 대한민국 학술원 '2023년 우수학술도서'(인문학 부문)로 선정되었다. 현재는『금관총의 주인공 이사지왕은 누구인가』의 저술과 함께『정역 중국정사 조선·동이전』 5(신당서권)의 역주작업을 진행 중이다.

이각 박안경기 6

초판발행 2025년 4월 10일

지은이 능몽초
옮긴이 문성재

펴낸이 박성모
펴낸곳 소명출판
출판등록 제1998-000017호
주소 06641 서울시 서초구 사임당로14길 15 서광빌딩 2층
전화 02-585-7840
팩스 02-585-7848
이메일 somyungbooks@daum.net
홈페이지 www.somyong.co.kr

ISBN 979-11-5905-962-9 94820
979-11-5905-956-8(전 8권)
정가 34,000원

이 책은 2019년도 정부재원(교육부)으로 한국연구재단의 지원을 받아 연구되었음(NRF-2019S1A5A7069359)
This work was supported by National Research Foundation of Korea Grant funded by the Korean Government(NRF-2019S1A5A7069359).

한 국 연 구 재 단
학술명저번역총서

이각 박안경기 6

二刻 拍案驚奇

Amazing Stories (the 2nd' version)

능몽초 저

문성재 역

일러두기

1. 이 책은 번역과정에서 일본 도쿄[東京]의 내각문고(內閣文庫)에 소장되어 있는 상우당(尙友堂)『이각 박안경기(二刻拍案驚奇)』('내각문고본')의 상해고적(上海古籍) 출판사판 영인본(1988)을 저본으로 삼고, 강소고적(江蘇古籍)·천진고적(天津古籍) 두 출판사에서 펴낸 동 미비본(眉批本), 그 밖에도 다수의 주석본들을 참조하였다.

2. 이 책에 사용된 각종 도판들은『이각 박안경기』속 상황에 최대한 가까운 이미지를 제시하기 위하여 『삼재도회(三才圖會)』·『장물지(長物志)』·『소주청명상하도(蘇州清明上河圖)』등, 능몽초와 비슷한 시기에 간행된 명대의 백과전서·문학작품·회화·지도 등에서 우선적으로 선별하여 활용하였다. 그리고 보다 정확한 설명이 요구될 경우에는 근래에 작성된 도판·지도·사진들도 추가로 사용하였다.

3. 본문에서 내용이나 맥락을 이해하는 데에 지장에 없는 경우에는 번역이 다소 투박하거나 어색하더라도 한 문장 한 단어까지 가능한 한 문법에 충실하게 직역(直譯)을 하였다. 다만, 독자가 혼동할 우려가 있는 경우에는 의역(意譯)을 하고 새로 주석을 붙이거나 접속사 등을 추가하여 독자들이 맥락을 파악하는 데에 지장이 없도록 하였다.

4. 상우당본 원문에는 현대식 문장부호가 전혀 사용되지 않았으며, 20세기 이래로 문장부호를 표시한 현대의 역주본들은 모두가 편집자의 입장에서 임의적으로 문장을 끊어 읽은 경향이 있다. 이 책에서는 그같은 기존의 끊어 읽기가 원작의 호흡이나 리듬을 살리는 데에 미흡하다는 판단에 따라 역자가 독자적인 방식으로 끊어 읽고 새로 문장부호를 표시하였다.

5. 화본소설은 원래 판소리나 '모노가타리(物語)·조루리(淨瑠璃)'등과 같은 서사예술에서 비롯된 문학 장르이다. 그래서 이야기꾼의 해설 부분은 어투를 통상적인 예사체(하게체)가 아닌 경어체(합쇼체)로 번역하여 독자들이 공연장에서 직접 이야기를 듣는 것 같은 느낌을 가질 수 있도록 하였다.

6. 『이각 박안경기』가 지닌 송·원대 화본 본연의 특색과 풍격을 최대한 재현한다는 취지에 따라 독서나 이해에 지장을 주지 않는 한 동어 반복이나 상투어, 호칭 변동, 과장된 어투 등, 서사예술의 전형적인 연출상의 장치들을 최대한 활용하였다.

7. 소설과 희곡은 장르의 특성상 장면마다 호흡·발화·동작이 이루어질 때마다 휴지(休止, pause)가 발생한다. 이 점에 착안해 독자들이 맥락을 이해하는 데 도움을 주고자 짧은 휴지는 "…"로, 장면이나 동작이 전환될 정도로 긴 휴지는 "(…)"로 표시했다.

8. 본문과 제40권 희곡에 삽입된 가사 제목을 표시할 때에는 독자들이 쉽게 식별할 수 있도록 【서강월】 식으로 두꺼운 꺾쇠(【】)를 사용하였다. 제목을 표시할 경우, 역사서·시문집·소설·희곡 등의 도서명이나 회화(그림)명·지도명 등에는 겹낫표(『』), 장절(章節, chapter)·논문 등 그 내용의 일부에는 홑낫표(「」)를 사용하였다.

9. 독자가 400년 전에 출판된 『이각 박안경기』의 원형을 이해하는 데에 편의를 제공하기 위하여 원본의 미비(眉批)·방비(旁批)·삽화를 모두 반영하고 미비에는 【즉공관 미비】, 방비에는 【즉공관 방비】 식으로 표시하여 쉽게 식별할 수 있게 하였다. 또, 명대 출판계에서 상용되었던 각종 약자(略字)·별자(別字)·고체자(古體字)·이체자(異體字)들도 그대로 반영하고 '[교정]' 표시를 붙여 설명하였다. 다만, 원본의 권점(圈點)은 현실적으로 표시할 방법이 없어서 생략하였다.

10. 본문에 한자어를 사용해야 할 경우, 번잡함을 피하기 위하여 익숙한 표현이나 관련 주석을 붙일 때에는 한글로만 표기하였다. 그러나 생소한 표현이어서 오독의 우려가 있거나 독자의 이해를 도울 필요가 있을 경우에는 '거인(擧人)'·'덤받이[拖油瓶]' 식으로 추가로 괄호 안에 한자를 병기하였다.

11. 이 책의 마지막 작품인 제40권은 명대 잡극(雜劇) 희곡으로 체제가 다른 가사와 대사와 시가 함께 사용되었다 그래서 이 삼자를 시각적으로 구분하기 위하여 가사는 굵은 글자로 처리하였다. 또, 잡극 가사에서는 간혹 일종의 감탄사가 사용되는데 이 경우는 일률적으로 위첨자로 처리하였다.

12. 맞춤법과 외래어 표기는 1989년 3월 1일부터 시행되는 「한글 맞춤법 규정」과 『문교부 자료』·『표준국어 대사전』(국립국어연구원) 등을 따랐다.

『이각 박안경기』 완역본 출판에 즈음하여

중국문학사에서 '소설novel'은 입에서 입으로 전승되던 고대의 신화나 전설들에서 유래하였다. 그것들이 지식인들에 의하여 문언文言, 서면체 중국어으로 기록·개작되면서 위·진대의 '지괴志怪'소설과 '지인志人'소설을 거쳐 당대의 전기傳奇소설로 발전되었다. 이 소설의 전통과는 별도로 당대에는 서역西域의 불교가 중국에 수용되는 과정에서 이야기의 구연과 시가의 가창이 조화된 서역의 서사예술敍事藝術, narrative arts이 도입되면서 백화白話, 구어체 중국어로 이야기를 들려주는 변문變文이 출현하게 된다.

송대에는 직업적인 이야기꾼인 '설화인說話人, narrator'이 저잣거리 공연장에서 불특정 다수의 청중/관중을 대상으로 이야기를 들려주는 공연 행위를 '들려준다telling'는 뜻의 '설', '이야기story'라는 뜻의 '화'를 써서 '설화說話'라고 불렀다. 당시에 설화는 시각적인 효과도 중시되었지만 주로 청각에 호소하는 서사예술이었다. 그래서 단시간 내에 생생하고 명쾌한 서사를 통하여 흥미를 자극하여 좌중을 휘어잡는 데에는 과장된 추임새, 만화화 된 인물형상, 참신한 줄거리, 치밀한 구성이 대단히 중요한 요소로 간주되었다. 이때 이야기꾼이 청중/관중에게 들려주는 이야기의 줄거리를 기록해 놓은 일종의 공연 비망록narrative script이 바로 '화본話本'이다. '이야기 대본story script'이라는 뜻의 화본은 송대에 몇 가지 유형이 유행했는데, 그 중에서 대표적인 것이 길이가 짧은 '소설小說'과 역사 이야기를 다루어 길이가 긴 '강사講史'였다. 당시의 이야기꾼들은 소재나 체제가 서로 다른 이 두 가지 중에서 상대적으로 길이가 짧고 짜임새가 있는 소설을 선호하였다. 이렇게 저잣거리에서 연행되던 화본이 목판 인쇄를 통하여 통속적인 읽을거리로서의 화본소설로 거듭난 것은 그로부터 3~4백 년이 지난 명대부터이다.

명대의 경우 건국 초기에는 대부분 이른바 '정통문학'으로 일컬어지던 시가·산문을 다룬 도서들이 주종을 이루었다. 그러나 중기인 가정嘉靖연간부터 상업경제가 발전하면서 크고 작은 도시들이 도처에 형성되기 시작하였다. 그 과정에서 글자를 읽을 줄 알고 제법 구매력을 갖춘 도시인들이 유력한 사회계층으로 정착하게 된다. 그러자 당시 도서의 상업적인 출판과 판매를 겸하는 출판업자인 서상書商들은 목판 인쇄술의 발달로 대량인쇄가 가능해지자 당시 상당한 구매력을 가지고 있던 도시민들의 문화 취향에 영합할 수 있는 도서들을 경쟁적으로 선보였다. 『중국판각종록中國版刻綜錄』에 따르면, 가정 연간부터 말기인 숭정 연간까지 120년 사이에 새로 선보인 도서들만 해도 2,019종을 넘을 정도였다.

시민들을 대상으로 한 소설·희곡·민요 등의 통속 예술이 그 유례類例를 찾아보기 어려울 정도의 번성기를 맞이한 것도 이 무렵이었다. 그렇다 보니 내용이 통속적이면서도 가격도 현실적인 화본소설들이 독서시장에서 베스트셀러로 각광 받고 또 그것을 모방한 다양한 아류작들이 줄을 잇는 것은 아주 자연스러운 현상이었다.[1] 지식인은 지식인들대로 독서시장의 그 같은 추세에 발맞추어 당시 민간에 전해지던 화본을 수집해

---

[1] 명대의 소설·희곡과 독서시장의 관계에 관해서는 문성재, 「명말 희곡의 출판과 유통-강남지역의 독서시장을 중심으로」, 『중국문학』 제41집, 2004, 제147~164쪽을 참조하기 바람.

소설집을 엮고 거기에 자신들의 의견이나 해설을 붙여 부가가치를 높이는 일도 많아졌다. 처음에는 이야기꾼들이 '손님들'에게 이야기를 들려줄 때 참고하던 투박한 비망록이 어느 사이에 서재에서의 품격 있는 독서를 위한 읽을거리로 격상된 것이다. 그 '고상한' 화본소설집들 중에서 가장 유명한 것이 바로 풍몽룡馮夢龍이 엮은『유세명언喩世明言』·『경세통언警世通言』·『성세항언醒世恒言』이다. 중국문학사에서 '삼언三言'으로 통칭되는 이 소설집들이 독자들에게서 큰 인기를 끌자 학식이 풍부한 지식인이 송·원대 화본의 틀을 모방하여 비슷한 성격의 소설을 짓는 풍조가 유행하게 되는데, 그 서막을 연 것이 바로 '즉공관주인卽空觀主人' 능몽초였다.

능몽초凌濛初, 1580~1644는 생전에 활발한 저술활동을 벌여 역사서나 문학이론서는 물론이고 시문·산곡·희곡·소설 등의 방면에서 주목할 만한 작품들을 남겼는데 그 중에서도 송·원대 화본話本의 문체를 모방해 지은 이야기들'의화본'을 모아 놓은 소설집『박안경기』와『이각 박안경기』가 가장 유명하다.

중국문학사에서 '이박'으로 일컬어지는 이 두 소설집은『태평광기太平廣記』·『이견지夷堅志』·『전등신화剪燈新話』·『정사情史』등, 서면체 중국어고문로 지어진 송·원·명대에 소설집들에서 참신하고 흥미로운 소재를 취하여 당시 독서시장에서 인기를 끌던 화본의 양식을 모방하여 구어체 중국어백화로 새로 지은 2차 창작의 결과물이다. 특히『이각 박안경기』는 당·송·원·명 등 언어 층위가 서로 다른 역대 왕조의 서면체와 구어체의 표현들이 복잡하게 뒤섞여 있다. 쉽게 말하면 고려시대를 배경으로 한 이야기인데 등장인물이나 이야기꾼이 '노다지'니 '낭만적' 같은 표현들을 사용한 것과 같은 격이다. (두 표현은 근대에 '노 터치No touch'와 '로맨틱 romantic'이 우리말과 한자어로 수용된 표현이다.) 이런 식으로 시대와 층위에서 상이한 표현들이 뒤섞여 있다 보니 언어적인 견지에서는 『박안경기』에 그다지 좋은 점수를 주기 어려운 것이다. 그럼에도 불구하고 문학적인 견지에서 이야기한다면 그 평가는 사뭇 달라진다. '설화'를 생업으로 하는 이야기꾼이 아닌 정통 지식인이 송·원대 화본을 모방해 창작한 최초의 의화본 소설집일 뿐만 아니라, 저잣거리의 공연예술에서 서재의 읽을거리로 이행하는 중국소설의 발전과정을 고스란히 보여 주는 산 증거이기 때문이다. 중국의 소설사학자 석창유石昌渝가 중국 화본소설의 문인화文人化 작업을 최종적으로 완성시킨 것이 능몽초의 '이박'이라고 높이 평가한 것도 바로 이같은 이유 때문이다. 그렇다 보니 지금까지 관련 학자들은 말할 것도 없고, 문학·연극·오락·출판 관련 종사자들에게도 '이박'이 대단히 중요하고 흥미로운 텍스트로 간주되어 왔다.

『이각 박안경기』에 대한 번역작업은 중국에서 처음으로 시도되었다. 30여 년 전1992에 경관교육警官敎育출판사를 통하여 『백화 이각 박안경기 상석白話二刻拍案驚奇賞析』이라는 제목으로 현대중국어로의 완역이 이루어졌다. 그로부터 10년 뒤2003에는 외문外文 출판사를 통하여 마문겸馬文謙이 『놀라운 이야기들Amazing tales』이라는 제목으로 영문판 번역이 이루어졌다. 그러나 전자에서는 장르가 다른 희곡인 제40권이 번역대상에서 제외되었고 후자에서는 수록 작품의 절반 수준인 19편만 번역되었다. 게다가, 정도의 차이는 있지만, 두 번역본 모두 작품 줄거리를 이해하는 데에 단서를 제공하는 시가나 은유적인 성 묘사가 등장하는 대목들이 맥락을 무시한 채 일률적으로 배제되었다. 번역의 수준이나 책의 완성도 등 여러 면에서 완역으로 보기 어려운 것이다. 이 같은 기계적인 배제는 줄거리의 맥락과 스토리텔링의 리듬을 파괴하여 독자들이 능몽초가 제시한 메시지에 다가서는 것을 방해한다. 그런 점에서 본다면, 역자가 이번에 선보이는 『이각 박안경기』는 능몽초 원작의 진면목眞面目 그대로 최대한 보전保全했으니 그야말로 명·실名實이 상부相符하는 최초의 완역본이라고 하겠다.

역자는 2019년도 한국연구재단 명저번역사업의 지원 덕분에 일본에서 발견된 중국의 고전소설집을 한국인인 역자가 처음으로 완역해 내었다는 점에서 큰 자부심을 느낀다. 개인적으로 그보다 더 감개무량한 것은 석·박사 시절 명대 희곡과 구어에 천착할 때에 수시로 접했던 능몽초·풍몽룡·탕현조湯顯祖·심경沈璟 등의 이름과 작품들을 이번 연구과제 수행과정에서 재회했다는 점이다. 이런저런 사정 때문에 본의 아니게 오랫동안 중단해야 했던 중국의 희곡·소설과 구어체 중국어에 다시 한번 집중할 수 있는 소중한 기회를 주신 한국연구재단과 심사위원 여러분께 진심으로 감사드린다. 학문적으로 부족한 점이 많음에도 불구하고 백락伯樂의 혜안으로 소중한 기회를 주신 한국연구재단과 심사위원 여러분이 아니었다면 이 책은 빛을 보기 어려웠을 것이다. 모쪼록 이 책이 중국의 구어체 문학·예술에 흥미를 가지고 있거나 관련 연구에 종사하는 독자들에게 유용한 지침서가 되기를 바랄 따름이다.

이번에 책이 나오기까지는 많은 분의 도움이 있었다. 역자가 역주작업에 만전을 기할 수 있도록 물·심 양면으로 응원해 주신 소명출판의 박성모 대표님, 그리고 최고의 책을 선보이겠다는 일념으로 디자인은 물론이고 삽화·지도·도판에까지 온 정성을 다해 주신 이선아 편집자 등 여러 선생님들께도 진심으로 감사의 말씀을 드리고 싶다. 이 모든 분의 도움과 격려가 없었더라면 이번의 쾌거는 이루어질 수 없었을 것이다.

2024년 8월 23일
서교동 조허헌에서
문성재

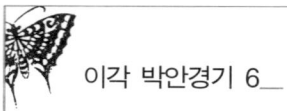

이각 박안경기 전체 차례

『이각 박안경기』 서

『박물지』[1]에 이런 말이 있었던 것으로 기억한다.

"한나라의 유포[2]가 『운한도』를 그리자 그것을 본 이들이 덥다고 느꼈다. 또 『북풍도』를 그리자 그것을 본 이들은 춥다고 느꼈다."

당시에 나는 개인적으로 '그림은 사실 실물이 아닌데 어떤 까닭에 그렇게 된단 말인가' 하고 의아하게 여겼었다. 그러나 그러면서도 '사람들이 그 작품을 보고 그렇게 여겼던 게지' 하고 말하였다. 그런데 거기서 더 나아가 승요[3]의 경우에는 용의 눈을 그리자 우레와 번개가 치더니 벽을 부수고 사라졌다고 하며, 오도현[4]의 경우에는 전각 안에 용 다섯 마리

---

1   『박물지(博物志)』: 명대의 동사장(董斯張, 1587~1628)이 엮은 『광박물지(廣博物志)』를 말한다. 이 책은 서진(西晉)의 학자 장화(張華)가 지은 『박물지(博物志)』를 증보한 것으로, 당대 이전의 역대 전적·문헌들에서 사물의 기원에 관한 자료들을 모아 총 22개 분야로 구분해 소개하였다. 동사장은 절강성 오정(烏程, 지금의 오흥) 사람으로, 자가 연명(然明), 호가 하주(遐周), 별호가 차암(借庵)·수거사(搜居士)이다. 박학다식하여 강남에서 명성이 높았으며 당시의 명사인 풍몽룡(馮夢龍)·동기창(董其昌) 등과도 교분이 있었으나 몸이 약해 병치레를 하다가 마흔도 되지 않아 죽었다.
2   유포(劉褒): 중국 후한의 환제(桓帝) 때에 촉군태수(蜀郡太守)를 지냈다. 서화에 뛰어나 중국 산수풍경화의 선구자로 훌륭한 작품을 많이 남겼으며, 특히 산천의 풍광을 묘사하는 데에 탁월한 재능을 보였다.
3   승요(僧繇): 중국 남북조시기의 양(梁)나라 화가 장승요(張僧繇, 479~?)를 말한다. 지금의 강소성 소주(蘇州) 사람으로, 벼슬로는 우군장군(右軍將軍)·오흥태수(吳興太守)를 지냈다. 산수와 불화에 뛰어나서 산수화에서는 '몰골법(沒骨法)'이라는 독특한 그림체를 창안했으며, 불화의 경우 일가를 이루어 '장가양(張家樣, 장가 스타일)'이라는 찬사를 받기도 하였다. 풍격이 비슷하여 당대의 오도현과 나란히 일컬어지곤 하였다.
4   오도현(吳道玄): 당대의 유명한 화가 오도자(吳道子, 680?~759)를 말한다. 양적(陽翟,

를 그리자 큰 비가 쏟아져 이내와 안개가 꼈다고 한다. 물론 이런 일화들이 있다고 해서 그림 속의 용을 실제로 존재하는 것으로 여겨서는 안될 것이다. 그러나 그렇다고 해서 그것들을 허구라고 치부한다 한들 그런 일화 자체만으로도 그 작품들이 실제의 용을 능가했다는 뜻이 아니겠는가? 그렇다고 한다면 글을 짓는 사람들의 경우 역시 마찬가지일 수밖에 없을 것이다.

'몰골법'의 비조 장승요의 대표작 『설산홍수도(雪山紅樹圖)』와 그 확대 화면(우)

지금 소설들 중에서 세상에 간행된 것들은 대충 따져 보아도 백 가지

지금의 하남성 우주) 사람으로, 젊어서부터 그림으로 명성을 얻었으며 나중에는 '화성(畵聖, 그림의 성인)'으로 일컬어졌다. 연주(兗州) 하구(瑕丘, 지금의 산동성 자양)의 현위(縣尉)가 되었으나 얼마 되지 않아 사직하였다. 나중에는 낙양을 떠돌며 벽화를 그리다가 현종(玄宗)의 개원(開元) 연간에 궁중으로 영입되어 공봉(供奉)·내교박사(內敎博士)를 역임하였다. 장욱(張旭)·하지장(賀知章)에게서 글씨를 배웠고 인물·산수·금수·초목·신귀·누각 그림에 뛰어났으며 특히 불교와 도교 등 종교 관련 그림에 정통하였다.

가 넘는다. 그렇기는 하지만 그 소설들은 사실적이지 못한 경향이 두드
러지는데 그같은 병폐는 '신기한 것을 좋아하는' 사람들의 심리에서 비
롯된 것이다. 그런 사람들은 신기한 것을 신기하게 여기는 것만 알 뿐 신
기한 데가 없는 쪽이 더 신기하다는 이치는 알지 못한다. 그래서 눈 앞에
펼쳐지는 명심해야 할 이야기들은 제쳐 놓은 채 무작정 남들이 입에 올
리지도 않고 거론하지도[5] 않는 세계에나 매달린다. 마치 화가가 개나 말
은 그릴 생각을 하지 않고 그저 귀신이나 허깨비만 그리려 드는 것처럼
말이다. 그래서 '나는 그런 이야기를 듣는 것이 두려워 멈출 따름이다'라
고 말하는 것이다.

유월석[6]은 청아하게 휘파람을 불고 피리를 부르는 것만으로도 오랑캐
들이 눈물을 흘리고 심지어 포위를 풀고 물러가게 할 수 있었다. 그런데
지금 사물의 상태나 인간의 감정을 예로 들자면 겉을 꾸미는 일이나 장

5　거론하지도[議] : 중화서국(中華書局)판 『이각 박안경기』에서는 이 부분의 글자가 '의로
　　울 의(義)'로 되어 있다. 그러나 원본인 상우당(尙友堂)본 『이각 박안경기』나 현대의 기
　　타 판본들에는 모두 '논의할 의(議)'로 나와 있다. 실제로 전후 맥락을 따져 보더라도
　　이 글자는 '거론하다, 문제를 제기하다' 등의 의미를 나타내는 것으로 해석해야 옳다. '의
　　로울 의'는 교열과정의 착오라는 뜻이다.
6　유월석(劉越石) : 서진(西晉)의 정치가이자 시인인 유곤(劉琨, 271~318)을 가리킨다.
　　중산(中山) 위창(魏昌, 지금의 하북성 무극) 사람으로, '월석'은 자이다. 진나라에 충성
　　한 데다가 명망이 높아서 혜제(惠帝) 때에 광무후(廣武侯)로 봉해지고 원제(元帝) 때에
　　는 시중태위(侍中太尉)로 임명되었다. 영가(永嘉) 연간 초기에 대장군(大將軍)・도독병
　　주제군사(都督幷州諸軍事)를 지낼 때 군정(軍政)을 정비하였다. 나중에 오랑캐들이 진
　　양(晉陽, 지금의 산서성 태원 일대) 성을 포위하자 성루에 올라가 휘파람을 불고 밤에는
　　호가(胡笳, 북방민족의 피리)를 불어 향수에 젖은 오랑캐들이 스스로 포위를 풀고 물러
　　가서 성을 지켜 내었다. 정치적으로는 유연(劉淵)・석륵(石勒)과 대립했는데 나중에 상
　　황이 역전되어 석륵에게 패하자 선비족 출신의 유주자사(幽州刺史) 단필제(段匹磾)에게
　　귀순했다가 죽음을 당하였다. 현존하는 작품으로는 『부풍가(扶風歌)』 등 3편이 있다.

기로 여길 뿐이지 사람들로 하여금 그 속에서 노래 부르게 하거나 흐느끼게 하는 데에는 뛰어나지 못 하다. 그런 경우가 어찌 '기이함과 기이하지 않음은 굳이 지혜로운 사람이 나타날 때까지 기다리지 않아도 안다'는 경우가 아니겠는가?[7] 그러니 이렇게 해명할 수밖에 없을 것 같다.

"중국에서 글은 남화[8]와 충허[9] 때부터 이미 우언이 많았다. 나중의 비유선생[10]이나 빙허공자[11]의 경우라고 한들 어찌 내용의 사실성을 얻고자 그것을 추구한 것이었겠는가? 그러나 그런 경우들은 글로는 탁월하다고 할 수 있을지 몰라도 이야깃거리로는 탁월한 경우가 아닌 것이다. 연의[12]

7　안다[知] : 중화서국판『이각 박안경기』에는 이 부분의 글자가 '지혜 지(智)'로 되어 있다. 그러나 원본인 상우당본『이각 박안경기』나 현대의 기타 판본들에는 모두 '알 지(知)'로 나와 있다. '지혜 지'는 교열과정의 착오라는 뜻이다.

8　남화(南華) : 『남화진경(南華眞經)』을 줄인 이름. 『남화진경』은 전국시대 사상가인 장주(莊周)의 저서『장자(莊子)』를 도교에서 높여 부르는 이름이다.

9　충허(沖虛) : 전국시대의 사상가 열어구(列御寇)의 저서『열자(列子)』의 다른 이름. 당나라 현종의 천보(天寶) 원년에 열자를 '충허진인(沖虛眞人)'으로 봉하면서 도교에서 그 제목을『충허진경(沖虛眞經)』으로 높여 부른 것이다.

10　비유선생(非有先生) : 전한의 문장가 동방삭(東方朔)이 지은 「비유선생론(非有先生論)」에 등장하는 허구의 인물. 그 글에 따르면 오(吳)나라에서 벼슬을 지냈는데 3년동안 말을 하지 않았다고 한다. 그래서 오나라 왕이 그 이유를 묻자 간언을 했다가 불행을 당한 역대 충신들의 일화들을 열거하고 왕에게 허심탄회하게 충언을 받아들여 어진 정치를 베푸는 명군이 되기를 설득했다고 한다. '비유(非有)'는 이름부터가 글자 그대로 풀면 '존재하는 사람이 아니다'라는 뜻이다.

11　빙허공자(馮虛公子) : 전한의 문장가 장형(張衡)이 지은 노래인『양경부(兩京賦)』에 등장하는 허구의 인물. 그 노래에서 빙허공자는 또다른 인물 안처선생(安處先生)과 함께 차례로 당시의 도읍으로 '서경(西京)'으로 일컬어진 장안(長安, 지금의 섬서성 서안시)과 '동경(東京)'으로 일컬어진 낙양(洛陽, 지금의 하남성 낙양시)의 성대한 풍광을 칭송하였다. '빙허(馮虛)'는 글자 그대로 풀면 '허구에 근거하였다', 즉 가상의 인물이라는 뜻이다.

12　연의(演義) : 문학 장르들 중의 하나인 소설(小說, novel)을 고대부터 중국식으로 달리 일컬은 이름. 남북조시대의 역사가 범엽(范曄)의『후한서(後漢書)』「주당전(周黨傳)」

라는 분야의 경우에는, 없는 것을 지어내는 일은 쉽지만 실제로 있는 것을 묘사하는 일은 어렵다. 그렇기 때문에 양쪽을 동등한 것으로 보고 논의해서는 안 되는 것이다. 『서유기』[13] 라는 소설이 기괴하고 황당하여 상식적이지 못하다는 사실만 해도 그렇다. 그것을 읽는 사람들은 누구라도 그것이 모순 투성이라는 사실을 다 안다. 그렇기는 하지만 그 소설에서 다루어진 내용에 따르면 그 스승과 제자 네 사람[14]은 저마다 각자 정체성을 가지고 저마다 각자 행동을 한다. 그래서 시험 삼아 그 소설 속의 한마디 말이나 한 가지 행동을 고르고, 이어서 사람들에게 가만히 맞추어 보게[15] 해 보면 그것이 어느 등장인물의 말과 행동인지 알 수가 있다. 이

에 나오는 "주당 등은 문장으로는 의미를 잘 부연하지 못하거니와 무예에 있어서도 군주를 위하여 죽지 못하였다.(黨等文不能演義, 武不能死君)"에서 볼 수 있듯이, 글자 그대로 풀면 '의미(내용)를 부연하다' 정도의 뜻으로, 역사적 사실들에 관하여 그 사실들을 토대로 하되 민간에서 전해지는 전설이나 소문들을 곁들이면서 상세하게 기술하는 행위나 그 결과물(저술)을 가리킨다.

13 『서유기(西遊記)』 : 명대 소설가 오승은(吳承恩)이 지은 100회본 장편 소설. 천상을 어지럽힌 뒤 500년이 지나 당나라의 승려 삼장법사(三藏法師) 현장(玄奘)의 제자가 된 손오공(孫悟空)이 저팔계(豬八戒) · 사오정(沙悟淨)과 함께 불경을 구하기 위하여 천축국(天竺國)으로 가는 길에 요괴들을 제압하고 81가지 시련을 겪은 끝에 깨달음에 이르는 과정을 다루었다. 기본 줄거리는 당시까지 민간에 전승되던 현장의 일화들을 토대로 하되 당시의 소설인 화본(話本)과 연극인 잡극(雜劇)의 허구적인 이야기들을 곁들여 장편 소설로 완성되었다.

14 스승과 제자 네 사람[師弟四人] : 『서유기』의 주인공인 삼장 법사(三藏法師)와 그 제자 손오공(孫悟空) · 저팔계(豬八戒) · 사오정(沙悟淨)을 말한다.

15 가만히 맞추어 보게[暗中摹索] : 명대의 유행어. 원래는 어두움 속에서 물건을 더듬는 것을 가리키는 말이다. 당대에 유지기(劉知幾, 661~721)가 지은 『수당가화(隋唐嘉話)』에 따르면, 당나라 사람 허경종은 성정이 무척 오만해서 친구들의 이름을 외우는 것을 소홀히 여겨 상대방을 불쾌하게 만들기 일쑤였다. 그래서 한 친구가 허경종이 머리가 나쁘다고 빈정거리자 이렇게 말했다고 한다. "자네 이름을 기억하지 못하는 것은 자네 명성이 너무 하찮기 때문일세. 만약 조식 · 유정 · 심약 · 사조 같은 분들을 마주쳤다면 가만히 맞추어 보기만 해도 바로 알아 봤을 거야!" 나중에는 전례가 없거나 스승이 없는 상황에서 오로지 자신의 능력과 지식만으로 깨우치는 것을 가리키는 말로 사용되기도 하였다. 중

는 곧 '허구적인 내용 속에도 사실적인 요소를 담고 있는 경우'이니, 이것이야말로 '진수를 표현한다'[16]는 경우일 것이다. 그런데도 처음부터 『수호전』보다 못하다'고 비웃는다면 그것이야말로 어찌 '사실적이냐 그렇지 않으냐의 관문이 신기하냐 그렇지 않으냐의 대전제를 강화시킨다'는 논리가 아니겠는가?'

명대에 간행된 『이탁오선생비평 서유기(李卓吾先生批評西遊記)』의 삽화(일본 내각문고 소장)

화서국판 『이각 박안경기』에는 '모색'의 '모'가 '비빌 마(摩)'로 되어 있다. 그러나 원본인 상우당본은 물론이고 현대의 각종 판본 역시 모두 '본 뜰 모(摹)'로 나와 있다.

16 '진수를 표현한다'는 것[傳神阿堵] : '아도(阿堵)'는 남북조시대 강남지역의 구어적 표현으로, '이것(this 또는 the thing which~)'을 뜻한다. 유송(劉宋)의 유의경(劉義慶)이 지은 소설집 『세설신어(世說新語)』에서는 동진(東晉)의 화가 고개지(顧愷之)의 회화이론을 이렇게 소개하였다. "고장강이 인물을 그릴 때에는 더러 몇 년씩이나 눈동자를 그리지 않았다. 사람들이 그 까닭을 물었더니 고씨가 말했다. '신체의 아름다움과 추함은 본래 오묘함과는 관계가 없습니다. 진수를 표현하여 묘사하는 요체는 바로 이것에 있으니까요.(顧長康畫人, 或數年不點目睛, 人間其故, 顧曰, 四體妍蚩, 本無關于妙處, 傳神寫照, 正在阿堵中)" 여기서의 "이것"은 눈(eyes)을 가리킨다.

즉공관주인이라는 분은 그 사람 자체도 기이하거니와 그 글도 기이하며[17] 그 역정 또한 기이하다. 과거에서 뜻을 제대로 펼치지는 못 했으나 원대한 그 재능을 출판계에 발휘하는 기회를 만나자[18] 남은 재능을 끌어내어 전기를 짓고, 거기서 몸을 더 낮추어 연의를 지었기 때문이다. 그것이 이 『박안경기』가 두 차례에 걸쳐 간행되기에 이른 연유이다.

그가 수집한 이야기들은 대부분 매우 사실적이고 근거가 있는 것들이다. 비록 간혹 신이나 귀신의 이야기를 다룬 이야기들도 있지만 그렇다보니 역사가인 사마천[19]이 역사를 기록할 때만큼이나 묘사가 사실적이다. 그리고 용이 또아리를 틀고 있었다거나 뱀이 길을 막고 있었다거나 귀신을 거론하는 논리 따위가 아무리 현실과 거리가 멀다고는 하지만 없는 일은 아닐 것이다. 그러니 이국적인 볼거리를 곁들임으로써 세속의 유생들이 가진 편견을 깨는 것도 나쁠 것은 없다고 본다. 또 요염한 미인이나 풍류 넘치는 밀회 같은 소재들도 소설집에는 꼭 수록해야 할 것들이었다. 다만 세상 풍속을 더럽히는 이야기들의 경우만큼은 모조리 배제시키려 노력하였다.

---

17 그 글도 기이하며[其文奇] : 중화서국판 『이각 박안경기』의 서문에는 이 구절이 빠져 있다.
18 뜻을 제대로 펴지는 못했으나 원대한 그 재능을 발휘하는 기회를 만나자[因取抑塞磊落之才] : 전후 맥락을 따져 볼 때 작자 능몽초가 과거시험에서는 뜻을 이루지 못했으나 출판업에 종사하면서 상당한 족적을 남긴 일을 두고 한 말로 보인다.
19 역사가인 사마천[史遷] : '사천(史遷)'은 중국 정사 '25사(廿五史)'의 첫 번째 정사인 『사기(史記)』를 편찬한 전한대 사관 사마천(司馬遷)을 말한다.

녹문자[20]가 늘 송광평[21]의 사람 됨됨이를 힐난한 것은 그 취지가 그의 냉철한 이성[22]을 비판하는 데에 있었다. 그런데 그가 지은 『매화부』[23]는 참신하고 활달하면서도 선명하게 빛나니 남조시대 서씨[24]와 유씨[25]의 문체를 터득했다고 할 만하다. 그 점을 놓고 본다면, 일반적으로 소박함과

---

20 녹문자(鹿門子) : 당대의 유명한 시인이자 문장가인 피일휴(皮日休, 838?~902)를 말한다. 생전에 양양(襄陽, 지금의 호북성)의 녹문산(鹿門山)에 머문 적이 있어서 그 이름을 호로 삼았다. 피일휴는 자가 습미(襲美) 또는 일소(逸少)이며, '녹문자'와 함께 간기포의(間氣布衣)를 호로 사용하였다. 진사로 급제한 뒤로 태상박사(太常博士)·비릉부사(毗陵副使) 등을 역임했으며, 당시의 문장가 육구몽(陸龜蒙)과 함께 '피·육(皮陸)'으로 나란히 일컬어졌다.

21 송광평(宋廣平) : 당대 중기에 승상(丞相)을 지낸 송경(宋璟, 663~737)을 말한다. 현종 때에 명재상으로 이름이 높았으며 국법을 준수하고 몸가짐을 바르게 하여 요숭(姚崇)과 함께 당나라를 대표하는 어진 재상으로 나란히 일컬어졌다. 매화를 좋아했으며 그가 지은 『매화부』는 특히 유명하다.

22 냉철한 이성[鐵石心腸] : '철석심장(鐵石心腸)'은 글자 그대로 풀면 '쇠나 돌 같은 마음'이라는 뜻으로, 의지가 강하여 감정에 쉬이 휘둘리지 않는 사람을 가리키는 말로 주로 사용된다.

23 『매화부(梅花賦)』 : 당나라 현종 때의 재상인 송경이 지은 노래. 피일휴가 지은 『피자문수(皮子文藪)』에 따르면, 송경은 공직에 오르기 전에 『매화부』를 지어 온갖 화초들 사이에서 외롭게 핀 매화를 예찬하면서 자신의 심정을 토로하였다. 당시의 문장가이자 정치인 소미도(蘇味道)가 이 작품을 극찬하면서 그의 이름이 알려져 이후의 관직 생활에도 적잖은 도움을 받았다고 한다.

24 서씨[徐] : 남북조시대 진(陳)나라의 시인·문장가로 명성이 높았던 서릉(徐陵, 507-583)을 가리킨다. 동해(東海)의 담(郯, 지금의 산동성 담성) 사람으로, 자는 효목(孝穆)이다. 양(梁)나라 때에 동궁학사(東宮學士)를 지냈고 진나라에 이르러 상서 좌복야(尚書左僕射)·중서감(中書監)을 지냈다. '궁체시(宮體詩)'의 대표적인 작가의 한 사람으로, 나중에는 궁체시의 대표작들을 소개한 『옥대신영(玉臺新咏)』을 엮기도 하였다.

25 유씨[庾] : 남북조시대 양(梁)나라의 시인·문장가로 명성이 높았던 유신(庾信, 513~581)을 가리킨다. 양나라 신야(新野) 사람으로, 자는 자산(子山)이다. 양나라 원제(元帝)가 즉위하자 우위장군(右衛將軍)에 임명되었다. 사신으로 서위(西魏)에 파견되었을 때 서위가 양나라를 멸망시키자 서위에 남았으며, 북주(北周)가 건국되자 표기대장군(驃騎大將軍)·개부의동삼사(開府儀同三司) 등을 역임하며 '유개부(庾開府)'로 일컬어지기도 하였다. 서릉과 마찬가지로 문체가 화려하고 아름답기로 유명하여 당시에 그같은 문체가 '서·유체(徐庾體)'로 불려졌다.

누추함에 부쳐 세상 사람들의 이목을 어지럽히는 부류는 거의 믿을 바가 못되는 것들인 셈이다.[26] 즉공관주인의 말을 빌린다면 그야말로 '세상에서 내 이야기를 구할 수 있는 이들이 충신이나 효자가 되는 데에 어려움이 없게 해줄 것이고, 그렇게 되지 못하는 자들이라도 음행을 일삼지는 않게 될 것'이라는 격이다. 그 부분은 지은이가 애를 쓴 결과이거니와 '평범함 속의 기이함'의 틀을 초월한 경우라 할 것이다.

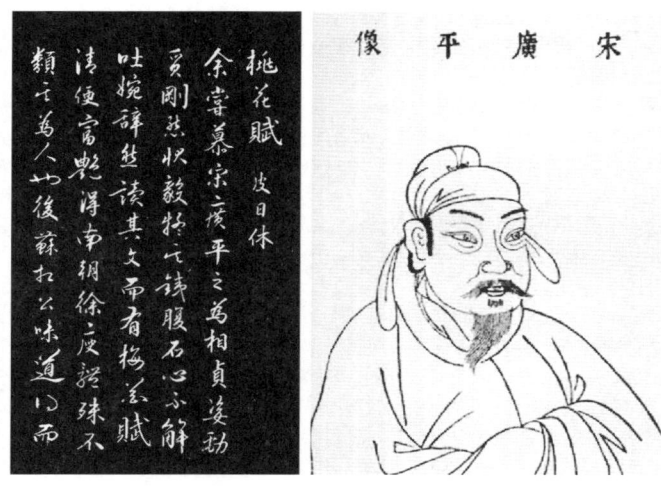

『매화부』(탁본 글씨 피일휴)와 그 작자 송경의 초상

이제 책은 마침내 완성되었지만 즉공관주인은 벼슬을 지내느라 아직

---

26 소박함과 누추함에 부쳐~[凡託於椎陋以眩世, 殆有不足信者夫]: 이 부분은 원래 북송의 정치가이자 문장가였던 소식(蘇軾)이 『모란기』서(牡丹記叙)」에서 한 말에서 유래하였다. 소식은 그 서문에서 "이제 내가 그것을 보니 일반적으로 소박함과 누추함에 부쳐 세상사람들의 눈을 어지럽히는 것들을 또 어찌 믿을 만하겠는가?(今以余觀之, 凡託於椎陋以眩世者, 又豈足信哉)"라고 하였다.

돌아오지 않았다. 그러나 서사에서는 서둘러 책을 펴내고자 하여 내게 서문을 써 달라고 청탁하였다. 나는 붓조차 제대로 잡지 못하는 주제이니 그야말로 "무염을 부각시킬 욕심에 서자를 능욕하고 마는 격"[27]이 아니겠는가! 그러니 나로서는 아무래도 "키 질 해서 까부르니 겨만 앞에 남더라"[28]라고 변명하는 수밖에 없을 듯하다.

임신년[29] 겨울날에 수향거사가 서문을 짓고 쓰다

---

27 무염을 부각시킬 욕심에~[刻画無鹽, 唐突西子]: 명대의 유행어. '무염(無鹽)'은 중국 전설에 등장하는 고대의 추녀, '서자(西子)'는 중국 춘추시대 월(越)나라의 미녀 서시(西施)를 가리킨다. 글자 그대로 풀면 추녀를 무리하게 미화하려고 애쓰다가 도리어 미녀가 무색해지게 만든다는 뜻으로, 주객이 전도된 상황을 가리키는 말로 사용되었다. 때로는 앞의 '무염을 부각시킨다(刻画無鹽)'만 사용하기도 하였다.

28 키 질 해서 까부르니~[簸之揚之, 糠秕在前]: 명대의 유행어. '공자 앞에서 문자를 쓴다'의 경우처럼, 재주가 없음에도 불구하고 과분한 자리를 지키고 있는 것을 겸손하게 표현하거나 비꼬는 말이다. 남북조시대 유송의 유의경이 지은 『세설신어』에 따르면, "왕문도와 범영기는 둘 다 간문제 때의 중신이다. 범씨는 나이가 많지만 자위가 낮았고 왕씨는 나이는 적지만 지위가 높았다. 그를 앞에 세우니 도로 서로 앞자리를 양보했는데 그렇게 오래 옮기고 옮긴 끝에 왕씨가 결국 범씨 뒤에 서게 되었다. 그래서 왕씨가 '키 질 해서 까부르니 겨만 앞에 남았군요!' 하고 계면쩍어 하니 범씨도 '체 질 해서 걸렀더니 모래가 뒤에 남았습니다 그려!' 하며 서로 겸양했다고 한다.(王文度 范榮期俱爲簡文所要. 范年大而位小, 王年小而位大, 將前, 更相推在前, 旣移久, 王遂在范後. 王因謂曰, 簸之揚之, 糠秕在前. 范曰, 洮之汰之, 沙礫在後.)" 여기서 '겨'는 왕문도가 자신을, '모래'는 범영기가 자신을 각각 겸손하게 빗대어 표현한 말이다.

29 임신년[壬申]: 숭정제 재위기간의 임신년을 말한다. 서기로는 1632년에 해당한다.

二刻拍案驚奇序

嘗記博物志云, 漢劉褒畫雲漢圖, 見者覺熱, 又畫北風圖, 見者覺寒. 竊疑畫本非眞, 何緣至是. 然猶曰, 人之見, 爲之也. 甚而僧繇點睛, 雷電破壁, 吳道玄畫殿內五龍, 大雨輒生煙霧, 是將執畫爲眞, 則旣不可, 若云贋也, 不已勝於眞者乎.

然則操觚之家, 亦若是焉則已矣. 今小說之行世者無慮百種, 然而失眞之病, 起於好奇, 知奇之爲奇, 而不知無奇之所以爲奇. 舍目前可紀之事, 而馳騖於不論不議之鄕, 如畫家之不圖犬馬而圖鬼魅者, 曰, 吾以駭聽而止耳. 夫劉越石淸嘯吹笳, 尙能使群胡流涕, 解圍而去. 今擧物態人情, 恣其點染, 而不能使人欲歌欲泣於其間, 此其奇與非奇, 固不待智者而後知之也.

則爲之解曰, 文自南華沖虛, 已多寓言, 下至非有先生馮虛公子, 安所得其眞者而尋之. 不知此以文勝, 非以事勝也. 至演義一家, 幻易而眞難, 固不可相衡而論矣. 卽如西遊一記, 怪誕不經, 讀者皆知其謬. 然據其所載, 師弟四人各一性情, 各一動止. 試摘取其一言一事, 遂使暗中摸索, 亦知其出自何人. 則正以幻中有眞, 乃爲傳神阿堵而已, 有不如水滸之譏. 豈非眞不眞之關, 固奇不奇之大較也哉.

卽空觀主人者, 其人奇, 其文奇, 其遇亦奇. 因取其抑塞磊落之才, 出緖餘以爲傳奇, 又降而爲演義, 此拍案驚奇之所以兩刻也. 其所捃摭, 大都眞切可據. 卽間及神天鬼怪, 故如史遷紀事, 摹寫逼眞. 而龍之踞腹, 蛇之當道, 鬼神之理, 遠而非無, 不妨點綴域外之觀, 以破俗儒之隅見耳. 若夫妖艷風流一種, 集中亦所必存, 唯污衊世界之談, 則戛戛乎其務去. 鹿門子常怪宋廣平之爲人, 意其鐵心石腸, 而爲梅花賦, 則淸便艶發, 得南朝徐庾體. 繇此觀之, 凡託於椎陋以眩世, 殆有不足信者夫. 主人之言固曰, 使世有能得吾說者, 以爲忠臣孝子無難, 而不能者, 不至爲宣淫而已矣. 此則作者之苦心, 又出於平平奇奇之外者也.

時剞劂告成, 而主人薄游未返. 肆中急欲行世, 徵言於余. 余未知拗管, 毋乃刻畫無鹽, 唐突西子哉. 亦曰簸之揚之, 糠粃在前云爾.

壬申冬日 睡鄕居士 題幷書

『이각 박안경기』 소인

　정묘년[1] 가을의 일은 뜻을 이루는가 싶었으나 급제하지 못하고 말았다. 그래서 미련을 떨치지 못하고 남경으로 돌아와 전해 들은 고금의 신기한 이야기들 중 특기할 만한 것들을 우연히 재미 삼아 골라 살을 붙이고 이야기로 만들어 잠시나마 마음속의 응어리를 풀고자 했다. 애초에는 널리 전하려고 한 것이 아니라 잠시나마 장난 삼아 응어리 진 마음이라도 후련하게 풀자는 생각이었다. 그런데 지인들 중에서 나와 내왕하던 이들이 한 편을 받아서 읽고 나면 한결같이 책상을 치면서 '참 기이하기도 하구려 이 이야기는!' 하는 것이 아닌가. 그 일이 서상[2]의 귀에까지 들어가고, 그것이 계기가 되어 '정식으로 출판하자'며 알음 알음으로 사람을 통해 요청해 왔다. 그래서 그 이야기들을 베끼고 모아 책으로 엮은

1　정묘년[丁卯] : 서기로는 1627년에 해당한다. 이 해는 명나라 황족으로 제14대 황제 희종(熹宗)의 배다른 동생인 주유검(朱由檢, 1611~1644)이 제15대 황제로 즉위한 숭정(崇禎) 원년에 해당한다. 능몽초가 과거시험에서 낙방한 일을 거론한 것을 보면 "정묘년 가을"에 숭정제의 즉위를 축하하기 위하여 특별히 과거시험이 거행되었음을 알 수가 있다.

2　서상(書商) : 명대에 서점의 일종인 서방(書坊)을 경영하면서 동시에 도서의 판각·인쇄·출판·판매를 도맡았던 도서 관련 전문 상인. 중국에서 영리성 서점의 역사는 오대(五代) 시기의 서사(書肆, 서점)로부터 시작되었으나 서상이 출판과 판매에 본격적으로 나서기 시작한 것은 송대부터이다. 근세인 명·청대에는 서상의 활동이 행정수도로 북방에 위치한 북경과 문화수도로 남방에 위치한 남경을 중심으로 활성화 되었다. 일부 지역의 서상들은 북경에 개설한 상인들의 사교 장소인 회관(會館)을 거점으로 삼았는데 강서지역 서상들의 문창회관(文昌會館), 하북지역 서상들의 북직문창회관(北直文昌會館), 강남지역 서상들의 숭덕회소(崇德會所, 소주)이 그것들이다. 명대 강남지역의 서상과 출판 사업에 관한 문화사적 고찰은 문성재의 논문 「明末 희곡의 출판과 유통─ 江南지역의 독서시장을 중심으로」(『중국문학』, 제41집, 2004)를 참조하기 바란다. 전후 맥락을 따져 볼 때 여기서 능몽초가 언급한 "서상"은 박안경기를 두 차례에 걸쳐 출판해 준 소주 상우당(尙友堂)의 운영자 안소운(安少雲)을 가리킨다.

것이 마흔 편이나 된 것이다. 그것들은 억지로 지어낸 말이거나 투박한 이야기들이어서 장독을 덮기에도 부족한 내용들이었다. 그런데 그럼에도 불구하고 날개가 돋아 날고 다리가 생겨 달리기라도 하는 것처럼 빠르게 유행하였다. 그렇다 보니 수염을 꼬고 피를 토하며 글공부[3]에만 몰두할 때와 비교해 보면 팔리는 쪽과 안 팔리는 쪽이 되려 하늘과 땅만큼 큰 차이를 보일 정도였다.

능몽초의 전작 『박안경기(拍案驚奇)』의 초판본 표지(좌)와 중판본 표지(우).
중판본 맨위에 '초각' 두 글자가 추가되어 있다

아아, 글에 언제 정해진 값이 있었다던가! 서상이 무심코 한번 시도해 보았다가 성공을 거두자 '또 내겠다'고 하길래 나는 웃으면서 "한번으로

---

3 필총(筆塚) : 글자 그대로 풀면 '붓무덤' 정도의 뜻이다. 당나라의 명필인 회소(懷素)는 오래 써서 닳은 붓을 그냥 버리지 않고 산 아래에 묻어 주고 그 자리를 '필총'이라고 불렀다고 한다. 나중에는 부지런히 글씨 또는 글을 공부하는 것을 가리키는 표현으로 사용되곤 하였다.

도 충분하지 않소?" 하고 말하였다. 그리고는 세상에 알려지지 않은 일화나 새로 나온 이야기들을 되돌아 보았다. 그랬더니 화제로 삼을 만한 데도 지난번에는 미처 책으로 엮지 못했던[4] 작품들 중에도 백량대[5]를 짓고 남은 목재나 무창의 남은 대나무[6] 같은 소재가 꽤 많았다. 그래서 '도중에 멈출 수는 없다'고 여겨 일단 이번에도 마흔 편을 엮기로 한 것이다. 그 작품들 중에서 귀신을 언급하고 꿈을 거론한 것들은 실제로 있었던 일도 있고 황당무계한 것도 있었지만 이번 책 역시 독자들을 설득하여 경계로 삼게 하는 데에 그 취지를 두었다. 교화의 죄인이 되기를 바라지 않는 심정은 이번이나 지난번이나 매 한 가지인 셈이다.[7]

---

4 미처 책으로 엮지 못했던[未及付之于墨] : '부지우묵(付之于墨)'은 글자 그대로 풀면 '글로 짓다' 정도의 뜻이다. 여기서는 서상이 『이각 박안경기』출판을 제안하기 전까지만 해도 작자 능몽초는 과거에 수집해 놓았던 의화본 소재들을 소장만 하고 있었을 뿐 창작(2차 창작)으로 옮길 생각은 하지 않고 있었다는 뜻으로 해석된다. 그러다가 서상이 정식으로 출판을 제안하자 소장했던 소재들을 추리고 자신만의 언어로 재창작하여 『이각 박안경기』를 선보인 것으로 보인다. 중화서국판 『이각 박안경기』에서는 세 번째 글자가 '아들 자(子)'로 나와 있으나 '어조사 우(于)'를 잘못 읽은 것이다.

5 백량대[柏樑] : '백량(柏樑)'은 한대에 지어진 백량대(柏梁臺)를 가리킨다. 지금의 섬서성 서안시 미앙구(未央區)의 장안 고성(長安故城) 안에 지어졌다고 전해지며 때로는 궁전을 뜻하는 말로 사용되기도 한다. "백량대를 짓고 남은 목재[柏樑餘材]"는 글자 그대로 풀면 '황제의 궁전을 짓는 데에 사용하고 남은 목재' 정도의 뜻이므로 품질이 아주 좋은 고급 목재를 말한다. 여기서는 재능이 출중한 인재를 뜻하는 말로 사용되었다.

6 무창의 남은 대나무[武昌剩竹] : 『진서(晉書)』의 「도간전(陶侃傳)」에 따르면, 동진 시기에 강서지역의 관리이던 도간은 공정하게 국법을 집행하고 성실하게 백성들을 대했는데 무창태수(武昌太守)를 지낼 때에는 매사에서 백성들의 권익을 최우선으로 두었다고 한다. 물자의 절약을 강조했던 그는 배를 건조하고 남은 나뭇조각들을 모아 놓았다가 겨울에 땅바닥에 깔아 물자나 행인들이 쉽게 이동할 수 있게 했으며, 남은 대나무는 전선의 대못으로 만들어 그 배를 고정하는 데에 사용하여 백성들로부터 칭송을 받았다고 한다. 원래는 그럭저럭 쓸 만한 목재를 가리키는데 여기서는 쓸 만한 인재를 뜻하는 말로 사용되었다.

7 이번이나 지난번이나 매 한 가지인 셈이다[後先一指] : '이번[後]'은 이각 박안경기, '지난번[先]'은 그보다 먼저 간행된 『박안경기』(초각)를 두고 한 말이다. 능몽초가 초심(初

축건씨[8]는 이 정도의 작품들조차 '야릇한 말로 업보를 짓는 짓'으로 여긴다. 그런 시각에서 본다면 아무리 패관[9]의 몸을 빌어 불법을 설파한 다고 해도 '유마거사[10]가 과거시험을 감독하는 격'이니 시험장에서 면박 을 당하고 쫓겨나는 수모를 피할 수 없으리라.

숭정 임신년[11] 겨울에 즉공관주인이 옥광재에서 글을 짓다

心)를 저버리지 않고 『박안경기』에 이어 『이각 박안경기』의 집필·간행 과정에서도 "교 화의 죄인이 되지 않는 것[不爲風雅罪人]"을 가장 중요한 가치로 두었음을 알 수 있다.

8 축건씨(竺乾氏) : 명대의 유행어. 원래는 불교의 비조 석가모니를 가리키지만 때로는 불 교 또는 불가를 일컫는 말로 사용되기도 한다. 여기서도 '불가'의 의미로 사용되었다.

9 패관(稗官) : 중국 고대의 하급 관리를 낮추어 일컫던 이름. 한대의 역사가인 반고(班固, 32~92)는 자신이 편찬한 『한서漢書』의 「예문지(藝文志)」에서 소설의 유래와 관련하 여 "소설가 부류는 대개가 하급 관리들에서 비롯되었다. 거리의 대화나 골목의 이야기들 이나 길가에서 듣거나 길에서 하는 말을 토대로 지은 것이다.(小說家者流, 蓋出於稗官. 街談巷語, 道聽途說者之所造也)"라고 소개하였다. 반고의 설명에 등장하는 하급 관리 즉 '패관'과 관련하여 당대의 훈고학자이던 안사고(顏師古, 581~645)는 삼국시대 위나라 의 학자인 여순(如淳, 3세기)의 "자잘한 알곡을 '패'라고 한다. 거리의 대화나 골목의 이 야기, 그런 것은 하찮고 맥락 없는 말들이다. 임금은 민간의 풍속을 알고자 하기 마련이 다. 그래서 '패관'을 두고 그들로 하여금 그런 이야기들을 소개하고 이야기하게 했던 것 이다.(細米爲稗. 街談巷說, 其細碎之言也. 王者欲知里巷風俗, 故立稗官, 使稱說之.)"라는 설 명을 근거로 "패관은 하급 관리이다.(稗官, 小官)"라고 설명하였다.

10 유마거사(維摩居士) : 인도 고대 불교의 고승으로 알려진 유마힐(維摩詰)을 말한다. 불교 의 비조인 석가모니와 같은 시대 사람으로 '비마라힐(毗摩羅詰)'로 불리기도 하는데, 그 의미대로 풀면 '무구칭(無垢稱, 티 없는 이름)' 또는 '정명(淨名, 깨끗한 이름)' 정도의 뜻이라고 한다. 전설에 따르면 불제자인 사리불(舍利佛)·미륵(彌勒)·문수사리(文殊師 利) 등과 함께 대승불교의 교리를 해설했다고 하며, 현재 전해지는 『유마경소설경(維摩 經所說經)』에는 그가 여러 불제자들과 나눈 문답이 소개되어 있다. '유마거사가 과거시 험을 감독한다'는 말의 경우, 유마거사는 불가의 성인이고 과거시험은 유가의 행사이므 로 앞뒤가 맞지 않는 이율배반(二律背反)의 상황을 두고 한 말로 이해할 수 있겠다.

11 숭정 임신년[崇禎壬申] : 서기 1632년에 해당한다.

二刻拍案驚奇小引

丁卯之秋事, 附膚落毛, 失諸正鵠, 遲迴白門, 偶戲取古今所聞一二奇局可紀者, 演而成說, 聊舒胸中磊塊. 非曰行之可遠, 姑以遊戲爲快意耳. 同儕過從者索閱一篇竟, 必拍案曰, 奇哉, 所聞乎. 爲書賈所偵, 因以梓傳請. 遂爲鈔撮成編, 得四十種. 支言俚說, 不足供醬瓿, 而翼飛脛走, 較撚髭嘔血筆塚硏穿者, 售不售反霄壤隔也. 嗟乎, 文詎有定價乎.

賈人一試之而效, 謀再試之. 余笑謂一之已甚, 顧逸事新語可佐談資者, 乃先是所羅而未及付之于墨, 其爲栝樜餘材武昌剩竹, 頗亦不少. 意不能恝, 聊復綴爲四十則. 其間說鬼說夢, 亦眞亦誕. 然意存勸戒, 不爲風雅罪人, 後先一指也. 竺乾氏以此等亦爲綺語障, 作如是觀, 雖現稗官身爲說法, 恐維摩居士知貢舉, 又不免駁放耳.

崇禎壬申冬日　即空觀主人題於玉光齋中

정 조봉은 혼자 머리 없는 여인을 만나고 왕 통판이 미제의 억울한 사건을 동시에 풀어주다

程朝奉單遇無頭婦 王通判雙雪不明寃

해제

　명대 성화成化 연간에 휘주 출신 상인으로 엄청난 부를 쌓은 정程 조봉朝
奉은 평소 남의 여인을 탐한다. 거리에서 술을 파는 이방李方의 아내 진陳
씨는 아리땁고 자태도 곱다. 그래서 정 조봉이 그녀에게 반해서 몇 번이
나 유혹하지만 번번이 뜻을 이루지 못한다. 어느 날, 그는 그 술집에 갔
을 때 이방을 보자 단도직입적으로 30냥의 은자를 대가로 진씨와 연애
를 하고 싶다는 뜻을 비친다. 그러자 정 조봉의 은자가 탐난 이방은 진씨
를 설득하여 가까스로 허락을 얻어낸다. 정 조봉에게 그 소식을 전한 이
방은 그 길로 친구 집으로 가고 정 조봉은 진씨와 뜨거운 밤을 보낼 생각
을 하면서 한밤중에 이방의 술집으로 향한다. 그러나 열려 있는 문을 지
나 집안으로 들어간 정 조봉은 침침한 촛불 아래에 머리가 잘린 채 죽어
쓰러져 있는 진씨의 시신을 발견한다. 뒤늦게 이 사실을 안 이방은 정 조
봉을 끌고 그 길로 관아로 가서 정 조봉을 살인죄로 고발한다. 그러자 왕
통판은 정 조봉과 이방을 모두 감옥에 가둔다.
　왕 통판은 사람들을 모아 놓고 사건 해결의 단서를 찾아내려고 애쓰고
있을 때 웬 노인이 중요한 단서를 제공한다. 그 노인의 말에 따르면, 현
지에 멀리서 온 웬 떠돌이 중이 밤마다 야경을 돌면서 사람들의 보시를
빌곤 했는데 이방의 집에서 살인사건이 발생한 후로는 다시는 그 모습을
볼 수 없는 것을 보면 그 중이 이 살인사건과 관계가 있을 가능성이 높다
는 것이었다. 왕 통판은 즉시 포졸들을 보내 그 떠돌이 중을 잡아들이고
얼마 후 붙잡혀 온 중은 겁탈을 하려다가 살인을 저지르게 된 경위를 자

백하고 진씨의 머리가 상삼가 가게의 걸개에 걸려 있다고 말한다. 사령들을 이끌고 현장으로 달려간 왕 통판은 상삼가 가게의 주인 조대趙大의 집 정원에서 진씨의 머리를 찾게 하지만 뜻밖에도 땅 속에서 나온 것은 수염이 달린 사내의 머리이다. 조대에게 사실을 자백할 것을 추궁하자 조대는 결국 십 년 전에 원수를 진 마씨를 살해하고 그 머리를 진씨의 머리를 묻은 데에서 멀지 않은 곳에 묻었다고 자백한다. 그래서 마씨의 머리를 찾아낸 곳 주변을 샅샅이 뒤진 결과 마침내 그 근방에서 진씨의 머리를 발견한다. 그러자 왕 통판은 두 살인사건의 경위를 상급 관청에 보고하고 떠돌이 중과 조대를 국법에 따라 중형을 내린다.

이 이야기는 명대 소설가 풍몽룡이 지은 소설집 『지낭보智囊補』 및 왕동궤 소설집 『이담』의 「휘부인모徽富人某」에 소개된 이야기를 소재로 지어졌다. 부일신의 『소문소』에 소개된 「몰두의안沒頭疑案」에도 이 이야기가 다루어져 있다.

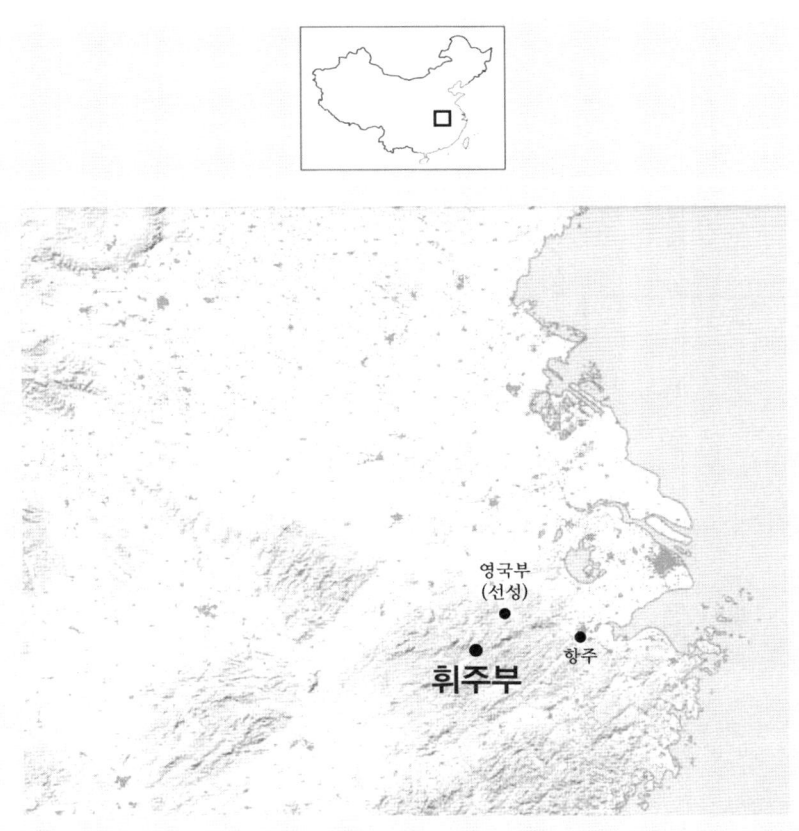

영국부
(선성)

휘주부

항주

번역

이런 시가 있습니다.

사람 목숨은 하늘과 땅에 달려 있어   人命關天地,

예로부터 그에 상응하는 응보가 있었다네.   從來有報施.

거기에는 환상적인 면도 많으니   其間多幻處,

조물주께서 그 신통력 드러내신다네.   造物顯其奇.

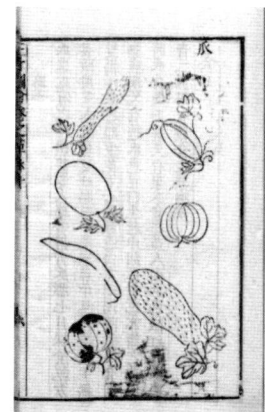

이야기를 들려 드리도록 하겠습니다. 호광[1] 땅 황주부[2]에 황근료黃圻燎라는 곳이 있는데, 좋은 외가 특산물로 나지요. 그곳에 경험 많은 농삿군이 살았는데, 외 농사를 생업으로 삼고 있었습니다. 그는 때마다 직접 물을 주면서

『삼재도회』에 소개된 명대 외. 오이로부터 참외까지 다양한 종류가 '외〔瓜〕'로 일컬어졌음을 알 수 있다. 그러나 문맥을 따져 볼 때 이 이야기에서의 '외'는 참외 종류인 것으로 보인다

---

1   호광(湖廣) : 원·명대의 지역명. 원대에는 지금의 호남(湖南)·호북(湖北)과 광동(廣東)·광서(廣西) 두 지역을 아울러 불렀으나, 명대에는 광동·광서를 제외한 호남·호북만 일컫되 이름은 그대로 유지하였다.

2   황주부(黃州府) : 명대의 지명. 지금의 호북성 황강시(黃岡市) 황주구(黃州區) 일대에 해당한다. 수나라 개황(開皇) 3년(583) 제안군(齊安郡)을 황주(黃州)로 개칭했고 명대에 이르러 홍무 원년(1368)에 황주로(黃州路)를 '황주부'로 개칭하고 호광행성(湖廣行省)의 관할하에 두었다.

남달리 소중하게 여겼지요. 그런데 그 밭의 외들 중에서 유독 하나만 아주 크게 맺혀서 크기가 말[斗]만 했습니다. 그 농삿군은 일부러 그것을 남겨 놓고 맛이 잘 들 때까지 기다렸다가 대갓집에 잘 보이기 위해 바칠 작정이었지요.

그러던 어느 날이었습니다. 괭이를 들고 밭에 가서 채소를 캐다가 무심결에 보니 누가 그 외밭에 몸을 움츠리고 숨어 있지 뭡니까. 허둥지둥 달려가서 보니 웬 거지가 거기서 외를 훔쳐 먹느라 울타리를 다 벌려 놓은 상태였습니다. 그런데 자세히 보니 가장 큰 그 외가 보이지 않는 것이 아닙니까! 그 외는 거지가 깨서 속살까지 열심히 베어 먹고 있었습니다. 하필이면 그동안 공을 들였던 것을 따 버린 것을 본 농삿군은 저도 모르게 속에서 부아가 치밀고 악이 간에서 솟구쳤습니다.[3] 그래서 손의 괭이를 들고 그 머리를 내려쳤겠다? 아 그런데 이제 보니 맞기만 한 것이 아니라 아예 뇌수가 터져 나오면서 땅바닥에 쓰러져 죽어 버리지 뭡니까요 글쎄! 농사꾼은 어쩔 줄을 몰라 쩔쩔 매었습니다. 그러다가 허겁지겁 괭이로 한 쪽 땅을 파서 시신을 잘 묻고 그 위에는 진흙을 고르게 깔았지요. 불행 중 다행으로 거지이다 보니 피해자 가족이라고 찾아와 목숨을 보상하라는 친지가 없어서 결국은 아무도 그 사실을 모른 채 넘어갔답니다.

그렇게 이듬해가 되었을 때였습니다. 그 밭에서는 외 농사가 더 잘 되

---

3 【즉공관 미비】原可恨. 아닌게 아니라 괘씸했을 테지.

었지 뭡니까. 게다가 작년과 마찬가지로 그 중 하나가 아주 크게 맺혔는데 작은 알 서너 개와 맞먹을 정도였지요. 그래서 작년과 똑같이 정성을 들이고 아끼면서 쉽게 딸 생각조차 하지 않았답니다. 그런데 우연히 현 관아에서 갈증이 심한 사람이 큰 외를 구해서 갈증을 풀려고 했습니다. 그런데 각지에서 사 오는 것들은 한결같이 마음에 들어 하지 않았지요. 그 바람에 물자 구매를 담당한 아전이 몇 번이나 사 들이는 외를 대조하는 수고를 해야 했답니다.

그 아전은 급하다 보니 사방으로 외를 찾아 나섰지요. 그러다가 그 농사꾼의 외 밭에서만 큰 외가 난다는 말을 듣고 돈을 가지고 사러 갔습니다. 그렇게 밭에 들어가서 고르는데 정말로 외 하나가 보통 외보다 몇 배나 더 크지 뭡니까. 목이 마른 관아의 관리는 몹시 기뻐하면서 그 외가 유난히 큰 것을 보고 사람들을 모아서 함께 쪼개게 했지요. 외를 쪼갰더니 속살의 과즙이 마구 흘러내렸습니다. 그런데 사람들은 모두 이렇게 투덜거리는 것이었습니다.

"외가 아주 크다 싶었는데 … 아깝게도 곪았구나!"

아 그런데 자세히 살피던 사람들이 다들 혀를 내두르며 한참 동안 입을 다물 줄을 모르는 것이었습니다. 왜였을까요? 알고 보니 탁자에 흘러내린 것은 온통 새빨간 핏물이지 뭡니까 글쎄! 거기다가 코에는 핏 비린내가 진동하는 것이었지요. 사람들은 깜짝 놀라서 그 일을 현령에게 알렸습니다.

'거기에는 억울한 사정이 있는 것이 분명하다!'

이렇게 생각한 현령은 그 구매 담당 아전을 불러서 물었습니다.

"이 외는 어디서 난 것이냐?"

"어떤 농사꾼네 밭에서 구했습니다요!"

"그 자가 무슨 방법으로 외를 이렇게 크게 키웠단 말인가? (…) 그 자를 불러 오도록 하라. 내 직접 물어 보아야겠다."

아전은 지체할 수가 없어서 당장 가서 그 농사꾼을 불러 왔지요.

"너희 집의 외가 … 어째서 이렇게 크게 자란 것이냐? 밭의 외가 전부 이런가?"

현령이 이렇게 묻자 그 농사꾼이 말하는 것이었습니다.

"다른 것들은 죄다 보통 외인데 이것만 그렇습니다요. 어째서 그렇게 큰 지는 모르겠습니다요."

"과거에도 이렇게 큰 것이 맺힌 적이 있었느냐?"[4]

"작년에도 한 개가 맺혔었지요. 이것만큼 크지는 않았습니다만 대충 보통 외보다는 좀 컸습니다요. (…) 금년의 그 외는 해괴하게 여겨질 정도로 큰데 … 여태껏 그런 것은 본 적이 없습니다요."

그러자 현령은 웃으면서 말했습니다.

"이것은 특이한 종자인 것이 분명하다. 그 뿌리가 어쨌거나 다를 것이다. (…) 어서 가마를 준비해라! 내 직접 가서 보리라."

현령은 바로 가마를 타고 그 농사꾼의 집으로 갔습니다. 이어서 그를 시켜 외가 열렸던 곳을 가리키게 했지요. 그리고는 사람들을 시켜 괭이를 가져다 그 땅을 파게 했습니다. 그 뿌리가 어떻게 생겼나 보려고 말입니다.

그다지 깊게 파지 않았을 때였습니다. 가만 보니 그 외의 뿌리가 진흙 속 흙에 있는데 마치 어떤 물체 안에 심어진 것 같았습니다. 그래서 진흙을 헤치고 보았더니 죽은 사람의 입이 벌어져 있고 뿌리가 바로 그 안에서 자라있지 뭡니까! 사람들은 외마디 비명을 지르더니 괭이로 거기를 마구 파헤쳤습니다. 그러자 웬 죽은 시신이 온전하게 드러나는 것이었지요. 현령이 그 시신의 입 쪽을 헤쳐 보게 했더니 온 입에 외씨가 가득한 것이었습니다. 현령은 아전들을 시켜 그 농사꾼에게 수갑을 채우게 한

---

4 **【즉공관 미비】**縣令亦細. 현령 역시 치밀하군.

다음 그 시신의 내력을 캐물었습니다. 농사꾼은 발뺌 할 도리가 없자 하는 수 없이 작년에 외를 훔쳐 먹는 거지를 잘못 때려 숨지자 땅 속에 묻은 일을 사실대로 자백했지요.

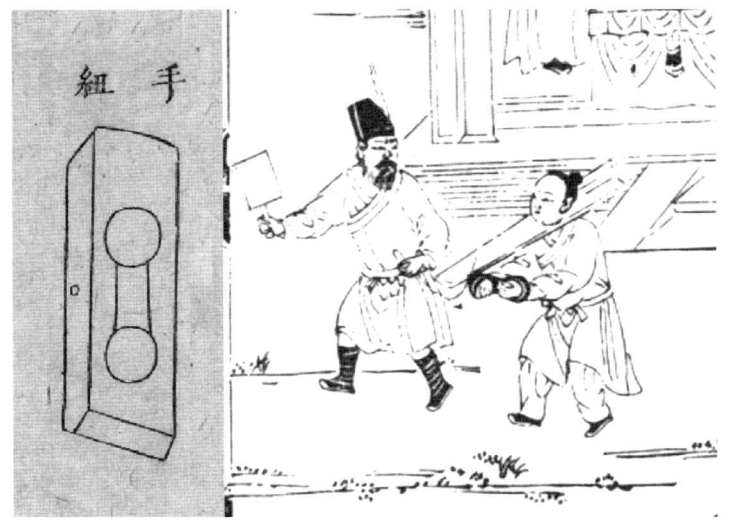

『삼재도회』에 소개된 명대의 수갑(좌)과 수갑을 차고 가는 모습

"그 외의 속살이 온통 핏물로 가득하길래 이상하다 싶었다. 그런데 이제 보니 이 자의 원한이 맺힌 것이었구나! 순간적으로 억울한 죽음을 당하자 그 진과 피가 흩어지지 않고 이 뿌리와 싹으로 자라난 것이었어! 하늘께서 목이 몹시 마른 우리 관아의 관리로 하여금 큰 외를 고르게 만드시고, 그 덕분에 이제야 이 살인사건이 드러난 게야! (…) 거지가 아무리 천하다고는 하지만 사람 목숨은 똑같은 것이다. 기껏해야 외를 서리한 것뿐 죽을 죄는 아니었으니 목숨값을 갚아야 옳다!"

이렇게 말한 현령은 사람을 구타해 죽게 만든 죄를 물어 농사꾼에게 교살형을 내렸으며, 나중에 감옥에서 죽었다고 합니다. 이 이야기를 통하여 사람 목숨은 아주 소중한 것임을 알 수가 있지요. 한 거지가 죽었고 또 그 광경을 목격한 사람도 없이 땅 속에 묻힌 채 한 해가 넘게 지났다가 이처럼 기이한 큰 외가 또 맺히는 바람에 진상이 분명히 드러났으니 이거야말로 하늘의 뜻이 분명하다는 증거인 것입니다!

지금 또 한 가지 이야기가 있습니다. 한 가지 일로 말미암아 다른 일이 드러나고, 미제로 남았던 그 두 사건이 동시에 드러난 이야기올시다. 말하자면 좀 이상하기는 합니다마는 이 이야기를 증명하는 시가 있습니다.

예로부터 단서 없는 사건은 들어 보았으나	從來見說没頭事,
이 일은 머리가 없으니 참 맞추기 어렵더니	此事没頭眞莫猜.
진상이 드러나야 할 때가 되자	及至有時該發露,
머리 하나로 두 머리를 찾아내었네.	一頭弄出兩頭來.

이제 이야기를 들려 드리도록 하지요. 우리 왕조의 성화[5] 연간에 직예[6]

---

5 성화(成化) : 명나라 헌종(憲宗) 주견심(朱見深 : 1447~1487)이 사용한 연호(年號). 1465~1487년의 23년 동안 사용되었다.

6 직예(直隷) : 명대에 도읍인 북경(北京)의 직할령에 속해 있던 북직예를 가리키며, 지금의 하북(河北) 대부분 지역과 하남(河南), 산동(山東) 일부 지역에 해당한다. 명대에는 황제가 머무는 도성이 자리잡고 있는 지역을 '황제에게 직접 예속되어 있다'라는 뜻에서 '직예(直隷)'라고 불렀다. 명나라 태조(太祖) 주원장(朱元璋, 1328~1398)은 지금의 강소성 남경(南京)을 도읍으로 정하였다. 주원장 사후, 그 아들로 지금의 북경에 연왕(燕王)으로 책봉된 주체(朱棣)는 조카 건문제(建文帝)를 제거하고 제3대 황제 영락제(永樂

의 휘주부[7]에 정程씨 성의 부자가 한 사람 살았습니다. 그는 그 고을에서는 투박한 사람이었지만 재산이 많아서 '조봉'[8]으로 불렸지요. 대체로 송대 무렵에 '조봉대부'[9]라는 벼슬이 있었는데, 부자를 '원외'[10]라고 부르는 것과 마찬가지로, 상대방을 존대해서 불러 준 것이었지요.

이 정 조봉은 만 금이나 되는 엄청난 재산을 가지고 있었습니다. 그래

帝)로 즉위한 후 도성 및 중앙정부의 기능을 자신의 근거지인 북경으로 이관하였다. 반면에 남경은 부황이 왕업을 닦은 명나라의 발상지였기 때문에 그 격을 낮출 수 없어서 '양경제(兩京制)'를 채택하여 당초의 도읍이었던 남경이 유사시의 도읍 즉 '유도(留都)'로서 북경과 동일한 정부기구를 유지하게 했는데, 이를 계기로 북경이 속한 하북지방을 '북직예', 남경이 속한 강소지방을 '남직예'로 일컬었다. 그러나 명대에는 정치적 실권이 북직예의 정부기구에만 집중되어 있었으며 남직예는 기구는 동일하지만 그 권력이나 규모면에서는 유명무실 해서 한직으로 간주되었다. 청대에는 도읍을 북경에만 두고 있었으므로 남북의 구분이 없어지고 '북직예'를 그대로 '직예(直隷)'로 부르는 대신 청나라와 연고가 없는 '남직예'는 '강소성(江蘇省)'으로 격하되었다.

7 휘주부(徽州府) : 명대의 지역명. 원래는 신안강(新安江) 상류에 자리잡고 있다고 해서 '신안'으로 일컬어졌으나 송나라 휘종(徽宗) 선화(宣和) 3년(1121) '휘주'로 개칭하면서 송·원·명·청 네 왕조에 걸쳐 그 이름으로 일컬어졌다. 행정소재지인 흡현(歙縣)을 위시하여 이현(黟縣)·휴녕(休寧)·적계(績溪)·무원(婺源)·기문(祁門)의 여섯 개 현을 관할하였다. 이 지역은 명·청대 오백년 동안 중국 상계를 지배한 지역 상인 집단인 '휘상(徽商)'의 발상지로, "휘상이 온 천하를 누빈다(徽商遍天下)", "휘상이 없이는 고을이 만들어지지 않는다(無徽不成鎭)"고 할 정도로 경제적으로는 물론이고 문화·사회 전반에서 큰 영향을 주었다.

8 조봉(朝奉) : 중국 고대의 관직명. 원래 송대 초기에는 조봉랑(朝奉郎), 조봉대부(朝奉大夫) 등과 같이 관직명이었으나 남송대 이후로는 부자나 토호, 나아가 가게의 점원 등을 두루 높여 부르는 존칭으로 전용되었다. 명대의 경우 안휘성 휘주(徽州) 일대에서는 부자를 '조봉'이라고 부르고 소주·절강·안휘 등지에서는 전당포의 지배인이나 점원을 높여 부르는 존칭으로 사용되기도 하였다.

9 조봉대부(朝奉大夫) : 송대의 관직명. 정5품의 문관직으로 원풍(元豐) 3년(1080)의 개혁으로 종6품의 후행낭중(後行郎中)으로 대체되었다.

10 원외(員外) : 원·명대의 존칭. 원래는 정원 이외의 관원을 뜻했지만 나중에는 매관매직으로 이 벼슬을 살 수 있게 되면서 재산이 많거나 권세가 있는 부자들을 부르는 호칭이 되었다. 여기서는 후자에 해당한다.

서 정말 그야말로 '배부르고 등 따뜻하니까 음욕이 생긴다[11]'는 격이었지요. 아닌 게 아니라 속으로 좋아하는 것이라고는 여색밖에 없었답니다. 그는 남의 집 여인들 중에서 자색이 좀 있는 사람만 보면 온갖 방법을 다 동원해서 기필코 손에 넣어야 직성이 풀리는 자였습니다. 상대가 얼마나 많은 물건을 요구하더라도 전혀 그 돈을 아까워하지 않았지요. 일만 이루어 주기만 하면 말입니다. 그런 까닭에 쓰는 돈도 적지 않았답니다. 목적을 이룬 경우도 그 수를 이루 셀 수가 없을 지경이었지요. 그래서 예로부터 '하늘의 법도는 음탕한 자에게 불행을 내린다[12]'라는 말이 다 있을 정도였습니다. 이렇게 여색을 탐내기를 그치지 않다 보니 온갖 해괴한 짓을 다 벌였지 뭡니까. 상대가 패가망신 하고 나서[13] 허둥지둥 정신을 차리고 났을 때에는 벌써 엄청난 손해를 보고 난 뒤였습니다. 물론, 이것은 나중의 이야기이지만요.

계속 이야기를 들려 드리겠습니다. 휘주부의 암자가岩子街에는 술을 파는 사람이 살았는데, 성이 이李씨여서 '이방가李方哥'라고 불렸지요. 그의 아내는 진陳씨였는데, 아주 요염하게 생긴 데다가 풍채도 사람의 마음을 움직일 정도였답니다. 정 조봉은 욕정이 발동해서 술을 산다는 핑계로

---

11 배 부르고 등 따뜻하니까~ : 명대의 속담. 가중명(賈仲明, 1343~1422)의 희곡『대옥소(對玉梳)』제3절에서도 "이 녀석은 그저 배 부르고 등 따뜻하니까 음욕이 생긴 것뿐이다(這厮只因飽暖生淫欲)"라고 쓰고 있다. 『이각 박안경기』제21권에서는 종속절 부분이 '음욕이 생긴다(生淫欲)'가 아니라 '음욕이 떠오른다(思淫欲)'로 나와 있다.
12 하늘의 법도는 음탕한 자에게 불행을 내린다[天道禍淫] : 중국 도교 문헌인『문창제군훈칙사자계음문(文昌帝君訓飭士子戒淫文)』에 나오는 말.
13 【즉공관 미비】少年着眼. 젊은이들은 유념해야지.

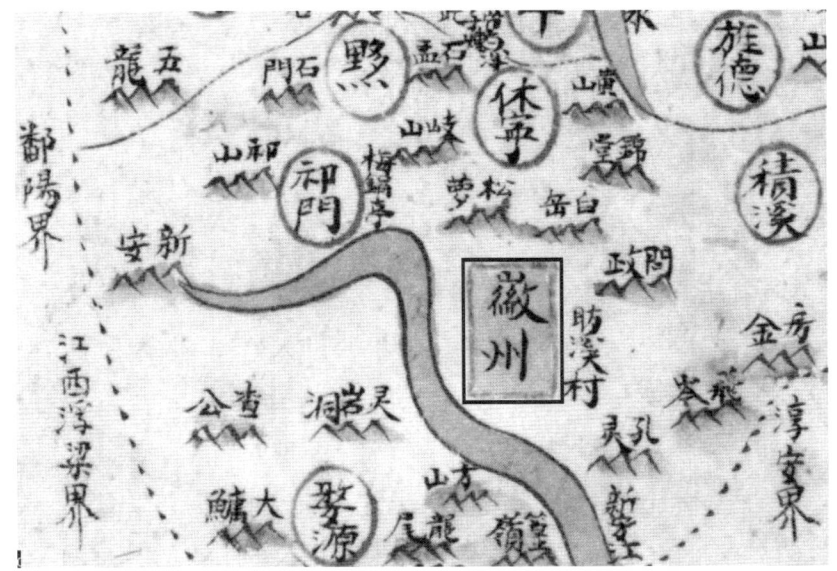

『대청분성여도(大淸分省輿圖)』(1754)의 「강남성여도(江南省輿圖)」에
소개되어 있는 휘주 일대의 모습

하루 종일 온갖 달콤하고 솔깃한 말을 다 동원하여 그 내외 두 사람을 구워 삶았지요. 그러나 아무리 다정하게 구슬려보아도 진씨는 바르게 처신하면서 조금도 넘어 오지 않았습니다. 그러자 정 조봉은 말했습니다.

"세상 일이라는 건 이득만 생기면 사람 마음을 움직일 수가 있는 법이다. (…) 그 집 사람들은 가난한 자들이다. 그러니 필사적으로 재물을 쏟아붓는다면 내 낚싯바늘을 안 물 도리가 없을 걸? '남몰래 청탁하는 것은 대 놓고 매수하는 것만 못한 법'[14]이지!"

---

14 남 몰래 청탁하는 것은 대 놓고 매수하는 것만 못한 법[私下鑽求, 不如明買] : 명대의 유행어. 일을 벌일 때에는 망설임 없이 화끈하게 처리해야 한다는 뜻으로, 우리 속담 '쇠뿔도

그러던 어느 날이었지요. 하루는 이방가를 보고 말했습니다.

"자네 … 한 해 동안 술을 팔면 이문이 얼마나 남는가?"

"조봉 나리께서 보살펴 주셔서 이 장사로 내외 두 식구가 지낼 만하니 … 이걸로도 다행이지요!"

"남는 것이 있는가?"

그래서 이방가가 말했지요.

"만약에 한 냥 두 냥이라도 남는 것이 있다면 남겼다가 밑천으로 삼겠지요. 허나…, 지금은 빠듯하게 지낼 수밖에 없답니다. 아침에는 되로 먹고 저녁에는 홉으로 먹으면서[15] 지내다 보니 어디 남는 것이 있어야지요."

"만약에 말일세 … 누가 열 냥이든 닷냥이든 은자를 밑천으로 도와 준다면 … 자네는 어떻게 할 텐가?"

"소인한테 열 냥이든 닷 냥이든 은자가 생기면 그걸로 모두 좋은 술을

단김에 뽑아야 하는 법'과 비슷한 말이다.
15 아침에는 되로 먹고~[朝升暮合] : 명대의 속담. 한 되는 열 홉이다. 아침에는 한 되를 먹지만 저녁에는 한 홉만 먹는다는 것은 끼니를 걱정해야 할 정도로 가정형편이 좋지 못하다는 뜻이다. 이 속담은 제28권에도 보인다.

만들면서 잘 나가는 술 도가를 하나 열까 싶습니다요. 한 해 동안 입에 풀칠을 할 수 있을뿐더러 … 거기다가 이문도 많이 생길 테지요. 그렇기야 하지만 … 그렇게 많은 돈은 구할 길이 없습니다. 설사 누가 꾸어 준다고 해도 빚을 져서 이자를 갚아야 할 거라면 … 차라리 이 작은 장사로 만족하는 편이 낫지요."

그러자 정 조봉이 말했습니다.

"보아하니 자네는 처신도 잘하니 만약에 … 나한테 조금만 호의를 보인다면[16] 당장 자네한테 이삼십 냥을 준들 뭐가 대수이겠는가?"

"이삼십 냥이야 조봉 어른한테는 털 한 오라기일 뿐이겠지만서두 … 소인한테 그 돈이 생긴다면 평생을 써도 다 못 쓸 겁니다요! 그렇지만 … 조봉 어른께서 그렇게 해 주실 리가 있나요?"

"한다면 하는 사람일세! 자네가 호의만 보인다면 말이야〮〮

"소인이 … 어떻게 해 드려야 호의로 받아들이시겠습니까?"

정 조봉이 웃으면서 말했지요.

---

16 【즉공관 방비】來了. 시작했군.

"나는 자네 집에 있는 물건 하나를 좋아하네. (…) 자네는 밑천을 들일 필요도 없네.[17] (…) 내가 빌려서 좀 쓰고 도로 자네한테 돌려 줌세! (…) 혹시라도 생각이 있다면 당장이라도 자네한테 서른 냥을 주지!"

"저희 집 어디에 조봉 어른께서 쓰실 만한 물건이 있다고요. 게다가 … 쓰고 나서 돌려주신다면야 조봉 어른 말씀대로 하지 않을 이유가 어디 있겠습니까요? 거기다가 조봉 나리한테 은자까지 그렇게나 많이 요구할 이유가 있겠습니까요!"

그러자 조봉이 웃으면서 말하는 것이었습니다.

"아마 자네는 그럴 생각이 없을 걸? (…) 그렇게 해 줄 생각이 있더라도 자네 처는 … 아까워 할 걸세. (…) 자네 … 일단 내외가 잘 상의해 보게. 내 내일 은자를 가지고 와서 자네한테 즉석에서 값을 쳐서 줌세![18] 오늘은 입으로만 이야기하다 보니 아무래도 분명히 말하기가 좀 그렇구만?"

말을 마친 그는 웃으면서 그 자리를 떠나는 것이었지요.

이방가는 저녁에 그 이야기를 진씨에게 해 주고 나서 말했습니다.

---

17 【즉공관 방비】也有本錢. 밑천도 있거든.
18 【즉공관 미비】有銀者如此口亦易開, 可見錢神之橫. 돈을 가진 자들이 이런 식으로 입을 쉽게 놀리다니! 재물의 신이 얼마나 전횡이 심한지 알겠구나.

"우리 집의 어떤 물건을 원하는지 모르겠군 그래!"

그러자 진씨가 가만히 생각해 보더니 말하는 것이었습니다.

"당신이 그 자의 번지르르한 말을 듣다니요! (…) 만약에 다른 유용한 물건을 가져다 쓰면서 거기다가 또 '빌려 쓰고 돌려주겠다'고 했다면 … 당신한테 아무리 대단한 보물이 있다 해도 빌리는 돈을 그렇게 많이 들일 리가 없습니다. 그렇다면 제 몸에서 잇속을 챙기겠다는 집착으로 한 말이 분명하지요![19] (…) 당신이 사내 대장부라면 생각을 좀 해 보세요. 그 자한테 농락 당하지 말고요!"

이방가는 그래도 웃으면서 말하는 것이었지요.

"그런 말이 어디 있소!"

그런데 하루를 건너 뛰고 났을 때였습니다. 정 조봉이 정말로 은자 한 뭉치를 들고 왔지 뭡니까. 그는 이방가를 보고 말했습니다.

"은자가 여기 이렇게 있네. 자네한테 줄 준비는 다 되어 있지. 어디 … 자네 뜻이 어떤지 볼까?"

---

19 【즉공관 방비】聰明. 똑똑하군.

조봉은 그 자리에서 뭉치를 펼쳤습니다. 그러자 허옇게 빛나는 큰 뭉치가 드러나는 것이 아닙니까. 이방가는 그것을 보더니 눈이 다 뒤집혔습니다.

은자 뭉치

"조봉 어른, … 무얼 원하시는지 분명하게 말씀을 해 보시지요. 말씀대로 다 들어 드릴 수 있게 말입니다."

"자네는 물정을 아는 사람일세. 남이 꼭 말을 해 줘야 하겠는가? (…) 어떤 물건이길래 내가 쓰려고 하고, 또 그렇게 값이 나가는지는 … 자네가 스스로 생각을 좀 해 보면 안다니까!"

"소인은 도통 가닥이 안 잡힙니다. 소인 내외 두 식구 몸 말고야 열 냥 이상 값이 나갈 만한 물건은 하나도 없는 걸요."

그런데 조봉이 웃으면서 말하는 것이었지요.

"바로 그 몸일세! 누가 몸 말고 다른 거라고 했나?"

이방가는 얼굴이 빨개져서 말했습니다.

"조봉 나리, 말씀을 너무 함부로 하시는군요! 어떻게 그런 농담을 하실 수가 있습니까?"

"난 농담이 아닌 걸? (…) 현금으로 현물을 사는 걸세. 원하면 거래가 성사되는 거지.[20] 생각이 없으면 그만 두고 마는 거지 … 어떻게 자네한테 강요할 수가 있겠는가!"

말을 마치자 그는 은자를 소매 속에 싸 넣으려고 하는 것이었습니다. 예로부터 이런 말이 있지요.

맑은 술은 사람 얼굴을 붉게 만들고　　　淸酒紅人面,
누런 금은 세상 사람 마음을 검게 만든다.　黃金黑世心.

이방가는 정 조봉이 은자를 챙기려고 하는 것을 보자마자 멍한 눈으로

---

20 【즉공관 미비】此人亦自老辣. 이 자도 나름대로 노련하다.

입도 열지 못했습니다.[21] 망설이면서 아까워하는 눈치가 역력했지요. 정 조봉은 진작부터 눈치를 채고 있었습니다. 그래서 그 중에서 세 냥 정도 되는 은자를 한 덩이 가져다 이방가의 소매 속에 찔러 넣으면서 말했지요.

"일단 … 이 은덩이라도 가져가서 체면치레라도 하게.[22] (…) 똑같은 걸로 열 덩이일세. (…) 자네 내외가 한번 따져 보시게나."

이방가는 못 이기는 척 그것을 받았습니다. 정 조봉은 그야말로 '명수는 서두르지 않는다[會家不忙]'는 격이랄까요? 그가 은자를 받는 것을 보고 밀어부칠 건수가 생긴 것을 눈치챘지요.

"내 갔다가 다시 와서 대답을 듣겠네."

이방가는 안방으로 들어가서 아내 진씨에게 말했습니다.

"정말 당신이 어제 정확하게 맞추었소! 이제 보니 정말 그런 속셈이었어! (…) 나한테 한 바탕 무안을 당하더니 민망했던지 이 은덩이를 사과하는 뜻으로 주길래[23] 가지고 왔소."

---

21 【즉공관 방비】來了. 올 것이 왔군 그래.
22 【즉공관 방비】妙. 기막히다.
23 【즉공관 방비】未必. 그럴 리가!

"그 자 것은 가지고 오지 말았어야지요. 가져 왔다는 것 자체가 그럴 생각이 있다는 것과 다를 바가 없잖아요.[24] (…) 그 자가 그런 속셈을 어디 멈추려고 들겠어요!"

"순간적으로 아무 생각 없이 가져 왔구려! (…) 그 자가 갈 때 '자기 뜻대로만 해 주면 열 덩이라도 문제가 없다'고 하더군. 내 생각에는 … 나하고 당신이 여기서 한 해 내내 뼈 빠지게 고생을 해도 은자 몇 냥도 벌수가 없소. (…) 그 자 속셈은 … 당신 몸에 기꺼이 큰 돈을 쓰겠다는 걸테지. 우리 차라리 … 그 속셈을 역이용해서 그 자를 속입시다. 이득을 좀 주면 그 자의 큰 은덩이를 챙기는 것도 어렵지 않지. 아무리 그래도 한 잔이요 반 잔이요 하면서 남들 푼돈이나 세고 있는 것 보다야 낫지 않소?"

이방가는 말을 마치자마자 그 은덩이를 꺼내서 탁자 위에 내려 놓았습니다. 진씨는 그것을 손에 들고 좀 살펴보더니 말하는 것이었지요.

"당신네 사내들은 이 물건을 보기만 하면 마누라가 외간 남자 하고 바람이 나도 상관이 없는 거에요?"

"상관이 없다는 게 아니라 … 부자 양반이 어렵게 밑져 가면서까지 우리 생각을 해 주는데 … 우리가 눈 딱 감고 한 순간 부끄러움만 참으면 평

---

24 【즉공관 방비】更聰明. 역시 똑똑해.

생 쓰고도 남을 돈이 생기니까 그러는 게지.[25] (…) 지금은 어쨌거나 더러운 세상이오. 우리가 무슨 떵떵거리는 대갓집도 아니고 … 순결하게 절개를 지킨다고 한들 당신한테 패방[26]을 세워 줄 놈도 없지. (…) 그냥 자존심을 좀 꺾읍시다!"

"말이야 맞는 말입니다만 …[27] 창피스럽게 그 자를 어떻게 유혹하겠어요?"

안휘성 흡현에 서 있는 명대의 패방들

"어쨌거나 쓰는 건 그 자의 밑천뿐이오. 내 지금 방 안에 술자리를 마

---

25 【즉공관 미비】自是龜談. 애초부터 허튼 소리.
26 패방(牌坊) : 중국 고대에 기념으로 세우던 건축물의 일종으로, '패루(牌樓)'라고도 한다. 주로 과거급제자·청백리·충신·효자·열녀·의인의 공덕을 표창하고자 하는 목적에서 조정에서 세워 주었다. 후대에는 패방을 하사 받고 가문의 명성을 드높이기 위하여 과부에게 강제로 수절하게 하거나 자기 살을 베어 부모에게 효도하게 하는 등의 변태적인 기행을 조장하는 폐단을 낳는 경우가 많았다.
27 【즉공관 방비】來了. 올 것이 왔군.

런해서 '저녁에 술을 마시자'고 초대해 놓고 나만 혼자 바깥에 나가 좀 피해 있겠소. 그 자가 오면 내가 무심코 밖에 나갔는데 곧 올 거라고만 둘러대고 일단 술자리에서 그 자를 대접하시오.[28] 술을 마시다 보면 그 자가 당연히 당신을 집적거리겠지. 그러면 기회를 봐서 그 자 하고 일을 치루도록 하시오. 내가 왔을 때에는 일은 벌써 끝나 있을 테니까 … 이거 야말로 우리도 모르는 사이에 큰 은덩이를 챙기는 셈이 아니겠소?"

"하지만 … 좀 부끄러워서 … 안되겠어요."

"정 조봉도 따지고 보면 줄곧 알고 지내던 사이인데 뭐가 부끄럽다고 … 당신은 그냥 술자리에서 그 자가 술을 마실 때 시중을 드는 것뿐이오. (…) 그 자를 유혹하라는 것도 아니지 않소? 그냥 그 자가 어떻게 나오는 지 보고 적당히 응대만 해 주면 되니까 부끄러울 것도 없지."

진씨가 그 말을 듣고 보니 그다지 힘들 것도 없을 것 같지 뭡니까. 그 래서 바로 그렇게 하기로 했답니다.

이방가는 대충 술자리를 마련한 다음 가서 정 조봉을 초대했습니다.

"조봉 어른께서 마다하지 않으신다면 저녁에 저희 집에 술자리를 마

---

28 【즉공관 미비】 自是龜見. 애초부터 허튼 생각.

런해서 특별히 모시고 이야기를 나눌까 싶습니다. … 조봉 어른, 바로 건너오시지요."

그 말을 들은 정 조봉은 기뻐서 어쩔 줄을 모르면서 말했지요.

"정말 이득이 사람 마음을 움직이는군! 이방가가 벌써 그렇게 하기로 상의를 마친 게야. 오늘 밤에 나를 초대했으니 목적을 이룰 수 있겠군 그래!"

그는 날이 저물자마자 술자리로 달려가고 싶은 마음이 간절했답니다. 그러나 예로부터

좋은 일에는 시련도 많은 법.29   好事多磨.

정 조봉은 의기도 양양하게 거리로 나왔습니다. 그런데 가만 보니 같은 조봉인 왕汪씨가 그의 소맷자락을 붙잡더니 무슨 '새로 온 창기 왕대사 王大舍를 보러 가자'면서 와락 끌고 가는 것이 아닙니까. 정 조봉은 갈 겨를이 없다고 둘러댔지요. 그러자 왕 조봉이 말했습니다.

---

29 좋은 일에는 시련도 많은 법[好事多磨] : 명대의 한자 성어. 우리나라에서는 '호사다마(好事多魔)'라고 쓰고 '좋은 일에는 마가 낀다' 식으로 새기지만 잘못된 용법이다. 여기서의 '마'는 '악귀 마(魔)'가 아니라 '갈 마(磨)'를 써야 옳기 때문이다. '마(磨)'는 중국에서 원래의 '갈다(grind)'라는 의미와 함께 나중에는 '고통을 당하다(suffer)'나 '좌절을 겪다(frustrate)'의 경우처럼 정신적으로 시련을 당하는 것을 나타내는 데에 사용되는 경우도 많다. '갈 마(磨)'가 '악귀 마(魔)'로 잘못 전해지게 된 것은 두 글자가 형태나 발음에서 서로 비슷한 것이 결정적인 원인으로 작용한 것으로 보인다. 여기서는 "호사다마"를 편의상 "좋은 일에는 시련도 많다"로 번역하였다.

"무슨 중요한 일이라도 있으십니까?"

정 조봉은 마음이 급하다 보니 순간적으로 핑계거리를 둘러대지 못했습니다. 왕 조봉은 그가 말을 못하는 것을 보더니 말했지요.

"애초에 할 일도 없으면서 어째서 이렇게 핑계를 대면서 분위기를 깨십니까!"

그러더니 다짜고짜 젊은 도령 두세 명과 함께 밀거니 당기거니 하면서 끌고 가지 뭡니까요.

그곳에 도착해서 그 창부를 본 왕 조봉은 마음에 드는지 그 자리에서 은자를 저울에 달아 자신이 한 턱 내기로 하고 거기서 바로 일을 치루었습니다. 정 조봉은 내심 용무가 있기는 했지만 몸이 붙잡혀 있다 보니 여간 성가신 것이 아니었지요.

그렇게 두세 잔 마시다가 술자리를 빠져 나와서 길을 나서고 보니 벌써 이경이 되어 있었습니다. 이때 이방가는 벌써 핑계거리를 지어내서 친구 집으로 피해 있는지라[30] 다시 초대하러 올 사람도 없었지요. 정 조봉은 그 길로 허둥지둥 이 씨네 술집으로 달려 왔습니다. 그런데 술집 문이 닫혀 있지 않은 것을 보고 속으로 눈치를 챘지요. 그래서 그는 술집에

---

30 【즉공관 미비】候蚤臨. 일찍 오기를 기다리네.

들어가자마자 대문에 빗장을 걸었습니다. 그 술집의 방은 그다지 은밀하지 않았습니다. 눈을 들어 바라보니 방 안의 등과 촛불이 밝게 빛나고 있고 술과 음식이 차려져 있었습니다. 그런데 조용한 것이 사람 기척 하나 없지 뭡니까. 그래서 안으로 들어가서 보니 사람 그림자가 하나도 보이지 않았습니다. 그는 서둘러 탁자의 불을 옮겨 와서 비추어 보았지요. 그 순간

"아이쿠!"

하고 외마디 비명을 지르고 말았습니다. 그야말로

> 정수리를 여덟 조각으로 쪼개고　　　　　分開八片頂陽骨,
> 얼음물을 한통이나 끼얹는 격이로구나![31]　傾下一桶雪水來.

정 조봉이 살피다가 가만 보니 온 바닥이 뻘건 피투성이이고 머리가 없는 웬 여인이 피바다 속에 누워 있는 것이 아닙니까 글쎄! 그는 무슨 영문인지도 모른 채 하도 놀라는 통에 이가 다 위아래로 맞추어 딱딱 마주칠 지경이었습니다. 그는 몸을 빼서 집 밖으로 나와서 대문을 열자마자 바로 줄행랑을 쳐 버렸지요.

31　정수리가 여덟 조각으로 깨지고~[分開八片頂陽骨, 傾下半桶冰雪水] : 원·명대 화본소설의 상투어. 마치 두개골을 쪼개고 얼음물을 끼얹어서 정신이 번쩍 들 정도로 깜짝 놀라는 모습을 두고 하는 말이다.

程朝奉單遇
無頭婦

정 조봉이 혼자 머리 없는 여인을 만나다

집으로 돌아온 그는 몸을 떨면서 안절부절 했습니다. 가슴은 가슴대로 다 쿵쿵 뛰었지요. 그 시비가 자신에게 미칠 것을 눈치챈 그가 내내 두렵고 당혹스러워 한 것은 말 할 필요도 없었습니다.

계속 이야기를 들려 드리도록 하지요. 이방가는 친구 집에서 한 밤중이 될 때까지 머물다가 '정 조봉과 아내가 일을 다 치루었겠지. 조용히 집에 가면 그 덕분에 술이라도 한 잔 먹을 수 있겠다' 싶었습니다. 그래서 한 걸음 한 걸음 천천히 돌아오는데 가만 보니 자기 술집 문이 열려 있는 것이 아닙니까.

'조봉 양반 참 조심성도 없지. 몰래 일을 치르겠다면서 문 하나 제대로 닫을 줄도 모르다니!'

이렇게 생각하면서 방 안으로 갔습니다. 그런데 조봉 따위는 보이지도 않고 웬 머리 없는 시신 하나가 땅바닥에 드러누워 있는 것이었지요. 그래서 몸에 걸친 옷을 보니 바로 자기 아내이지 뭡니까! 그는 하도 놀라서 길길이 뛰면서 말했습니다.

"이게 웬일이냐, 이게 웬일이야!"

그는 통곡을 하면서 생각했습니다.

'내 아내가 자기 뜻을 따르기로 했는데 무슨 말이 거슬렸길래 이렇게 사람을 죽였어? (…) 놈한테 목숨값을 받으러 가야겠다!"

이방가는 서둘러 집안을 깨끗이 치우고 대문을 잠갔습니다. 그리고 그 길로 조봉의 집으로 달려갔지요.

정 조봉은 영문도 모르고 있는데 들어 보니 이방가의 목소리이지 뭡니까. 그래서 그에게 경위를 물어 볼 요량으로 허둥지둥 대문을 열고 나왔습니다. 그러자 이방가는 그를 와락 찍어 누르면서 말하는 것이었지요.

"네놈이 참 장한 일을 벌였구나! 어째서 내 아내를 죽였느냐?"

그래서 정 조봉이 말했지요.

"자네 집에 갔더니 한 사람도 보이지 않고 … 가만 보니까 아 글쎄 자네 처가 살해된 채로 땅바닥에 쓰러져 있었네! 그런 것을 … 어째서 날더러 죽였다는 겐가!"

"네놈이 아니면 누구란 말이냐!"

그 말에 정 조봉이 말했지요.

"난 자네 처를 마음속으로 사랑하던 사람일세. 만약에 만났다면 받들어 모셔도 시원찮을 판인데 내가 왜 그녀를 죽인단 말인가? 자세하게 좀 알아보게, 나를 탓하지 말고 말일세!"

"멀쩡히 둘이 집에서 잘 사는 걸 네놈이 이런 사달을 만들어 놓았지! 그리고는 이제 와서는 내 아내를 죽여 놓고 누구한테 죄를 덮어 씌우려 고 드는 게냐! 같이 관아로 가자! 곱게 사람을 내놓는 것이 좋을 게다!"

이렇게 두 사람이 실랑이를 벌이는 사이에 날은 벌써 훤하게 밝아 있 었습니다. 두 사람은 서로 뒤엉킨 채로 그 길로 부 관아로 가서 억울한 사정을 호소했지요.

관아에서 확인해 보니 살인사건이지 뭡니까. 그래서 고발장을 접수하 고, 삼부[32]의 왕王 통판[33]에게 보내어 이 사건을 심문하게 했지요. 왕 통판 은 원고와 피고 두 사람을 데리고 일단 이방가의 술집으로 가서 시신을 검사했지요. 확인해 보니 여인의 시신이었습니다. 누군가에 의해 칼로 살해되었는데 현장에는 머리가 사라져 버리고 없었지요. 통판은 구역 담 당관에게 그 시신을 싣게 한 다음 원고와 피고를 데리고 관아로 와서 이 방가부터 심문했지요. 그러자 이방가가 말하는 것이었습니다.

---

32 삼부(三府) : 통판의 별칭. 그 품급이 지부(知府)·동지(同知)보다 낮아서 '삼부'로 불려 졌다고 한다.

33 통판(通判) : 송대의 관직명. 주의 사무를 두루 판정한다는 뜻의 '통판주사(通判州事)'의 약칭으로, 주(州)와 부(府)의 수장인 지주(知州)나 지부(知府)를 보좌하는 관리로, 양운 (糧運)·가전(家田)·수리(水利)·소송(訴訟) 등의 업무를 관장하는 한편, 지주·지부 등 관리들에 대해서도 감찰의 책임이 있었다.

"소인은 이방牙力이고 마누라는 진씨입니다. 술집을 열어 생계로 삼고 있습지요. 헌데 이 정 아무개가 소인 마누라한테 반해서 소인이 집에 없는 틈을 타서 술을 사러 왔다는 핑계를 대고 제 마누라를 강간했습니다! 소인 마누라가 저항을 하니까 이 놈이 죽인 것 같습니다요!"

"정 아무개는 할 말이 있느냐?"

통판이 이렇게 묻자 정 조봉이 말했습니다.

"이방 부부는 술을 팔고, 소인은 그 집 단골입니다. 이방이 어제 와서 소인에게 술을 마시러 가자며 초대를 하더군요. 해서 소인은 일이 있어서 좀 늦게 갔습니다. 헌데 그 집에 갔더니 이방은 보이지 않고 가만 보니 그 처가 무슨 영문인지 누군가에게 방에서 살해되었지 뭡니까요. 해서 허둥 지둥 집을 뛰쳐 나왔습니다. 소인 하고는 아무 상관도 없습니다요!"

"이방은 네가 술을 사러 왔다는 핑계로 그 처를 강간하려 했다고 한다. (…) 너는 이방이 너를 그 집으로 초대했다고 하는구나? (…) 이방이 너를 초대했다면 그가 주인이라는 소리인데 … 어째서 이방이 집에 없었단 말이냐? 아무래도 네놈이 강간하러 간 것이 사실인 게지!"

그 말에 정 조봉이 말했습니다.

"정말로 저 자가 소인을 초대하러 와서 간 겁니다요! 여기서 직접 얼굴을 맞대고 나리께서 물어보시면 저 자도 발뺌을 하지 못할 겁니다요!"

그러자 이방이 말하는 것이었습니다.

"초대야 소인이 초대했습니다마는 … 소인이 집에 돌아가기도 전에 저놈이 먼저 강간을 하러 갔다가 사람을 죽인 겁니다요!"

"네가 정가를 초대했다고 하지 않았더냐? 그런데 어째서 네가 집에 도착하기도 전에 정가가 먼저 강간을 하고 사람까지 죽일 수 있단 말이냐? 너는 그때 집에 와서 손님을 대접할 생각은 하지 않고 어디에 가 있었더냐? 거기에는 내막이 있는 것이 분명하다!"

이렇게 말한 통판은 형리에게 장대를 가져 와서 두 사람의 주리를 틀게 했습니다. 둘은 그제서야 하는 수 없이 사실을 털어 놓는 것이었지요.[34]

---

34 【즉공관 미비】賠了夫人又折兵. 부인을 잃고 군사까지 잃은 격이로군 그래!
　　"부인을 잃고 군사까지 잃었다(賠了夫人又折兵)"는 나관중(羅貫中 : 1330?~1400?) 『삼국연의(三國演義)』보다 수십 년 앞서 지어진 원대 잡극 희곡 『격강투지(隔江鬪智)』에서 처음으로 사용된 말이다. 삼국시대에 오(吳)나라 원수 주유(周瑜)는 주군인 손권(孫權)의 누이동생과의 혼인을 빌미로 적국인 촉(蜀)나라 군주 유비(劉備)를 오나라로 유인해 내어 인질로 삼고 형주(荊州)를 빼앗으려 한다. 그러나 유비의 측근 책사인 제갈량(諸葛亮)의 계책으로 유비는 손권의 누이동생을 데리고 무사히 오나라를 빠져 나가고 그 뒤를 추격하던 주유의 군사는 제갈량이 매복한 촉나라 군대에 참패하고 만다. 그러자 유비의 군대는 주유가 잔꾀를 부리다가 손 부인도 잃고 군사까지 잃었다고 비웃는다. 이득을 보려고 잔꾀를 부렸다가 당초의 목적을 이루기는커녕 오히려 큰 손해를 본 사람을 비꼬는 말로 자주 사용된다. 『삼국연의』에서는 제갈량이 이 말을 한 것으로 소개되어 있으나

"사실은 정 아무개가 소인의 아내한테 반해서 소인한테 은자를 주겠다면서 '아내와 같이 술을 먹게 해 달라'고 요구했었습니다. 소인은 이득이 탐난 나머지 허락하면 안됨에도 불구하고 … 저놈 술을 먹자며 초대한 것은 사실입니다요. 소인은 저놈이 눈에 거슬려 할 것 같길래 하는 수 없이 잠시

조선 민화에 그려진 주리 트는 장면

피해 있었습니다. 나중에 집에 갔더니 뜻밖에도 아내가 저놈한테 살해된 채로 땅바닥에 쓰러져 있고 저놈은 자기 집으로 도망쳐 버렸지 뭡니까요 글쎄!"

이방이 이렇게 말하자 이번에는 정 조봉이 말하는 것이었지요.

"소인이 이방의 처를 좋아해서 유혹하려 한 것은 사실입니다요. 허나

『격강투지』(제2절)의 경우, 장비(張飛)가 주유가 잔꾀를 부리자 "주유야 주유, 네놈의 고 교묘한 꾀가 하늘보다 높다 뻐기지 말라. 기껏해야 손 부인도 잃고 병력마저 잃고 말 테니!(周瑜周瑜, 休誇妙計高天下, 只教你賠了夫人又折兵)"(문성재 역, 지만지드라마, 2024) 하고 비웃은 것으로 나와 있다.

··· 이방이 소인을 술자리에 초대하기로 했는데 소인이 어째서 되려 그녀를 죽이려 들었겠습니까?[35] 사실은 그의 집에 갔을 때 그녀가 이미 ··· 무엇 때문인지는 모르지만 살해된 뒤였습니다. 소인은 당황한 나머지 집으로 돌아갔습니다. 정말 소인 하고는 상관이 없습니다요!"

"이방이 술을 먹자고 초대하고 매춘을 시도한 것은 사실이고 ··· 정아무개가 갔다가 그 여인이 거절하자 순간적으로 살해한 것도 사실이렷다? (···) 공연히 남의 아내를 간음하려 한 것부터가 사실은 좋은 사람이 할 짓이 아니다. 이 목숨값은 당연히 정아무개가 배상하는 것이 옳다!"

통판이 이렇게 말하자 정 조봉이 말했습니다.

"미색을 보고 번번이 탐욕을 일으킨 거야. 소인의 죄지요. 허나 ··· 사람이 죽은 일만은 정말 모르는 일입니다요! 그들 부부가 의논해서 소인을 술자리에 초대하기로 한 것부터가 소인의 뜻을 따를 작정이었다는 뜻입니다요! (···) 그러니 설사 좀 내키지 않는 구석이 좀 있었다손 치더라도 천천히 부탁하면 되는 일인데 ··· 어쩌자고 그녀한테 손을 써서 죽일 턱이 있겠습니까요?"

왕 통판은 그가 간음을 하려다가 화를 자초한 일에 분노할 뿐[36] 어디

---

35 【즉공관 미비】辨得也是. 그럴 듯한 해명이다.
36 【즉공관 방비】不差. 맞는 말이다.

그의 변명을 들으려 했겠습니까? 그래서 그에게 강간살인의 죄를 물어 사형을 내리려 했지요. 그러나 시신에 머리가 없는 데다가 범행 도구도 없어서 진술이 성립되지 않지 뭡니까. 그래서 시한을 정하고 정 조봉에 게서 그 머리의 행방을 추궁하려 했지요. 그야말로

관가의 법도는 화로 같아 뜻대로 할 수 없는데	官法如爐不自繇,
이번에 자극했으니 어떻게 그대로 넘어갈까?	這回惹着怎干休.
이제야 여색은 참으로 얻기 어려움 알겠다마는	方知女色眞難得,
이 날 어째서 고운 여인 머리 받아왔단 말인가!	此日何來美婦頭.

정 조봉은 몇 번이나 기한을 넘길 정도로 도무지 그 머리를 찾을 길이 없었습니다. 그러자 이렇게 하소연하는 것이었지요.

"강간하려다가 제 뜻을 따르지 않아서 소인이 죽였다고 칩시다. 소인 이 그 머리를 감추어서 무슨 쓸모가 있다고 여기서 이런 조회를 받아야 합니까!"[37]

왕 통판은 그가 하는 말이 일리가 있는 것을 보고 깨달았지만 웬지 이 상하게 여겼습니다.

---

37 【즉공관 미비】辨得又是. 이 변명도 맞는 말이다.

'그래. 어쩌면 다른 자가 이 여인을 살해했을지도 모른다.'

그래서 일단 정 조봉과 이방가를 감옥에 가두었습니다. 그리고는 그 길로 연루된 이웃사람 등을 불러 모아 그 일의 원인과 정아무개의 살인 여부를 캐물었지요. 그러자 이웃사람 등이 저마다 말하는 것이었습니다.

"그는 단골이어서 수시로 들락거렸습니다요. 허나, … 딱히 간음 같은 짓을 저지른 건 여태껏 본 적이 없습니다요. 정아무개의 경우는 … 재산을 가진 작자이니 여색을 탐내는 일이야 있었을 지도 모르겠습니다. 허나, … 그 자가 무슨 흉악한 못된 짓을 저지르는 것은 본 적이 없습니다. 사람을 죽인 건 그 자가 아닐 겁니다요."

"정 아무개일 리가 없다고? 너희 담당관들은 이방네 사정만은 소상히 알고 있을 테지? 누구 하고 원수를 졌다든가 어디가 수상하다든가 … 짐작할 수가 있겠지?"

그러자 이웃사람 등이 말했지요.

"이방은 평소에 술을 팔았지만 무슨 원수가 있다든가 하는 경우는 본 적이 없습니다요. 그 내외 두 식구는 처신도 잘 해서[38] 평소에는 남들 하

---

38 【즉공관 미비】也喫做人好了的虧. 그저 좋은 사람 노릇 하다 보니 낭패를 당한 게지!

고 말다툼조차 한 적이 없었습니다. (…) 그날 밤도 하도 컴컴해서 누가

죽였는지 알 수가 없습니다. 구역 담당관들도 짐작조차 할 수가 없습니

다요!"

"너희들은 모두 바깥으로 가서 수소문을 좀 해 보도록 하라!"

사람들이 통판의 그 명령에 따라 나가려고 하는 찰나였습니다. 그 중

에서 웬 나이 든 사람이 앞으로 나오더니 아뢰는 것이었습니다.

"소인이 생각해 보니 짐작이 가는 자가 한 사람 있습니다마는 … 맞는

지 모르겠습니다요."

그래서 통판이 물었지요.

"누구냐?"

바로 이 사람을 언급하는 바람에 다음과 같은 일이 벌어지게 됩니다.[39]

---

39 다음과 같은 일이 벌어지게 됩니다[有分灸] : 명대 (의)화본 및 장회(章回)소설에서 장면
    이 끝나거나 바뀔 때마다 사용하는 상투어. 보통 이 앞에는 "바로 이 걸음 덕분에(只爲此
    一去)"라는 말이 관용적으로 사용되며, 이 뒤에는 다음 장면에서 벌어지게 될 사건이나
    상황들을 사전에 미리 암시하는 두 구절의 시를 사용함으로써 청중들이 이야기에 몰입하
    도록 이끄는 역할을 하는데, 엄밀한 의미에서는 독서를 목적으로 한 일반 소설의 관용적
    인 표현이라기보다는 극장에서의 공연을 목적으로 한 공연물에서 주로 사용하는 연극적
    장치의 일종으로 이해하는 것이 더 좋을 듯하다. "분교(分灸)"는 '분교(分敎)'로 표기하
    기도 한다. 여기서는 "유분교(有分灸)"를 편의상 "다음과 같은 일이 벌어지게 된다" 식으

탁발하는 떠돌이 중이	乞化游僧,
공공연히 석 자 죽간의 국법을 범하고	明投三尺之法.
깊이 묻혀 썩어가던 유해가	沉埋朽骨,
그 틈에 십년 묵은 원한을 씻는구나.	趁白十年之冤.

그야말로

선도 악도 언젠가는 결국 응보가 내리나니	善惡到頭終有報,
그 날이 빨리 올지 늦게 올지만 다툴 뿐이네.	只爭來早與來遲.

나이 든 그 사람은 이렇게 말했습니다.

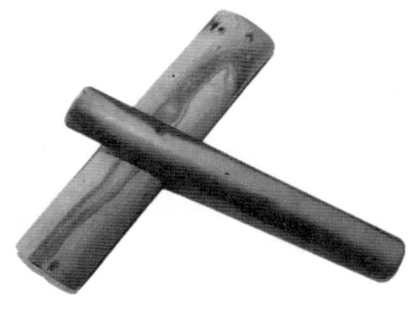

"저희 구역에는 근래에 멀리서 온 웬 떠돌이 중이 하나 있었습니다. 밤마다 딱따기를 두드리고 큰소리로 염불을 하면서 사람들한테 보시[40]를 빌더군요. 벌써 한 달 남짓 되었습니다. 헌데, 그날 밤 이가네 여

딱따기

로 번역하였다.

40 보시(布施) : 불교 용어. 산스크리트어에서 베푸는 행위 또는 그 물건을 뜻하는 '다나(dana)'를 그 의미대로 한자로 옮긴 것이다. 때로는 '다나'를 발음대로 한자로 적어 '단나(檀那)'로 쓰기도 하였다.

인이 살해된 뒤로는 그 자의 목소리가 들리지 않습니다. (…) 만약에 다른 고을로 가 버린 거라면 어떻게 이런 우연의 일치가 있을 수가 있겠습니까? 게다가 그 구역에서는 누가 그 자한테 보시하는 것을 본 적이 없습니다. 그런데 어떻게 그렇게 호락호락 떠날 생각을 했겠습니까? (…) 그 점이 정말로 수상합니다요!"

통판은 그 말을 듣더니 말했습니다.

"사람을 죽이고 못된 짓을 저지르는 것은 바로 떠도는 중들이 하는 짓이지. (…) 그 의심도 일리가 있다. 그러나 … 그 떠돌이 중을 어디서 찾아낸다지?"

그러자 나이 든 그 사람이 말하는 것이었습니다.

"'큰 상을 걸면 반드시 용감한 사람이 나오기 마련[41]'이라는 말이 있지요. 나리께서 그 정 아무개를 불러 내셔서 그 자한테 알려 주시지요. 그 자는 집안 형편이 부유하니 이 일을 분명하게 처리하겠다고 하면 큰 상을 내거는 것도 아까워하지 않을 것이 분명합니다. 그 떠돌이 중도 사라진 지가 얼마 되지 않았으니 기껏해야 부근 지역에 있을 것입니다. 그러

---

41 큰 상을 걸면 반드시 용감한 사람이 나오기 마련[重賞之下, 必有勇夫] : 원·명대의 속담. 원대의 극작가 왕실보(王實甫)가 지은 잡극 희곡인 『서상기(西廂記)』에는 "큰 상을 걸면 반드시 용감한 사람이 나오기 마련입니다. 상벌을 분명하게 한다면 그 계책이 분명히 먹혀 들 것입니다[重賞之下, 必有勇夫. 賞罰若明, 其計必成]"라고 나와 있다.

니 그 자를 찾아내는 것도 어렵지는 않겠지요."

통판은 그의 말대로 하기로 하고 감옥에서 정 조봉을 데려왔습니다. 그리고는 나이 든 사람의 말을 그에게 이야기해 주었지요. 그러자 정 조봉이 말했습니다.

"그런 의심스러운 점이 있다니 … 그거야말로 소인이 살아날 길입니다요! 나리께서 결정을 내리셔서 수배 공문을 내고 포졸 몇 사람을 시켜 사방으로 수소문 하도록 해 주십시오. 소인 기꺼이 상표賞票[42]를 걸겠습니다. 단서가 확인되면 금으로 사례하면 되지 않겠습니까!"

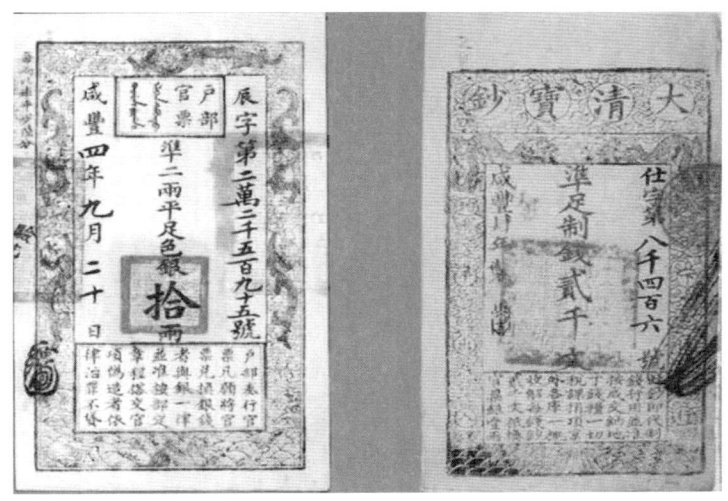

청대 후기 함풍 4년(1854)에 발행된 상표

---

42 상표(賞票) : 명·청대에 과거에 급제한 사람이 그 소식을 전하러 온 사람에게 추후에 상으로 내리기로 한 재물의 종류와 액수를 기입한 일종의 어음.

그래서 그 자리에서 통판은 포졸을 차출하고 정 조봉은 남에게 부탁해 그 포졸들을 초대하여 사정을 이야기한 다음 일단 은자 열 냥을 노자로 쥐어 주었습니다. 그리고 서른 냥을 걸고 그 중을 찾아내는 즉시 인계하라고 명령했지요. 그러자 포졸들도 그 말에 호응하여 그 자리를 떠나는 것이었습니다.

사실 포졸들은 무리가 무척 많고 정보원도 아주 많습니다. 그래서 그들이 마음만 먹는다면 찾아내지 못하는 범인이 없을 정도였지요. 그들은 정 조봉이 폐를 끼쳐도 될 집안인 것을 눈치챘습니다. 거기다가 후한 상까지 챙겼으니 어떻게 최선을 다하지 않을 수가 있겠습니까? 한 해도 넘기지 않아 벌써 밤에 야경을 돌던 그 중이 영국부[43] 일대에서 탁발을 하고 있다는 정보를 입수했지요. 알고 보니 그 중은 밤마다 거리에서 염불을 외우다가 돌아오면 한 오래 된 사당에 들어가 묵고 있었습니다. 포졸들은 현지 구역 담당관 한 사람을 데리고 가서 인상착의가 본인이며 바로 암자진에서 야경을 돌던 자임을 확인했지요. 그러자 포졸들은 상의했습니다.

"사람은 바로 그 자다. 허나, … 그 여인을 죽인 것이 그 자인지 아닌지는 알 수가 없어. 설사 그 자라고 치더라도 증거가 없으니 체포하기는 난

---

43 영국부(寧國府) : 남송대의 지역명. 지금의 안휘성 선성시(宣城市) 일대에 해당하며, 이전에는 선주(宣州)·선성군(宣城郡)·영국군(寧國郡) 등으로 불리다가 남송 건도(乾道) 2년(1166)에 영국부로 개칭되었다.

처한 걸! (…) 꾀를 내서 데려가는 수밖에 없겠군 그래!"[44]

『대명도성도(大明都城圖)』(1729)에 표시된 영국부(동그라미).
바로 위에 남경 응천부가 보인다

그들은 계획을 세워서 여인의 옷을 하나 구했습니다. 그리고 그것을
나이가 좀 젊은 포졸에게 입혀 여인의 모습으로 변장하게 했지요. 그리
고는 함께 가서 어떤 숲 속에 매복했습니다. 바로 거리에서 그 사당으로
돌아오는 길에 반드시 지나가야 하는 곳이었지요.

그렇게 밤이 깊을 때까지 지키고 있을 때였습니다. 정말 그 중이 야경
을 돌고 나서 돌아오는 것이 아닙니까. 그는 딱따기를 들고 혼자서 걸어

---

44 【즉공관 미비】甚細. 아주 치밀하군.

오는 중이었지요. 그래서 숲 속에서 여인인 척 꾸며서 가만히 그 중을 불렀습니다.

"스님…, 내 머리를 내놓으시오!"

처음의 그 한 마디에 그 중은 어느새 깜짝 놀라서 다리가 다 얼어붙었습니다. 그런데 칠흑 같은 어두움 속에서 어렴풋하게 웬 붉은 옷을 입은 여인이 보이는 것이 아닙니까. 그는 속으로 겁이 덜컥 났습니다.[45] 가만히 들어 보니 그 소리로 끝나지 않고 또 부르는 소리가 들리는 것이었습니다.

"중아…, 내 머리를 내놓아라!"

이렇게 잇따라 쉬지 않고 불러대지 뭡니까 글쎄. 그러자 그 중은 당황한 나머지 덜덜덜 떨면서 말하는 것이었지요.

"머리는 당신네 상삼가[46] 가게 걸개 위에 있지 않소! (…) 날 좀 작작 물고 늘어지시오!"

---

45 【즉공관 미비】誘法絶佳. 不得不露矣. 끌어내는 수단이 아주 뛰어나군. 모습을 드러내지 않을 수가 없겠어.
46 상삼가(上三家) : 명대의 도시구획 명칭으로 보인다. 뒤에 나오는 '십래가(十來家)' 역시 마찬가지이다.

그 소리를 들은 사람들은 그 중이 여인을 죽인 것이 사실임을 눈치채고 입에 손가락을 넣어 휘파람 소리를 내었습니다. 그러자 포졸들이 우루루 튀어나오더니 중을 꽁꽁 묶는 것이었지요.

"이 괘씸한 중놈! (…) 네놈이 암자진에서 사람을 죽여 놓고도 여기에 숨어 있었더냐?"

포졸들은 일단 기부터 꺾어 놓을 요량으로[47] 온몸이 다 축 늘어질 정도로 몰매를 퍼부었습니다. 그리고 나서 중을 부 관아로 끌고 왔지요. 그래서 통판이 포졸들에게 물었습니다.

"어떻게 놈을 체포했느냐?"

포졸들은 여인으로 변장해서 중을 놀라게 만든 일이며, 그 중이 진상을 자백하고 나서야 중을 체포한 일을 똑똑히 아뢰었습니다. 그리고 나서 중을 데리고 왔지요. 중은 진상이 다 드러나 더 이상 발뺌 할 수 없다는 것을 깨닫고 하는 수 없이 죄를 인정했습니다.

"솔직히 여인을 죽인 것은 맞습니다."

---

47 기부터 꺾어 놓으려고[下馬威] : 명대의 우행어. 명대에 신임 관리가 부임하면 일부러 형벌을 내리는 등의 방법으로 관속들에게 위엄을 보이는 것을 말한다. 여기서는 붙잡힌 떠돌이 중이 반항하지 못하도록 미리부터 매질을 한 것을 두고 한 말이다.

그러자 통판이 말했지요.

"네놈과 무슨 원한이 있길래 그 여인을 죽였느냐!"

"아무 원한도 없습니다. 그저 … 그날 밤 야경을 돈 것이 화근이었지요! 그 집 문 앞을 지나가는데 술집 문이 닫혀 있지 않더군요. 그래서 몸을 비집고 들어갔습니다. 그냥 '뭐라도 좀 훔칠 거라도 있을까' 싶어서 말입니다요. 그런데 뜻밖에도 등불이 훤히 밝은데 웬 고운 여인이 화사한 차림으로 침상 곁에 서 있지 뭡니까.[48] 그 모습을 보고 나니 저도 모르게 속에서 욕정이 일어나서 그 여인을 끌어안고 겁탈하려고 했습니다. 그런데 그 여인이 필사적으로 저항을 하지 뭡니까. 순간적으로 성이 나서 계도[49]를 뽑아 죽이고 그 머리를 들고 도망을 친 겁니다.[50] 헌데 그 집에서 나와서야 '그 머리를 어디에 쓰겠나' 싶은 생각이 들더군요. 해서 그 머리를 가져다가 상삼가 가게의 결개 위에 걸어 놓은 겁니다. 그저 그 여인이 저항한 것이 괘씸해서 그렇게 화풀이를 한 것 뿐입니다요. 그리고 나서 밤길을 나서서 이 고을을 벗어났지요. (…) 이제 붙잡혔으니 그 여인에게 목숨으로 보상함이 마땅하겠지요. 더 이상 달리 드릴 말씀이

---

48 【즉공관 미비】慢藏誨盜. 물건을 소홀히 간수하면 도둑을 불러 들이게 되는 법.
'만장회도(慢藏誨盜)'는 『주역(周易)』 「계사전(繫辭傳)」 제8장에 나오는 말로, 일반적으로 뒤에 이어지는 '야용회음(冶容誨淫, 요염한 화장은 음탕한 마음을 불러 일으킨다)'과 함께 사용되었다.
49 계도(戒刀) : 불교 용어. 중이 지니고 다니던 칼. 불가의 계율에 따르면 옷이나 머리카락을 자르는 용도에만 사용하고 생물을 죽이는 것은 금했다고 한다.
50 【즉공관 방비】此處便有鬼神使之. 이 쯤 되면 귀신이 씌인 게지.

없습니다!"

통판은 바로 영장을 내어 상삼가 가게 쪽 사람을 불러 오게 해서 물었습니다.

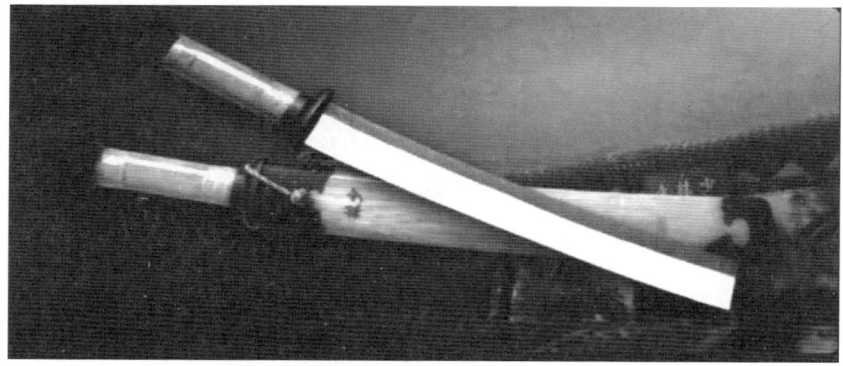

계도

"중이 '사람 머리가 상삼가 가게의 걸개 위에 있다'고 자백했다. 지금 어디로 갔느냐?"

그러자 그 사람이 말하는 것이었습니다.

"당시에 실제로 웬 사람이 사람머리를 걸개에 걸어 두었더군요. 날이 밝고 나서 발견하긴 했지만 관아를 들락거리면서 고생 할 것 같아서 몰래 그 머리를 가지고 앞으로 옮겨 가서 십래가十來家 조대趙大의 집 앞 어떤 나무에 걸어 놓았습니다. (…) 그 뒤에는 어떻게 되었는지 모르겠습니다요!"

통판은 사람을 보내서 그 상삼가 가게 사람을 끌고 가서 조대를 불러 관아로 데리고 오게 했습니다. 그러자 조대가 말했습니다.

"소인이 그날 일찍 일어났더니 정말 나무 위에 사람 머리가 걸려 있지 뭡니까요! 속으로 하도 놀라고 겁이 나서 관아에 알릴 생각이었습니다마는 … 관아에 불려 다닐까 봐서 당장 남 몰래 집으로 들고 와서 뒤뜰에 묻었습니다요!"

"그래 지금은 어디에 있느냐?"

"소인은 그때 나중에 혹시라도 시비가 생길까 두려웠습니다. 해서 증거로 삼을 요량으로 묻어 놓은 자리를 작은 풀더미로 표시를 해 놓았지요. 그러니 없을 리가 있겠습니까?"

"잔꾀를 부릴 지도 모르니 내 직접 가서 확인해 보아야 겠구나!"

통판은 즉시 가마를 타고 조대의 집 안으로 들어갔습니다. 그리고는 조대에게 앞에서 길을 안내하게 일렀지요. 그러자 뒤뜰 꽃밭으로 안내한 조대가 한쪽을 가리키면서 말하는 것이었습니다.

"이 밑에 있습니다요!"

통판은 종복을 시켜 그곳을 파게 했습니다. 그렇게 써레로 막 땅을 파는데 가만 보니 사람머리 하나가 흙이 묻은 채로 데구르르 굴러 나오는 것이 아닙니까요! 사람들은 소리를 지르면서 말했습니다.

"여기 있습니다!"

그러자 통판이 말하는 것이었습니다.

"여인의 시신이 이제서야 온전해졌구나!"

그런데 종복이 흙을 털어내고 자세히 보다가 깜짝 놀라면서

"거참 해괴하네요? (…) 이 여인은 어째서 수염이 다 나 있을까요?"

하는 것이 아닙니까! 그것을 가져가다 통판에게 보이는데 그 사람머리를 볼작시면

두 눈은 꼭 감고	雙眸緊閉,
입은 단단히 다물었네.	一口牢關.
목 위는 역시 칼로 벤 상처 나 있는데	頸子上也是刀刃之傷,
입가에는 수염이 덮여 있구나.	嘴兒邊却有鬍髥之覆.
어떻게 해골에 장난을 쳤길래	早難道骷髏能作怪,

성별을 바꾸어 놓았단 말인가!　　　　　　致令得男女會差池.

왕 통판은 놀라면서

"이것은 분명히 사내의 머리이지 여인의 것이 아니다! (…) 이 머리에
또 농간을 부린 것을 보면 거기에는 곡절이 있는 것이 분명하다!"

하더니 호통을 쳤습니다.

"조대에게 수갑을 채워라!"

그래서 사람들이 조대를 찾았지만 아까 파낸 머리가 여인의 것이 아니
라는 사실이 들통나자 벌써 밖으로 도망친 뒤였지요. 왕 통판은 그 길로
조대의 앞쪽 집에서 걸어 나오더니 탁자를 하나 메고 오게 해서 재판정
의자 삼아 앉았습니다. 그리고 나서 조대의 가솔들을 데리고 오게 해서
일단 그 머리에 관해서 캐물었습니다.[51] 조대의 아내는 순간적으로 얼버
무리기가 난처했습니다. 그래서 하는 수 없이 이렇게 사실대로 자백하는
것이었지요.

"십 년 전에 조대에게 마馬씨 성의 원수가 있었답니다. 그런데 조대에

---

51 【즉공관 미비】亦是能吏. 역시 유능한 관리로구나.

게 죽음을 당해 그 머리를 가져다가 이곳에 묻은 거지요."

"방금까지만 해도 조대가 여기에 있었는데 지금 어디로 숨은 게냐?"

통판이 이렇게 묻자 조대의 아내가 말했습니다.

"방금 머리를 파 냈을 때 진상이 드러난 것을 눈치채고 그 길로 문을 나가 버렸습니다요. 집에도 어디로 가는지 알리지 않고 말입니다!"

"방금 전의 일이다. 놈은 친척 집으로 갔을 뿐 얼마 가지 못했을 것이다. 어서 너희 집의 무슨 친척이든 주소를 낱낱이 자백해라!"

형벌을 받을까 두려웠던 조대의 아내는 하는 수 없이 실토했습니다.

"강工씨 성의 사위가 하나 있는데 … 부 관아의 영사[52]로 있습니다. 그 집에 간 것이 분명합니다요!"

통판은 즉시 사람을 보내어 조대의 아내를 끌고 그 길로 강 영사라는 자의 집으로 체포하러 가게 했습니다. 그리고 나서 통판은 조대의 집에 앉아서 보고를 기다렸지요. 그야말로

---

52 영사(令史) : 송·원대 이래로 관아에서 문서 업무를 담당하던 서리(胥吏)들을 아울러 일컫던 호칭.

독 안의 자라를 잡는 것 같이   甕中捉鱉,

손을 대자마자 바로 붙잡히누나.[53]   手到拿來.

계속 이야기를 들려 드리지요. 강 영사는 관아에서 일하는 사람이다
보니 눈치가 무척 빨랐습니다. 그가 장인 조대를 보니 허둥지둥 집으로
달려오는 것이 아닙니까.

"사람을 죽인 일이 들통 났네! 어디 좀 숨었으면 좋겠어!"

조대가 이렇게 말하자 영사는 자기 집까지 연루될까 겁이 났습니다.
그래서 섣불리 승낙하지 못하고 다른 곳으로 도망치라고 설득했지요. 조
대는 순간적으로 갈 곳이 없자 결정을 내리지 못하는 것이었습니다.

그렇게 안절부절 하고 있을 때였지요. 관아의 사령이 벌써 자기 아내
를 끌고 와서 조대를 내놓으라고 요구하지 뭡니까. 강 영사는 이때 불이
자기 몸에까지 옮겨 붙자 일단 그 불부터 끄기로 작정했습니다. 그는 더
이상 속이기 어렵다고 판단하고 하는 수 없이 사령에게 신병을 넘겼지
요. 그렇게 다시 조대를 그 집으로 끌고 오는데 그 아내가 도중에 그를
보고 말했습니다.

---

53 독 안의 자라를 잡는 것 같이, 손을 대자마자 바로 붙잡히누나[甕中捉鱉, 手到拿來] : 명대
　 의 유행어. 붙잡을 대상이 도망칠 길이 없어서 손만 뻗으면 바로 잡을 수 있는 상황을
　 두고 한 말로, 우리 속담 중 "독 안에 든 쥐"와 같은 경우에 사용된다. 다만 "독 안에 든
　 쥐" 같은 경우는 현재의 상황을 비유한 한 구절로 사용되지만, 이 유행어의 경우는 그
　 뒤에 앞 구절의 상황에 대한 '결과'를 예시하는 "손을 대는 족족 다 잡아들였다" 같은 또
　 다른 구절이 짝을 이루는 것이 보통으로, 이런 유행어를 '헐후어(歇後語)'라고 한다.

"방금 나리께서 물으실 때 벌써 사실대로 아뢰었수. 당신도 자백하세요. 더 이상 마음 고생하지 말고요!"

조대는 통판을 대면하자 그 말대로 바로 죄를 인정했습니다. 그래서 통판이 그에게 상세한 경위를 캐물었지요. 그러자 조대가 말하는 것이었습니다.

"그 마가 놈은 과거에 소인과 원한이 좀 있었습니다. 나중에 산길에서 마주친 일이 있지요. 소인은 마침 거기서 땔감을 패느라 칼을 몸에 지니고 있던 참이었습니다. 그래서 놈을 죽이고 말았습니다요. 그러나 혹시 누가 눈치채서 금세 소문이 퍼지기라도 하면 일이 들통이 날까 두렵더군요. 해서 놈의 옷을 벗기고 머리를 베어서 집에 숨겼답니다. 그런 다음 옷은 태워 버리고 머리만 꽃밭에 묻어 놓았지요.[54] 나중에 마가의 집에서는 놈이 보이지 않자 수소문을 하더군요. 그런데 가만 보니 누가 '산 속에 죽은 시신이 하나 있다'고 일러 주지 뭡니까. 허나, … 머리가 없었기 때문에 맞는지 아닌지 알 수가 없어서 확인을 할 수가 없었지요. (…) 이제는 그 일이 벌써 오래 되어서 마가의 집에서조차 거론하지 않던 참이었습니다. (…) 그 머리를 묻은 자리는 지난번 그 여인의 머리와 한 길 정도 떨어진 곳이지요. 그렇기는 하지만 … 머리가 땅 속에 있다 보니 발각될 것이 두려웠습니다. 해서 지난번에 그 여인 머리를 묻을 때 풀더미로

---

54 【즉공관 미비】如此周密何以卒露. 豈非天意耶. 이렇게 주도면밀한데 어떻게 금방 탄로가 났단 말인가. 이것이 어찌 하늘의 뜻이 아니겠는가?

잘 표시를 해 두었었지요. 그나마 좀 멀리 거리를 두었기 때문에 땅을 팔 용기가 생기더군요. 헌데 어찌된 일인지 오늘 파자마자 마가 놈 머리부터 먼저 나왔지 뭡니까. (…) 이것도 전생의 원업冤業인가 봅니다! 그러니 그 죗값을 받아야 옳겠지요. 진작에 이렇게 될 줄 알았더라면 그 여인 머리 이야기도 아예 꺼내지 말 것을!"

그 말에 통판이 말했습니다.

"그래서 여인의 머리는 도대체 어디에 있는 게냐?"

"저쪽에 있습니다. (…) 틀림없을 겁니다요!"

통판은 다시 그를 데리고 뒤뜰로 갔습니다. 그리고 종복에게 아까 판 곳부터 다시 파 내려가게 했지요. 그런데 정말로 머리가 또 하나 나오는 것이 아닙니까. 확인을 좀 해 보았더니 이번에는 여인의 것이 확실했지요. 통판은 웃으면서 말했습니다.

"살인사건 하나로 두 가지 사건을 해결했구나. 이것도 하늘의 뜻이 아니겠는가!"

통판은 조대에게 수갑을 채우고 두 개의 머리를 가지고 부 관아로 왔습니다. 그리고 나서 명령을 내려 마 씨네 친족을 소환해 머리의 신원을 확

王通判雙雪不明寃

王 통판이 미제의 억울한 사건들을 동시에 해결하다

인하게 했지요. 그 말을 들은 마 씨네 아들은 그제서야 아버지가 실종된 지 십 년만에 정말로 남에게 살해된 일을 알게 되었습니다. 그래서 관아로 와서 고발장을 작성하니 왕 통판도 그것을 접수시켜 주는 것이었지요. 머리 두 개 중에서 한 개는 마 씨네에 주어 묻게 했습니다. 그리고 한 개는 이방가를 불러 내서 확인하게 했더니 정말 그 아내의 것이지 뭡니까.

통판은 떠돌이 중과 조대에게 각자 서른 대씩 곤장을 치고 나서 둘 다 사형을 내렸습니다. 또 정 조봉에게는 매춘을 하다가 사람 목숨을 죽게 만든 것이 부당하다 하여 유배형을 내리되 그 죄를 돈으로 환산하여 보석금을 내게 했지요. 이방가에 대해서는 매춘을 부추긴 것이 부당하다 하여 곤장을 치도록 판결을 내렸답니다. 다만, 정 조봉이 장례비 조로 은 자 여섯 냥을 내어 이방가가 진씨의 장례를 지내게 해 주라는 판결을 내렸답니다. 상삼가 가게 사람에게는 시신을 임의로 옮긴 것이 부당하다 하여 각자에게 그 죄를 물으려 했습니다. 그러나 그렇게 하지 않았더라면 조대의 치사사건까지 동시에 밝혀지기는 어려웠을 것입니다. 그 원한을 밝히는 일은 하늘의 뜻으로, 사람이 할 수 있는 일이 아니었다는 점을 참작하여 그 죄를 사면하고 더 이상 추궁하지 않기로 했지요.

이리하여 왕 통판은 이 사건을 분명하게 심문하므로써 동시에 두 개의 미제 사건을 완벽하게 해결한 셈입니다. 그래서 그가 상급 관청에 상세하게 보고하니 저마다 칭찬을 아끼지 않았으며, 지금까지도 미담으로 전해지게 되었지요. 다만 가소로운 입장이 돼 버린 것은 정 조봉 쪽이었습니다. 괜히 한 여인을 탐내었다가 손에 넣기도 전에 공연히 그 한 목숨을 잃게 만들었을 뿐만 아니라, 자신까지 온갖 놀라움과 두려움을 다 당하고 거기다가 일 년 넘게 옥살이를 하고 백 냥 가까운 은자까지 다 날려 버렸으니 말입니다. 나중에 가까스로 진상이 밝혀지기야 했습니다만 무슨 이득을 보았단 말입니까? 진씨의 경우, 뜻을 굽히지 않고 끝까지 남편 말을 따르지 않았어야 했습니다. 그랬더라면 남에게 죽음을 당하는 불행은 당하지 않았을 테지요.

이 사건으로 말미암아 오랫동안 해결하지 못했던 조대의 살인사건이 동시에 드러나게 된 셈이니 하늘의 뜻이 얼마나 공교로운지를 더더욱 잘 엿볼 수 있는 셈입니다. 이로써 자신의 양심을 속이고 벌이는 일은 무엇 하나도 이룰 수 없다는 것을 알 수가 있습니다. 이 이야기를 증명하는 시가 있습니다.

'고운 여색이 음행을 부추긴다'는 옛말 있나니	冶容誨淫从古語,
돈 많은 사내 만나는 것도 직접 결정 못하고	曾見金夫不自主.
축배 드는 것부터가 자기 의지가 아니었으니	稱觴已自不有躬,
지나친 총애가 비웃음 샀는데 누구를 탓하랴?	何怪啓寵納人侮.

그 교활한 자는 괜히 포학한 짓 벌이고	彼點者徒恣强暴,
그 머리를 어디에 갖다 놓았나?	將此頭顱向何許.
저승 원귀 그 원한이 십 년 넘게 쌓여 있다가	幽宛鬱積十年餘,
그곳에서 머리가 튀어 나왔구나!	彼處有頭欲出土.

제29권

선물 받은 깨로 둔갑한 본색을 간파하고
약초 다발로 진짜 짝과 기막히게 혼인하다

贈芝蔍識破假形 擷草藥巧諧眞偶

해제

　명나라 천순天順 연간에 절강의 객상客商인 장씨[蔣生]는 나이가 겨우 스물이지만 용모가 수려하여 '장 부마蔣駙馬'라는 별명으로 불린다. 자신도 자존심이 남달라서 보통 여자에게는 눈도 두지 않는다. 그러던 어느 날, 장씨는 한양襄陽에 물건을 장만하러 가서 밤에 객줏집에 묵는다. 객주의 주인 마소경馬少卿은 마운용馬雲容이라는 딸을 두었는데 세상에서 보기 드물 정도로 아리따운 외모를 가졌다. 장씨는 그녀에게 반하고 운용은 운용대로 장씨에게 호감을 품는다.

　그러던 어느 날, 잠자리에 들려던 장씨는 갑자기 마운용이 거의 처소에 나타나자 밤새 사랑을 나눈다. 그 뒤로 운용은 날마다 밤에 나타나 새벽에 사라지고 장씨는 갈수록 얼굴이 초췌해져 간다. 이상한 것을 느낀 그의 동료들은 그가 귀신에게 홀린 것을 알고 깨를 넣은 거친 천 주머니를 주면서 그것을 마운용에게 선물로 주게 한다. 이튿날, 길에 떨어져 있는 깨를 따라서 산 속 동굴까지 간 사람들은 여우를 한 마리 붙잡는다. 여우는 수행한 지 천년 가까이 되었는데 사람과 자웅을 맞추어 내단內丹을 연마해 왔는데 장씨가 마운용을 연모하는 것을 알고 운용으로 둔갑하여 밤마다 그를 찾아와 밀회를 가진 것이라고 고백한다. 그런데 그는 장씨와 인연이 있어서 그의 병을 고쳐 주는 한편 그가 정말로 마운용과 혼인을 하게 도와주겠다고 하면서 장씨에게 신령스러운 풀 세 묶음을 건넨다. 장씨가 여우의 당부대로 첫 번째 묶음을 끓인 물을 마셨더니 정신이 상쾌해지고 정력이 회복된다. 두 번째 묶음을 마 네 집 위에 던지자 운용에게 온몸에 종기가 생기고 다시 세 번째 묶음으로 운용의 병을 치료한다. 이렇게 해서 장씨는 진짜 마운용과 부부가 되어 백년해로한다.

이 이야기는 명대 후기에 북경의 이야기꾼들 사이에 전해지던 『영호삼속초靈狐三束草』 및 풍몽룡의 소설집 『정사』에 소개된 「대별호大別狐」 이야기를 소재로 지어졌다.

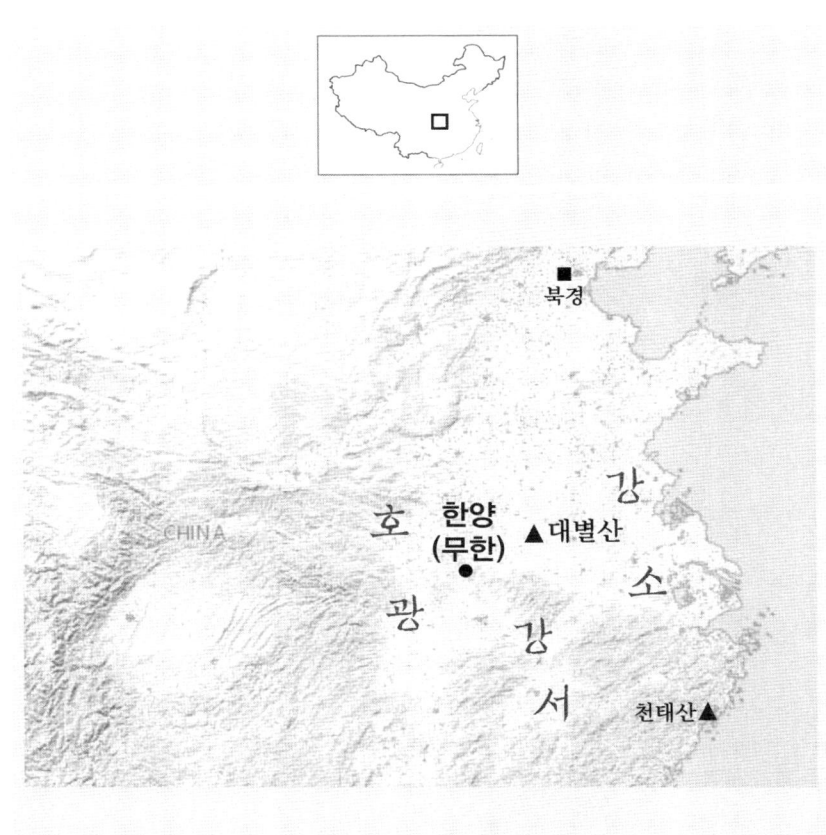

한양
(무한)

북경

호
광

강
서

강
소

대별산

천태산

CHINA

번역

이런 시가 있습니다.

만물에는 저마다 감정이 있나니	萬物皆有情,
요괴와 귀신도 예외는 아니라네.	不論妖與鬼.
기막힌 약은 신통하기도 하니	妙藥可通靈,
기백과 황제[1]의 가르침을 이제야 믿겠구나!	方信岐黃理.

이야기를 들려 드리도록 하겠습니다. 송나라 건도[2] 연간에 강서江西 땅의 웬 관리가 발령을 기다리며 임안[3] 도성에 머무르고 있었습니다. 그는 서호[4]에 놀러 나온 길에 혼자서 여기저기를 거닐었지요. 그런데 하도 많이 다니다 보니 피곤한 느낌이 들지 뭡니까. 그때 길 가에 민가가 하나 보이는 것이었습니다. 대문 앞에는 큰 나무가 몇 그루 서 있고 그 옆으로는 앉을 만한 돌이 있었지요. 그 관리는 그래서 그 위에 앉아서 잠시 쉬기로 했습니다. 그러면서 집 안쪽을 보니 양쪽으로 총각머리를 튼 웬 여인이 보이는데 사람 마음을 움직일 정도로 밝고 아름답지 뭡니까. 그녀

1 　기백과 황제[岐黃] : 중국에서 최초의 의학서적으로 전해지는 『황제내경(黃帝內經)』의 작자. 중국 전설에 따르면 황제와 그 신하 기백은 의술에 정통해서 두 사람이 늘 의학을 토론하고 그 내용을 문답식의 내용으로 엮은 것이 바로 『황제내경』이라고 한다. 이 내력으로 말미암아 후세에는 중국의 전통의학을 '기백과 황제의 의술'이라는 뜻에서 '기황지술(岐黃之術)' 또는 '기황지리(岐黃之理)' 식으로 부르기 시작했고 두 사람은 중국 의학의 비조로 숭배되기 시작하였다.

2 　건도(乾道) : 남송의 제2대 황제인 효종(孝宗) 조신(趙眘, 1127~1194)이 서기 1165~1173년까지 9년 동안 사용한 두 번째 연호.

3 　임안(臨安) : 송대의 지명. 지금의 절강성 항주(杭州) 일대에 해당한다.

4 　서호(西湖) : 중국의 관광 명소 이름. 지금의 절강성 항주시에 자리잡고 있다.

를 본 관리는 자기도 모르게 마음이 싱숭생숭 해져서 시선을 집중해서 그녀를 쳐다보았습니다. 그 여인은 여인대로 관리 쪽을 돌아보면서 추파를 흘리는 것이 아닙니까. 마치 관리에게 마음이 있기라도 한 것처럼 말이지요. 관리는 그녀에 대한 미련을 버리지 못하고 이날부터 수시로 그 자리에 가서 잠시 앉아 있곤 했답니다.

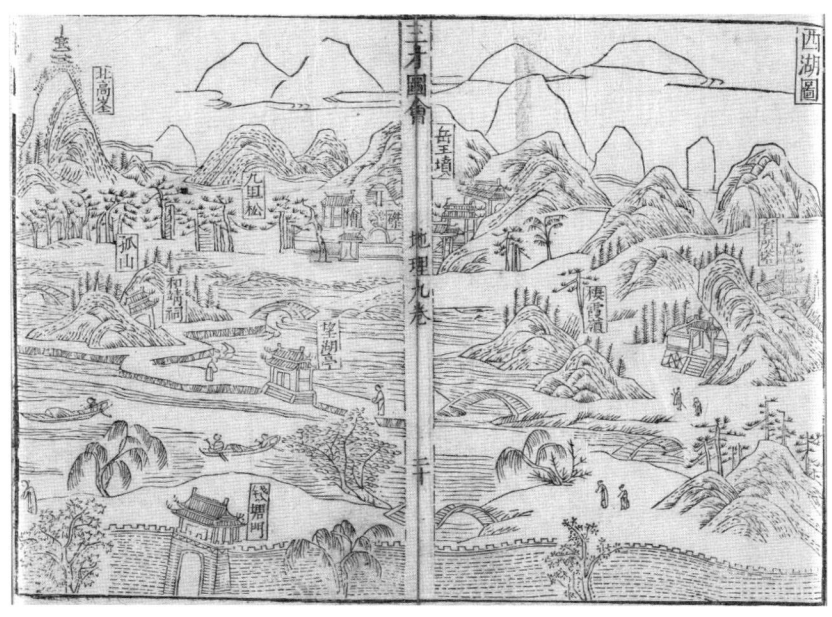

항주의 서호를 소개한 『삼재도회』의 「서호도(西湖圖)」

　그 여인은 술집에서 술을 팔았습니다. 그런데 거기서 장사를 하다 보니 사람을 피하는 법이 없었지요. 그 관리가 다가오는 것을 발견한 그녀는 웃음을 머금고 응대하는 것이었습니다. 마치 늘 그랬던 것처럼 말입니다요. 그렇게 오가는 기간이 길어지면서 두 사람의 감정도 날로 끈끈해졌습니다. 관리가 말로 수작을 걸어도 여인은 약간 부끄러워하는 눈치를 보이기는 했지만 성은 내지 않았지요. 다만 술집이 길 가에 있다 보니 보는 눈이 많았습니다. 더욱이 집안에는 부모가 있어서 남몰래 만나려 해도 도무지 뜻을 이룰 수가 없었지요. 그저 마음만 서로 간절할 뿐이었습니다.

관리가 정식 발령을 받아 부임할 날이 머지 않았을 때였습니다. 그는 그 여인을 버릴 수가 없었습니다. 그래서 일부러 그녀의 집으로 가서 작별인사를 했지요. 그때 그 부친은 마침 외지로 볼 일을 보러 가고 여인만 혼자 술집에 있었습니다. 그녀는 '떠나려 한다'는 말을 듣더니 눈물을 훔치면서 속삭이는 것이었지요.

"서방님을 처음 뵌 날부터 서로 사랑하게 되었지요. 그러나 … 이 몸 바쳐 서방님을 따르려 해도 부모님께서는 허락하지 않으실 것이 분명합니다. (…) 그렇다고 몰래 서방님을 따라 나선다면 '정분이 나서 도망쳤다'는 오명 역시 부끄러워 감당할 수가 없을 테지요. (…) 지금 이렇게 떠나가시면 … 잠자리에서만 애를 태우면서 하염없이 그리워만 할 텐데 … 이를 어쩌면 좋습니까?"

그 관리는 여인의 정에 몹시 감동했습니다. 그래서 곧바로 그 이웃사람에게 부탁해 후한 예물을 가지고 청혼을 하고 혼인을 하기로 했지요. 그 부모야 그의 임지가 다른 고을이라는 말을 들었으니 어떻게 들어 줄 리가 있겠습니까? 그 관리는 울적한 마음으로 임지로 떠나는 수밖에 없었지요. 그렇게 집으로 가서 짐을 챙겨 임지로 떠나고 난 뒤에는 다시는 여인과 소식을 주고받을 수 없었답니다.

그렇게 다섯 해가 지났을 때였습니다. 그는 이번에도 다른 자리로 발령을 기다리기 위하여 상경하게 되었지요. 그는 도성에 당도하자마자 여관을 구해서 짐을 부려 놓고 그 길로 호숫가로 가서 예전에 다녔던 그 집을 찾아 갔지요. 그런데 가만 보니 그 술집은 이미 남의 집으로 바뀌어 버렸지 뭡니까. 그래서 오 년 전의 그 집에 대해서 물어 보았지만 전혀 모르는 것이었습니다. 이웃사람들은 이웃사람들대로 전부 바뀌어서 그 집을 아는 이가 없었지요.

속으로 실망하고 우울해 하면서 도중에 발길을 돌릴 때였습니다. 뜻밖에도 그 여자와 마주쳤지 뭡니까! 그녀의 나이와 용모를 보니 과거보다는 성숙되어서 한결 아름다워져 있었습니다. 그 관리는 서둘러 예의를 차려 인사를 했지요. 그러자 여자는 연신 '복 받으세요[5]' 하고 인사를 하더니 말했습니다.

"서방님! 오랫동안 헤어져 있었군요. (…) 아직도 소녀를 기억하시는지요?"

---

5 복 받으세요[萬福] : '만복(萬福)'은 중국에서 고대에 부녀자들이 하던 인사말. 이 인사를 할 때는 주먹을 쥔 두 손을 포개어 가슴쪽 우측 하단에 두고서 위아래로 흔들면서 절을 하는 자세를 취했는데, 지금은 경극(京劇) 등의 중국 전통극에서 젊은 아가씨를 맡은 배우가 이런 식으로 인사를 하는 것을 볼 수 있다. 여기서는 편의상 우리 식으로 "복 받으세요"로 번역하였다.

그래서 그 관리가 말했지요.

"예전에 살던 곳을 찾아갔다가 없길래 속상해 하던 참이었소! 헌데 기쁘게도 여기서 그대를 마주쳤구려? (…) 댁은 어째서 이사를 간 게요? 지금은 어디에 사는지 궁금하구려."

"소녀는 벌써 남의 집에 출가해서 성내의 작은 골목 안에 살지요. 저희 서방님은 곳간 일이 잘못되어 감옥살이를 하고 있답니다. 소녀는 집을 나와서 사람들에게 구명을 하소연하던 참이었습니다. 그런데 뜻밖에도 오 년 전의 옛 지인을 이렇게 마주쳤군요! 서방님, … 저희 집에 가셔서 … 차라도 드시겠습니까?"

그러자 그 관리는 흔쾌히 말했습니다.

"그렇지 않아도 찾아 뵈려던 참이었소!"

두 사람은 대화를 나누며 길을 걸어서 일단 그 관리의 거처 앞을 지나갔습니다.

"여기가 소생의 관사올시다. 일단 … 들어가서 이야기라도 좀 나눕시다!"

그 관리는 그녀를 끌어들여 자신의 소원을 이룰 생각이었지요. 자신의 거처가 밀회를 즐기기에 안성맞춤이라고 여겼을 뿐, 어디 그녀 집에까지 갈 생각이었겠습니까? 그렇게 불러 들이자마자 방문을 잠그고 둘이서 끌어안더니 바로 침상에 쓰러져 운우의 정을 나누었지요.

그 관사는 독채 집이어서 무척 조용했습니다. 마침 다른 손님은 없이 그 강서 출신 관리 혼자만 머물고 있었지요. 여인은 그 상황을 보자마자 말했습니다.

"이곳은 눈치챌 사람이 없어서 몰래 머물면서 원 없이 서방님과 즐거움을 나눌 수가 있으니 굳이 저희 집까지 갈 필요가 없겠군요. 저희 집에는 사람이 있어서 오히려 더 불편합니다."

"여기서 지내면 훨씬 편하고 말고!"

그렇게 머문 것이 어언 반년이나 되었답니다. 여인은 이따금 외출하여 마실을 좀 갔다가 바로 돌아오곤 했습니다. 그러나 집안일은 전혀 염두에 두지도 않았고, 그렇다고 해서 집 생각을 하는 것 같지도 않았지요. 관리는 서로 관계가 깊어져 가면서 그녀가 유부녀라는 사실조차 잊은 것 같았습니다.[6]

그 관리는 발령을 받아 부임할 곳이 정해지자 돌아가야겠다는 생각이

---

6 【즉공관 미비】便自可以, 溺于情面不覺耳. 처음에는 가능했겠지만(자각할 수 있었겠지만) 사랑에 빠지다 보니 깨닫지 못한 게지.

들었습니다. 그래서 여인을 보고 말했지요.

"지금 당신 하고 같이 몰래 집에 돌아간다면 장기적인 대책이 되지 않 겠소?"

여인은 그가 '떠나겠다'고 하는 것을 보고 눈물을 흘리면서 말하는 것 이었습니다.

"서방님께 드릴 말씀이 있습니다. (…) 서방님께서는 놀라시면 안됩니다."

"무슨 말이오?"

"소녀 … 그때 서방님과 작별한 뒤로 내내 그리워했습니다. 그러다가 시름시름 병을 앓는 바람에 딱 한 해만에 죽고 말았지요![7] (…) 지금의 이 몸은 사실은 사람의 것이 아니랍니다. 그런데 전생의 인연 때문에 넋 이 흩어지지 않더군요. 그래서 이렇게 특별히 와서 한 동안 정을 나눈 것 입니다. (…) 그러나 즐거운 나날에도 끝이 있는 법 … 당초의 수명이 이 미 다했기에 서방님을 따라서 멀리 떠나는 건 아무래도 불가능할 것 같 습니다! 서방님께서 나중에 이상하게 여기면서도 꺼릴 엄두를 내지 못 하실까 싶어서 … 일부러 서방님께 알려 드린 것입니다. (…) 음기가 침

---

7 **【증공관 미비】** 可憐, 可憐. 父母之過也. 불쌍하다, 불쌍해! 부모의 잘못이로다!

범한 지가 이미 오래되었으니 소녀가 떠나고 나면 서방님은 뱃속에서 분명히 난리가 날 것입니다. 위를 진정시키는 평위산[8]을 속히 복용하시고 기력을 보충하도록 하십시오. 그러면 나으실 것입니다!"

관리는 그 말을 듣고 한참 동안 놀라움을 억누를 길이 없었습니다. 거기다가 평위산을 먹으라는 말까지 듣자 물었지요.

"예전에 『이견지』[9]를 읽었더니 손구정[10]도 귀신을 만나고 그 약을 복용했다고 하더구려. (…) 내 생각에는 그 약은 다 그저 그런 것 같던데 어째서 효과를 본다고 하시오?"

"그 약에는 창출[11]이 들어 있습니다. 사악한 기운을 없앨 수가 있지요. 그러니 일단 제 말씀대로 하시면 됩니다!"

말을 마친 그녀는 눈물을 멈추지 않는 것이었습니다. 그 관리는 관리

8　평위산(平胃散) : 중의학 용어. 위통을 가라앉히는 가루약.

9　『이견지(夷堅志)』: 남송대 소설가 홍매(洪邁, 1123~1202)가 지은 문어체 필기소설집(筆記小說集). 당시 유행하던 기이한 귀신이나 유괴에 관한 이야기들을 주로 다루었지만, 육조(六朝)시대 이래로 전해지던 소설·일화·방언·풍습 등을 소개하기도 하였다.

10　손구정(孫九鼎, 1080~1165) : 금대의 정치가. 자는 국진(國鎭)으로, 정양(定襄, 지금의 산서성 정양현) 사람이다. 금나라 태종(太宗) 천회(天會) 6년(1128)에 그 동생 구주(九疇)·구억(九億)과 나란히 과거에 급제했으며 경의진사(經義進士) 1등으로 급제하여 승의랑(承議郞)에 제수되었다.

11　창출(蒼朮) : 중의학 용어. 국화과에 속하는 여러해살이 풀로, 그 뿌리줄기를 약재로 쓴다. 맛이 맵고 쓰며 성질이 따뜻하고 독성이 없다. 적출(赤朮)·청출(靑朮)·선출(仙朮) 등으로 부르기도 한다.

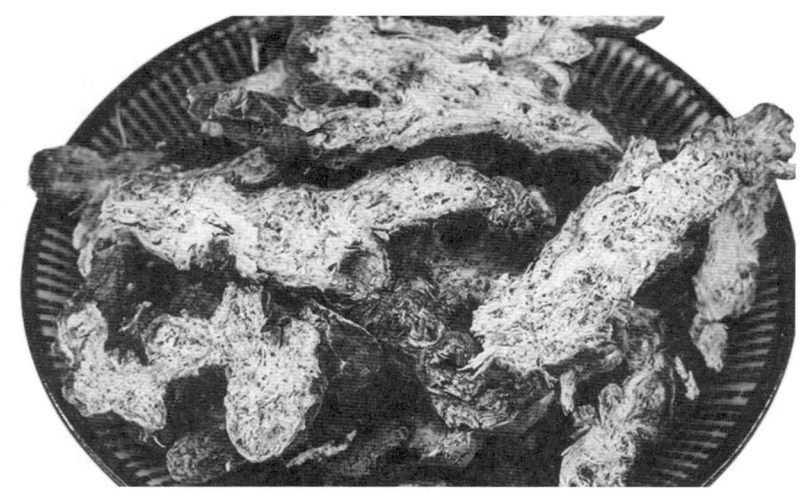
한약재 창출의 모습

대로 그녀를 마주보면서 슬퍼했지요. 그날 밤 함께 잠자리에 든 두 사람은 밀회의 즐거움을 만끽 했습니다.

그리고 동이 트려 하자 통곡을 하면서 작별인사를 나누었지요. 그리고는 대문을 나와 몇 걸음 옮기기도 전인데 어느새 자취를 감추어 버리는 것이었습니다. 정말로 그녀와 헤어진 뒤로 관리는 배 앓이를 멈추지 않았습니다. 그래서 그녀의 말대로 평위산을 사서 복용하니 그제서야 가라앉는 것이었지요.

그 관리는 만나는 사람마다 이 이야기를 들려주면서 착잡한 마음으로 눈물을 흘렸답니다.[12] 이를 통하여 사랑이 깊으면 아무리 귀신이 되었더라도 여전히 이처럼 사랑하던 이를 그리워한다는 것을 알 수 있습니다.

---

12 【즉공관 미비】 □其不能. 그것이 불가능한 것을 □하는 게지.

거기다가 헤어진 뒤의 병조차 처방을 알려 주고 약을 복용해 낫게 해 주었으니 참으로 사랑이 깊은 귀신이었던 셈입니다!

이제부터는 어떤 요물 이야기를 들려 드릴까 합니다. 역시 사람과 사이좋게 지내다가 약초를 좀 남겨 주어 병을 낫게 해 주었지요. 뿐만 아니라 많은 인연을 만들어 그 사람이 평생의 부부가 되도록 이끌어 주었으니 더더욱 기이하다고 하겠습니다. 그 이야기를 증명하는 【억진아】 가사가 한 편 있지요.

참으로 기이하구나.	堪奇絶,
음양이 어우러져 진정한 단약이 만들어지네.	陰陽配合眞丹結.
진정한 단약이 만들어지매	眞丹結,
환락은 즐겼지만	歡娛雖就,
기력도 덩달아 고갈되고 마네.	精神亦竭.
정성 깃든 선물 남겨 천기를 누설하매	慇勤贈物機關洩,
인연 끝났을 때 이별을 슬퍼하네.	姻緣盡處傷離別,
이별을 슬퍼하네.	傷離別.
세 번의 약초로	三番草藥,
백년 동안 희열을 맛보누나!	百年歡悅.

이번 작품은 바로 서울의 이야기꾼 선배님네들[13]에게 전해져 내려오는 이야기로, 원래 제목은 『영호삼속초』[14]입니다.

청대 초기 포송령(蒲松齡)의 기담집 『요재지이(聊齋志異)』에 묘사된 여우 요정의 모습(오스트리아 국가도서관 소장)

천지 만물들 중에서 여우는 으뜸가는 영물입니다. 둔갑에 아주 능하기 때문에 '여우 요정[狐魅]'으로 불리곤 하지요. 북방에는 유난히 많아서 송나라 때에는 '여우 요정이 없으면 마을을 이루지 못할 정도[15]'라는 말이 다 나올 정도였답니다. 거기다가 본성이 아주 간사하고 음탕하다 보니 그것이 사람한테 눈독을 들이기만 하면 홀리지 않는 이가

13 선배님네들[老郎] : '노랑(老郎)'은 원·명대에 이야기꾼들이 같은 업종(연예계)에 종사하는 선배들을 높여 부르던 호칭. 명대의 의화본소설집인 『고금소설(古今小說)』「진어사교감금채전(陳御史巧勘金釵鈿)」에서도 "선배님네들끼리 전수해 온 이야기를 듣자니 어느 고을 어떤 현인지 기억은 나지 않지만(聞得老郎們相傳的說話, 不記得何州甚縣)~" 식으로 같은 표현이 보인다.

14 『영호삼속초(靈狐三束草)』 : 글자 그대로 풀면 '영험한 여우의 약초 세 묶음' 정도로 해석된다. 이 모티브는 풍몽룡의 『정사(情史)』 "대별호(大別狐)"조나 오대진(吳大震)의 『광염이편(廣艶異編)』 "장생(蔣生)"조 등 이전의 각종 문헌·소설들에서 널리 차용되어 왔다. 능몽초도 이 모티브를 근거로 이 이야기에서는 물론이고 『삼각 박안경기(三刻拍案驚奇)』 제20권에서 「양연호작합, 항려초능해(良緣狐作合, 伉儷草能偕)」에서도 재창작하였다. 비슷한 시기에 육인룡(陸人龍) 역시 『형세언(型世言)』 제38권「요호교합양연, 장랑종해항려(妖狐巧合良緣, 蔣郎終偕伉儷))」에서도 각색되고 있다. 이와 관련하여 문학사학자인 손해제(孫楷第)는 『중국통속소설서목(中國通俗小說書目)』에서 이 모티브의 내력과 관련하여 "'이각'의 이 이야기 결말부에서 '이번 작품은 바로 서울의 이야기꾼 선배님네들에게 전해져 내려오는 이야기로 원래 제목은 『영호삼속초』입니다'라고 한 것을 보면 바로 송대 이야기꾼의 이야기 비망록[說話底本]으로, 사람들에게 전승되다가 명대에 이르러서야 기록으로 남겨진 것임을 알 수 있다"고 하였다.

15 여우 요정이 없으면~[無狐魅, 不成村] : 당대의 무명씨가 지은 시인 「사호신언(事狐神諺)」에 나오는 말.

없을 지경이었지요. 그래서 '여우의 매혹'이라고 하여 세간의 음탕한 여인들에게 빗대기도 했답니다. 당나라 때에는 "여우의 매혹으로 남달리 주상을 홀리는 데에 능했다"[16]라는 문구가 들어간 격문이 다 나올 정도였지 뭡니까.

그러나 아무리 요물이라고는 하지만 그들 사이에도 사실은 선과 악이 존재한답니다. 예를 들어 임任씨는 자기 몸을 정형[17]을 위해 희생했습니다. 심지어 정절의 지킨 경우도 있었지요. 남이 공명을 이루게 해 주거나 재앙을 피하게 해 주거나 부부의 인연을 맺도록 이끌어 주는 등등, 그런 일들도 흔히 있었답니다. 그러니 요물이라고 해서 좋은 마음이 없다고는 말할 수가 없는 거지요. 인연이 있는 임자를 만나기만 하면 말입니다!

우리 왕조의 천순[18] 연간 갑신년의 일입니다. 절강浙江 땅에 장蔣씨 성의

16　여우의 매혹으로 남달리 주상을 홀리는 데에 능했다[狐媚偏能惑主] : 당대 초기의 정치가이자 시인인 낙빈왕(駱賓王, 626?~687?)이 지은 격문인 『서경업을 위하여 무조를 토벌하는 격문[爲徐敬業討武曌檄]』에 나오는 말. 그 격문에서 '여우'는 측천무후(則天武后)를, '주상'은 당나라 제3대 황제인 고종(高宗) 이치(李治, 628~683)를 가리킨다.

17　[교정] 정형(鄭鎣) : 강소고적판(제566쪽)과 천진고적판(제735쪽)에는 모두 '정륙(鄭六)'으로 나와 있다. 그러나 상우당본 원문(제1378쪽)에는 이름자가 '줄 형(鎣)'으로 되어 있으므로 여기서는 원문을 따랐다. 다만, 내용상으로는 '정륙'이 옳다. 정륙은 당대의 소설가 심기제(沈旣濟)의 전기소설 『임씨전(任氏傳)』에 등장하는 인물이다. 거리에서 임씨(任氏)를 자처하는 미인을 마주치자 그녀를 쫓아가 사랑을 고백하고 동거한다. 그녀의 정체가 여우임을 알면서도 변심하지 않고 임씨는 임씨대로 그의 사랑에 감동하여 남들의 강압과 유혹에도 굴하지 않는다. 이 모티브는 금대의 이야기꾼인 동해원(董解元)의 『서상기제궁조(西廂記諸宮調)』의 "최도가 암범을 마주친 것도 아니요 정륙이 요사스런 여우를 마주친 것도 아니건만[也不是崔韜逢雌虎, 也不是鄭六遇妖狐]"처럼 송대 이래로 명·청대까지 각종 소설·희곡에서 자주 차용·각색되었다.

18　천순(天順) : 명나라 제6대 황제인 정통제(正統帝) 주기진(朱祁鎭, 1368~1464)이 두 번째로 황제로 즉위하여 1457~1464년까지 8년 동안 사용한 연호. "천순 연간 갑신년"은 천순 8년으로, 서기로는 정통제가 세상을 떠나는 1464년에 해당한다.

객상이 한 사람 살았습니다. 그는 호광湖廣[19]·강서江西지방만을 무대로 장사를 했지요. 장생蔣生은 나이가 스물이 넘은 나이로, 풍채가 준수하고 이목도 사람의 마음을 움직일 정도였지요. 그래서 동료들 사이에서는 그가 '외모로는 부마[20]로 간택될 수 있을 정도'라고 해서 '장 부마'라는 별명까지 붙여 줄 정도였답니다. 그는 '풍류가 넘친다'고 스스로도 자부할 정도여서, 세상 여자들도 하찮게 보아 눈에 두지 않고 '절색을 만나야 그와 짝을 맺어 줄 수 있을 지경'이라고 할 정도였지요. 그는 비록 몇 년째 강호[21]를 누볐지만 여태껏 마음에 드는 여인을 하나도 마주친 적이 없었습니다. 사실 친구들과 함께 기방에도 두 번 간 적이 있지만 그것도 그저 기분을 전환하기 위하여 한 행동일 뿐이었지요. 객관적으로 따지자면 오히려 그는 부녀자들에게 낭패를 보는 쪽이었답니다.

---

19 호광(湖廣) : 원·명대의 지역명. 원대에는 지금의 호남(湖南)·호북(湖北)과 광동(廣東)·광서(廣西) 두 지역을 아울러 불렀으나, 명대에는 이름은 그대로 유지하되 광동·광서를 제외한 호남·호북만 일컬었다.

20 부마(駙馬) : 중국 고대의 관직명. 정식 명칭은 '부마도위(駙馬都尉)'이며 한나라 무제(武帝) 때 처음으로 설치되었다. 한대에 황제가 출행할 때 황제가 타는 어가 즉 정거(正車)를 봉거도위(奉車都尉)가, 황제의 시중을 맡은 측근들의 수레인 부거(副車)는 부마도위가 각각 관장하였다. 공주와 혼인하는 사람에게 이 벼슬을 내린 것은 위(魏)·진(晉)시대 이후부터이다.

21 강호(江湖) : 세간, 세속. 『장자(莊子)』「대종사(大宗師)」의 "샘이 말랐을 때 물고기들이 그 땅에 서로 함께 있으면서 아무리 물기를 서로에게 불어주고 거품을 서로에게 적셔준다고 한들 강과 호수에서 서로 잊고 사는 것만은 못한 법이다[泉涸, 魚相與處于陸, 相呴以濕, 相濡以沫, 不如相忘于江湖]"라는 말에서 유래한 것이다. 그러나 '강호'는 의미상으로 하천이나 호수와는 무관할 뿐 아니라 실제로 존재하는 특정한 장소를 가리키는 것도 아니다. 이 단어는 조정이나 공직사회에서 멀리 떨어져 국가의 통제나 법률적 구속으로부터 유리된 민간을 가리키는 말로 사용되는 것이 보통이다. 중국문학(특히 무협소설)의 영역에서 '강호'는 협객들이 활동하는 세계, 심지어 암흑사회의 대명사로 받아들여지곤 한다.

그러던 어느 날이었지요. 자신이 팔 화물을 한양[22]의 마구馬口에 보관하고 어떤 객주에 묵게 되었습니다. 그 주인이 마馬씨여서 '마월계점馬月溪店'으로 불리고 있었지요. 마월계는 현지의 마소경馬少卿네 집안 사람이었는데, 상전의 밑천으로 객상들이 쉬어 가는 이 큰 객줏집을 운영하고 있었습니다. 그 객줏집은 조용한 방들을 갖추고 있어서 상급의 귀빈들을 받을 수가 있었지요. 그래서 멀리서 온 점잖은 양반들은 어김없이 그의 객줏집에 와서 묵곤 했답니다.

객주 앞에서 가게 몇 개를 더 지나면 바로 마소경의 집이었습니다. 마소경은 고명딸을 하나 두었는데 어릴 적 이름은 '운용雲容'이었지요. 이청련[23]의 시[24]에 나오는 "구름 보면 그대 옷이 떠오르고 꽃을 보면 그대 얼굴 떠오르네" 구절에서 영감을 얻은 이름으로, 실제로는 무척 섬세하고 예뻐서 세상에서 보기 드물 정도였답니다.

---

22 한양(漢陽) : 명대의 지명. 호북성 무한시(武漢市)의 동남부와 장강 남측에 해당하며, 이웃한 한양(漢陽)·한구(漢口)와 서로 마주보고 있다. 지금은 무창과 한구·한양을 통합하여 무한시가 되었다.

23 이청련(李青蓮) : 당대의 유명한 시인인 이백(李白, 701~762)을 말한다. 자는 태백(太白)이며 '청련'은 호인 청련거사(青蓮居士)를 줄여 일컬은 것이다. 박학다식한 데다가 시를 짓는 데에도 남다른 천재성을 발휘하여 '시선(詩仙)'으로 추앙되면서 중국은 물론 한국·일본에까지 명성이 자자하였다. 술을 즐겨서 늘 술에 취한 채 시를 읊었기 때문에 '주선(酒仙)'으로 불려질 정도였으며, 대표작으로는 「장진주(將進酒)」 등이 있다. 황제 현종(玄宗)이 총애하는 양 귀비(楊貴妃)를 예찬하는 시를 짓게 하자 술김에 황제의 측근이자 당시의 권력인 고력사(高力士)에게 자신을 부축하게 한 일화는 유명하다. 고대 중국에서는 양조업자는 술을 처음으로 발명한 두강(杜康)을 수호신으로, 술을 파는 사람들은 이백을 수호신으로 섬겼다고 한다.

24 시(詩) : 이백의 대표작들 중의 하나인 「청평조(清平調)」를 가리킨다. 전문은 다음과 같다. "구름 보면 그대 옷 떠오르고 꽃을 보면 그대 얼굴 떠오르네. 봄바람이 난간을 쓰다듬으매 이슬방울 적셔져 꽃빛 더욱 선명하구나. 그녀 모습 만약 군옥산에서 보지 못한다면 요대의 달 아래에서나 만날 수 있겠구나![雲想衣裳花想容, 春風拂檻露華濃. 若非群玉山頭見, 會向瑤臺月下逢]"

『대청분성여도』(1754)의 「호북성여도(湖北省輿圖)」에 표시된 한양(네모)의 위치. 오른쪽에 적벽과 무창이 보인다

그의 집안 누각 작은 창에서는 그 객줏집 앞을 오가는 사람들이 다 보였지요. 그래서 그 아씨는 한가할 때면 늘 누각에 올라가 사람들을 구경하면서 놀곤 했습니다.

그러던 어느 날이었습니다. 마침 창가에 있던 그녀가 공교롭게도 장생의 눈에 띄고 말았지요. 장생이 멀리로 바라보니 그렇게 아름다울 수가 없었습니다. 평생 본 적이 없을 정도의 미인이었지 뭡니까. 그는 그녀의 아름다운 모습을 자세하게 쳐다보려고 한걸음씩 앞으로 다가갔지요. 그런데 가까이 다가갔더니 제법 잘 보이는데 어디 하나 기막히게 생기지 않은 구석이 없을 정도였습니다! 장생은 자기도 모르는 사이에 얼이 다

빠져 버렸습니다. 그는 속으로 이렇게 허황된 생각을 했지요.

'이렇게 아름다운 여인과 하룻밤만이라도 이야기를 나눌 수 있다면 내 얼굴이나 풍류가 헛되지 않을 텐데 … 어떻게 하면 될까?'

그러면서 무작정 고개를 쳐들고 얼이 나간 채로 바라보는 것이었습니다. 누각 위에서 누가 자신을 쳐다보는 것을 발견한 그 아씨는 얼굴 한쪽을 가린 채[25] 장생을 훔쳐보았지요. 그랬더니 아주 준수한 젊은이이지 뭡니까! 자신에게 매혹되어 숨는 것 같았지요.[26] 장생은 누각 위의 여인에게 미련이 남았던지 온갖 멋진 폼을 다 재면서 그녀의 마음을 사로잡으려고 기를 썼지요. 그러다가 그 아씨가 누각을 내려가고 나서야 객주로 돌아왔답니다.

방문을 닫은 그는 묵묵히 혼잣말을 했습니다.

"그림을 배우지 못한 것이 유감이구나. 배워 놓았더라면 그림으로라도 그녀 얼굴을 좀 그려 볼 텐데…"

이튿날, 그는 객주의 지배인에게 물어보고 나서야 그녀가 주인의 딸로, 아직 남에게 출가하지 않았다는 사실을 알게 되었지요. 그러자 장생이 말했습니다.

---

25 【즉공관 미비】迷人恒態. 얼이 나간 사람에게서 흔히 볼 수 있는 상황이지.
26 【즉공관 미비】幌子恒態. 황자(간판의 일종)에서 흔히 볼 수 있는 상황이지.

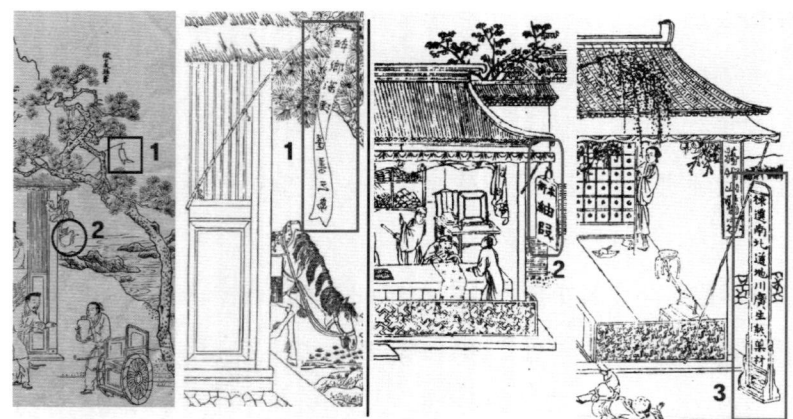

명대 삽화들에 보이는 다양한 광고 장치들. 문양이나 글씨가 적힌 깃발(1)을 세우거나 미니어쳐나 글씨가 적힌 간판(2)을 거는 것이 일반적이었지만 입간판(3)을 가게 앞에 세우기도 하였다. 1의 유형을 일반적으로 '황자'로 일컬었다

"그 집은 관리 집안이지만 나는 상인인 데다가 객지 출신이지. 출가는 아직 하지 않았다지만 아마도 나는 꿈조차 꿀 수 없는 상대일 테지. (…) 얼굴만 놓고 따진다면야 부부가 되어야 할 사이가 아닌가! (…) 어떻게든 인온대사[27]께서 한번 도와주시면 얼마나 좋겠어?"[28]

일반적으로 마음을 움직이기가 쉽지 않은 사람은 한번 마음이 움직이면 주체를 할 수가 없을 정도이기 일쑤입니다.[29] 장생은 이때부터 걸으면

---

27 인온대사(氤氳大使) : 중국 고대의 민간전설에 등장하는 신. 남녀의 혼인을 관장하는 것으로 믿어졌다. 그 역할은 월하노인(月下老人)과 비슷하다. 때로는 인온사자(氤氳使者)·인온사(氤氳使) 등으로 불리기도 하였다.

28 【즉공관 미비】本意自揣, 所以妄想者, 止自負其貌耳. 治容海淫, 寧獨女子. 의도를 헤아린 것이다. 그래서 허황된 생각을 하는 경우에는 그저 그 모습에 자부심을 가지는 게지. 매혹적인 용모가 음행을 조장한다는 것이 어찌 여자에게만 국한된 현상이겠는가.

29 【즉공관 방비】張生是也. 장생이 그런 경우이지.
    '장생'은 원대의 극작가 왕실보(王實甫. ?~?)가 당대의 소설 『앵앵전(鶯鶯傳)』을 각색해

서도 그녀 생각으로 좀채로 그녀 생각 하면서 도무지 마음에서 떨쳐 버리지 못했습니다.

그가 원래 파는 물건은 비단 같은 견직물이나 여인들의 생활용품 같은 것들이었습니다. 그는 객주의 한 동자에게 화물 상자를 챙겨서 '마 씨댁으로 안내해 팔 수 있게 해 달라'고 간곡하게 부탁했습니다. 아씨를 마주쳐서 눈요기라도 좀 할 수 있도록 말이지요. 그렇게 해서 정말로 두 번 물건을 팔 기회가 생겼지 뭡니까. 마 씨댁 집안사람들은 이 사람은 저런 것을 사고 저 사람은 이런 것을 사는 식으로 다들 상자 속의 물건들을 달라고 해서 직접 뒤적여 보면서 얼굴을 맞대고 흥정을 했답니다. 그 아씨는 그다지 모습을 드러내는 편은 아니었습니다. 그런데도 사람들 틈에 끼어서 얼굴을 가린 채 물건들을 구경하는 것이었지요. 그러면서 더러 장생을 힐끔거리다가 서로 눈이 마주치기도 했답니다.

거처로 돌아온 장생은 더더욱 어쩔 줄을 모르면서 숨을 길게 쉬었다 짧게 쉬었다 하면서 몸에 날개라도 돋아 그녀가 있는 규방으로 날아가 함께 있고 싶은 마음이 굴뚝 같지 뭡니까요! 저녁에는 저녁대로 또 야한

지은 잡극 희곡인 『서상기(西廂記)』의 남자 주인공 장군서(張君瑞)를 말한다. 보구사(普救寺)를 거닐다가 전임 재상의 딸 최앵앵(崔鶯鶯)과 우연히 마주친 군서는 앵앵의 몸종 홍낭(紅娘)의 도움으로 앵앵과 은밀한 사랑을 나눈다. 뒤늦게 그 사실을 안 최부인은 과거에 급제해야 혼인을 허락할 수 있다는 단서를 들어 억지로 조카 정항(鄭恒)과 혼인을 시키려 하지만 군서가 장원급제 하자 어쩔 수 없이 두 사람의 혼인을 허락한다. 『앵앵전』에서는 두 사람이 절에서의 한 순간 사랑을 추억으로 남기고 결국 인연을 맺지 못하지만 왕실보는 두 사람이 온갖 고난을 다 이겨 내고 마침내 대단원(大團圓)을 이루는 것으로 수정하였다. 이 희곡은 후대에 많은 사람들로부터 중국을 대표하는 걸작으로 호평을 받으면서 소설·희곡·영화 등 다양한 장르로 재창작되었다.

꿈을 몇 번이나 꾸었는지 모를 지경이었지요.

아리따운 애물단지 불쑥 나타나길래	俏寃家驀然來,
품에 끌어 안고서	懷中摟抱.
비단 휘장 속에서	羅帳裡,
다리 마주 건 채로	交着股,
몇 번이나 사랑을 나누네.	要下千遭.
치마끈 끝의 내음 참으로 묘한데	裙帶頭滋味十分妙,
그대도 탐내고 나 역시 사랑하여	你貪我又愛,
멈추다가도 도로 열심인데	臨住再加饒.
쳇!	呸!
꿈 속에서 만났다가	夢兒裡相逢,
꿈 속에서 그렇게 가 버리시누나!	夢兒裡就去了.

장생은 누워서도 그녀 생각 꿈에서도 그녀 생각 뿐이었지요. 그렇게 하기를 밤낮으로 그치지 않았답니다. 말 그대로

그리고 그리고	思之思之,
또다시 그리워 하네.	又從而思之.
그렇게 그리워해도 안되면	思之不得,
귀신이라도 나타나 맺어 주겠지!	鬼神將通之.

그러던 어느 날 밤이었습니다. 방문을 닫고 마악 혼자서 잠을 자려고 하던 참이었지요. 그런데 가만히 들어 보니 방문 바깥에서 발걸음 소리가 나는가 싶더니 가만히 방문을 두드리는 것이었습니다. 장생은 다행스럽게도 아직 등불을 끄지 않은 상태였지요. 그래서 서둘러 등불을 밝힌 다음 문을 열고 나와서 살펴보는데 가만 보니 웬 여인이 방 안으로 비집고 들어오는 것이 아닙니까 글쎄! 시선을 집중해서 자세히 확인해 보니 바로 마 씨댁 아씨였습니다. 장생은 깜짝 놀라고 말았지요.

'설마 또 꿈을 꾸는 걸까?'

속으로 마음을 추스르고 생각을 해 보아도 꿈이 아니었습니다. 그런데 밝은 등불 아래에서 보니 자신이 엄숙한 표정으로 미모의 아씨와 마주하고 있지 뭡니까! 장생은 '이것이 거짓일까 정말일까' 싶어서 두렵고 당혹스러운 나머지 어쩔 줄을 모르는 것이었지요. 그러자 그의 속을 간파한 아씨가 먼저 입을 열었습니다.

"이상하게 여기실 것 없습니다. 소녀는 바로 마 씨네 운용입니다. 서방님께서 오랫동안 주의를 기울여 주신 덕분에 소녀도 관심을 가진지 오래되었지요. 이번에는 우연히 집에서 틈이 좀 나길래 꾀를 써서 몰래 중문重門을 나왔답니다. 못난 모습을 마다하지 않으신다면 객지에서 외롭게 지내시는 서방님의 짝이 되어 드리고 싶습니다! 서방님 … 모쪼록 비웃지 않으신다면 소녀로서는 큰 다행이군요."

그 말을 들은 장생은 정말이지 배가 고픈데 음식이 생기고 목이 마른데 물이 생긴 것 같았습니다. 그야말로 유신과 완조[30]가 천태산天台山에 들어가고 속세의 평범한 사내가 선녀를 만난 격이었지요. 기쁘고도 다행스러운 심정은 이루 말로 형용하기 어려울 정도였답니다. 그는 서둘러 방문을 잠갔습니다. 그리고 나서 손을 마주잡고 함께 침상으로 들어가더니 허둥지둥 밀회[31]의 즐거움을 나누었지요.

운우의 정을 나누고 나니 아씨가 당부하는 것이었습니다.

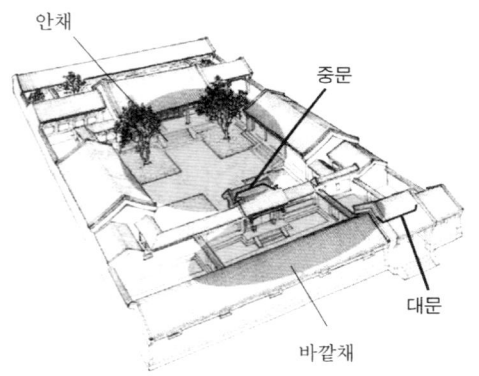

안채
중문
대문
바깥채

중문은 바깥채와 안채를 연결하거나 차단하는 창구 역할을 하였다

"소녀 … 서방님의 수려한 모습을 뵙고 견딜 수가 없어서 자진해서 동침하게 되었습니다. 그러나 아버님께서 엄하시니 소문이라도 나면 불행한 일을 당할지도 모릅니다! (…) 서방님께서는 앞으로 절대

---

30 유신과 완조[劉阮] : '유(劉)'는 후한대의 학자인 유신(劉晨, BC58~?), '완(阮)'은 그의 절친한 벗이던 완조(阮肇)를 가리킨다. 절강성의 회계군(會稽郡) 섬현(剡縣)에 살던 유신은 약초를 캐러 완조와 함께 천태산(天台山)에 들어갔다가 길을 잃고 헤매던 중에 웬 선녀를 만나 그 집에서 머물렀다. 반년 후에 두 사람이 고향으로 돌아와 보니 세월이 7대나 지나 있었다고 한다. 천태산은 절강성 태주시(台州市) 천태현에 자리잡고 있는 산이다.
31 밀회[于飛] : '우비(于飛)'는 암수컷 두 마리의 새가 짝을 지어 나는 모습을 묘사하는 표현으로, 일반적으로 남녀간의 사랑이나 금슬을 미화하는 말로 사용된다. 여기서는 두 사람의 정사를 완곡하게 표현하는 말로 사용되었다.

로 소녀 집을 함부로 찾아오지 마십시오. 바깥을 한가하게 거닐다가 남들에게 행적을 들켜서도 안될 것입니다![32] 그저 밤마다 방문을 살짝 닫아만 놓고 기다리도록 하세요. 그러시면 인적이 끊긴 뒤에 소녀가 반드시 스스로 찾아오도록 하겠습니다. 그러니 절대로 함부로 발설하시면 안됩니다. 그래야 오랫동안 즐거움을 나눌 수 있으니까요!"

그러자 장생은 이렇게 말했습니다.

"먼 객지의 외로운 나그네가 꽃다운 모습을 뵙고 흠모하느라 죽을 뻔했습니다. 비록 꿈 속에서 뵙는다 한들 '신선계와 속세가 멀리 떨어져 있다'고나 여길 뿐이었지요. 그런데 저를 버리지 않으시고 이 누추한 소인한테 관심을 기울여 주실 줄은 몰랐습니다! 비단 금침을 함께 덮으며 인간 세상의 즐거움을 만끽할 수만 있다면 소생은 오늘 당장 죽더라도 눈을 감을 수 있겠습니다! 하물며 그 고운 입으로 분부하시는데 명심하지 않을 수가 있겠습니까? (…) 이제부터는 집 밖으로 나가지도 않고 가볍게 입을 열지도 않겠습니다. 그저 얌전하게 방에만 지키고 있다가 밤이 되면 아씨가 왕림하시기만 기다려 상봉하도록 하겠습니다!"

그리고는 날이 채 밝기도 전에 아씨는 몸을 일으키더니 다시 밤의 밀회를 기약하면서 작별인사를 하고 그 자리를 떠나는 것이었지요.

---

32 【즉공관 미비】只恐蔣生識破耳. 悲憶他人也. 장생이 자기 정체를 간파할 것이 두려웠던 게지. 다른 사람을 슬퍼하고 걱정하는 것이다.

장생은 정말 선녀를 만났다고 여기고 속으로 몹시 기뻐했습니다. 그러나 남에게 그 이야기를 할 수는 없었지요. 아씨는 밤에 와서 동이 트면 사라졌습니다. 장생은 장생대로 아씨의 분부를 지키면서 정말로 바깥에는 한 걸음도 함부로 내딛지 않았지요. 행적이라도 드러나서 아씨와의 약속을 저버릴까 두려워서 말입니다.

장생은 젊은 나이이다 보니 참으로 정력이 왕성했습니다. 그래서 온 힘을 다하여 욕정을 풀면서도 조금도 피곤해 하지 않는 것이었지요. 그 아씨는 밀회의 맛을 알고 난 뒤로는 역전의 노장이기라도 한 것처럼[33] 엎치락 뒤치락 몸을 내맡기면서도 조금도 마다하거나 싫어하는 기색이 없었습니다. 오히려 장생 쪽에서 더러 겁을 먹고 몸을 사리는 기색을 보일 정도였지요.

그 아씨는 뜻밖에도 잠을 잘 필요도 없다는 듯이 밤이면 밤마다 한번도 쉬는 날이 없었지요. 장생은 장생대로 하도 그녀를 사랑한 나머지 그녀가 이처럼 즐거워 하는 것을 보면서도 '깊은 규방의 젊은 여자가 그동안 언제 남자 맛을 안 적이 있었겠나' 하고 여길 뿐이었지요. 거기다가 서로가 사랑이 넘치다 보니 조금도 피하거나 꺼리지 않았답니다. 두 사람은 마음 내키는 대로 즐겁게 운우의 정을 나누노라니 이처럼 진심을 다하기란 좀처럼 어려운 일인지라 더더욱 마음이 즐거웠지요. 그래서 그저 세심하게 모시지 못하여 자신을 마음에 두지 않으면 어쩌나 걱정스러울 뿐이었지요. 그래서 기를 쓰고 몰입하다가 사정을 하고 물건이 축 늘

---

33 【즉공관 미비】閱人多矣. 여러 사내를 거친 게지.

어질 때가 되어서야 멈추곤 했답니다.[34]

그렇게 오랫동안 어울리다 보니 몸이 좀 나른해지고 낯빛도 갈수록 핼쑥해져 가는 것이었습니다. 그야말로

이팔청춘 가인들 몸이 녹초가 되고	二八佳人體似酥,
허리춤에 비낀 검으로 아둔한 사내 목을 벤다.	腰間仗劍斬愚夫.
상대 머리 떨어지는 광경은 보이지 않지만	雖然不見人頭落,
어느새 그대의 뼛골만 메말라 가누나.	暗裡敎君骨髓枯.

계속 이야기를 들려 드리도록 하겠습니다. 장생과 함께 어울리던 친구들이 보니 장생이 늘 대낮에도 방문을 닫고 잠이나 잘 뿐 좀처럼 밖으로 나오지 않지 뭡니까. 이따금 잠깐 나오더라도 늘어져라 연신 하품만 해 댈 뿐이었습니다. 마치 밤에 아예 잠을 자지 않은 것 같았지요. 그렇다고 해서 그가 친구들과 어울려 밤 새도록 술을 마신다거나 숙취에 시달린다거나 하는 모습도 본 적이 없었습니다. 그가 기방에 계속 머문다거나 무슨 성병에 걸린 모습도 본 적이 없었지요. 그렇다 보니 어째서 그러는 것인지 영문을 알 수가 없었습니다. 어쩌다가 그를 끌고 어디에 가서 술을 마시고 오입을 한다고 칩시다. 그런 경우라도 밤이 되기 전에 반드시 객줏집으로 돌아오려고 기를 쓰면서 절대로 바깥에서 한밤중까지 남아 있으려고 들지 않는 것이었습니다. 사람들은 저마다 이상하게 여기면서 말

---

34 【즉공관 미비】所謂把飄蓬此 身來盡也. 말 그대로 '떠돌이 이 내 몸 아낌 없이 불태우리'라는 격이로군.

했지요.

"그런 행동은 … 속에 무슨 사정이 있는 게 분명한데 말이요. (…) 내 생각에는 몰래 무슨 수상한 짓을 벌이는 것 같소. (…) 우리가 약속을 하고 밤에 그의 동정을 살피다가 반드시 그를 붙잡도록 합시다!"

그날 밤이었습니다. 날이 마악 저물자마자 아씨가 벌써 찾아 왔지 뭡니까. 장생은 그녀를 잘 숨게 했지요. 그리고 나서 동료들이 이상하게 여길까 두려워서 거꾸로 방을 나가서 한 동안 담소를 나누고 함께 술까지 좀 마셨답니다. 그리고는 사람들이 헤어지고 나서야 방문을 닫아 걸고 들어와서 아씨와 침상에 올랐지요. 침상에 오르고 나서는 운우의 정을 나누다가 흥분이 고조되자 죽네 사네 신음을 내면서 난리도 아니었습니다. 남들이야 듣건 말건 아랑곳하지도 않고, 게다가 멈추지도 쉬지도 않았지요. 그래서 방 밖에서 몰래 듣던 동료들이 말했습니다.

"장 부마께서 어디서 몰래 여인을 구해다가 방 안에서 즐기시나 보구만?"

방안에서 그렇게 한참 동안 씨름을 하고 있을 때였습니다. 서 있던 동료들은 참다 못해서 저마다 거기가 불끈거리지 뭡니까요. 다들 객지 생활을 오래 하고 있던 처지였으니 어떻게 참을 수가 있겠습니까?[35] 각자

---

35 【즉공관 미비】傍睹者難爲情. 곁에서 지켜보는 이들이 민망하구만.

방으로 돌아가더니 어떤 이는 꾹 참고, 또 어떤 이는 자위를 하고 나서야 잠을 청하는 것이었습니다.

그런데 다음날 일어나자 사람들이 말했습니다.

"우리 장 부마 방 앞으로 가서 지키고 있다가 누가 나오는지 보도록 합시다!"

그들이 방 밖에서 발길을 멈추니 방문이 닫혀만 있지 뭡니까. 그래서 문을 밀고 들어갔더니 장생은 혼자서 침상에서 자고 있고 아무도 없는 것이었습니다. 동료들은 의아해 하면서 말했지요.

"어디로 간 게지?"

그러자 장생이 일부러 말하는 것이었습니다.

"뭐가 어디로 가요?"

"간밤에 당신 하고 그 짓을 벌인 사람 말이요!"

"누가 있었다고 그러십니까?"

"우리들이 다 들었는데 어째서 능청을 떨어요!"

"다들 귀신이라도 보셨소이까?"

"우리가 귀신을 본 게 아니라 … 형씨께서 귀신한테 홀렸을까 봐서 그러는 게지요."

"내가 왜 귀신한테 홀려요?"

"밤에 누구 하고 그 짓을 벌이는 소리가 바깥까지 들립디다. 아침에 왔는데 사람이 없는 걸 보면 귀신이 아니고 뭐겠소?"

장생은 그제서야 그들이 밤에 몰래 엿들은 사실을 깨달았지요. 다행스럽게도 아씨는 일찍 일어나서 흔적도 없이 자리를 떠나는 바람에 그들에게 발견되지 않았으니[36] 정말 큰 다행이지 뭡니까.
그는 순간적으로 말을 얼버무렸습니다.

"형씨들께 솔직히 말씀드리지요. 소생 젊은 나이에 객지로 나와서 홀몸으로 지낸 지가 오래 되었소이다. 그러다 보니 밤에 잠자리에 들었다가 욕정을 참을 길이 없어서 방사를 나누는 소리를 흉내내면서 급한 불

---

36 【즉공관 미비】即此亦該生疑. 이런 경우도 마찬가지로 의심을 품어야지.

을 꼈소이다. (…) 사실은 그저 혼자서 안달복달 했던 것뿐입니다. 정말로 누가 방 안에서 운우의 정을 나눈 것은 아니었지요. (…) 말씀드리자니 무척 민망스럽기는 합니다마는 … 의심은 하지 마십시오!"

"우리도 안달복달 하기는 매 한 가지외다. 만약 정말로 그러신 거라면 민망스러울 것이 뭐가 있습니까? 그렇기는 하지만 … 무슨 사악한 요물한테 홀리시면 안되지요. 그렇게 되면 보통 일이 아닙니다!"

"그런 일은 전혀 없습니다. 그러니 형씨들께서도 걱정일랑 붙들어 매십시오!"

동료들은 반신반의 했습니다마는 더 이상 거론하지 않았답니다.

그런데 가만 보니 장생이 차츰 버티지 못하고 날이 갈수록 피폐해져 가지 뭡니까. 자신도 그런 것을 좀 느꼈습니다. 동료들 중에는 성이 하夏이름이 양책良策인 사람이 있었는데, 장생과는 가장 절친한 사이였지요. 그는 장생의 그런 모습을 보더니 장생 걱정을 하면서 특별히 찾아와 그를 보고 말했습니다.

"저나 장형 같이 객지에 나와 있는 사람들이야 제 한 몸 평안하기만 해도 큰 다행입니다. 지금 인형은 … 얼굴이 누렇게 뜨고 몸이 야윈 데다가 정신이 가물가물하고 말까지 오락가락 합니다. 제가 들어 보니 인형이 밤중에 방에서 번번이 다른 사람과 소곤소곤 이야기를 나누더군요. 그건 분명히 이상하고 괴이한 곡절이 있다는 뜻이지요. (…) 우리한테 분명하게 이야기해 주지 않으시면 나중에 분명히 사달이 날 것이고, 거기에 목숨이라도 걸린다면 보통 일이 아닙니다. 딱하게도 이렇게 젊으신 나이에[37] 객지의 낯선 고을에서 묻힌다면 … 우리가 어떻게 견딜 수가 있겠습니까? 하물며 소생은 인형에게서 큰 도움을 받은 입장이올시다. 그러니 무슨 일이 있으시다면 바로 소생한테 이야기를 해 주십시오. 의논해서 처리하면 되는데 어째서 속이려 드십니까? (…) 소생이 맹세하겠습니다. 남들한테 이야기하지 않으면 되지 않습니까?”

장생은 하양책이 거리낌 없이 말하는 것을 보고 하는 수 없이 그에게 사실대로 털어 놓았습니다.

“하형께서 진지하게 말씀하시니 사실 하형께 솔직히 말씀드릴 일이 있습니다. (…) 이 객주의 주인 마소경의 따님이 소생과 인연이 있어서 밤마다 스스로 찾아와 밀회를 가져 왔습니다. 둘 다 젊은 나이여서 욕정이 지나칠 정도인데 소생이 자제하지 못하는 바람에 병까지 생기고 말았지 뭡니까! 그러나 … 소생의 목숨이야 대수로운 것이 아닙니다. 혹시라도 이 일이 드러나기라도 하면 그 아씨는 목숨을 보전할 수 없게 됩니다. (…) 그래서 몇 번이나 입단속을 하라고 시키길래 소생도 입에 올릴 엄

---

37 【즉공관 미비】亦惜其貌耳. 그 외모도 아까워 한 게지.

두를 내지 못했지요. (…) 지금 비록 하형께 털어 놓기는 했습니다마는
… 하형께서는 누설하셔서 소생이 아씨를 저버리는 일이 절대로 없도록
해 주십시요!"

그러자 하양책은 껄껄 웃으면서 말했지요.

"장형, 그건 아니지요! 마 씨 댁은 이 고을의 관리 집안으로 담장이 몇
겹이나 되고 담벽도 높은 데다가 대문도 높고 저택도 깊숙하게 자리잡고
있습니다. 아니 어떻게 여자가 밤마다 나올 수가 있겠습니까? 게다가 …
객줏집은 사람들로 북적거리는데 여자가 들락거린다고요? 아무리 깊은
밤이라고 해도 그렇지 남들 하고 마주치는 것도 걱정이 안된단 말입니
까? 그것만으로도 그 댁 아씨가 아님이 분명한 걸 알 수 있습니다!"[38]

"마 씨댁 아씨를 제가 과거에 뵌 적이 있는 걸요. 이번에도 그녀가 분
명했습니다! 그러니 더 이상 무엇을 의심하겠습니까?"

"듣자니 이곳에는 '여우 요물이 출몰하면서 둔갑해 사람을 잘 홀린다'
고 합디다. (…) 장형께서 만난 것은 분명히 그 요물일 겁니다. 장형, 이
제부터는 조심하시고 자중자애하십시요!"

---

38 【즉공관 미비】大是, 大是. 此亦易曉, 惑者不致詳也. 정말 옳다, 정말 옳아! 이 역시 알기
쉽건만 미혹되면 자세하게 살피지 못하게 되는 게지.

그러나 장생이 어디 그 말을 곧이들을 리가 있겠습니까? 하양책이 보니 그는 그래도 미련을 가지고 깨닫지 못하는 것이었지요. 그래서 하룻밤 동안 망설인 끝에 속에서 꾀를 하나 떠올렸습니다.

"그가 요물의 종적을 찾아내게 해 주어야 겠어. 그래야 포기할 테지."

그런데 바로 이 꾀로 말미암아 다음과 같은 일이 벌어지게 됩니다.[39]

깊은 산 속 요사스러운 암컷 요괴	深山妖牝怪,
그 추악하고 더러운 모습 감추기 어렵단다.	難藏醜穢之形.
은밀한 규방의 향기로운 몸이	幽室香軀,
갑자기 따스하고 부드러운 몸으로 둔갑했으니	陡變溫柔之質.
저 신선 동굴 속 천년 묵은 풀을 써서	用着那神仙洞裡千年草,
재상댁에서 백년의 인연을 이루었구나	成就了卿相門中百歲緣.

계속해서 이야기를 들려 드리도록 하지요. 장생은 정신이 미혹되어 어

---

39 다음과 같은 일이 벌어지게 됩니다[有分交] : 명대 (의)화본 및 장회(章回)소설에서 장면이 끝나거나 바뀔 때마다 사용하는 상투어. 보통 이 앞에는 "바로 이 걸음 덕분에(只因此一去)"라는 말이 관용적으로 사용되며, 이 뒤에는 다음 장면에서 벌어지게 될 사건이나 상황들을 사전에 미리 암시하는 두 구절의 시를 사용함으로써 청중들이 이야기에 몰입하도록 이끄는 역할을 하는데, 엄밀한 의미에서는 독서를 목적으로 한 일반 소설의 관용적인 표현이라기보다는 극장에서의 공연을 목적으로 한 공연물에서 주로 사용하는 연극적 장치의 일종으로 이해하는 것이 더 좋을 듯하다. "분교(分交)"는 '분교(分敎)'로 표기하기도 한다. 여기서는 "유분교(有分交)"를 편의상 "다음과 같은 일이 벌어지게 된다" 식으로 번역하였다.

지러운 상태였습니다. 그러니 어디 그 충고를 들으려 들겠습니까? 하양
책은 아무리 설득해도 마음을 돌리지 않자 그를 보고 말했지요.

"소생이 한 말씀만 드리겠습니다. (…) 장형의 일에 지장은 없을 테니
… 꼭 소생 말씀대로 하셔야 합니다!"

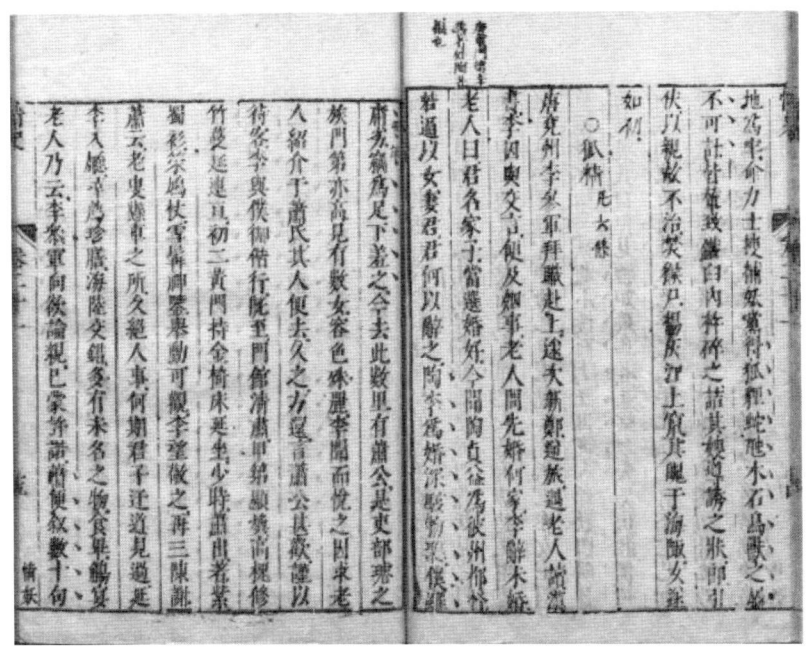

풍몽룡이 엮은 『정사』의 또다른 대별호 이야기

"무슨 시키실 일이라도 있으신지요?"

"소생에게 물건이 하나 있습니다. 선과 악을 썩 잘 분간할 줄 알지요. (…) 장형은 그녀가 오늘밤에 오면 이것을 선물로 주십시오. 만약 … 정말 마 씨댁 아씨라면 문제가 없을 것입니다. 그렇지 않다면 반드시 그 정체를 알게 될 테지요. 물론 장형 일에 지장은 주지 않을 겁니다. (…) 장형은 목숨을 소중하게 여겨 알아서 조심하시면 됩니다!"

"그 정도야 … 할 수 있지요."

하양책은 성긴 삼베로 만든 웬 주머니에 어떤 물건 한 보자기를 넣어서 장생에게 건넸습니다. 그리고 장생이 그것을 소매 속에 넣자 하양책이 거듭 신신당부하는 것이었지요.

"절대로 잊으시면 안됩니다?"

장생은 영문을 몰랐습니다. 그러나 자신도 속으로는 좀 이상하게 여기고 있던 참인지라 '그가 말한 대로 준비해서 좀 시험해 보아도 문제는 없겠지' 하고 생각했지요.

그날 밤에도 아씨가 찾아와서 장생은 밤새도록 밀회를 즐겼습니다. 그리고 나서 동이 트려고 할 때였습니다. 하양책이 당부한 일을 떠올린 장생은 그 주머니를 꺼내어 그녀에게 선물로 주면서 말했지요.

"약소한 물건이지만 선물로 드리겠소. 일단 규방으로 가서 천천히 꺼내 보도록 하시오!"

그 아씨는 무슨 물건인지 묻지도 않고 자신에게 주는 선물이라는 말만 듣고 흔쾌히 그것을 받자마자 일어나 혼자서 객줏집 문을 나가는 것이었지요.

장생은 해가 중천에 뜰 때까지 자고 나서야 옷을 걸치고 자리에서 일어났습니다. 그런데 가만 보니 침상 앞이 온통 잘게 빻은 깨알 투성이이지 뭡니까. 거기서 밖으로 나갔더니 방 밖에까지 뿌려져 있는 것이었습니다. 장생은 그제서야 불현듯 깨달았지요.

"하형이 '이 주머니 속의 물건이 산과 악을 분간할 수 있다'고 하더니 이제보니 깨였구만?[40] 깨가 무슨 선악을 분간할 줄 안단 말인가? (…) 성긴 삼베로 주머니를 만든 것을 보니 … 깨가 새어 나오게 해서 그걸로 그녀가 움직인 자취를 확인하려 한 게 분명하다. 이건 날더러 선과 악을 분간하게 해 주려고 한 게지! 이제부터 이 깨들을 따라가면 어쨌든 멈춘 곳이 있을 테고 그러면 그 행방을 확인할 수가 있겠지."

장생은 남들에게는 알리지 않은 채 자신만 눈치를 채고 한 걸음씩 몰래 땅바닥에 깨가 떨어져 있는 곳을 살피면서 걸었습니다. 그런데 가만보니 마 씨댁 대문까지는 가지 않았지 뭡니까? 그것을 보면 그 댁에서

---

40 【즉공관 미비】夏生可用. 하생이 쓸 만하구나.

나온 사람은 아님을 분명히 알 수가 있었지요. 그는 구불구불 길을 걸어서 숲과 들판을 지나갔지만 그래도 깨의 흔적은 끊어지지 않는 것이었습니다. 그래서 곧장 대별산[41] 아래까지 따라갔지요. 그랬더니 산 속에 웬 동굴 입구가 보이고 깨가 그 안까지 이어져 있는 것이었습니다.

장생은 '웬지 좀 이상하다'는 것을 눈치챘지요. 그래서 바짝 긴장한 채로 동굴 입구로 걸어 들어갔습니다. 그랬더니 정말로 웬 암컷 여우 한 마리가 보이는 것이 아닙니까! 그 여우 곁에는 깨 주머니가 하나 놓여져 있고 여우는 드러누운 채로 거기서 코를 골면서 자고 있었습니다.

대별산의 풍광

| 몇 번이나 암수며 감괘·리괘 사이를 오가며 | 幾轉雌雄坎與離, |
| 허물 바꾸면서 사람을 홀리더니만 | 皮囊改換使人迷. |

---

41 대별산(大別山) : 중국 안휘성의 산 이름. 장강과 회하(淮河)의 분수령으로, 안휘(安徽)·호북(湖北)·하남(河南) 3개 성(省)이 맞닿는 위치에 자리잡고 있다.

贈芝蔴識破假形

선물 받은 깨로 둔갑한 본색을 간파하다

지금은 바야흐로 양대의 꿈을 꾸고 있으니　　　此時正作陽臺夢,
역시 꿈에서도 운우의 정을 나누는 게지.　　　還是爲雲爲雨時.

그 광경을 본 장생은 깜짝 놀라서 무심결에 고함을 질렀습니다.

"찾아와서 나를 홀린 것이 바로 이 요물이었구나!"

그 여우는 본성이 아주 영리해서 누워서 자면서도 잠귀가 무척 밝았습니다. 그래서 인기척을 듣자마자 '휙' 하고 몸을 바꾸는데 어느새 당초처럼 사람 모습으로 변하는 것이 아닙니까!

"벌써 네 정체를 확인했는데 이제 와서 둔갑한들 무슨 소용이 있느냐!"

장생이 이렇게 말하자 그 여우는 앞으로 다가오더니 그의 손을 잡고 말하는 것이었습니다.

"서방님, 용서해 주십시요! (…) 제 정체가 발각되었으니 이제 인연이 다했나 봅니다!"

장생은 그녀가 도로 원래의 모습으로 돌아간 것을 보더니 속으로 무척 아쉬워했습니다. 그러자 그 여우가 말하는 것이었지요.

"서방님께 말씀 드리지요. (…) 저는 이 산에서 도를 닦고 있던 중인데 곧 천 년을 채우게 됩니다. 그런데 사람과 암수의 궁합을 맞추어야만 내 단[42]을 키울 수가 있었지요. 그동안 서방님의 준수하신 모습을 뵙고 원 양[43]을 빌릴 생각이었습니다. 그러나 접근할 방법이 없었지요. 그러다가 서방님을 보니 마 씨네 여자에게 반하여 진심으로 사모하고 계시더군 요.[44] 그래서 그녀 모습으로 둔갑하여 일부러 찾아 뵙고 잠자리를 함께 했던 것입니다. 서방님을 즐겁게 해 드리는 동시에 제 목적도 이루기 위해서 말이지요. (…) 이제 정체가 탄로났으니 다시는 모실 수가 없게 되었습니다. 이로써 영원히 작별할 수밖에요! (…) 그렇기는 하오나 … 내왕한 지 오래되었으니 서방님과는 쌓인 정이 없을 수가 없습니다. 서방님께서 저 때문에 병을 얻으셨으니 제가 서방님을 치료해 드리는 것이 도리지요.[45] (…) 그 마 씨네 여자는 서방님께서 진심으로 사랑하시고, …

---

42 내단(內丹) : 도교 용어. 고대 중의학에서 단사(丹砂) 등 광물을 주재료로 배합해 만드는 단약(丹藥)은 주로 신선이 되거나 장생불사를 추구하는 도교 도사들 사이에서 유행했는데, 단약을 제조하는 것을 '연단(鍊丹)'이라고 불렀다. 넓은 의미에서는 우황청심환(牛黃淸心丸) 등의 환약도 단약의 일종으로 볼 수 있다. 그러나 고대인들에게 전문적인 의학지식이 부족했던 데다가, 이들이 조제하는 단약에 함유된 수은(水銀) 등의 중금속으로 인한 체내 침착이나 중독 등의 부작용이 많았다. 도교가 성행했던 당대만 하더라도 290년 동안 총 21명의 황제 중에 태종(太宗)·헌종(憲宗)·목종(穆宗)·무종(武宗)·선종(宣宗) 등 적어도 5명이 단약을 복용했다가 중독사하였다. 연단술은 명대까지 이어져 사회 전반에서 유행하면서 많은 폐해를 남겼으며, 가정제(嘉靖帝)는 그 대표적인 인물이라고 할 수 있다. 그래서 당대부터 장생불로를 추구하는 단전호흡(丹田呼吸)이나 방중술(房中術) 등의 대안적인 수련법이 유행하기도 했는데, 일반적으로 전자를 '외단파(外丹派)', 후자를 '내단파(內丹派)'라고 한다.

43 원양(元陽) : 도교 용어. 신장(腎臟)에 축적된 양기(陽氣)를 말한다. 인체의 양기의 근본으로, 오장육부를 따뜻하게 하고 그 기능을 활성화시키는 작용을 한다. 때로는 신양(腎陽)·진양(眞陽)·명문지화(命門之火) 등으로 불리기도 하였다.

44 【즉공관 미비】自開門引賊. 스스로 대문을 열고 도적을 불러 들이는 격이로군!

45 【즉공관 미비】狐有良心, 勝人多矣. 여우가 착한 마음을 가졌으니 사람보다 훨씬 낫구나!

저 역시 그 모습으로 둔갑해 서방님의 은총을 오랫동안 받았으니 저로서도 마냥 수수방관만 하고 있을 수가 없지요. 인연을 맺고 서방님의 아내로 삼으므로써 그 소원을 이루게 해 드리는 것이 도리지요. 그 길이야말로 제가 서방님께 보답할 수 있는 길일 것입니다!"

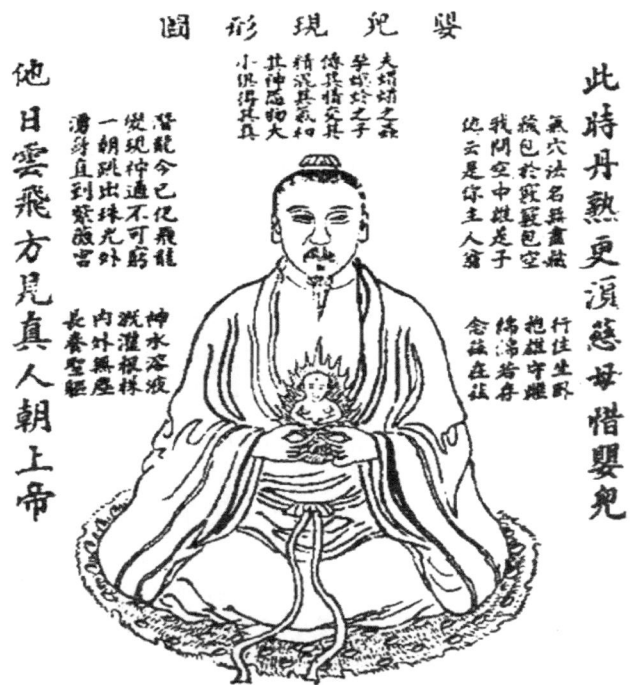

내단과 외단을 도식적으로 설명한 도교 수양서의 그림

말을 마친 여우는 동굴 안에서 희귀한 풀을 한 가지 땄습니다. 그리고 나서 그것을 세 다발로 묶은 다음 장생을 보고 말하는 것이었지요.

"이 첫 번째 다발은 달인 물로 몸을 씻으시면 서방님의 기력을 채워 주어 전처럼 튼튼하고 건강하게 만들어 드릴 것입니다. (…) 이 두 번째 다발은 가지고 가서서 마 씨네 대문 앞 으슥한 곳에 살짝 뿌려 놓으시면 마 씨네 여자가 문둥병을 앓게 될 것입니다. 그때 이 세 번째 다발을 달인 물로 그녀의 몸을 씻어 주시면 문둥병은 저절로 나아지고 여자도 서방님에게 돌아갈 것입니다. (…) 신랑 신부 두 분 금슬이 좋아지면 제가 인연을 맺어 드린 옛 정을 잊지 말아 주십시요!"

그리고 나서 풀 세 다발을 하나하나 장생에게 넘겨 주는 것이었지요. 장생이 그것들을 잘 챙기고 나니 그 여우가 이어서 당부했습니다.

"조심하고, 또 조심하십시요! (…) 남들에게는 말하시면 안됩니다. (…) 저도 이제는 물러가도록 하겠습니다!"

말을 마친 여인은 아까처럼 여우로 변했습니다. 그리고는 뛰어서 그 자리를 떠나는 바람에 행방을 알 수가 없었지요.

장생은 놀랍기도 하고 기쁘기도 했습니다. 그래서 풀 세 다발을 조심해서 간수했습니다. 그리고는 객줏집으로 돌아와서 지배인에게 물을 한 솥 끓이게 한 뒤 풀 한 다발을 몰래 넣어 탕약을 끓였지요. 그런 다음 그날 밤 그것을 가져다 자기 몸을 씻었습니다. 그랬더니 정말로 정신도 맑아지고 기력도 바로 강해져서 밤새 잠을 푹 잘 수 있었답니다.

이튿날, 그는 거울로 자신의 얼굴을 비추어 보았습니다. 그러자 그 핏기 없이 누렇던 낯빛이 하나도 없이 싹 가셨지 뭡니까 글쎄. 그제서야 영험한 풀의 신통력을 깨달은 그는 말을 삼가면서 남들에게는 이야기하지 않았지요.

이윽고 하양책이 오더니 어제의 행적을 묻는 것이었습니다. 그러자 장생은 이렇게 둘러대었습니다.

"물가까지 따라갔을 때 벌써 자취가 끊어졌지 뭡니까. 그 바람에 끝까지 찾아내지 못했답니다. (…) 생각해 보니 괴물인 것 같은데 … 제가 이제 정체를 간파했으니 그것과 내왕하지 않으면 그만이지요."

하양책은 그의 얼굴이 예전의 상태로 돌아온 것을 보더니 말했습니다.

"장형께서 마음을 다잡자마자 병색이 물러갔군요. 제가 요물이라고 하지 않았습니까? (…) 이제 그것에게 홀리지 않게 되셨으니 됐습니다. 우리들도 마음이 놓이는군요!"[46]

그러나 장생은 말로는 고맙다고 하면서도 속내는 털어 놓지 않았습니다. 무조건 여우가 한 말만 따라서 몰래 자기가 한 일을 이어나가기로 했지요. 그는 두 번째 묶음을 가지고 땅거미가 지고 인적이 드물어지자 마

---

46 【즉공관 미비】良友也. 좋은 친구로군.

소경의 집 대문 앞으로 가서 문턱 아래 벽 모퉁이 으슥한 곳에 골고루 잘 뿌렸습니다. 그리고 나서 객주로 돌아와서 소식을 기다렸지요.

그로부터 이틀도 되지 않았을 때였습니다. 다들 '마 씨댁 운용 아씨가 문둥병에 걸렸다'면서 앞다투어 입방아를 찧어 대는 것이 아닙니까. 처음 생겼을 때에는 한두 군데뿐이다 보니 혐오감이 들기는 해도 그다지 마음에 두지 않았답니다. 그런데 차츰 온몸으로 퍼져 나갔다지 뭡니까. 그 모습을 볼작시면

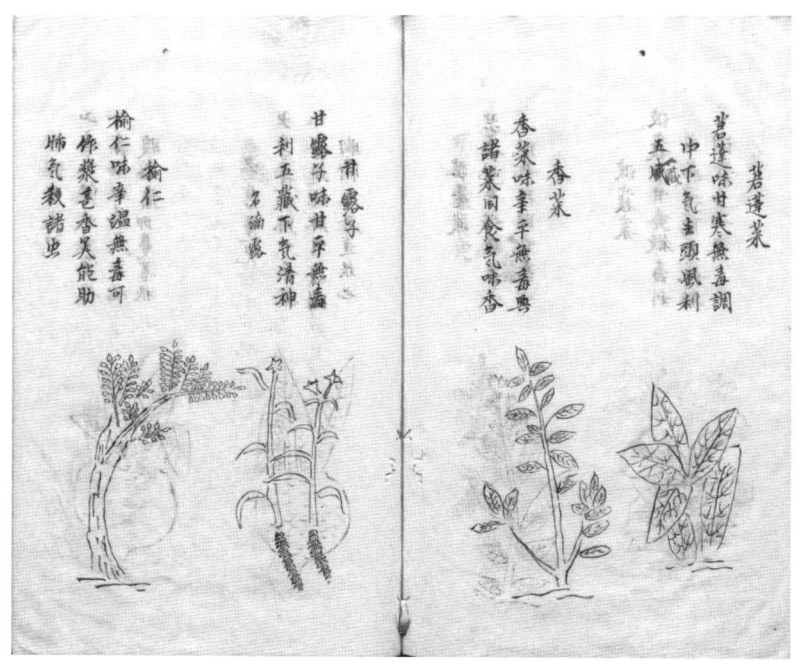

명대 초기인 성화(成化) 연간에 간행된 『음선정요(飮膳正要)』. 약초 · 곡식 · 육류 · 어류 · 과일 등 몸이나 질병에 도움이 되는 음식과 효과들을 소개해 놓았다

온 몸에 비린내 지린내 지독하고   腥臊遍體,

고약한 냄새는 견딜 수가 없구나.	臭味難當.
우뚝 솟은 옥 나무 같던 몸이	玉樹亭亭,
쭈글쭈글한 물고기 비늘처럼 변했구나.	改做魚鱗皴皺.
하늘거리던 꽃가지 같던 몸이	花枝裊裊,
딱지 투성이 좀 먹고 삭은 몸으로 변했구나.	變爲蠧蝕蝼堆.
움직일 때마다 근질거려 쉴새 없이 몸 긁으니	癢動處不住爬搔,
손톱마다 서리 살리고 눈 내리는 듯하고	滿指甲霜飛雪落.
통증이 생기면 어찌 앓는 소리 누를 수 있겠나.	痛來時豈勝啾唧.
온 아침저녁으로 눈물 훔치고 눈을 부벼 대니	鎭朝昏抹淚揉眵.
뉘집 여자인들 배겨낼 수 있겠나?	誰家女子恁般撑,
옛적 유학자 말씀이 문둥병이라 하더라.	聞道先儒以爲癩.

　마 씨댁 아씨는 난데없이 문둥병을 앓는 바람에 온몸이 가렵고 고름 냄새가 진동하자 그 고통을 참을 길이 없었습니다. 그토록 아리땁던 여자가 만인이 혐오하는 존재로 전락하고 만 거지요. 부모는 어떻게 해 볼 방법도 없고 아씨는 아씨대로 죽고 싶어도 그럴 수가 없지 뭡니까요 글쎄! 그래서 외과外科 의원을 모셔다 치료를 부탁했지만 그 말도 아무 쓸모가 없이 '약만 바르면 낫는다'는 말 뿐이었습니다. 그래서 그 말대로 약을 발라도 얼마 지나고 나면 온몸을 바늘로 찌르는 것 같지 뭡니까. 마치 몸의 가죽을 벗기기라도 하는 것 같이 아파서 잠시도 참을 수가 없었습니다. 하는 수 없이 원래대로 약을 씻어내어야 했지요. 그래서 이번에는 내과內科 의원을 초빙해 처방을 부탁했더니 말하는 것이었습니다.

"몸 속으로 약을 복용해 혈맥이 잘 자리잡고 풍병의 기운[47]이 잘 분산되도록 조절하면 저절로 낫습니다. 그냥 밖에 약을 바르기만 하는 것은 '치표'[48]라고 해서 절대로 뿌리까지 제거할 수가 없습니다."

그래서 그의 말을 따라서 탕약을 날마다 두세 첩씩 달여 먹였지요. 그러나 오히려 비장과 위장만 상했을 뿐 전혀 효과가 없었습니다. 외과 의원이 또 '자신이 전문이니까 반드시 몸을 닦아내는 약을 써야 한다'고 참견하면, 내과 의원은 내과 의원대로 '이것이 폐경풍열[49]로 풍병의 기운을 삭히고 독기를 흩어지게 만드는 약을 먹어야 한다'고 말하지 뭡니까 글쎄. 결국에는 병자만 죽어나서 통증을 참고 쓴약을 견디면서 오늘은 처방을 바꾸고 내일은 약을 바꾸기가 일쑤였지요. 의원들은 서로 몇 번이나 '너는 내가 공이 없다고 하지만 내 보기에는 너야말로 아무 쓸모가 없다' 식으로 욕하면서 결국에는 아무 효과도 보지 못하곤 했습니다. 그러자 마소경은 이런 사정을 알리는 글을 큰 종이에 써서 집 밖에 붙였습니다.

"딸의 병을 고쳐 주는 분께 은자 백 냥을 드립니다."

---

47 풍병의 기운[風氣] : '풍기(風氣)'는 원래 특정한 사회나 집단의 기풍(氣風)을 가리키는 말이다. 그러나 이 대목에서는 전후 맥락을 따져 볼 때 '풍기(瘋氣)'의 의미로 사용되었음을 알 수 있다. 즉, 풍병(瘋病) 또는 통풍(痛風)의 이라는 의미로 이해하는 편이 합리적인 것이다.

48 치표(治標) : 임시 조처로 피상(겉)만 치료하는 것을 가리킨다.

49 폐경풍열(肺經風熱) : 중의학 용어. 열이 나거나 목(후두)이 아프거나 코가 막히거나 콧물이 흐르거나 숨이 차거나 하는 등의 호흡기 질환 증상들을 가리킨다. 중의학에서는 폐(호흡기) 쪽으로 질환이 있으면 핏줄이 붓거나 설태가 낀다고 보았다.

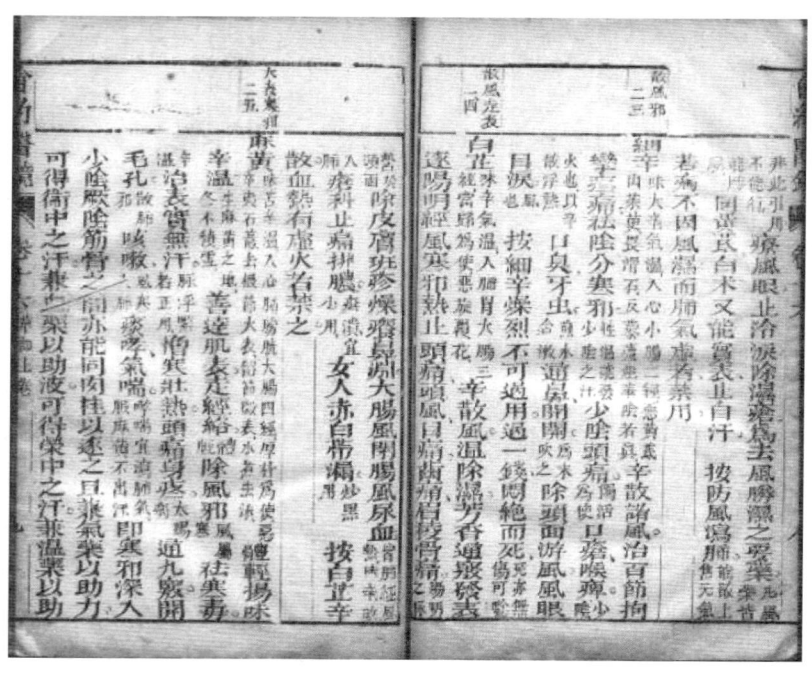

중국 청대의 의서 『나씨회약의경(羅氏會約醫鏡)』의 '폐경풍열' 대목

　의원들은 그 글을 보면서도 군침만 삼킬 수밖에 없었지요. 그야말로 아무리 용한 의원이 나타나 평생의 심혈을 다 기울여 온갖 비장의 의서들을 다 뒤져 보아도 조금도 효과를 볼 수가 없었답니다. 그 사이에 아씨는 수도 없이 까무러쳤다 깨어났다 하느라 이제는 숨 한 가닥만 남았을 뿐이었습니다.

　마소경은 도저히 어찌 해 볼 방법이 없자 부인을 보고 말했지요.

　"딸이 불치병을 앓느라 이미 폐인이 돼 버렸건만 지금 큰 상을 걸어도 고칠 수 있는 이가 더 이상 없나 보오! (…) 차라리 이 딸은 없는 셈 치고 이 병을 잘 고쳐 주는 이가 나타나면 당장 딸을 아내로 주고 거기다가 혼수까지 얹어서 데릴사위로 들이도록 합시다. (…) 우리 딸은 곱기로 제법 이름이 나 있으니 … 어쩌면 누가 우리 딸을 흠모하여 신기한 처방을 들고 와서 우리 딸을 살려 줄지도 모르지! 집안 격이 안 맞더라도 딸이 병으로 죽은 셈 칩시다! (…) 설사 죽지 않았더라도 문둥병을 앓는 이런 병자는 남의 집에 출가하기도 어렵지. 아무래도 이렇게 하는 편이 차라리 더 희망이 있을 지도 모르오!"[50]

그리고는 대문에 큰 글자로 이렇게 써 붙였습니다.

"저희 딸 운용이 나병을 앓고 있습니다. 특별한 방법으로 고쳐 주시는 분들이라면 집안이 좋고 나쁘고 지역이 멀고 가깝고를 따지지 않고 당장 딸을 출가시켜 데릴사위로 삼겠습니다. 이 글을 증거로 삼겠습니다."[51]

객줏집에 있던 장생은 아씨가 문둥병에 걸려 방을 붙이고 의원을 구하는 것을 이미 알고 있었습니다. 그래서 속으로 은근히 기뻐했지요. 그러나 그 집에서 혼인을 시켜 주겠다는 말을 꺼내지도 않았는데 그 일을 덜컥 떠맡을 수는 없었지요. 다만 그가 먼 곳 출신의 객상인 것을 알면 '나중에 병이 낫더라도 재물로만 보답을 하고 딸은 자신에게 주려 들지 않

---

50 【즉공관 미비】病家情景, 醫家陋惡, 一一逼眞. 병자가 있는 집안의 모습이며 의원들의 추악함이 모두 진짜 같구나.

51 【즉공관 미비】告示先爲蔣生張本矣. 그 지문은 일찌감치 장생이 장본인이었던 게로군.

겠지' 하는 걱정뿐이었답니다. 그래서 속셈을 숨기고 차분히 그 댁의 상황을 두고 보았지요. 그런데 정말로 병을 고치지 못하자 방의 내용을 고쳐서 '병을 고쳐 주기만 하면 데릴사위로 삼겠다'는 대목을 추가해 놓았지 뭡니까. 장생은 손뼉을 치면서 말했습니다.

"이제 아내가 생기겠구나!"

그는 즉시 달려가 대문 앞의 방을 뜯어 들고 자신이 고칠 수 있다고 알렸습니다. 문지기는 그 말을 듣고 지체하지 않고 당장 안으로 달려 들어가서 보고했지요. 그러자 마소경은 그를 만나러 나왔다가 장생의 비범한 모습을 보고 일단 기뻐하는 것이었습니다. 그리고는 물었지요.

"병을 고칠 기막힌 방법이란 어떤 것입니까?"

그래서 장생이 말했습니다.

"소생은 원래 의원이 아닙니다. 예전에 기인을 뵌 적이 있습니다. 그분이 영험한 풀을 전수해 주셨는데 나병을 전문적으로 다스려서 손을 대기만 하면 병을 고칠 수가 있답니다. 다만, … 소생은 재물은 바라지 않습니다. 방문에서 하신 말씀을 어기지만 않으신다면 소생도 스스로 최선을 다하도록 하지요!"

"본관에게는 이 사랑하는 딸 뿐이지만 인덕과 용모를 다 갖추었습니다. 그런데 불행하게도 갑자기 그런 괴질에 걸리는 바람에 폐인이 다 되어 버렸지요. 만약 선생께서 훌륭한 솜씨를 펼치셔서 기사회생한다면 … 방문에서 한 약속을 어디 번복할 리가 있겠습니까? 저희 딸이 여생을 선생을 모시는 데에 쓰도록 해 드려야지요!"

"소생은 원적原籍이 절강입니다. 멀리 떨어져 있는 지방이지요. 거기다가 장삿일을 하는 몸인지라 … 유학을 익히지 않아 댁의 가풍에 누가 될까 두렵습니다. (…) 지금 아씨의 병든 몸이 날로 야위어 가니 쉽게 허락하셨을 테지요. 허나 … 나중에 병을 고쳐 예전 모습으로 돌아갔을 때 만에 하나 … 이전에 하신 말씀을 후회하고 물리신다면 … 소생이 바라는 것이 허사가 되어 버릴 것이 아닙니까? 그러니 일단 분명하게 말씀을 해 주셔야 겠습니다!"[52]

"강소와 절강은 이름난 지방이니 애초부터 멀리 동떨어져 있는 곳은 아니지요. 상업 역시 훌륭한 직업이지 천한 부류는 아니지 않소이까?[53]

---

52 【즉공관 미비】先自說出, 亦是江湖上人老辣處. 먼저 스스로 의견을 피력하는 것은 역시 강호에서 활동하는 사람들의 노련한 면모지.
53 【즉공관 미비】人貌榮名. 사람이 영달과 명성을 용모로 삼는 격과도 같지.
사람이 영달과 명성을 용모로 삼는 격[人貌榮名] : 전한의 역사가 사마천(司馬遷)이 한 말. 사람은 외모로 평가해서는 안되며 그 업적과 명성을 평가해야 옳다는 뜻이다. 사마천은 『사기』「유협열전(遊俠列傳)」에서 "내가 곽해를 보았더니 거동이며 모습은 여느 사람들만 못하고 말솜씨도 본받기 미흡한 것이었다. 그럼에도 불구하고 세상에서는 똑똑하든 못나든, 알든 모르든 간에 한결같이 그 명성을 흠모하며 '의협'을 언급하는 이들은 저마다 그의 이름을 입에 올리곤 한다. 속담에서도 '사람이 영달과 명성을 용모로 삼으면

(…) 귀하의 기량을 보아하니 역시 하류는 아니십니다. 하물며 … 앞서 말씀드렸듯이 멀고 가깝거나 높고 낮은 것은 전혀 따지지 않소이다. 그저 병만 잘 고치면 됩니다. (…) 본관이 과분하게도 사대부의 지위에 있지만 어떻게 병든 딸 때문에 신용을 저버리는 짓을 할 수가 있겠습니까?[54] 귀하께서는 약이나 써 주시고 절대로 다른 의심은 품지 마십시요!"

확답을 받은 장생은 그 약초 다발을 탕약으로 달여 와 아씨를 씻기게 했습니다. 아씨는 약초 향기를 맡기가 무섭게 마음속부터 상쾌해지는 것 같았습니다. 그렇게 목욕통에 약물을 붓고 온몸을 다 씻었지요. 그러자 참말로 신기하게도 약물이 닿은 곳은 그렇게 아프던 곳도 안 아프고 그렇게 가렵던 곳도 안 가렵지 뭡니까. 게다가 뼛속까지 시원한 것이 이루 말로 표현할 수조차 없을 정도였습니다.

아씨는 고름 얼룩을 전부 지우고 목욕통을 나오니 몸이 한결 가뿐해진 것 같았지요. 그래서 침상에서 하룻밤을 자고 나니 부스럼 딱지들이 차츰 떨어지고 거친 살갗도 켜켜이 벗겨지는 것이었습니다. 그렇게 사흘이 지나고 나자 병이 완전히 나았습니다. 그래서 맑고 따뜻한 물로 다시 한번 몸을 씻었지요. 그랬더니 몸이 옥처럼 뽀얀 것이 이전보다 훨씬 부드러워졌지 뭡니까.

어찌 끝날 리가 있겠는가?'라고 했으니 오호라 안타깝구나! [吾視郭解, 狀貌不及中人, 言語不足採者. 然天下無賢與不肖, 知與不知, 皆慕其聲, 言俠者皆引以爲名. 諺曰 '人貌榮名', 豈有既乎. 於戲, 惜哉]"라고 개탄한 바 있다.

54 【즉공관 미비】惟其縉紳乃易于爽信. 오로지 사대부들이야말로 쉬이 약속을 저버리더라.

마소경은 기뻐서 어쩔 줄 모를 지경이었습니다. 그래서 장생에게 거처를 물었더니 바로 자기네 객줏집에 머물고 있었지 뭡니까. 그 길로 사람을 시켜 장생을 집으로 불러 들였습니다. 그리고 서재를 치운 다음 그에게 머물게 해 주었지요. 좋은 날을 잡자마자 바로 아씨를 짝 지어 주려고 말입니다. 장생은 몹시 기뻐하면서 벌써 객주에서 짐을 옮겨 왔지요. 그리고는 서재에 머물면서 혼례날만 기다렸답니다.

마 씨 댁 아씨는 장생이 자신의 병을 고쳐 준 일에 속으로 감격해 마지 않았습니다. 그러다가 그에게 곧 출가하게 되었다는 이야기를 들었지요. 그녀도 진심으로 그 일을 바라고 있기는 했습니다마는 인물이 어떻게 생겼는지는 그때까지도 모르고 있었습니다. 그래서 매향[55]을 시켜 알아보게 했지요. 그런데 알고 보니 지난번에 집으로 와서 비단을 팔았던 바로 그 객상이었지 뭡니까! 아씨는 그의 외모가 수려하다는 것을 알고 있었던지라 그제서야 마음을 놓았답니다.[56]

길일이 되자 마소경은 전날의 약속을 저버리지 않고 혼례식을 치루어 주었습니다. 양가의 젊은이는 두 사람 다 아름답고 수려한 인물이다 보니 금슬이 아주 좋은 것은 말할 필요도 없었지요. 물론, 장생은 혼례를 치르기 전부터 이미 그녀로 둔갑한 여우와 오랫동안 만나 온 터이다 보니 그녀에 대해서도 익히 잘 알고 있는 처지였습니다.

---

55 매향(梅香) : 원·명대 소설·희곡 등 구어체 문학에서 대갓집 규수의 시중을 드는 몸종의 이름. 시내암(施耐庵) 소설 『수호전』 제56회의 "두 몸종이 하루는 밤까지 시중을 드느라 몸이 피곤해져서 다 곯아 떨어져 버렸다![兩個梅香, 一日伏侍到晩, 精神困倦, 亦皆睡了]"에서 보듯이, 때로는 몸종의 대명사로 사용되기도 한다.

56 【즉공관 미비】要見前日相遇時未必不關情. 지난번에 마주쳤을 때를 볼작시면 그때는 서로가 호감을 가지고 있었던 것은 아닐 것이다.

약초 다발로 진짜 짝과 기막히게 혼인하다

그러던 어느 날이었지요. 마 씨댁 아씨가 말하는 것이었습니다.

"서방님은 다른 지방 출신이십니다. 그런데 어떻게 힘을 쓰셨길래 우리 집까지 들어올 수가 있었습니까? (…) 하늘께서 제게 그런 병을 앓게 만드셔서 이런 인연을 맺게 해 주셨군요. 그 신묘한 처방은 저와 당신의 중매인인 셈입니다. 누가 당신께 그 처방을 전수해 주었든 간에 그 은덕을 잊으시면 안됩니다?"

그러자 장생이 웃으면서 말했지요.

"중매인이 한 사람 있기는 하오. 허나 … 지금은 그 사람한테 고맙다는 인사를 할 수가 없다오."

"일단 어떤 분인지 말씀해 주세요. 지금은 어디 계세요?"

장생은 그것이 여우 요정이라고 이야기하기가 난처했습니다. 그래서 거짓말을 둘러대었지요.

"소생은 과거에 아씨의 꽃 같은 미모를 뵌 뒤로 잠자리에서도 생각하고 꿈속에서도 그리워했소이다. 그 바람에 자고 먹는 일까지 마다할 정도였지요. 그런 생각이 지극하다 보니 어떤 선녀를 감동시키고 급기야 그 사람이 아씨의 용모를 빌려 오랫동안 내왕했소이다. 나중에 참모습이

탄로나자 그제서야 진실을 이야기해 주지 뭡니까. 알고 보니 정말로 진짜 아씨가 아니더구려. '아씨는 분명히 지금 불행을 당했을 것'이라면서 약초 한 묶음을 가져와 아씨를 구하고 '인연을 맺을 팔자입니다' 하고 일러 드리라고 하더군요! (…) 지금 정말로 그 말이 맞았으니 중매인이 아니고 무엇이겠습니까?"

"어쩐지 서방님이 저를 보더니 마치 예전부터 알고 지낸 사람처럼 대한다 싶었습니다. 그런데 이제 알고 보니 누군가가 제 이름을 빌려 썼던 게로군요! (…) 그건 그렇고 … 지금은 어디로 갔나요?"[57]

"그녀는 선녀였소이다. 참모습이 드러나자 다시는 모습을 나타내지 않더구려. (…) 그러니 어디에 있는지 알 수가 있어야지요."

"하마터면 그 분 때문에 제 이름에 먹칠을 할 뻔 했군요. 그래도 그분 덕분에 제 목숨을 구하고 우리 두 사람도 인연을 맺게 되었으니 그래도 은인이신 셈입니다!"

"그녀는 선녀여서 은혜나 원한 따위는 마음에 담아 두지 않는답니다. 나와 당신은 부부가 될 운명이었소마는 그런 선녀를 만난 덕분에 원만하게 소원을 이룰 수가 있었소이다. 다만, 소생에게 재주가 없어서 아씨에

---

57 【즉공관 미비】有醋意. 시샘하는 마음이 있군.

게 많이 부족할까 봐서 부끄러울 뿐입니다."

"부부 사이이니 그런 말씀은 하지 마십시오. 하물며 저는 죽다가 살아
난 몸이고 서방님은 저를 기사회생하게 해 주신 큰 은인이십니다. 그러
니 평생토록 섬겨야 옳지요. 소녀 더 이상 여한이 없습니다!"

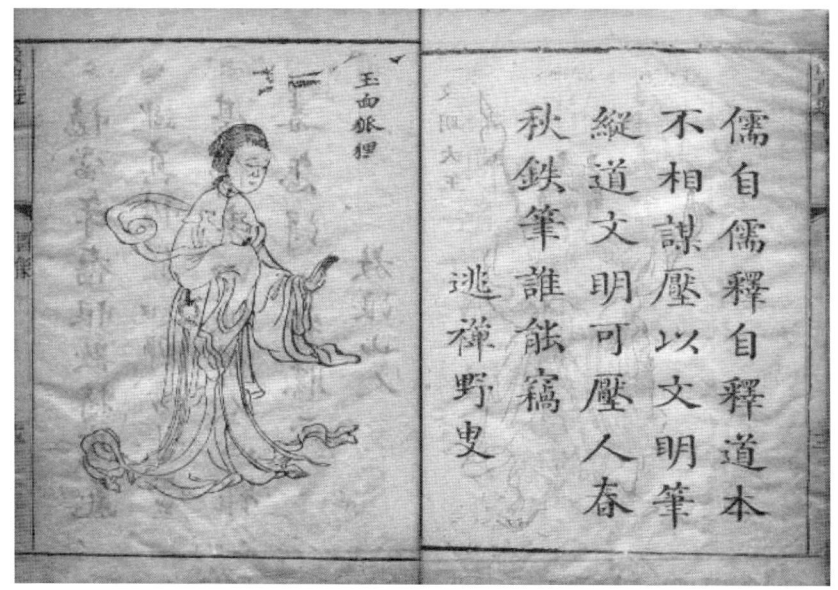

儒自儒釋自釋道本
不相謀壓以文明筆
縱道文明可壓人春
秋鐵筆誰能竊
逃禪野叟

명대 소설 『서유기』 삽화에서 미인으로 둔갑한 여우 요정의 모습

이리하여 두 사람은 물고기와 물처럼 금슬 좋게 지냈답니다. 장생은
고향으로 돌아갈 생각도 하지 않고 그대로 마 씨댁에서 평생 동안 살면
서부부가 백년해로 했지요. 물론 그것은 나중의 이야기올시다.

장생의 왕년의 동료들은 그가 마소경의 집에 데릴사위로 들어갔다는 소식을 듣고도 다들 영문을 알지 못했습니다.[58] 유독 하양책만은 장생이 마 씨댁 아씨 이야기를 하자 나중에는 요물이 둔갑한 것으로 여겼지요. 그런데 지금 정말로 그 댁 사위가 된 것을 보고 나서는 어떻게 된 일인지 그 경위를 분명히 알 수가 없었습니다. 나중에 그들이 모두 장생에게 축하 인사를 하러 왔을 때 하양책이 몰래 그 이유를 꼬치꼬치 캐물었지요. 그러자 장생은 약초를 써서 문둥병에 걸리게 한 대목은 적당히 둘러 대고 그냥 이렇게만 일러 주었습니다.

　　"지난번에 마 씨댁 아씨로 둔갑한 건 대별산의 여우 요정이었습니다. 나중에 성긴 삼베의 깨를 이용한 하형의 꾀 덕분에 그 자취를 따라갔다가 본래의 모습을 확인했답니다. 그런데 그녀가 이 약초를 선사하면서 소생이 아씨의 병을 고쳐 주라고 하더구려. 그래서 인연을 맺게 되었지요. 소생에게 오늘이 있게 된 것은 모두 그 여우의 도움 덕분입니다."

　　그 이야기를 들은 사람들은 다들 신기하게 여기면서 말했습니다.

　　"우리는 그동안 장형을 '장 부마'라고 불러 왔소이다. 헌데 … 이번에 장형께서 마구에서 장사를 하면서 마월계의 객주에서 머무시다가 결국 마소경 댁의 사위가 되셨으니 '말 마馬'자를 벗어나지 못하셨구려! 그것도 다

---

58 【증공관 미비】原難解. 애초부터 납득하기 어려웠지.

하늘의 뜻인가 봅니다. 그런 여우 요정이 나타나서 이런 좋은 인연을 맺어 주었으니 말입니다! '부마'라는 별명도 바로 예언이었던가 봅니다!"

그리하여 사람들은 이 이야기를 전하면서 미담으로 여겼답니다. 집착이 심한 어떤 사람은 '어째서 나는 하필 그런 여우 요정을 만나 그런 기이한 인연을 만날 수 없는 걸까'[59] 하고 속상해 하는 경우도 있다고 하더군요. 그러나 그런 경우는 망상이 어지간히도 지나친 경우라고 하겠습니다. 이 이야기를 증명하는 시가 있습니다.

인생살이에는 원래부터 인연이 있는 법이니	人生自是有姻緣,
영원한 여우 만날 수 있었던 것도 우연이었지.	得遇靈狐亦偶然.
동굴 속 풀 세 묶음이 망령된 소리라지만	妄意洞中三束草,
달 아래서 인연 단단히 맺게 될 줄 어찌 알았으랴!	豈知月下赤繩堅.

그래서 야사씨[60]가 말했지요.

"장생이 처음에 그대 훔쳐보고 몹시 흠모해도	生始窺女而極慕思,
여자는 알지 못했구려.	女不知也.

---

59 【즉공관 미비】痴人前不可說夢. 집착이 심한 자들 앞에서는 꿈 이야기는 해서는 안 되는 법!
60 야사씨(野史氏) : 조정에서 편찬한 국정 역사서로서의 '정사(正史)'와 대칭되는 개념인 '야사(野史)'는 개인이 편찬한 역사서를 가리킨다. 그래서 '야사씨'는 글자 그대로 직역하면 그 같은 개인이 편찬하는 역사서의 편찬자를 뜻하지만 많은 경우 글이나 이야기에 개입하는 작자 자신을 가리키기도 한다. 여기서도 후자의 의미로 사용되었다고 볼 수 있다.

여우가 사실 몰래 장생을 보고 나서　　　　狐實陰見,

그 여자로 둔갑해 나타났다네.　　　　故假女來.

장생이 그 여색에 빠졌던 것도　　　　生以色自惑,

사실은 여우가 그를 홀려서였지.　　　　而狐惑之也.

아무리 생각해도 알 수가 없구나.　　　　思慮不起,

하늘께서 잠자코 가만 있었더라면　　　　天君泰然,

여우라 한들 무슨 역할 할 수 있었겠나?　　　　卽狐何爲.

그런데 불행으로 시작해 행복으로 끝난 것　　　　然以禍始而以福終,

그 또한 장생에게는 크나큰 행운이로다.　　　　亦生厚幸.

아무리 그렇다고는 하지만　　　　雖然,

여우 중매인은 여우의 매혹과 같은 바　　　　狐媒猶狐媚也,

결국에는 미색에 이끌린 것이었노라.　　　　終死色刃矣.

청대의 무명씨가 『요재지이(聊齋志異)』 「화피(畫皮)」 괴
담에 착안해 그린 『요재여귀도(聊齋女鬼圖)』

제30권

유해 거두어진 왕옥영이 남편을 만나고
예물에 들인 돈 갚은 한 수재가
아들을 되찾다

瘞遺骸王玉英配夫 償聘金韓秀才贖子

해제

　복건 땅 복청현福淸縣의 수재 한경운韓慶雲은 복주부 장락현長樂縣 남전藍田의 석우령石尤嶺에 글방을 열고 학생들을 가르친다. 그러던 어느 날, 고개 아래를 산보하던 그는 길가 풀더미 속에 메마른 해골이 흩어져 있는 것을 발견하고 측은한 생각이 들어서 잘 수습해 묻어 준다. 그날 밤, 글방에서 혼자 잠자리에 들었는데 갑자기 웬 아름다운 여자가 나타나더니 자신은 이름이 왕옥영王玉英인데 200여 년 전에 몽골인에게 능욕당하지 않으려다가 죽음을 당했다고 밝힌다. 그리고는 한 수재는 자신을 안장해 준 데에 고맙다는 인사를 하면서 그 아내가 되기를 바란다고 고백한다. 1년이 지나고 나서 왕옥영은 아들을 하나 낳는다. 이 일은 한 수재 모친의 눈길을 끌고 모친은 아들이 귀신에게 홀린 것을 눈치챈다. 왕옥영은 아들을 데리고 고향인 상담湘潭으로 돌아가기로 하고 떠나기 전에 한경운에게 대쪽 두 개를 건네면서 급한 일이 생기면 두 개를 부딪쳐서 자신을 부르라고 당부한다. 상담에 도착한 왕옥영은 아들의 허리띠에 출생일시와 '18년 뒤에 돌아올 것이다'라는 글귀를 적어 한 씨댁에 데려가게 한다. 그 뒤로 왕옥영이 그리워질 때마다 한경운이 대쪽을 부딪치면 어김없이 그 앞에 나타나 18년 동안 그렇게 밀회를 나눈다.

　왕옥영의 아들을 성인이 될 때까지 키워 준 현지의 부자 황黃옹은 그 아들에게 '학령鶴齡'이라는 이름을 지어주고 역씨易氏에게 혼담을 넣어 18살이 되는 해에 날을 잡아 혼례를 치른다. 그러던 어느 날, 길에서 어떤 복건 출신의 점쟁이를 만난 황옹은 그를 집으로 초대한다. 그러자 그 사람은 자신을 한경운으로 밝히고 허리띠 이야기를 털어 놓고 돈을 낼 테니 아들을 데리고 고향으로 돌아갈 수 있게 해 달라고 부탁한다. 그러나 황씨와 역씨 양가가 모두 그 부탁을 거절하자 학령은 상담에서 가정을 이루고 옥영은 밤에 아들과 며느리를 만나러 온다. 얼마 뒤에 학령은 과거에 응시해 급제하고 그 기회를 빌어 아내를 데리고 복건 땅으로 친지에게 인사를 하러 가서 부모와 상봉한다. 그리고 한경운은 천수를 누린 뒤에 석우령 아래에 안장된다.

『곡해총목제요曲海總目提要』권4에서는 이 이야기가 원대에 지어진 무명씨의 잡극 희곡인『원앙피鴛鴦被』의 영향을 받은 것으로 보았다. 마찬가지로 명대의 왕동궤『이담耳譚』및 풍몽룡『정사』에 소개된「왕옥영王玉英」역시 이 이야기에 영향을 주었다.

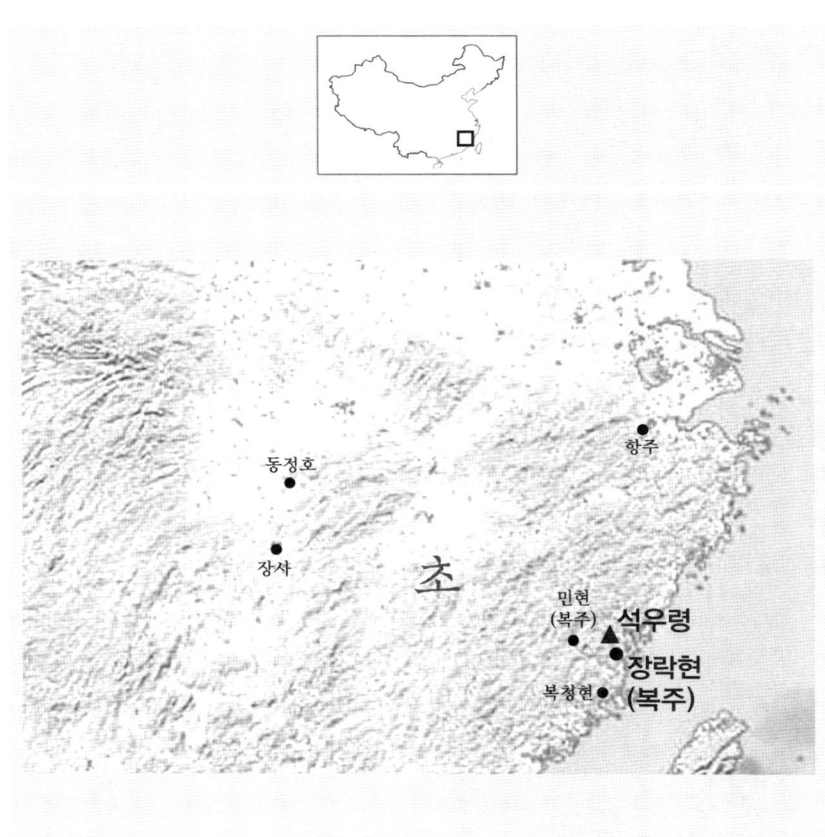

동정호
●

항주
●

장사
●

초

민현
(복주)
● ▲ 석우령
● 장락현
복청현 ● (복주)

번역

이런 시가 있습니다.

진나라 때 듣자니 '귀신 있다' 하더니	晉世曾聞有鬼子,
귀신이 늘 존재했음을 이제 알았노라.	今知鬼子乃其常.
죽은 남녀가 짝을 이룰 수 있다면야	既能成得雌雄配,
저승에서 아이도 낳을 수 있을 테지.	也會生兒在冥壤.

이야기를 들려 드리도록 하겠습니다. 우리 왕조 융경[1] 연간의 일입니다. 섬서의 서안부[2]에 '역易 만호[3]라는 사람이 살았지요. 그는 위衛[4]의 병사 신분으로 도성[5]에 주둔하고 있었는데, 동향인 주朱 공부[6]라는 사람과

---

1 융경(隆慶) : 명나라 제12대 황제인 목종(穆宗) 주재후(朱載垕, 1537~1572)가 황제로 즉위한 1567년부터 1572년까지 사용한 연호이다.
2 서안부(西安府) : 명대의 지명. 지금의 섬서성 서안시 일대에 해당한다.
3 만호(萬戸) : 중국 근세의 관직명. 금(金)나라 초기에 세습직의 하나로 설치되고 원대까지 지속되었다. 원대의 경우, 장정 1만 명을 거느리는 지휘관으로, 중앙 정부에서는 추밀원(樞密院)에, 각 로(路)에 주둔하는 경우에는 각 행성(行省)에 소속되었다. 만호의 관아인 만호부(萬戸府)를 설치하여 천호소(千戸所)들을 총괄하게 했으며, 각 로의 만호부에서는 각자 다루가치[達魯花赤] 1명, 만호 1명을 두고 있었다.
4 위(衛) : 명대의 군사 편제. 전국의 주요한 군사 거점에는 위를 설치하고 각각 5,600명의 병사를 주둔시키게 하였다.
5 도성[京師] : 명나라는 태조 주원장(朱元璋)이 남경을 도읍으로 삼았으나 그 넷째 아들로 '연왕(燕王)'에 봉해진 주체(朱棣, 1360~1424)가 정변을 일으켜 제3대 황제로 즉위하면서 도읍을 자신의 영지인 북경으로 옮겼다. 이 이야기의 시점이 제12대 황제(주재후)의 융경 연간이므로 여기서의 "도성"은 북경을 말한다.
6 공부(工部) : 명대 중앙 정부의 '6부(六部)'의 하나. 토목사업을 관장하였다. 각 부에는 관련 업무를 주재하는 상서(尙書)와 그를 보좌하는 좌우 두 명의 시랑(侍郎)을 중심으로 하되 그 예하에 낭중(郎中)·원외랑(員外郎)·주사(主事) 등을 두었다. 성조(成祖)의 북경 천도를 계기로 북경과 남경 두 곳에 각각 육부를 두었는데, 남경의 육부는 직명 앞에 '남경'을 부기하도록 규정하였다.

사이가 아주 좋았습니다. 그런데 양가의 아내 두 사람이 마침 각자 임신을 했지 뭡니까? 만호와 공부는 우연히 친구 집에서 합석 했을 때 순간적으로 혼담을 꺼내서 양가가 뱃속 아이를 훗날 혼인[7]시키기로 약속했답니다. 두 사람은 관례에 따라 각자 옷자락을 잘라 양쪽이 서로 간수하되 합의서를 써서 약혼까지 했지요. 아 그런데 나중에 공부가 상소를 하나 올렸다가 황제의 심기를 건드리는 바람에 사천 호주[8]의 주판[9]으로 좌천되고 말았지 뭡니까. 만호는 만호대로 변방의 참장參將으로 승진하는 바람에 각자 제 갈 길을 떠나 버렸지요.

나중에 만호 쪽에서는 아들을 낳았고 주 씨댁에서는 딸을 낳았다는 소식이 전해졌습니다. 그러나 서로가 멀리 떨어져 있다 보니 왕년의 약속을 지킬 도리가 없었지요. 그리고 얼마 지나서 공부는 좌천되어 간 곳에서 현지의 풍토에 적응하지 못한 탓에 온 가족이 병으로 죽고 하인 한두 명만 살아 남았지 뭡니까. 결국 사천 땅에서 벼슬을 사는 친척에게 의탁

---

7 뱃속 아이를 혼인[指腹爲婚] : '지복위친(指腹爲親)'은 뱃속 아기에게 인연을 맺어 준다는 뜻이다. 중국에서는 전통적으로 지인 사이인 어떤 두 집안에서 여주인이 비슷한 시기에 임신을 하면 뱃속의 태아가 태어난 후 부부의 인연을 맺기로 언약하는 일이 많았다. 이런 경우 출산 후에 한 집이 아들이고 한 집이 딸이면 당사자들이 장성했을 때 정식으로 혼례를 치루고 부부의 인연을 맺게 해 주었는데 이를 '지복혼(指腹婚)' 또는 '태혼(胎婚)'이라고 불렀다. 반면에 두 집 아기 모두 아들이거나 딸인 경우에는 의형제나 의자매의 인연을 맺어 주었다. 학자들의 연구에 따르면, 이 같은 특이한 혼인풍습은 육조(六朝)시대에 권문세가 사이에서 비롯되었으며, 원대에 이르러 국법으로 금지하기도 했지만 민간에서는 근대까지 존속되었다고 한다.
8 호주(濾州) : 중국의 지명. 지금의 사천성 호주시(濾州市)에 해당하며, 예로부터 '강양(江陽)·주성(酒城)·강성(江城)' 등의 이름으로 불리기도 하였다.
9 주판(州判) : 명대의 관직명. 각 주마다 관아에 배속되어 고을 수장의 업무를 보좌하였다.

해 상을 치르고 나서 고향으로 돌아가 교외에 안장했답니다.

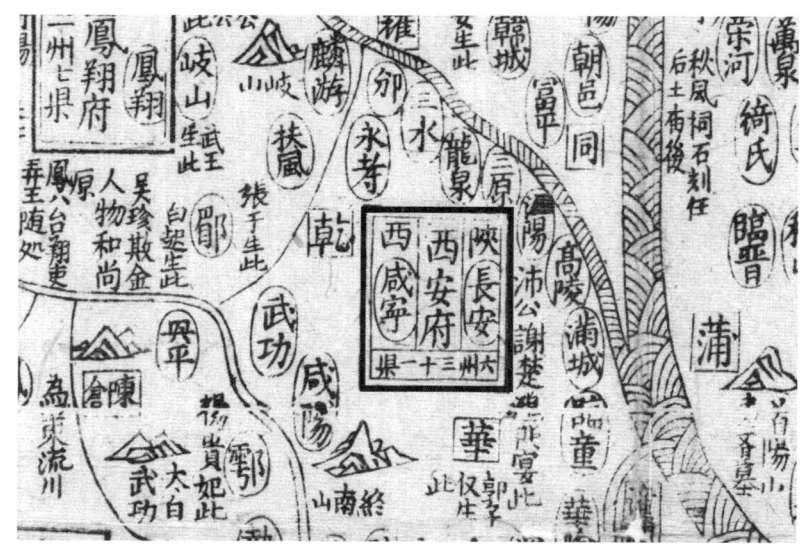

『대명구변만국인적노정전도(大明九邊萬國人跡路程全圖)』에 그려진 서안부(네모) 일대의
모습. 그 아래로 화산이 보인다

같은 시기에 만호는 만호대로 해임되어 위소로 돌아갔다가 고향에서
세상을 떠나고 말았습니다. 이때 만호의 아들 역대랑易大郎은 벌써 장성해
있었지요. 그는 무예를 정통하게 익혀서 밤낮으로 또래들과 말을 달리며
활쏘기 시합을 하곤 했답니다.

그러던 어느 날이었지요. 마침 서로가 승부를 겨루고 있을 때였습니
다. 갑자기 풀 틈에서 토끼 한 마리가 껑충 튀어나오는 것이 아닙니까!
대랑은 또래들은 제쳐 두고 활시위를 당긴 채 그 토끼를 쫓아갔지요.

그런데 어떤 집 대문 앞까지 쫓아갔을 때였습니다. 토끼가 보이지 않
길래 대문 안을 살피는데 알고 보니 큰 저택이 하나 자리잡고 있는 것이

아닙니까. 그때 저택 안에서 웬 나이 지긋한 양반이 하나 나오는데 의관이 남다른 것이 영락없는 사대부士大夫의 모습이었지요. 그는 대랑의 인상을 좀 보더니 말하는 것이었습니다.

"그대는 ··· 역 서방이 아니신가?"

대랑은 상대방이 자신을 알아보자 바로 말에서 내리더니 두 손을 모으고 인사를 했습니다. 그 양반은 대랑의 손을 끌면서 앞채로 들어와서 다시 인사를 나누었지요. 그리고는 안쪽에 술을 차리게 해서 그를 대접하는 것이었습니다.

술이 몇 잔 째 돌았을 때였습니다. 역대랑이 그 양반의 이름을 물어 보았지요. 그러자 그 사람이 말하는 것이었습니다.

"이 늙은이는 역 서방과는 인연이 가볍지 않소이다. 내 역 서방한테 증거물을 하나 보여 드리지!"

그리고는 서재에서 부리는 동자에게 안에서 웬 곽을 하나 꺼내 오게 하더니 대랑에게 건네고 열어 보게 하는 것이었습니다. 대랑이 보았더니 그 안에는 비단 저고리 한 점과 문서가 한 장 들어 있었지요. 그 문서에는 종이가 포개지는 부분에 서명이 반쪽만 되어 있고 이런 글귀가 적혀 있었습니다.

명대의 나전흑칠 장방합(螺鈿黑漆長方盒)(대만고궁박물원 소장)

"주씨와 역씨 양가는 그 친분이 쇠도 자를 정도요 집안이 모두 옥도 심을 정도이다. 그러니 사내를 얻으면 사위로 삼아 백년해로함이 옳다. 이 맹세를 저버리면 하늘께서 그 자를 증오하시리라, 하늘께서 그 자를 증오시하리라!

융경 모년 모월 모일

주아무개와 역아무개 쓰고

손님인 아무개가 증인을 서다"

朱易兩姓, 情旣斷金, 家皆種玉. 得雄者爲婿, 必諧百年. 背盟者天厭之, 天厭之!

隆慶某年月日

朱某·易某書

坐客某某爲證.

청대의 쌍희문 백자 사발

그런데 대랑이 자세히 살펴보니 부친인 만호가 직접 쓴 글씨이지 뭡니까. 무심결에 눈물을 뚝뚝 흘리고 있는데 가만히 들어 보니 뒷채에서 이렇게 알리는 소리가 들리는 것이었습니다.

"마님께서 아씨와 함께 나오십니다!"

대랑이 눈을 들고 바라보니 웬 나이 많은 마님이 진주로 장식한 모자와 진홍색 비단 두루마기를 입은 채 웬 여자를 끌어안고 사뿐사뿐 대청에서 나오는 것이 아닙니까. 그 여자는 화장도 하지 않은 맨 얼굴에 빼어난 미모를 지녔는데 세상에서 여태 본 적이 없는 모습이었지요. 아까 그 양반은 여자를 가리키더니 대랑을 보고 말했습니다.

"이쪽이 바로 내 딸이오. 춘부장께서 그대한테 짝지어 주시려던 배필이지!"

그러자 대랑은 마님에게 절을 하고 나서 아까 그 양반을 보고 말했지요.

"이 좋은 인연이 선친의 언약에서 비롯된 것은 잘 알겠습니다. 그러나 제가 미처 중매인을 거치지 못했고 예의도 갖추지 못했으니 어쩌지요?"

그러자 그 양반이 말하는 것이었지요.

"양가의 가장이 직접 맹세한 일이외다. 무슨 중매인이 필요하겠소? 예법을 갖추지 못하는 것이야 더더욱 따질 필요가 없겠지! (…) 그대[10]가 만약 내 딸을 마다하지 않겠다면 오늘 바로 신방에 드시오. 절대로 거절하지 말고 말이오!"

대랑은 이때 갈피를 잡을 수가 없는데다가 몸도 말을 듣지 않았습니다. 그 사이에 여자는 벌써 들어가 단장을 마치고 이윽고 나와 예의를 갖추는 것이었지요. 그리고 나서 화촉을 밝히고 합근주合졸酒를 마시는 등, 모든 절차를 집안 의례에 따라 진행하는 것이 아닙니까. 이날 밤 신랑신부가 신방으로 들어가서 두 사람이 즐거운 시간을 보낸 것은 말할 나위도 없었지요.

10　그대[郞君] : '낭군(郞君)'이 우리나라에서는 신혼기의 여자나 주변 사람들이 그 남편을 높여 부르는 호칭으로 주로 사용되지만 명대에는 남의 집 아들을 높여 부르는 호칭으로도 사용되었다. 여기서는 혼동을 피하기 위해 "그대"로 번역하였다.

신부와 신랑이 마시는 합근주의 예시

그야말로 '즐거운 밤은 짧다'고 했던가요? 대랑은 어느 사이에 몇 달째 머무느라 집 생각은 아예 잊고 있었답니다. 그러던 어느 날이었지요. 별안간 집 생각이 나지 뭡니까.

'지난번에 말을 달려 여기까지 왔다마는 … 길이 집에서 멀지 않으니 돌아가서 집 상황을 좀 보고 와야 겠구나!'

그는 자신의 이 뜻을 여자를 보고 말했습니다. 그것을 여자가 부모에게 알리자 그 양반과 마님이 한사코 반대하는 것이 아닙니까? 그래서 대랑이 여자에게 물었지요.

"장인 장모께서 어째서 반대하시는 게요?"

그러자 여자가 눈물을 흘리면서 말하는 것이었습니다.

"서방님이 가시면 돌아오지 않으실까 걱정하시는 게지요!"

"그런 말이 어디 있소! (…) 우리 집에서는 내가 여기에 있는사실은 모르고 계시오. 해서 집에 돌아가서 알려 드리고 바로 오겠다는 게요. (…) 하루도 걸리지 않는 일인데 왜 … 안 된다는 게요?"

여자는 그대로 끝까지 허락하지 않는 것이었습니다. 대랑은 그녀가 난 감해 하자 바로 입을 닫아 버렸습니다.

그렇게 다시 하루가 지나고 나서 대랑이 말했지요.

"내 말을 놀리고 있었소. 하도 오랫동안 타지 않아 실력이 녹슬었을까 걱정이구려! (…) 타고 나가서 한 바퀴 돌고 와야 되겠소."

그 집안사람들은 그 말을 곧이들었습니다. 대문을 나온 대랑은 말을 타자마자 채찍을 몇 번 휘둘렀지요. 그러자 그 말은 네 다리로 허공을 박 차더니 단번에 몇 리 길을 내달리는 것이었습니다. 그러다가 무심코 말 위에서 고개를 돌려 그동안 지내던 곳으로 눈을 돌려 보았지요. 아 그런 데 그 저택이 간 곳도 없이 사라져 버렸지 뭡니까! 서둘러 말 머리를 돌 려 되돌아 와서 확인해 보았지만 인가는커녕 그 그림자조차 보이지 않는 것이었습니다. 그저 보이는 것이라고는 여기저기 널려 있는 무덤들과 황 량한 들판의 나무 넝쿨들 뿐이었지요.[11]

집에 돌아간 그는 며칠 동안 얼이 나가 있었습니다. 그러다가 가까스로 생각을 추스른 그는 친구들에게 그 이야기를 들려주었지요. 그러자 물정에 밝은 한 사람이 무슨 영문인지 알겠다는 투로 말하는 것이었습니다.

"양가가 혼약을 맺은 일은 정말로 있었습니다. 허나 ··· 공부댁은 집안 사람들이 모두 죽었소이다. (···) 그대가 마주친 건 그들의 무덤일 테지요. 전생의 인연이 아직 끝나지 않아서 그런 기이한 일이 벌어진 게지요! 저승과 이승은 다른 세계이니 서로 침범해서는 안됩니다. 그대도 다시는 가지 마시오!"

그 이야기를 들은 대랑은 아닌 게 아니라 하도 기괴한 일이어서 정말로 다시는 그곳에 갈 엄두를 내지 못했지요.

나중에 도성에서 선친의 직함을 이어받고 돌아온 그는 상급 관청의 공문을 받들어 위·소(衛所)[12]의 관인을 관리하는 업무를 담당했습니다. 하루는 밤에 나와서 요새를 순시하는 길에 무심코 어떤 곳에 이르게 되었지요. 그런데 문득 보니 지난번의 그 여자가 웬 어린 아기를 안고 다가오는 것이 아닙니까. 그녀는 이렇게 말했습니다.

---

11 【즉공관 미비】早知如此, 不宜輕歸. 진작에 이렇게 될 줄 알았더라면 경솔하게 돌아가지 말았어야 할 것을!

12 위·소(衛所) : 명대의 군사 편제. 도사(都司)에 예속되어 있었으며, 5,000여 명이 주둔하는 규모가 큰 군사 거점을 '위', 1,120명 정도가 주둔하는 작은 군사 거점을 '소(所)'로 각각 구분하였다.

"역 서방님, 소첩을 알아 보시겠습니까? 서방님은 저를 잊어버리셨지만 이 보자기 속의 아이가 누구 아이란 말입니까! (⋯) 이 아이에게는 존귀하게 될 징조가 있으니 서방님 집안을 일으킬 것이 분명합니다. (⋯) 이제 서방님께 돌려 드리니 성인이 될 때까지 잘 키워 주십시오. 그러면 소첩도 서방님을 저버리지 않겠습니다!"

대랑은 지난날의 정리를 생각하여 망설이지 않고 그 아들을 안더니 쳐다보았습니다. 그런데 가만 보니 용모가 수려한 것이 몹시 사랑스럽지 뭡니까. 대랑은 아직 아내를 맞아들이지도 자식을 얻지 못한 상황이었지요. 그러다가 훌륭한 아이를 보았으니 기쁘지 않을 수가 있겠습니까? 그는 앞으로 다가가서 그 여자와 헤어진 뒤의 회포를 푸는 한편 그 내막을 이야기하려고 했지요. 아 그런데 그 여자가 별안간 자취를 감추어 버리는 것이 아닙니까. 뜻밖에도 품 속의 아기만 놓아두고 그 자리를 떠난 것입니다. 대랑은 결국 그 아이를 데리고 돌아올 수밖에 없었지요.

나중에 대랑은 아내를 맞아들였지만 또 사별하고 말았습니다. 그렇게 해서 두 번째로 재혼을 하게 되자 한사코 미모의 여자를 구하려 하는 것이었습니다. 그러나 그렇게 맞아들인 아내들은 하나같이 왕년의 그 여자의 미모를 따라오지 못했지요. 거기다가 후사도 전혀 없었답니다. 그렇게 해서 이 아들만 장성하여 성인이 되었지요.

그 아들은 용기와 기운이 남다르고 거기다가 비범한 지략까지 갖추고

강소성 무석(無錫)의 특산물 혜산 이인(惠山泥人).
일반적으로 통통한 남녀 아이 한 쌍을 동그랗게 빚어 만든다

있었습니다. 대랑은 지난번에 그 여자가 '집안을 일으킨다'고 이야기 한 적이 있는 데다가, 보아하니 아이도 비범하길래 큰 기대를 품었답니다. 그렇게 열여덟 살이 되었을 때였습니다. 자신이 맡았던 군사 업무에 지친 대랑은 그 아이에게 자기 직함을 이어받게 했지요. 아이는 몇 번이나 큰 공을 세워 여러 자리를 두루 거친 끝에 벼슬이 도독[13]에까지 이르렀답니다. 정말 그 여자의 말과 같이 되었던 거지요!

---

13 도독(都督) : 중국 고대의 관직명. 특정 방면·지역의 군사를 관할하면서 정벌·수비 등의 군사 업무 전반을 총괄하였다. 고대에는 군사지휘권의 관할 범위를 명시하여 '도독□주제군사(都督□州諸軍事)' 식으로 일컫는 경우가 많았다. 관할 범위는 '도독영주제군사'처럼 적게는 1개 주(州)로부터 많게는 10개가 넘는 주까지 확장되기도 하였다. 청주와 서주의 군정을 총괄한 사마주(司馬伷)가 '도독청서이주제군사(都督青徐二州諸軍事)'로, 강주·양주·형주·상주·광주,교주 등지의 군정을 총괄했던 왕돈(王敦)이 '도독강양형상광교등주제군사(都督江揚荊湘廣交等州諸軍事)'로 일컬어진 것은 그 대표적인 예이다.

이 이야기는 진晉나라 때 범양[14]의 노충盧充과 최崔 소부[15]의 딸 금완金椀이 저승에서 혼인을 한 이야기와 아주 흡사합니다. 다만 구체적인 지역과 인물들을 갖추고 있는 것을 보면 기존의 이야기를 억지로 갖다 붙여 지어낸 것은 아닌 것이지요. 이로써 인연이 미처 맺어지지 않은 경우에는 저승과 이승이 조화를 이루면서 귀신이 아이를 낳는 일도 늘상 일어났음을 알 수 있는 것입니다.

이 이야기는 그래도 극히 최근에 귀신의 넋이 미처 흩어지기 전의 일을 다룬 작품입니다. 이것 말고도 몇 백 년이나 된 귀신이 사람과 관계를 가지고 아이를 낳아 많은 이야깃거리를 만들어낸 사례도 있는데 줄거리가 훨씬 신기하고 기막히답니다. 그 이야기가 궁금하시다면 먼저 그 일을 증명하는 칠언 절구七言絕句 몇 수를 좀 들어 보시지요.

동굴 속 신선은 길이 멀지 않은데	洞裡仙人路不遙,
물안개 낀 동정호에 대낮에도 이슬비 내리네.	洞庭煙雨晝瀟瀟.[16]
성 위 누각서 피리 불게 하지 마오.	莫教吹笛城頭閣,
오작교에서 상심할 일 남았나니!	尙有銷魂烏鵲橋.
제1편	其一

---

14 범양(范陽) : 중국 고대의 지명. 시대에 따라 편차가 발생하기는 하지만 대체로 지금의 하북성 보정시(保定市) 일대에 해당한다.
15 소부(少府) : 중국 고대의 관직명. 역대 왕조에서 주로 황실의 사적 재산과 생활 업무들을 관장하였다.
16 【즉공관 방비】兩洞字犯. 두 '동'자는 격률을 어긴 것이다.

원앙에게도 인연 있음에 놀라지 마라　　　　　莫訝鴛鴦會有緣,

복사꽃씨 맺힌 것도 벌써 천년이나 됐단다.　　桃花結子已千年.

세속적 마음은 남교 가는 길 알아보지 못하니　塵心不識藍橋路,

봉래산에 귀양 온 신선이 있는가 하노라!　　　信是蓬萊有謫仙.

제2편　　　　　　　　　　　　　　　　　　其二

민과 초의 관문에 아침저녁 어가로 행차하며　　朝暮雲驂閩楚關,

푸른 난새의 기별은 속세에 끊이지 않네.　　　青鸞信不斷塵寰.

잠시 선녀 같은 짝 만났건만　　　　　　　　乍逢仙侶拋桃打,

날더러 맑은 물결 고운 머리에 비친다며 웃누나!　笑我淸波照霧鬢.

제3편　　　　　　　　　　　　　　　　　　其三

　이 세 작품은 바로 여자 귀신인 왕옥영王玉英이 남편 한경운韓慶雲을 회상하는 시입니다. 한경운이라는 사람은 복건 땅 복주부[17] 복청현[18]의 수재였지요. 그는 복주부 장락현[19] 남전[20]의 석우령石尤嶺 지역에서 학당을 열고 학생들을 모집했습니다. 그러던 어느 날이었지요. 그 고개 아래를 한가하게 거닐다가 보니 길가에 웬 메마른 해골이 풀 숲에 널부러져 있는

17　복주부(福州府) : 명대의 지명. 지금의 복건성 복주시 일대에 해당한다. 복건성의 정치·경제·문화 중심지로, 송대 이래로 동남아 각지를 오가는 해운 선박들이 반드시 거쳐 가는 중요한 해운도시였다.

18　복청현(福淸縣) : 명대의 지명. 역사적으로 만안(萬安)·복당(福唐)·영창(永昌) 등으로 일컬어지다가 후당(後唐)의 장흥(長興) 4년(933)부터 복청으로 굳어졌다. 지금의 복건성 복청시에 해당한다.

19　장락현(長樂縣) : 명대의 지명. 지금의 복건성 복주시 장락구(長樂區)에 해당한다.

20　남전(藍田) : 명대의 지명. 지금의 복건성 천주시(泉州侍) 남전향(藍田鄉)에 해당한다.

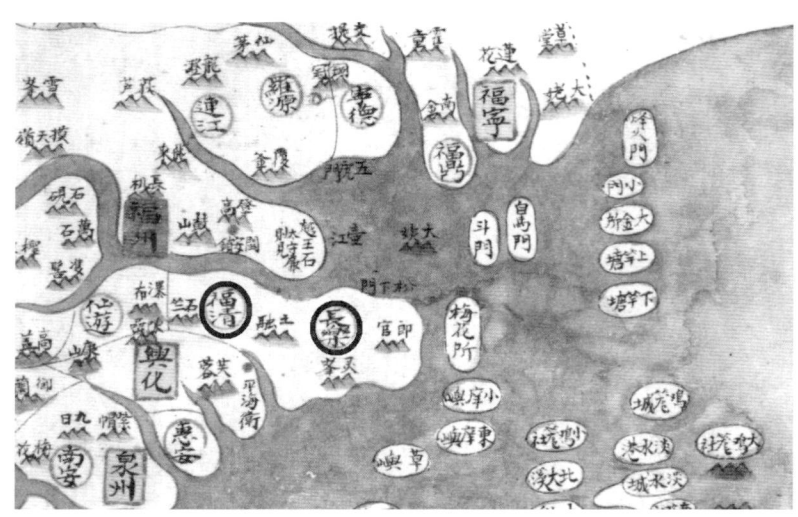

『대청분성여도』(1754)의 「복건성여도」에 표시된 복주부의 복청현(좌)과 장락현(우)

것이 아닙니까. 그는 속으로 딱하게 여겼습니다.

'누구의 해골인지는 모르겠지만 여기에 뒹굴고 있다니! (…) 듣자니 남의 해골을 수습해 묻어 주는 것은 큰 덕행을 갖춘 이가 하는 일이라고 하더군. 지금 이 해골은 주인이 없지만 내가 이곳에 학당을 열고 있고 내가 발견한 이상 내가 책임을 져야지!'[21]

그는 이웃집으로 가서 괭이·부삽·삼태기·삽 따위를 빌렸습니다. 그리고 도와 줄 사람이 없길래 직접 작업을 해서 잘 묻어 주었지요. 그는 흙 한 움큼을 향으로 삼고 물 한 방울을 술로 삼아 그 넋을 위로하면서

---

21 【즉공관 미비】此念卽宜受報. 이런 생각을 가졌으니 보답을 받아야 옳지.

예의를 차린 다음 그 자리를 떠났답니다.

그런데 그날 밤이었습니다. 혼자 학당에서 묵을 때였지요. 문득 보니 울타리 너머에서 철썩철썩 울타리 문 두드리는 소리가 들리는 것이었습니다. 그래서 한 수재가 일어나 문을 열고 나와서 보니 웬 단아하고 고운 여자가 서 있는 것이 아닙니까. 한 수재는 허둥지둥 그녀를 맞이하고 두 손을 모아 인사를 했지요. 그러자 그 여자가 말했습니다.

"일단 학당으로 가시지요. 드릴 말씀이 있습니다!"

한 수재가 앞장 서서 안내해서 함께 학당으로 왔더니 여자가 말하는 것이었지요.

"소녀는 성이 왕王, 이름이 옥영玉英으로, 본래 초[22] 땅 상담[23] 사람입니다. 송나라 덕우[24] 연간에 아비는 민주[25]의 군수로 군사를 거느리고 원나라 사람들을 막으면서 힘써 싸우시다가 돌아가셨지요. 소녀는 오랑캐들에게 능욕 당할 수 없어서 이 고개 아래에서 죽었답니다. 당시에 사람들

22　초(楚) : 중국 고대의 지역명. 원래는 춘추·전국·한대에 대대로 그 일대에 존재했던 나라의 이름에서 유래했으며, 명대에는 지금의 호북(湖北)과 호남(湖南) 두 지역을 아울러 일컬었다.

23　상담(湘潭) : 명대의 지명. 지금의 호남성 상담시 일대에 해당한다.

24　덕우(德佑) : 송나라 제16대이자 마지막 황제인 공제(恭帝) 조현(趙㬎, 1271~1323)이 1275~1276까지 2년 동안 사용한 연호.

25　민주(閩州) : 명대의 지명. 지금의 복건성 복주시 진안구(晉安區)에 해당한다.

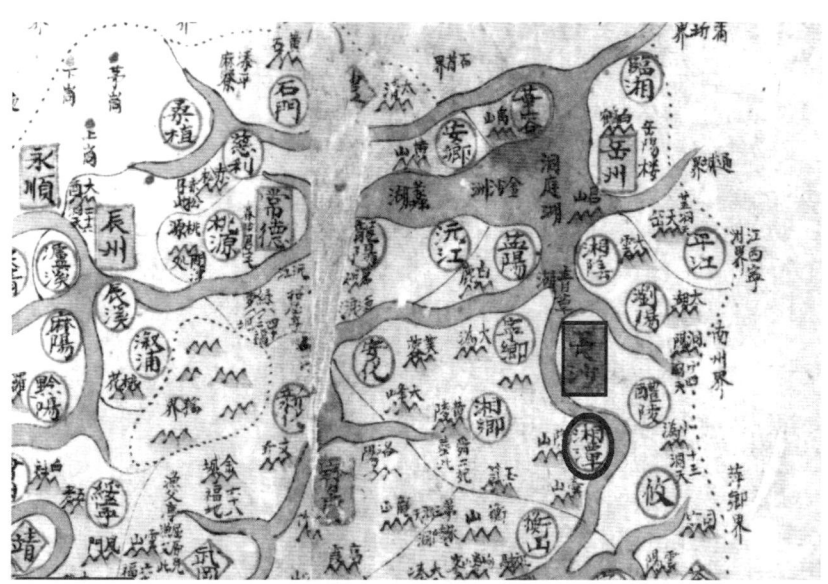

『대청분성여도』(1754)의「호남성여도(湖南省輿圖)」에 그려진 상담현(동그라미). 바로 위로 장사부(네모)가 보인다

은 그의 절개와 의리를 딱하게 여겨 흙을 북돋우어 덮어 주셨지요. 그런데 이백 년 넘게 세월이 흐르는 바람에 해골이 여기저기 드러나 있던 것을 선생께서 안장해 주셨군요. 그 은혜가 너무도 깊고 무겁사옵니다! 이 깊은 밤중에 이곳에 찾아뵌 것은 그 은혜를 갚기 위해서입니다!"

"유해를 묻어 드린 것은 하찮은 일이니 거론하실 것도 못 됩니다!²⁶ 사람과 귀신은 다른 세계에 있는 것을 어째서 이렇게 왕림까지 하셨습니까!"

---

26 【즉공관 미비】誰知後來有種種佳境. 나중에 아름다운 상황들이 연출될 줄 누가 알았겠나.

한 수재가 이렇게 말하자 옥영이 말하는 것이었습니다.

"소녀가 사람은 아니오나 사람으로서의 도의까지 없다고는 할 수 없지요! 선생께서는 글공부를 하는 분이시지만 귀신과 인연을 맺는 일은 세상에서 흔히 볼 수 있는 일입니다. (…) 안장해 주시는 은혜를 입었으니 부부의 정리가 있는 셈이지요! 더욱이 전생의 인연이 무척 막중하여 선생을 잠자리에서 모시고자 합니다. 그러니 이상하게 여기지 마시기를 바랄 뿐입니다!"

한 수재는 외딴 학당에서 외롭게 지내던 처지였는데 그런 상황에서 이처럼 아름다운 여인을 만난 것입니다. 귀신이라고는 해도 걷는 것을 보면 그림자가 있고 옷에는 솔기가 있는 데다가 외모도 곱고 참한 것이 전혀 귀신 같아 보이지 않았지요. 거기다가 그녀의 송대 말도 알아들을 수 있을 만큼 쉬우니 마음이 흔들리지 않을 수가 있나요? 결국에는 흔쾌히 그 여자를 방으로 들여서 잠자리를 함께 했답니다. 그렇게 운우의 정을 나누는데 사람과 마찬가지로 조금도 다를 바가 없었지요.

한 수재는 그 여인과 한 해 넘게 함께 지내면서 부부만큼 금슬이 돈독해졌지요. 그러던 어느 날이었습니다. 그 여인이 한 수재를 보고 말하는 것이었지요.

"소녀는 작년 칠월 초이레에 선생과 잠자리를 함께 한 뒤로 뱃속에 아이를 배었습니다. 이제 낳을 때가 되었군요.”

그리고는 그날 밤 바로 학당에서 아이를 하나 낳았답니다.

처음에 한 수재와 옥영이의 밀회는 모두 밤중에 이루어졌습니다. 학생들이 집으로 돌아가고 난 뒤여서 아무도 그 일을 눈치채는 이가 없었지요. 그런데 지금 아이가 덜컥 생겼으니 아무리 옥영이 직접 젖을 먹이고 안아 준다고 한들 아기가 울기라도 하면 사람들을 속일 도리가 없었지요. 그렇다 보니 차츰 눈치채는 사람들이 생겼습니다. 물론, 그 여자가 누구이고 아기는 누구 아기인지는 모르고 있었지요. 그래서 내력을 확인해 보려는 집도 없고 그에게 꼬치꼬치 캐묻는 사람도 없었답니다. 고작해야 멋대로 넘겨 짚거나 되는 대로 떠들어 댈 뿐 매번 실질적인 증거는 없었지요.

그러나 소문이 퍼지는 바람에 한 수재의 모친도 그 사실을 알게 되었습니다. 모친은 한 수재를 보고 말했지요.

“산에 있는 너희 학당 … 요괴들을 막아야 하지 않을까 싶구나. 외부에는 네가 여자를 만나고 다닌다는 소문이 나돌던데 … 실제로는 어떻게 된 게냐? 사실대로 이야기해 다오.”

그래서 한 수재는 유해를 묻어주고 보답을 받은 일과 옥영의 이름 등의 이야기를 소상하게 들려주었습니다. 그러자 한 수재의 모친은 놀라면서 말했습니다.

"네 말대로라면 … 오래 전의 귀신인 셈이니 그래서 더 걱정되는구나!"

"말씀드리자니 이상하기는 합니다마는 … 귀신이기는 한데 실제로는 사람과 다를 바가 없었습니다. 벌써 소자에게 아들까지 낳아 준 걸요."

"그 이야기는 믿을 수가 없구나!"

"소자가 어찌 감히 말을 지어내서 어머님을 속이겠습니까?"

"정말 그런 일이 있었다면 … 내게 아직 손주가 없으니 손자를 하나 얻고 싶은 마음이 간절하구나. (…) 안고 돌아와서 좀 보여 다오. 그러면 네 말을 사실로 믿으마!"

"그녀에게 이야기를 해 보겠습니다!"

그리고는 정말로 모친의 말을 옥영에게 일러 주었지요. 그러자 옥영이 말하는 것이었습니다.

"손자야 당연히 할머니를 뵈러 가야지요. 다만, … 아들은 이승의 기운을 받은 지가 얼마 되지 않았습니다. 그래서 지금 당장 산 사람을 볼 수가 없답니다. 그러니 좀 더 지나고 나서 그렇게 하도록 하시지요.”

한 수재는 모친에게 그 말대로 전했습니다. 그러나 모친은 그래도 그 말을 믿을 수 없었지요. 그래서 그녀의 자취를 알아내기로 결심했습니다. 아들에게는 알리지 않고 말이지요.

그러던 어느 날이었습니다. 그의 모친이 직접 남몰래 아들의 학당으로 왔지 뭡니까. 옥영은 마침 학당 다락방에서 과일을 들고 아들에게 먹이고 있었지요. 한 수재의 모친은 곧장 다락방까지 들이닥쳤습니다. 옥영은 저 멀리에 누가 있는 것을 발견하자마자 아들을 안고 창문 바깥으로 도망쳤습니다.[27] 아들에게 먹이던 과자도 모두 땅바닥에 팽개치고 말이지요.

한 수재의 모친이 보니 연밥 같았지요. 그래서 쳐들고 자세히 살피는데 알고 보니 벌집의 애벌레이지 뭡니까 글쎄! 한 수재의 모친은 깜짝 놀라고 말았습니다.

‘그 년은 괴물이 분명하다!’

그래서 아들에게 ‘다시는 가까이 하지 말라’며 신신당부를 하는 것이었습니다. 한 수재는 입으로야 ‘예, 예’ 하고 대답했지만 마음속으로는

---

27 【즉공관 미비】 既與人無異, 如何見此鬼態. 정말 사람과 다를 것이 없다면 어째서 그런 귀신의 행태를 보인단 말인가!

정말이지 그녀를 버릴 수가 없었지요. 모친이 가고 나서 옥영은 금방 돌아와서 한 수재를 보고 말했습니다.

"이 아들이 곁에 있어서 제가 거동하기에 불편하군요! 지금 시어머님께서 저를 괴물이라고 의심하시니 여기에서 지내는 것도 염치가 없습니다. (…) 이제 이 아이를 안고 고향인 상담으로 돌아가서 인간세계에 맡겨 기르도록 하지요.[28] 훗날 다시 뵙겠습니다!"

그러자 한 수재가 말했습니다.

"함께 지낸 지 오래 되었는데 어째서 나를 버리고 헤어진다는 게요! (…) 그리워지면 날더러 어떻게 견디라고!"

"저는 이 아들을 맡겨 키우고 본인의 행동은 제 의지를 따르도록 하겠습니다. (…) 지금 서방님 곁에 대쪽 두 개를 놓고 가지요. 혹시라도 제가 그립거나 저를 보아야 할 급한 일이 생기시면 두 개를 마주 치도록 하십시오. 그러면 제가 나타날 것입니다!"

그녀는 말을 마치자마자 표연히 자취를 감추어 버리는 것이었습니다.

---

28 【즉공관 미비】只欲寄養, 何必湘潭. 如此等處皆不可解, 豈所謂夙緣宜軟耶. 그냥 맡겨 기르기만 할 거라면 굳이 상담까지 갈 필요가 있겠나? 그렇게 기다린다는 것도 납득이 되지 않는군. 이 어찌 전생의 인연은 부드러워야 한다는 경우이겠는가!

대쪽

옥영은 그 아들을 안고 상담으로 가서 아이 옷 허리띠에 이런 글귀를
적었습니다.

"열여덟 해 뒤에 돌아올 것입니다!"

그리고 아들의 생년월일을 그 뒷면에 적은 다음 강가에 아이를 버렸습
니다.

그런데 이때 상담에는 '황공黃公'이라는 사람이 살고 있었습니다. 부유
하기는 하지만 자식이 없었지요. 그는 강가에서 그 아이를 발견하자 집
에서 키울 요량으로 아이를 주워 돌아가는 것이었지요. 옥영은 그 광경
을 확인한 다음 한 수재에게 와서 말했습니다.

"아들은 상담의 황 씨네 집에 있습니다. 제가 허리띠에 글귀를 적고 열여덟 해 뒤에 찾아가기로 했지요. 그때가 되면 만나서 같이 집으로 돌아가실 수 있을 것입니다. (…) 이제 저는 얽매일 것 없이 자유로운 몸이 되었군요!"

그 뒤로 한 수재는 옥영과 만나고 싶으면 언제나 대쪽을 마주 쳤습니다. 그리고 옥영이 나타나면 질병이나 우환이 있을 때마다 옥영에게 사정을 하소연 하곤 했는데 그때마다 바로 해결되지 않는 일이 없었답니다. 심지어 남의 집에 불행이나 행복이 닥친 경우에도 옥영은 매번 미리 한 수재를 보고 이야기를 하면 한 수재가 당사자에게 이야기해 주곤 했지요. 그러면 바로 효험을 보곤 했답니다. 그 소문은 밖으로 퍼져서 다들 '한 수재가 요사스러운 괴물을 만나 요망한 말로 사람들을 홀린단다' 하고 쑤군거렸습니다. 그때 학당이 있는 집 주인에게는 공교롭게도 정분이 나서 외지로 도망친 딸이 하나 있었지요. 그래서 '한 수재가 만나는 여인이 바로 그 주인 집 여자가 아닐까' 의심을 하는 자들까지 있었습니다. 이런 식으로 사람들이 입방아를 마구 찧어대는 바람에 한 수재에 대한 평판은 무척 나빠졌지요. 그 사실을 안 옥영이 한 수재에게 말했습니다.

"본래는 보답해 드리려고 한 일인데 되려 누가 되었군요!"

그 바람에 차츰 걸음이 뜸해지더니 한 해에 겨우 한 번만 보기로 했으며, 칠석[29] 날을 만나는 날로 잡았습니다. 한 수재는 그녀의 두터운 마음에 감동하여 끝까지 장가를 들지 않았답니다.

그렇게 열여덟 해가 지났을 때였지요.[30] 옥영이 한 수재를 찾아오더니 말하는 것이었습니다.

"허리띠에 적은 약속 날짜가 되었습니다! 한번 가 보아야 겠군요."

그래서 한 수재는 그녀의 말에 따라 모친에게 그 일을 알리고 마침내 상담으로 향했지요. 그야말로

완수는 '귀신은 없다'는 주장 펼쳤건만	阮修倡論無鬼,
귀신이 아이까지 낳을 줄 어찌 알았으랴?	豈知鬼又生人.
옛날 부모 찾아나선 아들은 있었다지만	昔有尋親之子,
이번에는 아들 찾아 나선 부모 여기 있었구나!	今爲尋子之親.

---

29 칠석(七夕) : 중국의 전통적인 명절. 음력 7월 7일로, 견우(牽牛)와 직녀(織女)가 만나는 날로 유명하다. 천상에서 옥황상제(玉皇上帝)의 예복을 짜는 일을 맡은 직녀는 인간 세상에 내려갔다가 소 치는 목동 견우에게 반한다. 그러나 정분이 난 두 사람이 맡은 일을 게을리 하자 분노한 옥황상제는 그 벌로 직녀를 은하수(銀河水) 동쪽에 견우를 서쪽에 떨어져 살다가 칠월 초이래 칠석에 한 해에 한번만 만날 수 있게 해 주었다. 견우와 직녀가 은하수 때문에 만날 수 없는 신세가 서러워서 눈물을 흘리자 어디선가 까마귀와 까치들이 날아와 다리를 만들어 두 사람이 만나게 해 주었다고 한다. 후세 사람들은 그 다리를 까마귀와 까치가 이어 주었다고 해서 '오작교(烏鵲橋)', 이 날 내리는 비를 '칠석우(七夕雨)'라고 불렀다고 한다. 양(梁)나라의 종름(宗懍)이 지은 『형초세시기(荊楚歲時記)』에 처음으로 소개된 이 이야기는 지금도 중·한·일 세 나라에 널리 전해지고 있다.

30 【즉공관 미비】十八年只十八番, 無乃太疏. 18년 동안 겨우 18번이라면 너무 뜸했던 것 아닌가?

계속 이야기를 들려 드리도록 하겠습니다. 상담의 황옹에게는 원래 자식이 없었습니다. 그런데 무심코 물가를 거닐고 있는데 웬 아기가 땅에 버려져 있길래 안고 집으로 돌아왔지요. 그는 아이가 용모가 수려한 데다가 총명하고 사랑스럽길래 아들 삼아 키우기로 했습니다. 그런데 그 아이 허리띠에 '열여덟 해 뒤에 돌아올 것입니다'라는 글귀가 적혀 있지 뭡니까. 그것을 본 그는 속으로 이상하게 여겼습니다.

'뉘 집의 본처와 소실이 서로 투기해서 어쩔 수 없이 버린 걸까? 아니면 ⋯ 뉘 집에 낳은 자녀가 하도 많아서 고생할까 봐서 버린 걸까? 기왕 버린 마당에 어째서 또 열여덟 해 뒤를 기약한 걸까? (⋯) 그 부모가 키울 생각도 없고 버릴 수도 없다 보니 내력이라도 분명히 적어 주고 그 집에 맡겨 키우려고 한 게 분명하다. 나중에 찾으러 나타날 게 분명하다. (⋯) 내 지금 자식이 없으니 일단 거두어 키우다가 열여덟 해가 지나면 어떻게 될지 두고 보자꾸나!'

황옹은 그 아이를 주워 온 뒤로 별안간 자신도 잇따라 아들이 둘이나 생겼답니다.[31] 그래서 주워 온 아이에게는 '학령鶴齡'이라는 이름을 지어 주고, 자기 두 아들에게는 그 이름의 두 글자를 나누어서 한 아들에게는 '학산鶴算', 한 아들에게는 '연령延齡'이라는 이름을 각각 지어 준 다음 셋을 모두 학당에 보내어 글공부를 시켰습니다. 학령은 남달리 영민해서

---

31 【즉공관 방비】早知爾爾, 必不拾矣. 진작에 이렇게 될 줄 알았다면 아이를 줍지 않았을 테지.

太平御覽　　　　　　　卷八百八十

魏輝輝有色卽跳躁不已能占衆事卜未來蠶桑又善卽
鈞好則大舞惡卽仰眠平昌孟氏恒不信輒試往詭自礭
牙償頂而去永失所在也
世詭曰會稽賀思令善彈琴嘗夜在月中坐梅風鳴忽
有一人形器甚偉著械有慘色在庭梅善便與共語自
云是稽中散賀云卿手下極快但於古法未備因授以
廣陵散賀遂傳之于今不絶
又云阮脩字宣子論鬼神有無或以人死有鬼宣子獨以
爲曰今見者云著生時衣服若人死有鬼衣服有鬼
耶論者服焉
列異傳曰南陽宗定伯年少時夜行逢鬼問曰誰鬼曰鬼
也鬼曰輝復誰之言我亦鬼也欲至宛市鬼言我
赤欲至宛市共行數里鬼言步行大㝹可共迭相擔也定

북송의 백과전서 『태평어람』에 소개된 완수의 「무귀론」 대목

책을 한번 보기만 해도 줄줄줄 외웠습니다. 두 친아들도 똑똑하기는 했지만 아무래도 학령과는 비교가 되지 않았지요. 학당에 다닐 나이가 되자 세 사람은 나란히 향학에 입학했답니다. 황옹은 몹시 흐뭇해 하면서 학령을 두 아들과 똑같이 대해 주고 조금도 차별하지 않았지요.[32]

두 아들은 늦둥이로 얻은 자식이었습니다. 그렇다 보니 황옹의 입장에서는 두 아들에게 하루라도 일찍 가정을 이루게 해 주어 얼른 손주를 보고 싶은 마음이 간절했지요. 그래서 열예닐곱 살이 되자 모두 장가를 보내 주었습니다. 그러나 학령만큼은 허리띠에 글귀가 적혀 있었기 때문에 부모가 기약한 날 찾아왔다가 데려가지 못하는 사태가 벌어지기라도 할까 봐서 걱정이었습니다. 그래서 그 아이 혼자만 꾸물거리면서 내내 장가를 보내지 않았지요. 그러면서도 황옹은 속으로 그 일을 내내 미안하게 여겼답니다.

---

32 【즉공관 방비】此却難得. 이런 분은 좀처럼 보기 힘든 양반이로군.

'그래도 내 맏이인데 ··· 어떻게 여태 가정도 이루지 못하게 한단 말인가!'

그래서 일단 사십 금을 그에게 주고 동네의 역 씨네 딸과 약혼을 시켰습니다. 학령은 학령대로 허리띠에 관한 일을 알고 있었으므로 황옹을 보고 말했지요.

"소자는 어려서부터 길러 주신 큰 은혜를 입어 이미 어르신의 아들이 되었습니다. 그러나 낳아 주신 부모님께서 찾아오기로 기약하신 이상 어떻게 아내를 맞아들이면서 알려드리지 않을 수가 있겠습니까? 아내를 구해 주시더라도 일단 약속한 그 날까지 기다리시지요. 그때 가서도 부모님께서 오지 않으면 그때 혼례를 치러도 늦지는 않을 것입니다!"

일리가 있다고 생각한 황옹은 하는 수 없이 그의 뜻을 따르기로 했지요.

그렇게 열여덟 해가 되자 사람들은 모두 무슨 동정이라고 생길 것을 학수고대 했습니다. 그러던 어느 날이었지요. 웬 복건 사람이 거리에서 사람들과 점성술을 화제로 삼아 이야기를 나누었더니 황옹의 집으로 찾아가 황옹을 만나기를 요청하는 것이 아닙니까. 그때 황옹은 속으로 세 아들이 당장 과거에 급제해 명성을 얻기를 바라고 있던 참이었습니다. 그래서 점성술가가 보이기라도 하면 만나보지 않는 경우가 없었지요. 그러던 차에 멀리서 찾아 왔다는 이야기를 듣더니 '남다른 법술이라도 가지고 있나' 싶어서 마침내 초빙해 앉히고 세 아들의 사주를 가져다 팔자

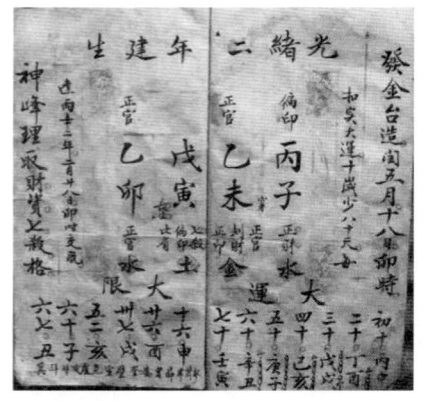
사주팔자 예시

를 봐 줄 것을 부탁했답니다. 점성술사는 잠시 점을 봐 주는 척 하다가 학령의 팔자를 가리키면서 황옹을 보고 말하는 것이었지요.

"이 사람은 ··· 댁의 아드님이 아니신데요? (···) 태어날 때부터 부모 곁에 있어서는 안될 팔자입니다. 반드시 외지에 맡겨 길러야 성인이 될 수가 있군요. 그리고 성인이 되고 나면 바로 원래의 부모한테로 돌아가야 합니다! (···) 이제 벌써 그때가 되었군요."

점성술사가 사실대로 이야기하는 것을 본 황공은 낯빛이 벌게지더니 말했습니다.

"선생, 허튼소리 작작 하시오! 여기 세 아들은 모두 내 친아들이올시다. 어째서 맡아서 길렀다는 소리를 하시오? 더욱이 내 맏아들은 우리집 대를 이어야 되는데 원래의 부모한테 돌아가야 한다니 그게 무슨 소리요?"

그러자 점성술사가 껄껄 웃으면서 말하는 것이었습니다.

"어르신께서는 어째서 허리띠의 글귀를 잊으셨습니까?"

황옹은 자기도 모르는 사이에 낯빛이 변하더니 말했습니다.

구영 『소주청명상하도』에 그려진 점술가의 모습.
탁자 위에 점을 치는 도구들이 보인다

"선생께서 … 그걸 어떻게 다 아시오?"

"소생은 다른 사람이 아니오라 바로 열여덟해 전에 그 아이를 버린 한 수재올시다! 어르신께서 인정하지 않으실까 걱정이 되어서 점성술사로 변장하고 단서를 찾아 온 것입니다. (…) 지금 댁에 있다고 하시니 … 어르신께서도 기필코 이 아들이 근본을 저버리게 만드셔서는 안될 것입니다."

"허리띠의 기약은 정말 사실이올시다. 이 늙은이가 어찌 속일 수가 있겠소이까! 더욱이 내게는 따로 친아들이 있으니 언젠가 죽더라도 도랑이나 골짜기에 버려지는[33] 낭패는 당하지 않겠지요. 그러니 남을 속이면서까지 남의 집 아들을 가로챌 필요가 어디 있겠습니까! 헌데 … 그 아들

허리띠 예시

은 어째서 버리셨소이까? 그 까닭을 자세하게 들려주시기 바랍니다!"

그러자 한 수재가 말했습니다.

"말씀을 드리자니 … 괴이한 일과 관련되어 있어서 들려 드리기가 난처하군요!"

"아드님에게 그런 인연이 있다니 정말 친혈육이라면 이 늙은이한테 알려 주십시오. 그 아들의 내력을 잘 알 수 있게 말입니다!"

"그 아이의 모친은 이 세상 사람이 아니라 바로 이백년 전 절개를 지킨 여인의 넋이랍니다. 그 여인은 송나라 때 살았던 사람이니까요. 그녀는 부친이 복건 땅의 관리였

---

33 【즉공관 방비】 說得響. 들으란 듯이 말하는군.

는데, 적을 막다가 성이 함락되는 바람에 온 가족이 죽음으로 절개를 지켰답니다. 그 넋이 사라지지 않고 소생과 인연을 맺어 아들을 낳았지요. 그 일이 외간사람들에게 의심을 사자 그녀가 '선대의 고향이 상담'이라면서 아이를 데려 왔고, 댁에서 맡아 기르게 했던 것입니다. 허리띠의 글귀는 모두 그녀가 직접 적은 것이지요! (…) 오늘 소생이 이곳에 온 것은 그녀가 당부해서입니다. 그런데 뜻밖에도 정말로 마주쳤지 뭡니까. 그러니 모쪼록 한번 만나게 해 주시기 바랍니다!"

"그런 기이한 일이 다 있었다니! (…) 아드님의 그런 내력을 따져보니 예삿 사람이 아닌 것이 분명하군요! (…) 지금 아드님과 제 아들 세 형제는 함께 장사[34]로 과거를 보러 갔습니다!"

그러자 한 수재가 말하는 것이었습니다.

"소생 멀리 이곳까지 찾아온 이상 … 장사 정도라면 가서 그 아이 얼굴이라도 좀 보아야 겠습니다! 그저 어르신께서 하늘께서 맺어 주신 저희 부자의 인연을 생각하셔서 원래의 부모에게 돌아갈 수 있도록 은혜를 베풀어 주시기를 부탁드릴 뿐입니다. 그렇게만 해 주시면 정말 다행이겠습니다!"

---

34 장사(長沙) : 명대의 지명. 지금의 호남성 장사시 일대에 해당한다.

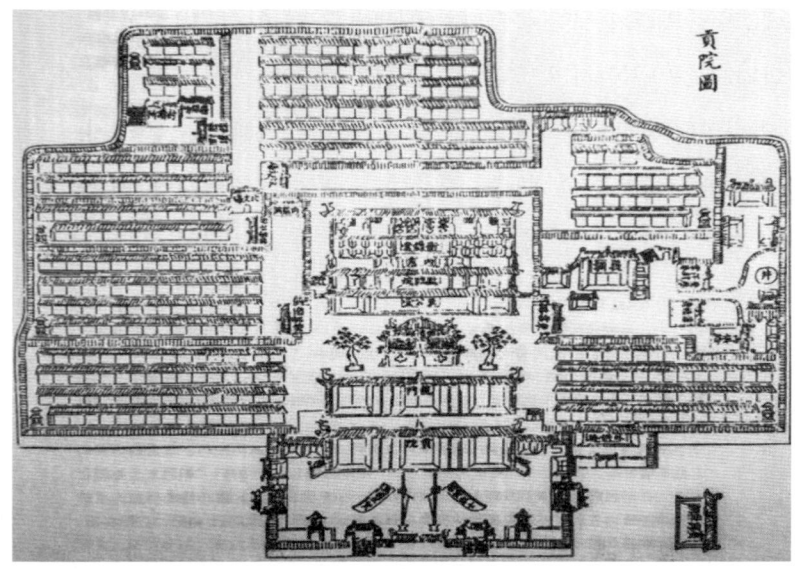

청대 장사부의 과거시험장 호남 공원(湖南貢院) 평면도. 과거 응시자들은 위와 좌우로 아파트처럼 그려진 구역에 촘촘하게 배치된 방에 들어가 밤을 세우며 답안을 작성하였다

"아버지와 아들은 가장 가까운 혈육이지요. 도의상 아드님을 돌려 드리는 것이 옳습니다. 하물며 귀하의 저승에서의 인연인들 어찌 떼어 놓을 수 있겠습니까? 허나 … 이 늙은이가 열여덟 해 동안 기른 건 새삼 말할 것도 없소이다마는 일전에 혼례 예물을 장만하는 비용이 사십 금이나 들었습니다. (…) 아드님을 돌려 드릴 테니 그 비용은 갚아 주셔야 겠습니다!"

"어르신의 은혜는 정말 갚기 어려울 정도입니다! 그 비용이라면 … 제가 갚아 드리는 것이 옳지요. 제 아들을 만나고 나서 돌아가면 그 어미와 의논하게 해 주십시오. 절대로 어르신의 의리를 저버리지 않겠습니다!"

그렇게 해서 한 수재는 황옹과 작별했답니다. 그리고 나서 그 길로 장사로 가서 황옹의 세 아들이 과거 응시를 위하여 묵는 거처로 찾아 가기로 했지요. 그리고 그 위치를 확인하자마자 명첩을 하나 써서 황옹의 맏아들 학령에게 건넸습니다. 그 명첩에는 이렇게 적혀 있었지요.

"열여덟해 전에 허리띠 사연을 들은 한 아무개가"[35]

'허리띠'를 거론한 것을 보고 속으로 마음이 움직인 학령은 놀라 밖으로 나와서 안으로 들어오게 해서 만났지요.

"귀하께서는 … 어느 고을 분이신지요? 어째서 허리띠의 사연을 알고 계십니까!"

그래서 한 수재가 그 학령이라는 사람을 바라보니

나이는 이제 약관으로	年方弱冠,
몸은 옷 무게조차 감당하지 못 하누나.	體不勝衣.
맑고 흰한 풍채는 실로 부친 모습 닮았고	淸標固稟父形,
부드럽고 여린 체질은 모친 모습 같구나.	嫣質猶同母貌.
공손하고 점잖으니	恂恂儒雅,

---

35 【즉공관 미비】帖寫得妙. 명첩을 기막히게도 썼구나.

유해 거두어진 왕옥영이 남편을 만나다

다들 '열여덟 살 선비님'이라고 여기지만　　　　盡道是十八歲書生,
멀리 그 내력 더듬어 보면　　　　　　　　　　邈邈源流,
바로 이백년 전 귀신의 아들인 것을!　　　　　豈知乃二百年鬼子.

한 수재가 학령의 모습을 보니 빼다 박은 것처럼 왕옥영과 닮았지 뭡니까. 자신의 아들임을 눈치챈 그는 그래서 대답했지요.

"도령께서는 허리띠에 그 글귀를 쓴 사람 … 만나 보시렵니까?"

"허리띠에 그 글을 쓴 분은 제 아버님이 아니라 어머님이십니다. 원래 올해에 오기로 약속하셨지요. 그런데 … 귀하께서 그 분을 아신다니 분명히 서신을 갖고 오셨을 테지요? 부디 가르침을 주시기 바랍니다!"

"허리띠에 글씨를 쓴 사람은 바로 내 처 왕옥영이올시다. 만약 만나기를 바란다면 … 우선 나와 부자 상봉부터 하는 것이 도리이외다!"

그 말을 들은 학령은 그가 자기 부친임을 깨달았지요. 그는 엉엉 울면서 그를 끌어안더니 말했습니다.

"정말 아버님이셨군요! 어째서 … 아들을 열여덟 해 동안 팽게쳐 두었더란 말입니까!"

그래서 한 수재가 말해 주었지요.

"네 어머니는 예삿 여자가 아니라 바로 이백년 묵은 귀신이셨단다! 나와 인연을 맺고 너를 낳았지만 젖을 먹여 키우기 어려워서 인간세계에 맡겨야 했지. (…) 네 어머니는 원적이 상담이시다. 그래서 너를 안고 여기까지 왔던 게야. (…) 나는 사실은 복건 땅의 수재란다. 네 어머니와 인연을 맺은 것도 복건 땅에서였지. 이제 네가 만약 너를 낳아 준 부모를 잊지 않겠다면 이곳의 양부께는 작별인사를 드리고 복건 땅으로 돌아가는 것이 도리이니라."

"어머님은 지금 어디에 계십니까? 소자 뵙고 싶습니다!"

"네 어머니는 갑자기 사라졌다 별안간 나타나시니 본래부터 정해진 장소가 없단다. 만약에 … 꼭 만나야겠다면 우리 복건 땅으로 가야 한다!"

학령은 본능적으로 마음이 이끌리는 것을 억누를 길이 없었습니다. 학산과 연령 두 동생은 옆에서 그가 복건 땅으로 돌아가야 한다는 말을 듣더니 젊은 마음에 무심결에 버럭 성을 내면서 말했습니다.

"이 막 돼 먹은 자는 어디서 나타난 게야? 그 따위 허황된 이야기를 지어내서 남의 집 자제를 속이면서 이치에도 맞지 않은 허튼 소리를 다 늘어놓다니! 멀쩡한 우리 형님더러 복건 땅으로 가자고? 뭐 이런 헛소리를 늘어놓는 자가 다 있나!"

그 집안의 하인들은 하인들대로 그 이야기를 듣더니 너도 나도 한 수재를 꾸짖으면서 학령을 보고 말했습니다.

"큰 도련님, 이 떠돌이 도사 말 따위는 듣지 마십시오! 이 패거리들은 남의 집 사정을 알아내서 분란거리를 만들고 남을 속이는 놈들입니다요!"

하더니만 다짜고짜 잡는 놈은 잡고 미는 놈은 밀면서 대문 밖으로 밀어 내려고 하지 뭡니까. 그러자 한 수재가 말했습니다.

"소란 떨 것 없다! 내 이미 상담에서 너희 상전 어르신을 뵙고 오는 길이니라. (…) 그 분께서 '혼례 예물에 들인 비용 마흔 냥을 갚으면 데려가도 좋다'고 하셨느니라! 게다가 … 엄연히 내 아들인데 어째서 헛소리라고 하는 게냐!"

그러나 사람들이 어디 그의 말을 곧이 들을 리가 있겠습니까? 기어이 그를 밀어내고 말았겠다? 학령은 속이 편치 않아 몇 번이나 아쉬워했지만 다른 사람들은 아랑곳도 하지 않았습니다. 두 동생은 거칠게 말했지요.

"형님은 생각도 없이 어떻게 그런 건달패 하고 말을 섞으십니까! (…) 그런 놈한테 매를 들지 않은 것만 해도 고마운 줄 알아야 합니다!"

그래서 학령이 말했습니다.

"허리띠 이야기는 허튼 말이 아닌 것이 분명하다. (…) 정말로 내 친아버님께서 약속을 지키러 오신 게야! (…) 그 사람이 '지난번에 상담에서 아버지를 만났다'고 했지. 집에 돌아가 보면 내막을 알게 될 게다!"

학산·연령 두 사람과 하인들은 그래도 그 말을 믿지 않고 거처의 대문을 단단히 지켰습니다. 다시는 학령을 만나러 들어가지 못하게 막으려고 말입니다.

한 수재는 이렇게 생각했습니다.

'아들을 만나기는 했다마는 황 씨댁 혼례 예물은 갚아야 옳다. 허나, … 당장은 갚을 길이 없구나! 빈 손으로 여기에 있어 봤자 한 해를 기다려도 보탬이 될 것이 없다. 그러니 아들을 데리고 집으로 돌아갈 생각은 엄두도 못 내겠구나! 차라리 일단 고향 집으로 돌아가서 계획을 세우는 편이 낫겠어.'

그는 속으로 마음을 정할 수가 없었습니다. 그래서 밤이 되자마자 대쪽을 마주쳤더니 바로 왕옥영이 나타나는 것이었지요. 한 수재는 아들을 만나 보기는 했지만 황 씨댁에서 예물 장만에 든 돈을 갚으라고 한 일을 알려 주었습니다. 그러자 옥영이 말하는 것이었지요.

"그 돈은 갚아야겠지요. 허나 이곳에서는 방법이 없습니다. 차라리 일단 복건 땅으로 돌아가셔서 따로 기회를 보는 수밖에요! (…) 역 씨댁 혼사 역시 전생의 인연입니다. 그러니 그 돈을 가지고 이곳으로 오셔서 그 일을 마무리하셔도 늦지는 않을 테지요."

한 수재는 그래서 복건 땅으로 돌아가기로 결심했습니다.

그는 가는 길에 배로 상강을 지난 다음 동정호를 건너게 되었습니다. 그 물결이 좀 거칠고 사납다 싶으면 옥영이 배로 가서 그를 지켜 주었지요. 그리고 부족한 노자는 옥영이 은밀히 돈을 보태 주어서 고향 집까지 갈 수가 있었답니다.

그가 집에 도착하자 이웃사람들은 깜짝 놀랐습니다. '한 수재는 이전에 요괴를 만났고 오랫동안 모습을 보이지 않는 것도 요괴에게 잡혀 가서 객지에서 죽는 바람에 고향으로 돌아올 수 없게 된 것'이라고 생각하고 있었으니까요. 그런데 이제 보니 멀쩡하게 살아서 집으로 돌아온지라 상당히 기이하게 여겼지요. 평소에 그와 친분이 있던 사람들도 모두 그를 보러 왔습니다. 한 수재는 사람들이 그의 정체를 의심해서 보러 와서 이것저것 캐물으려 한다는 것을 눈치채고 있었습니다. 그래서 아예 실제로 있었던 일들을 처음부터 끝까지 낱낱이 조금도 속이지 않고 이야기해 주었지요. 사람들은 그가 죽지 않았고, 거기다가 정말로 아들이 상담에 있다는 말을 듣고 나서야 그가 하는 말을 사실로 믿게 되었습니다. 그들은 되려 '한 수재가 신선을 만났단다' 하고 이야기하면서 다들 그를 부러 위하기까지 했습니다.[36] 오죽하면 그를 모르는 사람들조차 다들 그를 한 번 만나고 싶어 안달하는 것이었지요. 어떤 사람은 '어째서 아들을 데리고 돌아오지 않았느냐'고 묻기도 했습니다. 그래서 '예물에 들인 비용을 미처 갚지 못해서 상담의 양부댁에서 허락해 주지 않았다'고 대답했지요. 그러자 오지랖이 넓은 사람들이 다들 서로 돕겠다고 나서는 것이 아닙니까. 그렇게 해서 얼마 지나지도 않아서 스무 냥이 넘는 액수가 모였답니다. 그래도 절반이 부족하길래 밤에 대쪽을 마주쳐서 왕옥영과 그 일을 상의했지요. 그러자 옥영이 말했습니다.

"절반이 모였으니 서방님께서는 일단 길을 나서십시오. 도중에 나머지 절반을 모을 길이 생기실 것입니다!"

한 수재는 즉시 출발했습니다. 그런데 중간까지 와서 강가의 어떤 옛날 사당 옆을 지날 때였지요. 옥영이 갑자기 나타나 한 수재를 보고 말하는 것이었습니다.

"이 사당 신주[37] 안에 앉아 계십시오. 그러면 스무 냥을 구해 예물에 들인 비용을 모두 갚으실 수가 있을 것입니다!"

---

36 【즉공관 미비】庸人之見往往如此. 범용한 자의 식견이란 것이 늘상 이런 식이지!
37 신주(神櫥) : 명대에 신상(神像)을 안치하던 장. 신상을 모시는 신감(神龕)과 그 아래의 장으로 이루어져 있었다고 한다.

중국 사당 예시. 강서성 악평(樂平) 소재의 사당 외관

한 수재는 그녀의 말을 좇아 배를 댄 다음 뭍에 올랐습니다. 그리고 나서 사당으로 가서 보는데 가만 보니

사당 대문은 허물어지고 퇴락해져 있고	廟門頹敗,
신령님 다니시는 길은 황량하기 짝이 없네.	神路荒涼.
무기 쥔 귀졸은 머리가 달아나 버렸고	執撾的小鬼無頭,
명부를 든 판관은 모자가 사라져 버렸네.	拏簿的判官落帽.
뜰 안은 온통 짐승들 다닌 흔적 뿐이니	庭中多獸迹,
여우도 여기서 밤을 보냈나 보다.	狐狸在此宵藏,
땅에는 사람의 자취 드무니	地上少人踪,
요괴들만 와서 밤마다 묵었구나.	魍魎投來夜宿.
남아 있는 거라고는 천 년 동안 제사 지낸 자리뿐	存有千年香火樣,

언제 지전 한 묶음인들 바친 적 있을까?　　　　　　何曾一陌紙錢飄.

한 수재는 신주 옆으로 다가가서 휘장을 걷어 보았습니다. 그랬더니
재와 먼지가 한 마디가 넘겨 수북히 쌓여 있지 뭡니까. 그는 이렇게 생각
했습니다.

'이런 데에 무슨 은자가 있다고…'

그러나 옥영이 한 말은 틀린 적이 없었던 점을 떠올린 그는 일단 그녀
가 한 말대로 따르기로 했지요. 그래서 신주 안으로 기어 올라가 쪼그리
고 앉았습니다. 그런데 가쁜 숨이 가라앉기도 전이었습니다. 가만 보니
웬 사람이 허둥지둥 안으로 들어오더니 손을 탁자 앞에 놓인 향로 안으
로 마구 찔러 넣는 것이 아닙니까. 그러더니 신을 마주한 채로 인사를 올
리는 것이었습니다.

"바라옵건대 보살님께서 제 죄를 좀 덮어 주사이다! 여기서 하는 맹세
를 받아들이지 마소서!"[38]

이어서 웬 사람이 바깥에서 고함을 지르면서 안으로 들어오더니 말했
습니다.

---

38 【즉공관 미비】吾誰欺? 나를 누가 속이리!

"네가 양심까지 속여 가면서 은자 스무 냥을 훔쳐서 이놈에게 챙겨주고 시치미를 떼는 게냐? 나와 네가 같이 이곳 신령님 앞에서 맹세하자꾸나. 맹세를 하면 네가 아니라고 믿으마!"

그러자 먼저 온 그 사람이 신상을 마주한 채 '내가 만약 은자를 훔쳤다면 어쩌고저쩌고' 하면서 맹세했습니다. 뒤따라 온 사람은 그가 맹세를 하자 표정이 험악해지더니 말했습니다.

"정말 너 하고는 상관이 없구나! 그럼 … 대체 어디서 잘못 된 게지?"

먼저 온 그 사람은 몸을 추스르고 두 소매를 떨치더니 말하는 것이었습니다.

"내 몸에는 숨길 데도 없는 거 안 보이나?"

두 사람은 이러쿵저러쿵 계속 떠들어 대면서 바깥으로 나가는 것이었습니다.[39]

한 수재는 사람이 올 기색이 보이지 않자 신주에서 나와서 향로를 여기저기 더듬어 보았습니다. 방금 그 사람이 숨긴 것이 무슨 물건인지 확

---

39 【즉공관 미비】可笑那人一番勞碌竟爲韓生奔波. 今之爲此勾當者可醒矣. 그 사람이 한 바탕 난리를 피우더니 결국 한 수재를 위해서 분주하게 뛰어다니는 꼴이 우습구나! 지금 저런 일을 하는 이는 깨우쳐야 할 것이다.

명대의 청동 향로

인하려고 말이지요. 아 그런데 큰 종이 뭉치가 하나 잡히는 것이 아닙니까. 그것을 펼쳐 보니 종이 뭉치 속에는 은덩이가 들어 있는데 얼추 스무 냥이 넘어 보였습니다.[40]

"이런 고마운 일이 있나![41] 보아하니 먼저 들어왔던 그 사람이 동료를 속이고 은자를 여기에 숨겼다가 맹세를 하고 나서도 찾지 못하면 나중에 와서 가져다 쓰려고 한 걸 테지? 그러나 벌써 귀신이 먼저 눈치를 채서 내 손에 들어올 줄은 몰랐을 걸?[42] (…) 가지지 말자니 어쨌거나 의롭지 못한 재물이고 … 그렇다고 잃어버린 주인한테 되돌려주자니 그 사람 것을 몰래 훔친 것이 분명하다. (…) 차라리 옥영의 말을 좇아서 일단 가져다 아들을 돌려받을 밑천으로 삼는 것이 낫겠어. 안될 일이 어디 있겠나?"

한 수재는 즉시 그것들을 챙겨 사당을 나와서 배에 올랐습니다. 그리

---

40 【즉공관 방비】妙在如數. 기막히게도 액수가 딱 맞는구나.
41 이런 고마운 일이 있나[慚愧] : '참괴(慚愧)'는 원래 '부끄럽구나' 식으로 자신의 잘못이나 단점을 뉘우치고 부끄러워 하는 말이다. 그러나 당·송대 이후로는 '잘됐다·다행이다·고맙다' 등과 같이 어떤 사람이나 상황을 반기는 말로 더러 전용되기도 하였다. 여기서는 후자의 용법으로 사용되었으며, 편의상 "이런 고마운 일이 있나"로 번역하였다.
42 【즉공관 미비】神目如電. 신의 눈은 번개와도 같지.

고 나서 배에서 차분하게 저울로 달아 보니 정말로 무게가 스무 냥으로, 조금도 차이가 없지 뭡니까. 한 수재는 몹시 기뻐했답니다.

상담에 도착한 그는 즉시 마흔 냥으로 황옹이 예물을 장만하는 데 들인 돈을 갚아 주고 나서 학령을 돌려 줄 것을 부탁했습니다. 그러자 황옹이 말하는 것이었습니다.

"혼약은 벌써 맺었으니 남녀 모두 제때에 도착하기만 하면 이 늙은이가 이 돈으로 아드님 혼사를 마무리 해 드릴 작정이올시다. 그러니 복건 땅으로 돌아가시는 일은 그 뒤에 의논하도록 하십시다. 다만, … 귀하의 부자 두 분이 알아서 처리하신다면 이 늙은이의 일도 끝나는 셈이로군요."

"이 모두가 인연을 맺어 주시려는 어르신의 호의 덕분입니다. 말씀대로 따르도록 하지요."

황옹은 중매인을 시켜 역 씨댁에 그 일을 알렸습니다. 그러나 역 씨댁에서는 그렇게 하기를 바라지 않았지요. 그래서 이렇게 말하는 것이었습니다.

"우리 집안에서 처음에 황공의 아드님에게 출가시키려 한 것은 집안도 서로 잘 어울리거니와 같은 동네 집안끼리 혼인을 맺으면 서로가 편하기 때문이었습니다. 헌데, … 지금 듣자니 그 아드님은 원적을 복건에 두고 계신다더군요. 당장은 짝을 지을 수야 있겠지만 나중에는 이곳을 떠나 고향으로 돌아가야 할 텐데 … 두 곳이 사오천 리나 떨어져 있으니 그래서야 어디 되겠습니까? (…) 꼭 말씀 전해 주십시오. '황 씨댁이 이 곳을 떠나지 않아야 그 혼사를 원만하게 치를 수 있다'고 말입니다."

중매인은 돌아와 황옹을 만나서 그대로 이야기해 주었습니다. 황옹은 그를 떠나보내지 않으려는 마음이 간절했으므로 그 말을 한 수재에게 빠짐없이 알려 주었지요.

"이 늙은이가 아드님을 잡아두려고 그러는 것이 아니라 … 사돈댁에서 그렇게 걱정이 태산이시더군요. 더욱이 … 아드님은 원적도 이 초^楚 땅에 있어서 혼례도 초 땅에서 치르게 되어 있습니다. 그런 판국에 '복건 땅으로 돌아간다'고 하면 파혼하려 들 것이 분명하니 … 이를 어쩝니까?"

한 수재가 생각해 보아도 아무래도 현실적으로 말이 되지 않았지요. 그래서 이번에도 대쪽을 마주쳐서 옥영과 그 일을 상의했답니다. 그러자 옥영이 말하는 것이었지요.

"그동안 내내 '역 씨댁과의 혼사는 전생의 인연'이라도 이야기해 왔습니다. 뿌리가 이곳에 있는 이상 어찌 보내 주려 하시겠습니까! 하물며 소녀는 본래 원적을 이 상강 땅에 두고 있지요. 그러니 아들도 이곳의 사위가 되고 집안도 이곳에서 일구는 것이 옳지요. (…) 서방님께서 기어이 부자 간의 관계를 회복하려 하신다면 굳이 복건 땅으로 돌아가실 필요야 어디 있습니까?”

“복건 땅은 내 고향이요. 내 모친도 계시니 돌아가지 않는다면 그런 아들이 다 무슨 소용이 있겠소!”

한 수재가 이렇게 말하자 옥영이 말했습니다.

“일이 그렇게 된 이상 서방님 뜻을 이루시기는 어려울 것입니다. 만약 기어이 복건 땅으로 돌아가시겠다면 아들의 혼인은 성사시킬 수 없지요. (…) 서방님께서 이 아들을 데리고 복건 땅으로 돌아가신들 또 어디서 좋은 인연을 구하신단 말씀입니까? 차라리 일단 황씨와 역씨 양가의 말씀을 따라서 혼사를 치루어 주시지요. 그러면 훗날 아들이 알아서 할 것입니다.”

한 수재는 하는 수 없이 그 뜻을 황옹에게 전하고 모든 일을 황옹이 하자는 대로 따르기로 했습니다. 그러자 황옹은 먼저 학령에게 친아버지를 확인하게 하고 나서 바로 서재를 치워 한 수재와 함께 쉬게 해 주었습니다. 그런 다음 그 마흔 냥의 은자를 나누어서 혼례를 치루는 비용으로 사용했지요. 그리고 나서 역 씨댁에 가서 혼례 날짜를 알렸습니다. 그러자 역 씨댁에서는 ‘황 씨댁 아들이 복건 땅으로 돌아가지 않는다’는 말을 듣자 그의 말대로 따르지 않는 것이 없었답니다.

혼례를 치르고 나서 학령은 부친인 한 수재를 보고 '모친을 한번 뵈어야겠다'는 말을 했습니다. 그래서 한 수재가 그 일을 옥영에게 알리자 옥영이 말하는 것이었습니다.

"우리 아들이니 만나기는 만나려던 참입니다. 다만, … 이곳에는 낯선 사람이 많으니 제게는 맞지 않지요. (…) 아들에게는 '인적이 드물어지고 나면 방에서 조용히 대쪽을 마주치라'고 전해 주십시오. 제가 그 부부 두 사람을 만나 보도록 하겠습니다!"

한 수재는 학령에게 그 말을 전해 주고 나서 대쪽을 은밀히 그에게 건네 주니 학령이 그것을 받아 갔지요.

날이 저물자 학령은 대쪽을 마주쳤습니다. 그런데 가만 보니 옅은 화장을 한 웬 여인이 공중에서 내려 오는 것이 아닙니까. 그것이 모친임을 안 학령 부부는 내외가 함께 무릎을 꿇었습니다. 옥영은 두 사람을 쓰다듬더니 말했지요.

"아들과 며느리가 아주 잘 어울리는구나! 한 점 혈육인 너 때문에 속세의 인연에 이끌리는 바람에 이백년간 간직해 온 정결하고 차분한 이내 마음이 한 순간도 편안한 적이 없었느니라.[43] (…) 이제 다행스럽게도

---

43 【즉공관 미비】 所以不安閑亦似自生多事, 然或緣之所在. 固宜爾爾. 그래서 편안히 여유를 가지지 않으면 그 역시 스스로 사달을 만드는 것과 같다고 하는 것이다. 그러나 어쩌면 인연이 있는 곳이기도 할 테지. 참으로 이와 같을 따름이다.

행효자도저불간시(行孝子到底不簡屍)

예물에 들인 돈 갚은 한 수재가 아들을 되찾다

부부가 되어 가정을 이루었으니 내 소원을 이룬 셈이다!"

"소자『시경』『서경』도 읽었고 고금의 사적들도 꽤 본 적이 있습니다.
그러나 … 어머님처럼 몇백 년이나 되신 넋께서 여전히 인간세계에 계시
면서 아들을 낳고 집안을 이룬 사례는 참으로 보기 드문 일이더군요!
(…) 어머님께서는 어떤 술법으로 그렇게 하셨는지요? 모쪼록 가르침을
주시기 바랍니다!"

그러자 옥영이 말했습니다.

산서성 만영현(萬榮縣)의 후토낭낭 사당 전경

"나는 절개를 지키
기 위해 죽었단다. 그
래서 후토后土 부인께서
나를 '귀선鬼仙'으로 기
재해 주시어 내가 아들
을 낳아 우리 집안의
대를 이을 수 있도록
허락해 주셨느니라![44]
너희 부친께서는 내 유
해를 안장해 주시는 은혜를 베풀어 주셨다. 그 음덕이 기릴 만하기에 그

---

44 【즉공관 미비】 然則子之所關大矣. 그렇기는 하지만 그대가 마음을 너무 많이 쓰는구나.

래서 인연을 맺고 너를 낳아 그 은혜에 보답한 것이다. 이 모두가 생전에 정해진 운명이었단다!"

"그처럼 영험하시면서 어째서 인간세계에 남아 소자와 며느리가 아침 저녁으로 받들어 모시게 해 주지 않으시는 겁니까!"

"나는 너희 부친과 인연이 있어서 이 세상에 몇 차례 모습을 드러낸 것이다. 허나 저승의 이치에는 맞지 않는 일이지. 오늘은 특별히 우리 아들과 며느리를 만나 보기 위해서 잠시 온 것이다. 앞으로는 더 이상 올 수가 없단다! (…) 네가 복건 땅으로 돌아갈 때가 되면 석우령 아래에서 다시 한 번 만나게 될 것이다. 아들아, 너는 갈 길이 멀고도 크단다. 그러니 노력하고 또 노력하도록 해라!"

말을 마친 그녀는 공중으로 솟아 오르더니 자취를 감추었습니다. 학령 부부는 한참 동안 넋이 나간 채 멍하게 있다가 가까스로 마음을 추스를 수 있었지요. 그 일은 괴이하기는 했지만 모친의 말을 떠올려 보니 구구절절이 조리가 있지 뭡니까. 학령은 혼자 한숨을 쉬면서 말했습니다.

"패관[45]의 야사[46]들을 두루 읽어 보았지만 오늘 일도 그 분의 아들이

---

45 패관(稗官) : 중국 고대의 하급 관리를 낮추어 일컫던 이름. 한대의 역사가인 반고(班固, 32~92)는 자신이 편찬한 『한서漢書』의 「예문지(藝文志)」에서 소설의 유래와 관련하여 "소설가 부류는 대개가 하급 관리들에서 비롯되었다. 거리의 대화나 골목의 이야기들이나 길가에서 듣거나 길에서 하는 말을 토대로 지은 것이다[小說家者流, 蓋出於稗官. 街談

아니라 남이 낸 소문이었다면 어디 금방 믿을 수 있었겠나!"

이튿날, 학령은 그 일을 황옹과 두 동생에게 이야기 해 주었지요. 그러자 다들 모두 놀라는 것이었습니다. 학령은 그래서 대쪽을 한 수재에게 돌려주고 모친이 간밤에 한 말을 자세히 이야기해 주었습니다. 그러자한 수재가 말하는 것이었지요.

"지금 너는 양부의 은덕으로 이룬 가정과 꾸린 생업이 모두 이곳에 있다. 그러니 복건 땅으로 돌아갈 날이 언제가 될지 모르겠구나! 아무래도좀 더 있다가 나는 혼자서 너희 할머님을 뵈러 돌아가야겠다!"

"아버님, 애태우실 것 없습니다! 가을의 과거시험이 머지 않았으니 일단 소자가 시험을 치루어 주고 나서 상의하도록 하시지요?"

그렇게 해서 한 수재는 일단 황 씨댁에 머물기로 했지요.

巷語, 道聽途說者之所造也]"라고 소개하였다. 반고의 설명에 등장하는 하급 관리 즉 '패관'과 관련하여 당대의 훈고학자이던 안사고(顏師古, 581~645)는 삼국시대 위나라의학자인 여순(如淳, 3세기)의 "자잘한 알곡을 '패'라고 한다. 거리의 대화나 골목의 이야기, 그런 것은 하찮고 맥락 없는 말들이다. 임금은 민간의 풍속을 알고자 하기 마련이다. 그래서 '패관'을 두고 그들로 하여금 그런 이야기들을 소개하고 이야기하게 했던 것이다[細米爲稗, 街談巷說, 其細碎之言也. 王者欲知里巷風俗, 故立稗官, 使稱說之]"라는 설명을근거로 "여기서의 패관은 하급 관리이다[稗官, 小官]"라고 설명하였다.
46 야사(野史) : 중국의 역대 왕조에서 사관(史官)을 시켜 편찬하여 공신력을 인정 받는 정사(正史)와는 달리 특정한 역사적 사실을 토대로 하되 신화·전설·소문 등 민간에 퍼진구전들을 주요 사료로 삼아 저술되어 공신력을 장담할 수 없는 사서나 이야기를 말한다.

학령과 두 동생은 나란히 과거시험을 치루었습니다. 그 결과 학령과 학산은 나란히 급제 소식을 접하니 황옹과 한 수재 모두 기뻐했답니다. 그래서 학령은 학산과 함께 회시[47]를 보러 가게 되었지요. 한 수재는 상담에 머무는 것이 보탬이 되지 않는지라 잠시 복건 땅으로 돌아갈 마음을 품었습니다. 그리고 황옹이 노자를 대 주어 학령과 역씨도 각자 지니고 있던 재물을 내어 그를 보내 주었답니다. 한 수재는 그렇게 해서 집으로 돌아왔습니다. 그리고 앞서 일어난 일들을 모친에게 자세하게 이야기해 주었답니다. 그러자 한 수재의 모친은 '손자가 아내를 얻어 가정을 이루었다'는 말을 듣자 꼭 좀 보고 싶은 마음이 간절해지지 뭡니까. 어떻게 자기 눈 앞에 와 주기만을 바랄 뿐이었습니다. 이제는 며느리가 귀신이라는 것조차 따지지 않고 말이지요.

이듬해에 학령과 학산은 봄에 급제자를 발표할 때 두 번째 급제 소식을 들었습니다. 그래서 학령은 휴가를 받아 부모에게 인사를 하러 갔지요. 학산은 학산대로 복주부 민현[48]의 지현[49]에 제수되어[50] 함께 상담으

---

47 회시(會試) : 중국 고대에 시행된 과거제도에서 최종 단계의 중앙고시. '회시'는 전국 각지 향시에서 합격한 거인들이 한곳에 모여 실력을 겨룬다는 뜻에서 유래한 말로서, 고시는 예부(禮部)의 주관으로 향시 다음해 2월에 도성에서 거행되었는데 시험이 봄철에 열린다고 해서 '춘시(春試)' 또는 '춘위(春闈)'라고 부르기도 하였다.

48 민현(閩縣) : 명대의 지명. 지금의 복건성 복주시 장락구(長樂區)에 해당한다.

49 지현(知縣) : 중국 중세·근세의 벼슬 이름. 송대에는 중앙 정부의 관리를 현의 장관으로 내려 보내 그 행정을 관장하게 하고 그들을 '지현사(知縣事)'라고 불렀다. '지현사'란 '현의 일을 보살핀다'라는 뜻으로, 보통 '지현(知縣)'으로 약칭하였다. 명·청대에는 현의 정식 장관으로 삼았으나 품계는 정7품(正七品)으로 상당히 낮아서 속칭 "깨알 같은 7품 벼슬아치[七品芝麻官]"로 일컬어지곤 하였다.

50 【즉공관 방비】數也. 팔자로다!

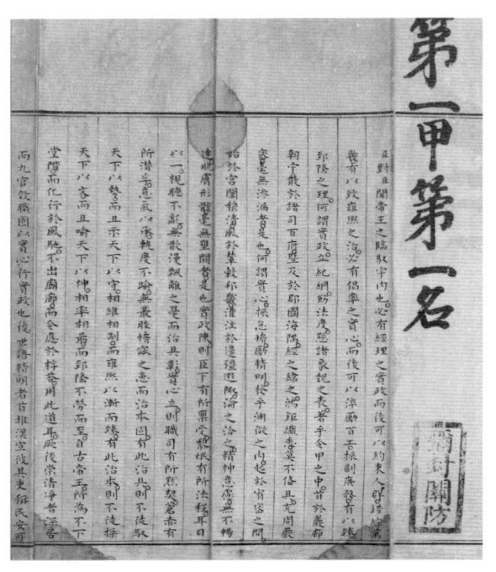
중국 청주시(靑州市) 박물관 소장되어 있는 조병충(趙秉忠)의 전시 답안지(일부). 만력 26년(1598)에 제1갑 제1명으로 장원 급제하였다

로 돌아왔습니다. 그리고 나서 학산은 황옹을 맞이하여 온 가족이 임지로 떠났지요. 학령은 학령대로 그 기회를 빌어 아내 역씨를 데리고 같은? 배를 타고 복건 땅으로 친아버지를 찾아 갔습니다. 그리고 본채에 가서 조모를 만나 절을 하니 몹시 기쁘고 경사스럽게 여기는 것이었지요. 한 수재는 아들을 보고 말했습니다.

"내 학당은 장락長樂의 석우령에 있다. 바로 너희 모친을 처음 만난 곳이지! 너희 모친의 유해도 거기에 있단다. 이번에 같이 그곳에 갈 수 있게 되었으니! 너희 모친도 너를 만나러 올 것이 분명하다. 지난번에 약속하기로도 원래 그러기로 했었지."

그렇게 해서 온 가족이 함께 고개 아래까지 가서 학당에 여장을 풀고 났을 때였습니다. 대쪽을 마주치기도 전에 옥영이 벌써 나타나 한 수재의 모친에게 절을 하더니 말하는 것이었지요.

"오늘 손자와 며느리가 모두 시어머님을 찾아 왔군요. 더욱이 손자는 벌써 과거에 급제까지 했으니 소녀가 서방님께 해야 할 보답도 이제 끝났습니다! 소녀는 저승 사람이니 이승에 오랫동안 머무는 것은 옳지 않습니다.

어화를 꽂고 금의환향 하는 급제자의 모습

오로지 전생의 인연으로 말미암아 이렇게 해야 했던 것뿐이지요. (…) 이제 온 가족이 상봉했으니 소녀가 해야 할 일은 모두 끝났습니다! 이제는 조용히 오묘한 진리를 닦으며 다시는 인간세계에 모습을 나타내는 일이 없을 것입니다."

그러자 한 수재가 말했습니다.

"그렇게 오랫동안 내왕했으니 그 정리는 하루이틀 사이가 아니오. 아들 일 하나만 해도 얼마나 많은 애를 기울였소? 이제 가까스로 집에 왔으니 아들과 며느리의 봉양을 받아야 옳건만 어째서 헤어진다는 말을 하는 게요?"

학령 부부는 그 부부대로 흐느껴 울면서 남아 주기를 간청했지요. 그러자 옥영이 말하는 것이었습니다.

"하늘께서 정하신 운명이 그런 것을요! 사람의 힘으로 바꿀 수 있는 것이 아닙니다. 만약 정해진 운명이 아니었다면 이백년이나 된 귀신이 인간세계에서 아들을 낳고, 또 스무 해 넘게 이승을 오가는 일이 있을 수 나 있었겠습니까? (…) 여러분도 정해진 운명에 따라 스스로 마음을 달래시되, 인간세계에서처럼 이별의 슬픔에 연연하는 모습을 보이시면 안될 것입니다."

그녀는 말을 마치자마자 표연히 자취를 감추어 버리는 것이었습니다. 그러자 학령은 통곡을 하다가 목이 다 메이고 한 수재의 모친과 역씨도 저마다 눈물을 흘렸지요. 그런데 한 수재만 그다지 내색을 하지 않는 것이었습니다. 그는 그녀의 그런 모습에 익숙해져 있었습니다. 그래서 인적이 끊긴 밤에 대쪽을 마주치면 처음처럼 다시 만날 수 있을 거라고 여겼던 거지요. 그러나 그 뒤로는 손님 여러분이 제 아무리 대쪽을 마주친다고 해도 나타나지 않았습니다. 늘 만나던 칠석 날까지 기다려 보아도 끝내 아무 소식도 없었지요. 한 수재는 그제서야 갑자기 무엇을 잃어버리기라도 한 것처럼 마음이 허탈해졌습니다. 마치 사별하여 짝을 잃어버리기라도 한 것처럼 말입니다.

그는 과거에 그녀와 함께 지낼 때의 일들을 뇌리에 떠올렸습니다. 그럴 때에는 길고 짧은 시를 짓곤 했는데, 한번 썼다 하면 몇천 자나 되었지요. 내용도 참신하고 정취가 있어서 한결같이 앞서의 그 세 편의 칠언절구 같은 것들이었는데, 사람들에게 한번 퍼지자 사람들 입에 꽤나 오르내리곤 했답니다. 한 수재가 그런 작품들을 모두 시집으로 엮었더니 모두 열 권이나 되었습니다. 그래서 예전에 '온갖 새들이 봄날에 지저귀는 모습'을 노래한 사언 율시에서 착안하여 그 시집의 제목을 『만조명춘萬鳥鳴春』으로 지어서 세상에 널리 알렸답니다.

한 수재가 나중에 세상을 떠나자 학령은 그를 석우령 아래에 모친과 함께 합장해 주었습니다.[51] 그리고 성을 한씨로 바꾸고

명대 화가 변문진(邊文進)의 『삼우백금도(三友百禽圖)』
(부분)

따로 '황석黃石'이라는 별명을 썼답니다. 황 씨댁과 석우령의 인연을 잊지 않겠다는 의지를 보여 준 거지요. 그는 삼년상을 마치고 나서 원래대로 역씨와 함께 상담으로 돌아갔습니다. 오늘날까지도 복건 땅에는 그 이야기가 널리 전해지고 있답니다.

이백년 전의 한 귀신의 넋이건만　　　　　　　二百年前一鬼魂,

---

51 【즉공관 미비】有理. 일리가 있다.

인간세계에 아들까지 낳았다네.   猶能生子在乾坤.

유해를 묻어 준 음덕이 너무도 컸나니   遺骸掩處陰功重,

해골도 은혜 갚을 줄 안다는 말 이제 믿겠구나! 始信骷髏解報恩.

제31권

효도 하는 아들이 끝까지
검시를 거절하고
절개 지킨 아내가 때 기다려
순사를 택하다

行孝子到底不簡屍 殉節婦留待雙出柩

해제

　명대 만력萬曆 연간에 절강 땅 무의현武義縣의 유생 왕량王良은 친척 조카 왕준王俊에게 은자 2냥을 꾸었는데 왕준이 고리대로 한몫을 챙기려 들자 이를 못마땅하게 여긴다. 한번은 문중 회의에 온 왕준이 오만불손하게 행동하자 이를 지적하다가 술에 취한 왕준에게 호된 매를 맞는 바람에 이튿날 숨지고 만다. 왕량의 아들 왕세명은 부친의 원수를 갚기로 맹세하고 즉시 고소장을 써서 관아에 송사를 제기한다. 뒤늦게 자신이 큰일을 저지른 것을 깨달은 왕준은 큰 재물을 내고 문중 어른에게 중재를 간청한다. 왕세명은 관아에서 부검하는 과정에서 자기 부친의 시신을 상하게 할까 봐서 일부러 미친 척하면서 일단 부친의 시신부터 보전한 후 복수를 진행하기로 하고 왕준이 내놓은 옥답 30마지기를 받아 장례비와 노모를 봉양할 돈으로 쓰기로 약속하고 소송을 중단한다.

　그러자 남들은 속사정도 모른 채 왕세명이 재물 때문에 부친의 복수를 포기했다고 비난한다. 그러나 세 명은 복수를 포기하기는커녕 몰래 날카로운 검을 만들고 그 날에 '복수' 두 글자를 새기는 한편, 부친의 초상을 걸어 놓고 매일 밤마다 가슴을 치며 통곡을 한다. 5년 후 수재가 된 왕세명은 아들을 낳아 대가 끊어질 염려가 사라지자 마침내 산길에서 마주친 왕준을 찔러 죽인다. 왕준의 머리를 부친의 영전에 바친 세 명은 그 길로 현 관아로 가서 자수한다. 그러자 고을의 원님인 진陳 대윤大尹은 그가 충의지사임을 알고 그의 목숨을 지켜 주려 한다. 그러나 그러기 위해서는 시신을 상하게 하는 부검을 거쳐야 한다고 하자 왕세명은 끝까지 진 대

윤의 제안을 거부한다. 심지어 동창과 지인들까지 몰려 와서 관아의 제
안을 받아들일 것을 설득하지만 그래도 듣지 않고 관아 재판정으로 가더
니 눈물을 머금고 계단에 머리를 찧어 죽고 만다. 그의 아내 유兪씨는 남
편의 시신을 담은 관을 삼 년 동안 안장하지 않고 애도하다가 아들이 장
성하고 나서 식음을 전폐하고 남편을 따라 죽는다. 그 소식을 접한 황제
는 어명을 내려 왕씨 집안에 '효열'이라는 이름을 내리는 한편 패방을 세
워 주고 왕세명 부부의 고결한 정신을 표창한다.

이 이야기는 명대 후기의 소설가 이후李詡, 1506~1593가 지은 소설집『계
암노인만필戒菴老人漫筆』및 왕동궤『이담』과 풍몽룡『정사』에 소개된 이
야기를 소재로 지어졌다.

번역

이런 시가 있습니다.

뼈 깎고 살을 찌는 고역을 어찌 차마 입에 담으리?	削骨蒸肌豈忍言,
세상 사람들 구실 대고[1] 억울함 하소연 하려 하건만	世人籍口欲伸寃.
형벌이 공정하기도 전에 잔혹하기 그지 없구나.	典刑未正先殘酷,
국법 책임진 관리라면 권력 잘 쓸 줄 알아야 하리.	法吏當知善用權.

이야기를 들려 드리도록 하겠습니다. 시신을 도륙하고 **뼈**를 버리는 것은 옛날의 극형입니다. 지금의 형법에서는 남에게 맞아 죽으면 반드시 시신을 검사하게 되어 있지요. 검시 결과 치명상의 흔적이 확보되어야 배상을 허가하고 죽을 죄를 판결해서 억울한 사람이 없게 되니 본래는 좋은 취지를 가진 제도인 셈입니다. 그러나 예로부터 '법이 생기면 폐단도 생기기 마련'이라는 말이 있듯이, 바로 이 검시라는 제도의 존재 때문에 사람들은 온갖 간교한 꾀를 다 꾸며내곤 하지요. 그리고 사람 목숨으로 남을 속이는 자들은 그들대로 그 사람에게 목숨까지 거는 지경까지는 치닫지 않습니다. 바로 이 검시만으로도 충분히 그 사람을 쩔쩔 매게 만들 수가 있기 때문입니다.

---

1 **[교정]** 구실 대고[籍口] : 상우당본 원문(제1427쪽)에는 이 부분이 '적구(籍口)'로 되어 있으나 '장부 적(籍)'은 전후 맥락을 따져 볼 때 '빌릴 자(藉)'를 잘못 새긴 것으로 해석해야 한다.

어째서 그런지 아십니까? 관아에서 검시를 허가하고 나면 현장에서 검시 장소를 준비하는 자들은 장소 준비에 드는 돈을 내라고 요구하지요. 거기다 관리를 수행하는 문지기니 가마꾼이니 나팔수니 하는 자들까지 줄줄이 술값 밥값을 달라고 합니다. 검시관도 검시하는 돈 손 씻는 돈을 달라고 하지요. 관아는 관아대로 면전의 탁자에서 향 피우는 돈, 도장밥과 먹물 쓴 돈, 붓과 연적을 쓴 돈을 내놓으라고 합니다. 담요나 방석 같은 것들이야 전부 피고가 준비해야 되지요. 게다가 나쁜 보좌관들은 안주를 차려 달라 쟁반이나 술잔을 깎아 달라 하는 등등, 별별 명목이 하도 많아서 일일이 소개하기조차 어려울 정도입니다.

그렇다 보니 막상 검시를 하게 되면 멀쩡하게 아무 상처가 없다고 하더라도 그 집안은 재산의 칠팔 할은 날려 버리고 마는 거지요. 설사 심문 결과 원고가 무고를 했다손 치더라도 그것이 무슨 소용이 있겠습니까? 그렇다 보니 간교한 자들은 남과 원한이 있으면 사람 목숨을 무슨 대단한 보물처럼 여깁니다. 관아에서야 붓이나 들고 '검시' 판결을 내리는 것이니 얼마나 쉽습니까! 사람 목숨이 걸린 일이니 당연히 해야 할 절차이기는 합니다마는 이처럼 사람들에게 끼치는 해악이 있다는 것을 어떻게 알겠습니까? 진정한 치사사건으로 실제로 검시를 통하여 치명상이 발견되는 이상 그 죄명을 바로잡는 것이 올바른 법률인 것입니다.

그러나 **뼈**를 깎고 시신을 쪄서 천 조각 만 조각을 내면서 죽은 사람과 씨름을 벌이는 것도 목불인견이기는 하지요. 형률에는 그래서 "부검을 바라지 않으면 들어줄 것[不願者聽]"이라거나 "시신의 친권자가 진정하면

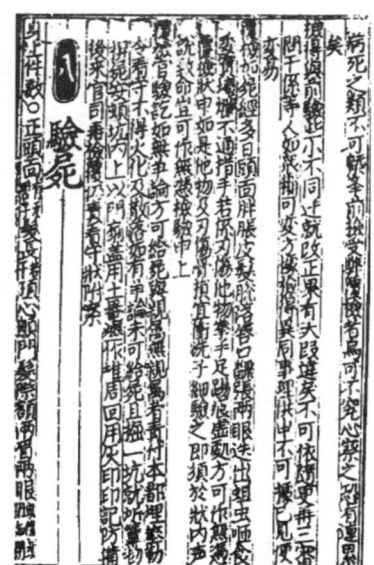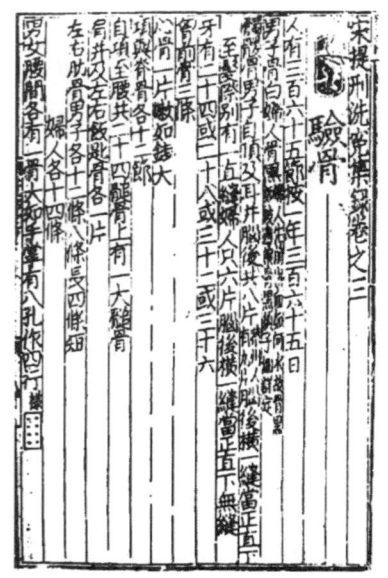

송대의 검시 지침서 『제형 세원집록(提刑洗寃集錄)』

검시의 면제를 허용할 것[許屍親告遞免簡]"같은 규정들이 있는 것입니다. 바로 성상께옵서 사람들의 정서를 깊이 헤아리신 거지요. 그러나 이 세상의 악독한 관리들은 자신의 위엄을 과시하거나 개인감정으로 피고를 미워하는 경우가 있습니다. 그래서 시신의 연고자가 검시를 받지 않겠다고 해도 따르지 않고 기어이 악착같이 검시를 관철시키려 들곤 하지요. 급기야 한참 전에 시신을 염습한 관을 뜯고 오래 전에 안장한 뼈를 파내기까지 합니다. 여러분이 아무리 자식 입장에서 슬퍼하든 말든, 옆에서 지켜보는 사람들이야 눈물을 흘리든 말든 그런 관리들은 그래도 악착같이나 몰라라 하기 일쑤이지요.[2] 원고가 그 명령을 듣지 않기라도 하면 그 사람에게 뇌물 수수죄를 씌우고, 친지가 검시 중단을 호소하면 그 사람에게 '은밀히 합의하려 했다'고 덮어씌웁니다. 그리고는 무턱대고 잔혹한 형벌을 가하고 매질을 하면서 사건을 매듭지으려 들지요. 제 딴에는 '죽은 사람 원한을 풀어준다'고 말하지만 그 과정에서 죽는 사람 쪽이야 그 참혹함이 끝을 모를 정도인 것입니다. 그러니 이 모두가 남의 집안 대를 끊는 짓거리들이지 뭡니까.

복건 땅에 진복생陳福生이라는 사람이 살았습니다. 부자인 홍대수洪大壽의 집에서 머슴살이를 하고 있었지요. 그런데 무심코 한 마디 불손한 말을 한 일로 홍대수에 모질게 매질을 당했지 뭡니까. 복생은 그 직전에 밥을 먹은 탓에 부아가 가슴에 응어리 지면서 울화병을 얻어 곧 죽게 되었지요. 그래서 임종할 때 아내를 보고 말했습니다.

"나는 홍가네 주인에게 모진 매를 맞고 한이 맺혀 죽소. 허나 … 그 자는 부자라서 아랑곳도 하지 않을 게요. 그러니 남들이 남 목숨이라고 우습게 여기고 부추기는 말만 듣고 내 시신을 검시한답시고 산산조각 나게 만들지는 마시오. 그냥 그 사람들한테 넌지시 말해 보도록 하시오. 그러면 그들은 자기 목숨이 연루될까 두려워 분명히 뒷일을 돕고 임자를 평생 동안 부양해 줄게요. 그것만 해도 보탬이 될 테지."

그 말을 들은 아내는 그가 죽자 정말로 그 집 주인을 만나러 가서 이렇

---

2 【즉공관 미비】司法者宜加少省. 법을 다루는 사람이라면 조금이라도 성찰이 있어야 할 것이다.

게 몇 마디만 전했습니다.

"벌을 받은 뒤로 얻은 병이 안 낫는 바람에 오늘 죽어 버렸습니다. 주인님께서 저희 가족을 딱하게 여기시고 선처해 주십시요!"

홍대수는 매질 때문에 죽은 것을 알고 속으로 겁이 났습니다. 그런데 그 아내가 분수를 지키며 말하는 것을 보고 그녀가 소문을 내지 않기만 간절히 바라면서 은자를 주는 것은 물론이고 장례까지 후하게 치루어 주었지요. 그리고 때마다 모자를 돌보아 주기로 약속해서 이 문제에는 더 이상 여러 말이 나오지 않게 되었답니다.

그때 진복생에게는 진삼ᇀ이라는 문중 친척이 있었습니다. 별명이 '진라호[3]'로, 분수도 모르고 일 벌이기를 좋아하는 자였지요. 그는 홍대수가 생각이 있는 사람임을 알고 있었습니다. 거기다가 복생이 맞아 죽은 데에는 이유가 없지 않을 것이라고 여겼지요. 그래서 당장 진복생의 아내를 부추겨 고소를 하고 명령을 받들게 했습니다. 그러자 복생의 아내가 말하는 것이었습니다.

"복생이 죽은 것이야 물론 부자 때문에 화병이 난 탓이긴 합니다. 허나 팔자가 사나운 탓이기도 하지요. 더욱이 사후에 그 일이 아무 것도 따지

3　진라호(陳喇虎) : '라호(喇虎)'는 이름이 아니라 별명이다. '라(喇)'는 나팔(喇叭)을 줄인 말로, 나팔처럼 **빽빽거린다는** 뜻으로 해석된다.

지 않고 호의로 예의를 갖추어 장례까지 치러 주었습니다. 그러니 우리야 외면하면서 아예 쳐다도 보지 말고 그저 '우리가 재수가 없었다'고 여기는 수밖에요!"

"당신들은 사정도 모르는군요. 이번에 은자를 내고 장례를 치루어 준 것이야말로 딱 고소 할 빌미란 말이요! (…) 그런 부잣집에서 사람 목숨을 거덜냈으니 어쨌거나 그 자한테서 수백 냥이나 돈을 뜯어낼 수가 있는데 어째서 그냥 이렇게 포기한단 말이요!"

라호가 이렇게 말하자 복생의 아내가 말했습니다.

"가난뱅이는 부자 하고 다투면 안됩니다. 송사를 벌이면 우리가 먼저 은자를 밑천으로 삼아야 되는데 … 어디 가서 꾸겠어요? 차라리 너그러운 마음으로 참는 수밖에요. 부자인 그 분이 우리를 홀대하는 일은 없을 테니."

그녀를 움직일 수 없다는 것을 눈치챈 진라호는 직접 홍 씨네로 찾아가서 협박했지요.

"난 진복생의 문중 어른이요. 복생이 당신네 집에서 맞아 죽었소이다! 헌데 당신네 집에서는 사사로이 그 아내를 매수하더니 뇌물로 남의 목숨을 앗아간 일을 무마하려 들고 있소. 당신들이 내 입을 막으려면 모두에게 고기를 한 덩이씩 물려 주어야 할 거요. 그렇지 않으면, … 엄연히 나라의 국법이 있는 이상 호락호락 넘어가지는 않을 게요!⁴"

홍 씨네는 '복생의 아내가 아무 말이 없으니 큰 일이 해결되었다'고 믿은 나머지 주변 사람들이 실없는 소리를 해도 두려워하지 않았습니다. 사람을 끌어들일 것도 없이 그가 실컷 난리법석을 떨다가 홍이 잦아들면 알아서 돌아갈 거라고 여기고 내버려 두었지요. 라호는 아무 반응도 없고 결과도 신통치 않았지만 그래도 그를 놓아 주지 않고 이렇게 생각했습니다.

'그의 치사사건을 고소하려면 그의 친척이어야 한다. 그 아내는 감당을 못할 테지. … 직접 나서면 고소하기 어렵다. 내가 이번에 치사사건을 은밀히 합의한 일로 송사를 벌이고 시신의 친권자까지 고소하면 그녀조차 입도 벙긋하지 못할 테지!'

하더니 금세 고발장을 써서 부 관아로 달려 갔습니다.
부 관아에서는 그것이 치사사건임을 알고 사건을 이형관⁵으로 내려

---

4 **【즉공관 미비】** 如此等人, 聽之不可, 收之又必不能. 이런 자들은 들어 주어서도 안되고 거두려 해도 어려울 것이다.
5 이형관(理刑館) : 명대의 관청 이름. 각 부(府)에서 형벌 등의 사법 업무를 관장한 조사관인 추관(推官)들이 업무를 보던 관아. 홍무 3년(1370), 태조 주원장은 감찰어사(監察御史) 정기(鄭沂)의 주청에 따라 각 부에 지부(知府)를 보좌하면서 형벌 관련 업무만 전담하는 추관을 1명씩 두었다. 품급은 정7품으로, 역시 지부를 보좌하는 정5품의 동지(同知), 정6품의 통판(通判)보다 서열이 낮았다. 그러나 순안어사(巡按御史)가 관할 지역을 순시할 때 관례에 따라 부 관아 외부의 전량(錢糧)·형옥(刑獄)을 조사하고 관리들의 독

보냈습니다. 그런데 그 이형관의 추관[6]은 아주 심성이 모진 자였습니다. 좋아하는 일은 검시요 좋아하는 것은 죄를 덮어씌우는 것이었지요. 그야 말로 남의 집안을 박살내는 데에는 도사들이었지 뭡니까. 그런 판국에 치사사건 고발장이 손에 들어온 것입니다. 그래서 갑부인 홍 씨네를 방 문하자마자 이 사건을 통하여 자신의 위엄을 과시하려 들었습니다.[7] 그 래서 서둘러 명패를 내어 관련자들을 구속하고 복생의 시신을 수습하여 검시에 착수하는 것이었지요. 진 씨네 아내는 소란이 일어나는 것을 정 말 겁내고 있었던지라 남들과

"검시 면제 청원을 제출하면 송사를 멈추기가 수월하지."

하고 의논하고 서둘러 고발장을 써서 전달했답니다. 그러나 추관은

"사사로이 매수해서 합의한 것이 분명하군."

라면서 고발장을 받아 주지 않는 것이 아닙니까. 홍 씨네에서는 체면을 살려 줄 것을 당부하면서 말했습니다.

직 여부를 사찰하는 권한을 위임받아 실제로는 권한이 동지나 통판보다 컸다.

6 추관(推官) : 중국 고대의 관직명. 당대부터 설치되었으며 명대에는 각 부(府)에서 형옥 관련 업무를 담당하였다. 그 품급은 북경과 남경 두 도읍의 추관은 종6품이고 나머지 지역에서는 정7품이었다.

7 【즉공관 미비】此病不可醫.이 병은 고칠 수가 없지.

"시신의 친권자가 바라지 않으니 검시는 면제해 주셔도 됩니다."

그러자 심문관은

"돈만 가지고 있으면 국법 따위는 상관 없다 이건가?"[8]

하고 더더욱 성을 내면서 되려 진 씨네 아내의 손가락을 조이면서 기어이 검시를 강행하려 드는 것이었습니다! 하는 수 없이 관을 져 내서 시신을 두는 장소로 메고 갔지요. 그리고는 사람들을 다 모아 놓고 법대로 시신을 쪄서 검시를 진행했습니다. 검시관의 입장에서야 관아에서 내심 작정하고 달려드는 것을 눈치챈 이상 명령을 받들지 않을 수가 있습니까? 시신의 붉은색을 보라색이라고 하고 푸른색을 검은색이라고 우기면서 두세 군데를 치명상으로 보고했지요. 그러자 심문관은 몹시 기뻐하면서 말하는 것이었습니다.

"이렇게 해서 부자 한 놈을 쓰러뜨리게 되었군. (⋯) 관용을 베풀지 않으면 금세 내 명성이 자자해지겠지?"[9]

심문관은 즉시 그를 심문해 목숨값을 갚게 하려 들었습니다. 그러나

---

8 【즉공관 방비】胡說. 헛소리!
9 【즉공관 미비】□有癖疾, 必害人不小. □□가 결벽증이 있다면 사람을 해치는 바가 작지 않을 것이다.

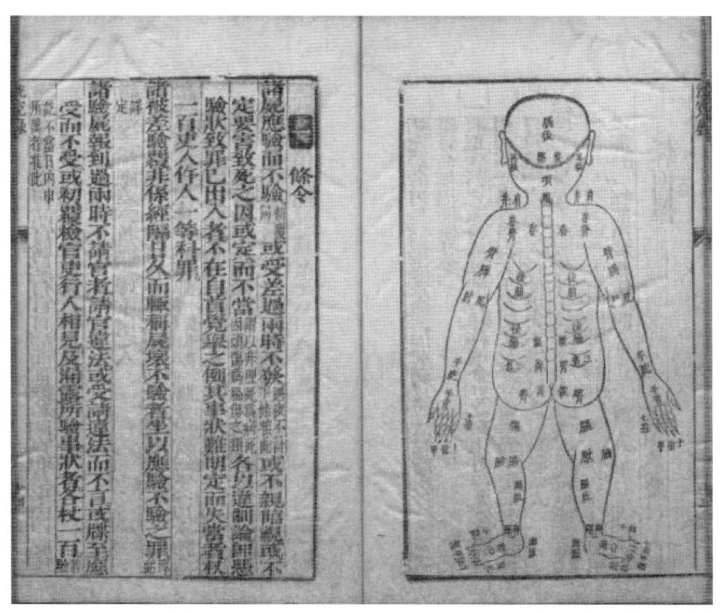

원대 검시지침서 『세원집록(洗寃集錄)』

형률을 가져다 뒤져 보아도 상전이 머슴을 때려죽이면 그냥 매장하는 것
으로 판결하거나 귀양이나 보석으로 결론을 내렸을 뿐이었지요. 목숨으
로 갚아야 한다는 조항은 어디에도 없으니 어쩌겠습니까 글쎄! 결국 홍
씨네에서는 상당한 은자를 쓸 수밖에 없었습니다. 진 씨네는 진 씨네대
로 평안할 수가 없었지요. 진복생의 시신을 잘 염습해서 입관까지 다 해
놓았는데 이번에 어지럽게 다 뒤집어 놓았으니 말입니다. 결국 다들 일
만 많아졌을 뿐 진라호는 무슨 현실적인 재미도 보지 못했습니다. 심문
관은 심문관대로 무슨 대단한 명성도 얻지 못한 채 괜히 사람들만 골탕
을 먹인 꼴이 되고 말았지요.

한 바탕의 치사사건이 마무리되고 나자 진씨 모자가 끝까지 척을 지지

않았다고 여긴 홍 씨네에서는 속으로 감격하면서 매사에서 그 두 사람을 보살펴 주면서 가난하게 지내지 않게 보살펴 주었답니다. 그러나 조금이라도 호강을 누리기만 바라고 있던 진라호는 모든 것이 결국 허사가 되어 버리자 속으로 늘 불만스럽게 여겼습니다.

그러던 어느 날이었습니다. 밖에서 술에 취해 느지막한 시각에 집으로 돌아가다가 뜻밖에도 길에서 진복생과 마주쳤지 뭡니까.

"나는 편안히 관 속에 잘 있었다. 그런데 네놈이 헛된 생각으로 남을 협박하는 바람에 내 시신이 뿔뿔이 흩어져 넋이 편안히 지내지도 못하게 만들었구나! 내 어찌 그냥 넘어갈 수 있겠느냐? 내 목숨값을 갚아라!"

복생은 이렇게 원망하면서 진라호를 땅바닥에 찍어 넘어뜨리더니 온몸을 진흙으로 마구 문질러 대는 것이었습니다. 진라호는 발버둥 쳤지만 그의 손길을 뿌리칠 수가 없었지요. 바로 그때 뒤에서 누가 걸어오자 그제서야 진복생도 손을 놓고 사라져 버렸습니다. 라호는 땅바닥에 쓰러져 있었는데 나중에 누가 그를 알아보고 부축해서 집까지 바래다 주었지요. 라호는 집에서 '술에 취해서 그랬다'고 하면서 그 일을 마음에 두지 않았습니다.

뜻밖에도 이날 이후로 라호는 온몸에 문둥병이 번지는 바람에 몸조차 일으키지 못하게 되고 말았답니다.[10] 외출한 길에 패를 지어 염치없는 짓들을 사주하려고 해도 다시는 그렇게 할 수 없게 되었던 걸까요? 그렇게

반년 동안 병고에 시달리다 보니 더 이상 버틸 수가 없었습니다. 죽을 때가 되자 그제서야 집안사람들을 보고

"길에서 진복생을 마주쳤는데 내가 관아에 출두해서 자기 시신을 검시하게 한 일을 못마땅하게 여기고 이렇게 보복을 했다. 나는 살기는 틀렸어!"

하고 털어 놓더니 말을 마치자마자 숨이 지는 것이었지요. 그가 죽자 집안사람들은 '문둥병은 친척들한테도 옮는다'고 믿고 서둘러 관을 져 나가서 구덩이도 제대로 파지 않고 얕은 땅에 파묻었습니다. 그 서슬에 개가 채 식지도 않은 시신을 끌어내서 절반이나 먹어 치웠지 뭡니까. 그것은 진라호가 못된 짓을 벌인 데 대한 천벌이었습니다.

신기하게도 진복생은 자신을 매질한 홍대수와는 원수가 되지 않고 거꾸로 자신을 대신해 목숨값을 배상받으려 한 문중 사람에게 보복을 한 셈이었습니다. 이로써 검시라는 것이 애초부터 죽은 사람이 바라던 일이 아니었음을 알 수 있는 거지요.

벼슬을 하는 분들도 명심하도록 하십시오! 아무리 생각해 봐도 어쩔 수가 없는 경우가 아니라면 무엇이 아쉬워서 그토록 참담한 짓을 벌인단 말입니까! 만일 시신의 연고자가 검시 면제를 간절하게 바란다면 당연

---

10 【즉공관 미비】惡人下場. 악인의 말로로군.

송대 화가 장택단(張擇端)의 『청명상하도』에 그려진 송대의 이야기꾼과 청중들

히 그들의 뜻을 따라야 옳을 것입니다.[11] 사람 목숨을 빌리는 짓의 경우는 더더욱 말할 나위도 없지요. 반드시 치사사건을 확실히 심문하고 나서 검시를 진행하고 죄를 결정해야 옳습니다. 전후의 단 하나의 조치만으로도 애먼 사람들의 목숨을 지켜 줄 수가 있으니까요.

이제부터는 차라리 죽을지언정 아버지 시신을 부검하기를 거부했던 효자의 이야기를 손님들에게 좀 들려 드리도록 하겠습니다.

아비 원수 갚지 않고 모호한 태도로 참은 것은   父仇不報忍模糊,

11 【즉공관 미비】有司所宜知之. 관련 관청에서는 그것을 알아야 한다.

담로검[12]의 힘 빌릴 생각 품고 있어서라네.　　自有雄心托湛盧.

주살되어 그 몸이 죽고 말았는데　　　　　梟獍一誅身已絶,

법관이 검시까지 할 필요가 어디 있겠나?　　法官還用簡尸無.

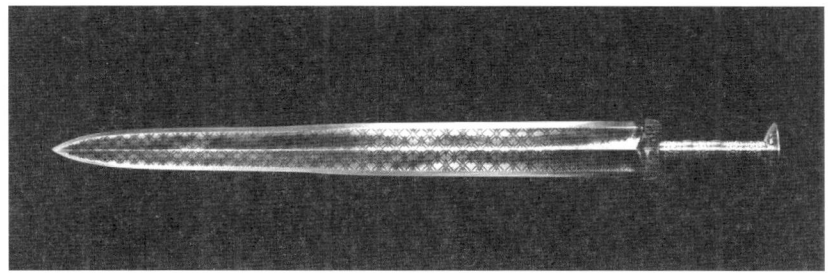

전국시대 월(越)나라 왕 구천(勾踐)의 검. 날이 양쪽으로 난 칼을 '검(劍)', 한쪽으로 난 칼을 '도(刀)'라고 부른다

이야기를 들려 드리도록 하겠습니다. 우리 왕조의 만력[13] 연간이었지

12 담로검[湛盧] : 월나라의 유명한 도검장인 구야자(歐冶子)가 만들었다는 전설상의 명검. 한대의 조엽(趙曄)이 지은 『오월춘추·합려내전(吳越春秋·闔閭內傳)』에 따르면, "오나라 왕은 월나라로부터 세 자루의 보검을 진상받았는데, 하나가 '어장', 하나가 '반령', 하나가 '담로'였다. (…)담로검은 합려의 무도함을 싫어하여 그 자리를 떠나 나가더니 물을 따라 초나라로 갔다. 초나라 소왕은 자다가 잠에서 깨어 침상에서 오나라 왕의 담로검을 얻었다[吳王得越所獻寶劍三枚, 一曰'魚腸', 一曰'磐郢', 一曰'湛盧'. (…) 湛盧之劍惡闔閭之無道也, 乃去而出, 水行如楚. 楚昭王臥而寤, 得吳王湛盧之劍于床]"고 한다.

13 만력(萬曆) : 명나라 제14대 황제 신종(神宗) 주익균(朱翊鈞 : 1563~1620)이 사용한 연호. 국내에는 임진왜란(壬辰倭亂) 때 원군을 파견한 황제로 잘 알려져 있다. '신종'은 그의 묘호(廟號)이며 일반적으로 그 연호를 따라 '만력제(萬曆帝)'로 불린다. 10세의 어린 나이에 즉위한 그는 초기에는 자신의 사부이자 대학사(大學士)이던 장거정(張居正 : 1525~1582)의 보필에 힘 입어 일련의 개혁들을 단행하여 큰 지지를 받았다. 그러나 1582년 장거정이 죽자 사치향락에 탐닉하고 정사를 게을리하면서 당쟁과 권력암투가 일상화되었다. 설상가상으로 야심을 가진 환관들이 이에 편승하므로써 동림당(東林黨)과 비동림파의 당쟁이 첨예화되었다. 아울러, 임진년의 조선 출병을 비롯한 '만력 연간의 3대 원정[萬曆三大征]'으로 국력이 날로 쇠진해지자 재정적 위기를 극복하기 위해 환관을 전국에 파견하여 광산을 열고 세금을 징수하였다. 그러나 이를 위해 파견된 환관의 가렴주구와 부정부패가 극에 달하자 전국 각지에서 항세운동과 민란이 빈발하면서 결국 명나라 멸망의 화근이 되었다.

요. 절강 땅 금화부[14] 무의현武義縣에 어떤 사람이 살았습니다. 성은 왕王, 이름은 량諒으로, 유학자 집안 출신이었지요. 그에게는 왕준王俊이라는 문중 친척 조카가 하나 있었습니다. 집안 형편이 풍족하다 보니 안하무인이었고, 돈놀이로 이득이나 챙기면서 못된 짓을 일삼고 백성들을 착취하곤 했지요. 그래서 아무리 문중 친척이라 해도 촌수가 가깝고 멀고를 가리지 않고 자신의 재물이나 이해가 걸려 있기만 하면 푼돈까지 깐깐하게 따지면서 조금도 사정을 봐 주지 않았답니다.[15]

왕량은 과거에 그에게서 밑천 두 냥을 빌리지 말았어야 옳았습니다마는 그래도 그는 해마다 선물까지 챙겨 주면서 이자를 갚아 나갔지요. 그러나 사오 년이나 쌓이다 보니 갚은 돈만 해도 갑절이나 되었지 뭡니까. 왕량은 속으로 생각했습니다.

'한 집안끼리 이 정도까지 갚았으면 서로 봐 줄 만하다. (…) 앞으로는 이잣돈을 매몰차게 닦달하지 않겠지.'

그러나 왕준은 돈놀이꾼 기질이 있는 자였습니다. 손님 여러분[16]이 아

---

14 금화부(金華府) : 명대의 지역명. 원래 원대에는 영월부(寧越府)였으나 지정(至正) 20년 (1360)에 주원장이 금화부로 개칭하였다. 관할 지역은 지금의 절강성 금화강(金華江) 유역 및 난계(蘭溪) · 포강(浦江) 등지에 해당한다.
15 **【즉공관 미비】** 富人如此者多. 부자들 중에 이런 자들이 많지.
16 손님 여러분[你] : 이야기꾼이 이야기를 들려주는 도중에 자신의 이야기에 집중하고 있는 청중들에게 불쑥 말을 걸어 그 주의를 환기시킬 목적으로 한 말이다. 서양 현대 연극에서는 이 같은 연출 기법을 브레히트(Brecht)의 '소외 효과(Verfremdungseffekt)'로 설명한다.

재비라고 한들 대수이겠습니까? 그는 이렇게 말하는 것이었지요.

"해마다 갚으신다는 것이 꼴랑 이잣돈뿐이군요. 원금은 처음 그대로 있는데 말입니다! (…) 이잣돈은 평소대로 갚으셔야 합니다. 갚은 돈이 많고 적고가 무슨 상관이랍니까!"

그러던 어느 날이었습니다. 한 문중 어른의 모임에서 두 사람은 각자의 논리로 말싸움을 벌이게 되었지요. 그런데 왕준이 술기운이 있다 보니 빚을 준 재산가랍시고 손짓 발짓 하며 거들먹거리는 것이 아닙니까. 화가 치민 왕량은 자기 딴에는 항렬이 높은 것을 믿고 호통을 쳤습니다.

"버르장머리가 그래서야 … 자칫하면 날 치겠구나?"

"그래 봤자 재산가가 빚쟁이를 치는 것뿐이올시다."

술기운이 올랐는데 위아래가 어디 있습니까? 덥석 잡아채자마자 주먹을 내지르지 뭡니까 글쎄. 대비하지 않고 있던 왕량은 휘청하더니 쓰러지고 말았지요. 왕준은 내친 김에 왕량을 따라가서 주먹과 발을 마구 휘둘렀습니다.

"못쓴다, 못써!"

문중 어른이 다급하게 말렸지만 실컷 두드려 패고 난 뒤였습니다. 보통 술버릇이 나쁜 사람들은 술기운이 오르면 아무도 알아보지 못할 뿐 아니라 아무 것도 기억하지 못하기 마련입니다. 그리고 일단 주정을 부리기 시작하면 사납고 거친 것은 물론이고 남이야 감당할 수 있든 말든 아랑곳하지 않지요. 그래서 현장에서 친척 조카가 아재비를 만신창이가 될 정도로 두드려 팼지 뭡니까. 문중 어른은 말리다 못해서 힘껏 두 사람을 갈라 놓더니 사람을 시켜 왕량을 집으로 업고 가게 했습니다. 왕준은 왕준대로 상대가 없자 심드렁해졌는지 의기도 양양하게 가는 길 내내 고레고레 고함을 지르면서 집으로 돌아가는 것이었지요.[17]

그런데 왕량이 맞아 중상을 입고 이튿날 목숨이 위태로워질 줄 누가 알았겠습니까! 왕량의 아들 왕세명王世名 역시 글공부를 하는 선비였습니다. 아버지는 죽을 때 아들을 불러서 분부했지요.

"나는 조카 왕준이놈한테 맞아 죽는 것이다. (⋯) 이 원수를 잊어서는 안되느니라!"

그러자 왕세명이 통곡을 했습니다.

"이 불공대천不共戴天의 원수와도 ⋯ 소자 맹세코 이 세상에서 함께 살지

---

17 【즉공관 방비】醉景. 술에 취한 상황이로군.

않겠습니다!"

　왕량은 고개를 끄덕이더니 이내 숨이 지고 마는 것이었습니다. 왕세명은 가슴을 치면서 통곡을 했습니다. 그리고 당장 고발장을 지니고 현 관아로 가서 아버지의 치사사건을 고발하고 문중 어른을 증인으로 세웠답니다. 현 관아에서는 관에대로 그 고발장을 받아들이고 명패를 내어 시신을 수습해 관아로 실어 오게 해서 부검을 준비했지요.

　왕준은 이 일이 결렬되어 관아까지 갈 수 없다는 것을 누구보다도 더 잘 알고 있었습니다. 그래서 문중 어른에게 '송사를 멈추게 해 달라'고 간청하면서 돈은 얼마나 달라고 하든 간에 따지지 않겠다는 것이었지요. 그렇게 해서 일이 잘 처리되자 문중 어른에게 단단히 사례한 것은 말 할 필요도 없었습니다. 문중 어른은 왕준에게 돈이 좀 있는 것을 알고 왕세명에게 와서 송사를 중단하도록 설득했습니다.

　"너희 아버지는 돌아가신 이상 되살아날 수가 없느니라. 그놈 집에는 재물이 넘쳐 나는데 어떻게 이길 수가 있겠느냐? 그놈한테서 목숨을 보상받으려면 반드시 검시를 해야 한다. 그놈이 검시관을 시켜 치명상을 가볍게 보고한다면 네 아버지 목숨을 보상받기도 전에 시신부터 엉망이 돼 버릴 테니 전혀 보탬이 되지 않는다. 내 생각에는 … 그놈이 송사가 벌어질 것을 두려워하는 틈을 타서 액수를 좀더 많이 요구해야 한다. 살림을 일군다면 모두가 아무 탈 없이 보전하게 될 테니 나쁜 방법은 아닐 게야."

그러자 왕세명은 왕세명대로 이렇게 생각했지요.

'만일 목숨값을 받아내려면[18] 검시를 진행하지 않으면 안된다. 세상
물정이 그를 당해내지 못하는 데다가 … 설사 목숨값을 받아낼 수 있다
손 치더라도 아버지의 유골을 상하게 해야 하니 어떻게 참을 수 있겠는
가?[19] 그러나 복수의 일념을 마음에 새기고 목숨을 건다면 어디에서인들
손을 못 쓰겠나? 어째서 관아에 출두해 윤리와 법률에 얽매여 아버지의
시신을 참혹한 낭패를 당하게 만드는 걸로도 모자라 몇 번씩이나 심문까
지 받겠는가? 언제 어느 때가 되어야 법의 심판을 받게 할 수 있겠느냐
는 말이다! (…) 차라리 지금은 잠시 저들의 처결을 따라 미친 척하고 송
사를 중단해야겠다. 일단 아버지 유골부터 지키고 나서 나중에 다시 복
수를 도모하는 편이 낫겠구나!'[20]

그러더니 문중 어른에게 이렇게 대답했습니다.

"아버지는 참으로 억울하게 돌아가셨습니다. 허나, … 저희 집은 가난
하니 그놈과는 맞설 수가 없지요. 무조건 어르신께서 명하신 대로 따르
겠습니다."

---

18 목숨값을 받아내려면[執命] : 살인사건을 처리하거나 범인을 찾아내 목숨값을 갚게 하
  는 것을 말한다.
19 【즉공관 미비】 本意已定. 본의는 벌써 정해졌어.
20 【즉공관 미비】 □古□□. □□는 예로부터 □□□□.

문중 어른은 몹시 기뻐하면서 왕준에게 가서 그 사실을 일러 주었습니다. 그리고 왕준의 기름진 전답 서른 마지기를 왕세명에게 선친을 장례 지내고 노모를 공양할 비용으로 주라고 제안했지요. 그래서 왕세명은 어머니와 함께 관아에 출두해 검시 면제 청원을 내었습니다. 문중 어른은 문중 어른대로 송사 중단 청원을 내고 '영원히 번복하지 말라'고 당부했지요. 왕세명은 일일이 그 말대로 따르기로 하고 어머니를 보고 말했습니다.

　"소자는 이익 때문에 원수를 잊은 것이 결코 아닙니다. 그렇게 하지 않으면 아버지 유골을 지킬 수가 없었기 때문이었습니다! (…) 소자, 그래서 일단 그 처분을 좇아서 저들이 전혀 의심하지 않도록 하겠습니다."

　세명의 어머니는 아무래도 여자이다 보니 살림을 꾸리려는 생각이 앞섰습니다. 그렇다 보니 그 기름진 전답을 얻어 넉넉하게 지낼 수 있게 된 것을 알고 자기 딴에는 안도하는 것이었지요.

　세명은 그 서른 마지기의 전답에서 생기는 이익을 해마다 곳간에 재고 자물통을 단단히 채운 채 터럭 하나 건드리지 않았습니다. 내막을 알지 못하는 외간 사람들은 '아들이 전답을 얻더니 아버지가 남긴 명령까지 포기했군' 하고 입방아를 찧어 댔습니다. 세명은 그래도 굳이 사람들에게 변명을 하지 않았지요. 그러자 왕준은 속마음을 감춘 채[21] 늘 예의를 갖추고 와서 숙모의 안부를 묻곤 했습니다. 세명은 세명대로 그의 선물을 받지는 않았지만 조금도 악감정이 없는 것처럼 평소 같이 내왕했지요.[22] 때로는 술잔까지 부딪치며 모임을 갖고 웃고 말하며 술을 주고받으면서 조금도 개의치 않았지 뭡니까. 사람들은 그럴 때마다 다들 '세명이 아버지 원수를 잊었군' 하고 비웃곤 했지요. 그러나 그 일조차 차츰 사그라들고 나중에는 아무도 그 일을 언급하는 사람이 없게 되었답니다.

하지만 세명이 날이면 날마다 밤이면 밤마다 노심초사 하면서 아버지가 남긴 당부를 한순간도 잊지 않은 것을 누가 알겠습니까! 그는 몰래 날카로운 검을 만들고 복수를 뜻하는 '보구報仇' 두 글자를 전서篆書로

전서로 쓴 '보구(報仇)'

새긴 다음 출입할 때마다 어김없이 차고 다녔지요. 그리고 초상화를 그리는 화공을 불러 아버지의 초상을 그려서 서재에 걸게 했습니다. 자신의 모습도 거기에 함께 그려서 자신이 검을 들고 아버지 곁을 지키고 선 것으로 묘사해 놓았답니다.[23]

"이런 그림은 왜 그렸소?"

---

21 속마음을 감춘 채[懷着鬼胎] : 자세한 설명은 제1권의 주112를 참조하기 바란다.
22 【즉공관 미비】妙處在此. 기막힌 대목이 여기 있었군.
23 【즉공관 방비】有心人. 심지가 있는 사람이로군.

누가 이렇게 물으면 세 명은 이렇게 대답하곤 했습니다.

"옛 사람들은 외출할 때 반드시 검을 찼다고 합니다. 그래서 그 풍습을 흠모한 것일 뿐 다른 뜻은 없습니다."

이 일을 증명하는 시가 있습니다.

'하늘 지고 함께 못 산다'는데 원수를 잊으랴?　　戴天不共敢忘仇,
그림은 언제나 말 못할 일을 남기는 법.　　画筆常將心事留.
남들에게 하소연 한들 전혀 알지 못하고　　說與旁人渾不解,
허리춤 보검만 홀로 찬 바람 소리 내누나!　　腰間寶劍自颼颼.

다시 이야기를 들려 드리지요. 왕세명은 낮에는 사람들 앞에서 평소처럼 웃고 어울렸습니다. 그러나 집에 돌아와 밤이 깊고 인적이 끊어지면 어김없이 가슴을 쓸면서 통곡하곤 했지요.[24] 세명의 아내 유兪씨는 남편이 속으로는 원수를 잊지 않았다는 것을 눈치챘습니다. 그래서 그를 마주할 때마다 말했지요.

"서방님의 속마음은 저도 잘 압니다. 그러나 … 언제 원수가 서방님 손에 죽는다면 서방님인들 어떻게 살아 남을 수가 있겠습니까?"

---

24 【즉공관 미비】見武□伯□之難也. 무□백□의 곤란함을 보는 듯하구나.

"죽음으로 효도를 다하는 건 내 의무요. 그저 원수를 갚지 못할까 걱정일 뿐이지. 갚을 수만 있다면야 내 어찌 살기를 바라겠소?"

세명이 이렇게 말하자 유씨가 말하는 것이었습니다.

"서방님께서 효자가 되시겠다면 … 저 역시 열녀가 되도록 하겠습니다."

"당신은 여자의 몸이오. 말이야 아주 쉽게 하지만 얼마나 힘든데 그러시오!"

세명이 이렇게 말하자 유씨는 말했습니다.

"서방님도 사내로서 해야 할 일을 할 줄 아시는데 제가 그런 사내를 본받지 못할지 어떻게 아십니까? 훗날 직접 그렇게 해 보이겠습니다!"

"이 몸은 불행하게도 원수를 만나게 되었지만 부인은 남녀의 식견에 얽매이지 않고 오히려 '사내로서 해야 할 일'이라면서 격려까지 해 주는구려! 우리는 천생연분인가 보오!"

부부는 이렇게 서로가 서로를 사랑하고 소중하게 여겼답니다.[25]

---

25 【즉공관 미비】夫婦相語, 各有生氣. 可敬, 可敬. 부부가 서로 이야기를 나누면서도 저마다 생기가 넘치는군. 존경스럽다, 존경스러워!

오 년 사이에 세명은 반궁[26]의 공부를 마치고 수재[27]가 되어 있었습니다. 아내 유씨는 유씨대로 아들을 하나 낳았지요. 그래서 세명이 유씨를 보고 말했습니다.

"이 갓난 아이가 생겼으니 왕씨의 대가 끊어지지 않게 되었구려. 그동안 내내 원수를 마음에 새기고 있으면서도 은인자중하며 복수를 하지 않은 것은 … 이몸이 죽고 나면 조상님들 제사가 끊어질 것이 걱정되어서였소. 그래서 섣불리 일을 벌일 엄두를 내지 못했는데 이젠 나도 죽어도 눈을 감을 수 있겠군! 위로는 늙으신 어머님께서 계시고 아래로는 이 아기가 있으니 두 분을 부탁하리다. (…) 이제 당부할 것은 다 했으니 더 이상 머뭇거릴 수 없지."

그러더니 검을 들고 나가는 것이었습니다.

그런데 역시 왕준에게 원수가 찾아오려고 사달이 벌어진 것이었을까요? 그는 시골에 사는 한 여인과 새로 알고 지내고 있었습니다. 매번 식

---

26 반궁(泮宮) : 주(周)나라의 관학(官學) 이름. 그 옆을 흐르는 개천 반수(泮水)에서 그 이름이 유래하였다. 『시경(詩經)』「노송·반수(魯頌泮水)」의 "즐거운 반수에서 그 미나리를 뜯는다(思樂泮水 薄采其芹)"에서 유래한 말로, '미나리를 뜯는다(採芹)'는 것은 관학의 학생들이 학문에 정진하는 것을 가리킨다.

27 수재(秀才) : 중국 고대에 선비들을 높여 부르던 호칭. '수재'는 한대(漢代) 이래로 인재를 발탁하는 절차로서 존재했으며, 당대(唐代)에도 과거시험 과목으로 존립하다가 나중에 폐지되었다. 당대의 제도를 계승한 송대에는 과거시험에 급제한 선비들만 한정해서 '수재'로 불렀지만 명대에는 과거시험에의 당락과는 상관없이 선비들에 대한 통칭으로 사용되기도 하였다.

사를 하고 나면 종복도 대동하지 않은 채[28] 혼자 그곳에 가서 이야기를
나누곤 했지요. 세명은 수소문 끝에 호접산[29] 아래를 지난다는 것을 알고
미리 그쪽 으슥한 곳에 숨어 있었습니다. 그런데 왕준이 정말 건들건들
혼자서 어슬렁어슬렁 고개를 넘어 오는 것이 아닙니까. 그야말로

"은인을 만나면	恩人相見,
유난히 눈이 밝아지고	分外眼明.
원수를 만나면	仇人相見,
유난히 눈이 커지는 법."	分外眼睜.

한 눈에 딱 알아본 세명은 휙 달려 들더니 호통을 치면서 말했습니다.

"내 아버지 목숨을 돌려 다오!"

전혀 대비를 하지 않고 있던 왕준은 깜짝 놀라 어쩔 줄을 모르다가 미
처 손을 써 보기도 전에 머리에 일격을 맞고 말았습니다. 그 말이 채 끝
나기도 전이었습니다.[30] 왕준이 땅바닥에 쓰러져 버둥거리자 세명은 그

---

28 【즉공관 방비】便有死機. 죽을 때가 온 게지.
29 호접산(蝴蝶山) : 중국의 산 이름. 절강성 금화시 무의현에 자리잡고 있다.
30 그 말이 채 끝나기도 전이었습니다[說時遲, 那時快] : 송·원대 화본, 명대 의화본이나 백
   화소설에서 상투적으로 사용되는 표현. 글자대로 번역하면 "말하는 시간은 더디지만 그
   시간은 빨랐다(說時遲, 那時快)"라는 의미가 되는데, 보통 특정한 행위나 상황이 말보다
   먼저 종결되는 것을 두고 하는 말이다. 『박안경기』에서는 이 표현을 편의상 "그 말이 채
   끝나기도 전에" 또는 "그 행위가 끝나기가 무섭게" 식으로 상황에 맞추어 번역하였다.
   다만, 이 대목의 경우 전후 맥락을 따져 볼 때 이 구절은 그 앞인 "깜짝 놀라고 말았지요"

를 찍어 누르더니 목을 베었습니다. 그리고 옷을 벗어 그 머리를 잘 싼 다음 집으로 가지고 돌아왔지요. 어머님을 만난 그는 대성통곡을 하면서 절을 하더니 말했습니다.

"소자, 드디어 원수를 갚았습니다! (…) 머리는 자루 속에 있습니다. 이제 아버님을 위해 죽어야 하니 어머니 슬하를 지킬 수 없게 되었군요!"

절을 마친 그는 머리를 꺼내 아버지의 영전으로 가서 절을 하고 고했습니다.

다음에 와야 자연스럽다. 이 대목을 집필하거나 판각하는 과정에서 착오가 있지 않았나 싶다.

"원수 왕준의 머리를 이제야 영전에 들고 왔습니다! 이승을 떠도시는 원혼이시여 영면하소서! 소자는 이제 관아로 가서 자수를 하겠습니다."[31]

그는 즉시 그동안 거둔 소작료 장부를 챙겼습니다. 그리고 왼손에는 검을 들고 오른손에는 머리를 든 채 그 길로 무의현으로 가서 자수했지요.

이날 현에서는 '왕 수재가 아버지의 복수를 위해 사람을 죽이고 그 머리를 가지고 자수했으니 정말 효자다' 하는 소식이 전해졌습니다. 그 소식은 한 사람이 두 사람에게 두 사람이 세 사람에게 퍼지더니 급기야 온 현이 다 떠들썩해졌지 뭡니까. 그 광경을 볼작시면

사람들마다 머리카락이 곤두서고	人人豎髮,
저마다 눈썹을 펴는구나.	个个伸眉.
머리 곤두선 이들 수년 품은 원한 야속해 하고	豎髮的恨那數載含寃,
눈썹 편 이들 오늘 그 울분 푼 것 반가워하네.	伸眉的喜得今朝吐氣.
서로 어깨며 등 맞댄 채로	挨肩疊背,
노인네들은 떠밀려 허리 상해 고함지르며	老人家擠壞了腰脊厲聲呼.
소매 걷어 부치고 주먹 쥐고	裸袖舒拳,
아이들은 밟혀 발 다치자 아프다며 울고 부네.	小孩子踏傷了脚指號咷哭.
의협심의 호걸들 다 같이 손뼉을 치고	任俠豪人齊拍掌,

---

31 **【즉공관 미비】** 好漢, 好漢. 孝子, 孝子. 호걸이로다, 호걸이야! 효자로다, 효자야!

소심한 겁쟁이들만 넋이 다 달아나 버렸네.　　小心怯漢獨驚魂.

　왕세명이 관아 재판정에 도착하자 관아 문 밖에서는 함성이 연일 잇따르고 만 명이 넘는 사람들로 북적거렸습니다. 무의현의 진陳 대윤[32]은 무슨 일인지 영문을 모른 채 허둥지둥 재판정으로 나와 앉더니 그 까닭을 물었지요. 왕세명이 머리와 검을 내려 놓고 계단 아래에 무릎을 꿇더니 아뢰는 것이었습니다.

　"소생[33] 이렇게 자수를 하러 왔습니다!"

　"무슨 일로?"

　그러자 세명은 왕준의 머리를 가리키면서 말했습니다.

　"이 세명의 문중 사람인 왕준의 머리입니다. (…) 소생의 아비는 이놈에게 맞아 돌아가셔서 과거에 송사를 제기한 바 있지요. 소생은 국법에 따라 목숨값을 받아내고 이 자에게 보상을 요구해야 마땅했습니다. 그러

32　대윤(大尹) : 중국 고대의 관직명. 원래는 춘추전국시대 송(宋)나라의 관직명이었으나 명대에 태수(太守)에 대한 다른 호칭으로 사용되기도 하였다.

33　소생[生員] : 명대에는 문관의 대다수가 과거(科擧)를 통해 관계에 입문했는데, 첫 단계의 급제자를 생원(生員)이라고 불렀다. 생원은 삼 년마다 한번씩 향시(鄕試)를 볼 수 있었는데, 여기에 합격한 사람을 거인(擧人)이라고 불렀다. 이들은 북경에서 최종적으로 치루어지는 회시(會試)·전시(殿試)에 응시할 수 있었다. 여기서는 왕세명이 생원 출신인 자신을 일컫는 별칭으로 사용되었으나 편의상 '소생'으로 번역하였다.

효도 하는 아들이 끝까지 검시를 거절하다

나 아비의 시신을 부검하는 것을 차마 견딜 수가 없어서 은인자중할 수밖에 없었지요. 지금 소생은 국법을 어기고 칼로 이 자를 응징하여 아비의 원수를 갚았습니다. 이제 이렇게 자수하고 죽기를 바라오니 함부로 사람을 죽인 이 세 명의 죄를 처벌해 주십시오!"

그래서 대윤이 물었지요.

"너희 아비의 일이라면 … 이미 화해한지 오래되었다고 들었다. 그런데 어째서 갑작스럽게 이런 일을 벌인 것이냐?"

"오로지 아비의 시신을 지키기 위해서였습니다. 먼저 문중 어른과 의논한 바에 따라 처리하고 전답 서른 마지기로 늙으신 어머니를 공양했지요. 소생은 순간적으로 모호한 입장을 취하여 그 말씀을 따랐습니다. 그러나 거두어들인 소작료는 해마다 자물통을 채운 채 재어 놓고 터럭 만큼도 건드리지 않았습니다. (…) 이제 원수를 죽인 이상 그것들은 도의상 가질 수 없으니 관아에 귀속시킴이 옳습니다. 장부를 이렇게 작성해 놓았사오니 확인해 보시기 바랍니다."

그 말을 다 들은 대윤은 그가 충의로운 군자임을 알고 말했습니다.

"그대는 효자로서 해야 할 일을 한 것이니 도의상 법률로 구속할 수 없네. 다만, … 이번 일은 사람 목숨이 걸려 있네. 상급 관청에 상세하게 보고해 결정을 요청해야 할 일이지. 해서 현에서 함부로 처리할 수가 없으니 일단 보증인을 구하고 결정을 기다리도록 하세. 왕준의 머리는 우선 그 가족으로 하여금 인계받아 검시를 기다리게 하겠네."

그 광경을 구경하던 사람들은 현의 관리가 왕 수재를 곤란하게 만들까 걱정이 되었던가 봅니다. 그래서 다들 주먹을 휘두르고 팔을 걷어 부치면서 그가 결론을 내릴 때까지 기다렸지요.[34] 그러다가 관리가 '상급 관청에 보고하되 그를 가두지 않겠다'는 말을 듣고서야 각자 흩어져 그 자리를 떠나는 것이었지요.

진 대윤은 사람들의 마음이 그런 것을 보고 속으로 대단한 자부심을 느꼈습니다. 그래서 보고서를 아주 정성스레 작성했지요.

"지난번에 왕준에게 맞아 죽은 왕량의 사건입니다.[35] 이번에 왕량의 아들 세명이 복수로 왕준을 죽였습니다. 따지자면 한 목숨으로 한 목숨을 갚은 셈입니다. 다만 왕세명은 관아의 판결에 따르지 않고 함부로 사람을 죽였으니 죄가 있다고 할 것입니다.[36] 세명 본인이 생원이라고 하기에 특별히 상세히 보고를 올리오니 판결을 내려 주십시오."

先經王俊毆死王良是的. 今王良之子世名報仇殺了王俊, 論來也是一命抵一命, 但王世名不絲官斷, 擅自殺人, 也該有罪. 本人係是生員, 特爲申詳斷決.

---

34 【즉공관 미비】公道在人心. 정의가 인심에 살아 있었군.
35 【즉공관 방비】要緊. 아주 중요하지.
36 【즉공관 미비】縣官亦通. 현령도 마음이 통하는군.

작성을 마친 진 대윤은 그 밖에도 공문을 게시하는 등 세명을 세심하게 돕고 이렇게 덧붙였습니다.

"효성과 의리가 존경할 만하오니 가볍게 처벌하심이 옳을 줄 아옵니다."

상급 관청에서는 이를 보고 모두 탄복해 마지않았지요. 결국 금화현의 왕汪 대윤에게 결정사항을 전달하여 무의현의 대윤과 회동을 가지고 이 사건을 심의하게 했습니다. 그를 찾아가 경위를 물은 왕 대윤은 그 사정을 구체적으로 알고 나서 한 마음으로 그의 목숨을 보전해 줄 생각으로 이렇게 상의했습니다.

"왕량의 시신을 한번 부검해 보아야 겠습니다. 만약 정말 사망에 이르게 한 상처가 심각한 것이었다면 왕준은 처음부터 그 목숨값을 갚아야 옳지요. 그러면 왕세명의 살인죄도 가벼워지겠지요."[37]

회심[38]을 진행할 때 왕 대윤이 이렇게 공공연히 말했지요. 그러자 왕세명은 통곡을 하면서 이렇게 말했습니다.

---

37 【즉공관 미비】意是而見汪. 의도는 옳지만 식견은 짧구나.
38 회심(會審) : 명대의 사법제도. 명대에 중요한 사건이나 억울한 사안이 발견될 경우, 삼대 사법기관[三法司]인 형부(刑部) · 도찰원(都察院) · 대리시(大理寺)가 공동으로 사건을 심리하고 판결을 내렸는데 이를 '삼사 회심(三司會審)'이라고 불렀다. 이때 형부는 중앙 심판기관으로서 심판권을, 대리시는 중앙 사법행정기관으로서 재심권을, 도찰원은 중앙 감찰기관으로서 감찰권을 각각 행사했다고 한다.

"당초에는 아비의 시신이 유린당하는 것을 견디지 못해 수년간 은인자중하면서 기꺼이 원수를 죽이고 자살할 생각 뿐이었습니다. 그런데 어째서 지금 원수가 이미 죽었는데 되려 저 자신만 죄를 벗자고 아비의 시신을 부검할 수가 있겠습니까? 지난번 원수를 죽이던 날에 스스로 자결을 택함이 옳았습니다. (…) 현 재판정을 찾아 온 것도 조정의 처벌을 받자고 온 것이지 죄를 사면받자는 뜻이 아닙니다! 대인께서는 어째서 이다지도 제 뜻을 이해해 주지 않으십니까?"

"그대 아비의 시신을 부검하지 않으면 살인죄는 벗기 어렵다니까!"

왕 대윤이 이렇게 말하자 세명이 말하는 것이었습니다.

"애초부터 죄를 벗고자 한 일이 아닙니다. (…) 대인께서 귀가시켜 주시면 어머님께 하직인사를 드리고 바로 와서 죽음을 맞겠습니다!"

"그대는 효자이자 열사요! 자진해서 관아에 출두했는데 석방해 귀가시킨들 무슨 문제가 있겠는가? 다만, … 이번 사안은 판결을 내려야 하니 귀가하거든 모친·처와 다시 상의해 보시오. 만약 아버지의 시신을 부검할 의향만 있다면 나도 적극적으로 도우리다. 이는 본관의 호의이니 놓치지 마시오."

그러나 생각을 굳혔던지 왕세명은 끝까지 그 당부를 따르지 않았습니다. 그는 집으로 돌아와 모친에게 왕 대윤의 의사를 전했지요. 그러자 어머니가 말했습니다.

"너는 어쩔 생각이냐?"

"어찌 여기까지 와서 되려 초심을 잃을 수가 있겠습니까? 소자는 오래 전에 이미 이 한 목숨을 걸기로 했습니다. 지금은 일부러 어머님께 하직 인사를 드리러 온 것 뿐입니다!"

세명은 말을 마치자 머리를 감싸 쥐고 통곡을 하는 것이었습니다. 아내 유씨도 옆에서 한 덩어리가 되어 통곡을 했지요. 그러다가 유씨가 말했습니다.

"지난번에 이야기 드렸듯이, 서방님께서 죽음으로써 효도를 다하시겠다면 저 역시 지아비를 위해 죽어야지요!"

"내가 지난번에 늙으신 어머님과 아기를 당신에게 부탁했었지. (…) 이제는 어쩔 수 없이 죽게 되었소. 당신은 대신 노모를 봉양하고 아들을 키워 주십시오. 그것이야말로 당신의 본분이오. 그래야 나도 구천에서 눈을 감을 수가 있겠지. 그러니 죽겠다는 말은 절대로 해서는 안되오. 제발 경솔하게 함부로 말하지 마시오!"

그러자 유씨가 말하는 것이었습니다.

"서방님께서 전부터 복수에 마음을 두고 죽기를 맹세하실 때 남들은 몰라도 저만은 알고 있었습니다. 그렇기에 더 이상 서방님을 막지 않은 것도 그렇게 마음을 정하신 것을 알기 때문이었지요. (…) 서방님께서 목숨을 버리기로 하셨고 … 저 역시 서방님을 따르는 것이 어렵지 않기에 … 그래서 서방님께서 하시는 대로 따르려는 것입니다. (…) 이제 일이 이렇게 되었으니 만일 끝까지 시아버님 시신을 온전히 지키자면 죽지 않으면 안되게 되었습니다.[39] 그런데 제가 어찌 혼자서만 살아남아 서방님의 뜻을 저버릴 수가 있겠습니까!"

"옛 사람 말씀에 '죽기는 쉬워도 고아를 건사하기는 어렵다[40]'고 합디

---

[39] 【즉공관 방비】此意婦女亦了了. 而居官獨懵, 何也. 이런 뜻은 부녀자조차 다 아는구나. 그런데 관리라는 자만 어리석은 것은 어찌된 일일까!

[40] 죽기는 쉬워도 고아를 건사하기는 어렵다[死易, 立孤難] : 사마천『사기(史記)』「조세가(趙世家)」에 나오는 말. 춘추시대 진(晉)나라에서 사구(司寇) 도안고(屠岸賈)가 재상이자 정적이던 조순(趙盾)의 일족 300명을 멸족시켰다. 이에 조순의 아들이자 부마이던 조삭(趙朔)의 식객 정영(程嬰)은 조씨의 은혜를 갚고 훗날의 복수를 기약하기 위하여 삼엄한 감시를 피하여 그 유복자인 고아를 구출하기로 결심하였다. 「조세가」에서는 은퇴한 조정 중신인 공손저구(公孫杵臼)는 처음에는 정영의 본심을 의심하여 속을 떠 본다. "저구가 조삭의 벗이던 정영에게 '어째서 죽지 않는가?' 하자 정영은 '조삭의 부인에게 유복자가 있습니다. 다행히 아들을 낳는다면 제가 받들어 섬기고자 합니다.' 하였다. 그리고 얼마 되지 않아 조삭의 부인이 아들을 낳자 저구가 말했다. '고아를 건사하는 것과 죽는 것은 어느 쪽이 어려운가?' 그래서 정영이 '죽는 거야 쉽지만 고아를 건사하는 쪽이 어렵겠지요!' 하니 저구가 말하였다. '조씨의 선친이 그대를 각별하게 대해 주어 그대가 그 어려운 쪽을 택하겠다니 나는 쉬운 쪽을 택하여 먼저 죽기를 바라네!'" 이렇게 해서 무사히 고아를 탈출시킨 정영은 우여곡절 끝에 고아를 도안고의 양자로 만들어 결국 조씨 일족 300명의 원수를 갚는 데에 성공한다. 이 이야기는 원대의 극작가 기군상(紀君祥)에 의하여 잡극 희곡『조씨고아(趙氏孤兒)』로 창작되었으며 명대에는 또다른 극작가 서

다. 당신이 만약 죽음을 가볍게 여긴다면 아이는 젖이 끊어질 테니 우리 왕 씨네 대가 끊기는 셈이요. 그렇게 되면 내 죽음마저 옳지 못한 죽음이 되어 버리고 말 테지. (…) 당신이 아이를 지켜 주기만 한다면 그거야말로 당신의 큰 은덕이 될 것이오!"

그러자 유씨는 통곡을 하면서 말했습니다.

"정 그러시다면 시어머님을 위해 삼 년만 더 참겠습니다. 삼 년 뒤라면 아이에게 젖을 먹일 필요도 없겠지요. 그때 가서 서방님 뒤를 따라 구천 길에 오를 것입니다. 그리 하면 서방님께서도 저를 막지 못하실 테지요."[41]

이렇게 애통해 하고 있을 때였습니다. 바깥에서 이삼십 명이나 되는 사람들이 왁자지껄 떠들어대는 것이 아닙니까. 바로 금화부와 무의현의 학당에서 수학하는 수재들과 과거에 왕세명과 돈독하게 내왕했던 사람들이었습니다. 왕 대윤과 진 대윤이 그들에게 왕 수재를 설득하는 한편 앞서 한 말을 일러 주도록 부탁했던 거지요.

원(徐元)의 전기 희곡『팔의기(八義記)』로 창작되기도 하였다. 21세기에 들어와서도 중국에서는 각종 연극은 물론 드라마·영화 등으로 잇따라 발표되어 인기를 모았다. 국내에서는 역자(문성재)가 30년 전인 1993년에『원보원조씨고아(冤報冤趙氏孤兒)』라는 제목으로 학술지『중국희곡』및 단행본『중국희곡선집』을 통하여 최초의 완역본을 선보였다. 이 완역본을 토대로 극단 해를 보는 마음이 안경모 각색, 황준형 연출로 2015년부터 동숭아트센터 등에서 여러 차례 무대에 올려 상당한 인기를 모은 바 있다.
41 【즉공관 방비】凜凜. 늠름하구나!

"두 대윤 나리의 의견은 같소이다. 진형의 죄를 경감하자면 반드시 부검을 해서 원수의 죄가 죽어 마땅함을 입증해야 하지요. 그래야 왕형께서 살 수가 있소이다! 해서 일부러 저희들에게 이 사실을 알려 드리고 왕형과 상의해 보라고 하셨습니다. 저희들 생각으로는 춘부장께서 돌아가신 것은 참으로 억울한 노릇으로, 원수놈이 원래 목숨값을 갚아야 옳습니다. 지금 만약 부검을 하지 않는다면 왕형께서는 죽을 죄를 피하기 어려울 테고, 그렇게 되면 두 목숨으로 그 분의 한 목숨을 갚는 격입니다. 춘부장 어른의 명령도 따지고 보면 헛죽음입니다.[42] 하물며 '자식이란 부모께서 남긴 몸[子者, 親之遺體]'이올시다. 돌아가신 분의 유골이 상하는 것은 참지 못하면서 지금 산 사람의 몸을 헛되게 다치는 것도 바른 길은 아니지요. (…) 두 나리의 말씀을 적극적으로 좇아 부검을 하셔서 선친의 원한을 밝히고 시신을 지키심이 어떠실지요? (…) 왕형의 결정은 하늘에 계신 춘부장 어른의 영령께서도 기뻐하실 바가 아닐 것입니다. 모쪼록 심사숙고해 주십시오!"

"형들께서는 모두가 소생을 그릇되게 사랑하시고 하시는 말씀입니다! (…) 두 나리의 뜻에 소생이 감격하지 않는 것이 아닙니다. 그러나 소생은 '검시'라는 말만 나와도 마음이 쓰리고 찢어질 것만 같습니다! 그러니 현 재판정에 가서 다시 뵙고 따지게 해 주십시오."

---

42 **【즉공관 미비】** 儒談, 亦自辨才. 유생들의 이야기. 역시 말솜씨들이야 대단하시지.

왕세명이 이렇게 말하자 수재들이 말하는 것이었습니다.

"두 나리의 뜻은 그것 뿐입니다. 왕형께서는 지금 가셔서 결정하시고 따르기만 하십시오. 그러면 일이 쉽게 해결될 겁니다. 저희들도 같이 가서 이야기를 한번 드려 보지요."

그러자 왕세명은 곧바로 안으로 들어가 어머니에게 네 번 절을 하고 나서 말했습니다.

"이제 다시는 슬하에서 모시지 못하게 되었군요!"

그는 이어서 아내 유씨에게도 절을 두 번 하고 노모와 어린 아들을 부탁했습니다. 그리고 한 바탕 대성통곡을 한 다음 눈물을 머금고 집을 나서서 사람들과 함께 현 관아로 향했답니다.

그 시각에 두 대윤은 마침 한 곳에서 회동을 가지고 수재들이 왕세명을 설득한 뒤에 보고를 하러 오기만을 기다리고 있었습니다. 그런데 가만 보니 왕세명이 수재들과 함께 왔지 뭡니까. 두 대윤은 속으로 은근히 기뻐했습니다.

'우리가 의논한 대로 따를 생각인가 보다. 그래서 같이 온 게지.'

죄수복을 입은 왕세명은 두 대윤을 발견하자마자 고맙다고 인사를 했습니다.

"두 분 대인께서 이 세명이의 목숨을 지켜 주시느라 애 쓰셨습니다! (…) 소생이 목석이 아닌 이상 어찌 그 은덕에 감동하지 않을 리가 있겠습니까? 그러나 … 소생이 몇 해 동안 은인자중하며 이 세상에서 불효의 죄까지 감수하면서까지 웃고 다닌 것은 검시를 차마 받아들일 수 없었기 때문입니다. 그런데 지금 소생의 목숨을 지켜 주겠다고 하시면서도 거기다 오랫동안 안식하고 계시던 선친의 유골을 훼손하려고 하십니다. (…) 이는 소생이 복수하는 것이 아니라 스스로 그 아비를 죽이는 격이 분명합니다! 따지고 보면 어쨌든 소생의 죽음을 너무 무겁다고 여기시고 그 같은 의논을 하신 게지요. 그러나 … 이 세명은 벌써 노모와 처에게 하직인사를 하고 죽으려고 왔습니다. 모쪼록 속히 제 죄를 다스려 주십시요!"

그러자 두 대윤은 서로 마주보면서 의아해 하는 것이었습니다. 수재들은 수재들대로 왁자지껄 중구난방으로 그를 설득하려 했지요. 세명은 그래도 끝까지 번복하지 않지 뭡니까. 그래서 왕 대윤은 일부러 정색을 하면서 말했습니다.

"사람을 죽인 자는 사형에 처한다. 왕준은 사람을 때려 죽인 까닭에 남에게 죽음을 당한 것이다. 국법으로 따지자면 구타당한 시신에 상처가 있는지 없는지 검시함이 옳은 것이다. 어찌 시신의 연고자가 검시를 바라고 말고를 따질 필요가 있단 말인가?[43] 우리는 국법에 따라 일을 할 뿐이다!"

왕세명은 대윤이 끝까지 마음을 돌리지 않는 것을 보고 벌컥 성을 내면서 말했습니다.

"기어이 검시를 하려 하시는 이유는 그 상흔을 확인하려는 것뿐이지요. 설사 이 세명의 아비에게 터럭만치도 상처가 없고 왕준을 정말이지 죽이지 말았어야 한다손 치더라도 소생이 죽음으로써 갚으면 될 일입니다. 그런데 구태어 검시를 할 필요가 있습니까? (…) 오늘의 일은 선친의 시신을 건드려야 하니 절대로 그렇게 할 수 없는 것입니다. 만약 소생의 목숨이 필요하시다면 지금 당장이라도 가능합니다. 절대로 구차하게 살겠다고 초심을 저버리지는 않을 테니까요!"

세명은 말을 마치자마자 현 재판정 계단에 머리를 들이받았습니다. 보아하니 사람들의 강권에 세명은 초조해진 나머지 너무 힘을 많이 쓰는 바람에 어느새 두개골이 부서져 뇌수가 터져 나오면서 죽고 말았지 뭡니까 글쎄!

---

43 【즉공관 미비】何如□□□□以俟矜恤, 今執意乃爾, 則王生不能活矣. 어찌 □□□□하여 불쌍히 여기기를 기다린다는 말인가. 지금 이토록 고집을 부리는 것을 보면 왕 선비도 살기는 틀린 게지.

감옥만 조용히 들어가면 될 것을	囹圄自可從容入,
어쩌자고 곧바로 구천 길을 떠난단 말인가?	何必須臾赴九泉.
오로지 서생이 율법에 얽매이는 바람에	只爲書生拘律法,
효자로 하여금 돌이킬 수 없게 만들었구나!	反令孝子不廻旋.

왕 수재가 이처럼 결연한 모습을 보인 것을 본 두 대윤은 놀랍기도 하고 참담하기도 해서 한동안 아무 소리도 내지 못했습니다. 두 현의 수재들은 그들대로 우루루 몰려 들어 왕 수재를 보더니 이제 구할 방법이 없다는 것을 알고 울컥해져서 하늘이 울릴 정도로 큰 소리로 통곡을 하는 것이었지요. 그리고 나서 두 대윤을 보고 말했습니다.

"왕 선비가 이처럼 효도를 위해 죽으니 참으로 보기 드문 일입니다! 이제 그 댁에는 노모와 과부가 된 아내, 어린 아들뿐이지요. 그러니 사후의 일은 두 분 대윤께서 후하게 예우하도록 결정하시어 교화의 정신을 지켜 주소서!"

두 대윤은 자기도 모르게 눈물을 흘리면서 말하는 것이었습니다.[44]

"본래는 서로를 구해 주려고 한 일인데 그의 뜻이 이처럼 매서울 줄이야! (…) 지난번에 왕 선비는 당시 화해의 대가로 받은 재산과 밀봉한 소

---

44 【즉공관 방비】遲了. 늦었어.

작료를 한 푼도 착오 없이 관아에 바쳤습니다. 도의적으로 받을 수 없다는 의지를 보인 것이지요. (…) 이제 공안[45]을 세우고 그 재산을 그 노모와 처에게 노후를 대비한 자산으로 지급하여 부자 두 분의 목숨값으로 삼도록 하리다. 다만 왕량의 죽음만은 결말이 나지 않았으나 그 땅[46]을 사들여 그 가족들을 보살핀다면 무난할 듯 싶구려."[47]

그러자 수재들은 모두 맞장구를 치는 것이었습니다. 두 대윤은 그 일로 말미암아 각자 자신의 녹봉에서 금을 열 냥씩 출연하고 수재들도 다같이 서른 냥씩 내어 금액을 모두 쉰 냥으로 맞추었습니다. 그리고는 왕씨네 친척들을 불러 왕세명의 시신을 수습하게 하고 후하게 장례를 치루게 해 주었지요. 두 학당의 생원들은 이렇게 제문을 써서 그에게 제사를 지내 주었습니다.

"아아, 왕 선비시여! 아버지 돌아가셔도 울분을 토로하지 않으시더니

---

45 공안(公案) : 원대 무명씨의 잡극 희곡인 『진주조미(陳州糶米)』 제4절의 "냉큼 공안을 깨끗하게 청소해라[快把公案打掃的乾淨]" 대목에서 보듯이 원래는 관청에서 공무를 보는 탁자를 뜻하였다. 나중에는 논란이 되거나 만인의 이목을 끄는 형사·민사 사건이나 그 사건들을 소재로 다룬 이야기를 가리키는 말로 사용되기도 하였다. 송대의 오자목(吳自牧)이 지은 『몽량록(夢粱錄)』「백희기예(百戲伎藝)」에서 인형극(괴뢰희)을 소개할 때 "일반적으로 인형극의 경우 연분(연애)·영괴(괴담)·철기(전쟁)·공안 및 역사서에서 역대 군신·장상들의 고사에 관한 이야기들을 소재로 삼아 공연한다[凡傀儡, 敷演煙粉, 靈怪, 鐵騎, 公案, 史書歷代君臣將相故事話本]"라고 한 것이 그 증거이다. 여기서는 사건 자체보다는 그 사건을 다룬 공문 또는 조서라는 의미로 이해하는 편이 합리적이다.

46 땅[産業] : 고대 중국에서 '산업(産業)'은 화물과 재산(동산), 토지와 가옥(부동산)을 통틀어 이르는 말로 사용되었지만 여기서는 농작물을 생산해내는 '토지, 전답'의 의미로 해석하였다.

47 【즉공관 미비】王生必不願也. 왕 선비는 원하지 않을 것이 분명하다.

칼로 원수의 목 찌르자마자 그 몸이 저승으로 떠나셨구려! 그 아버지 시
신 온전히 지키고자 차라리 자신의 목숨을 버리셨구나! 한 순간의 죽음
으로 천추의 명성을 얻으셨습니다! 슬프기도 하구려. 이 제삿상이라도
마음껏 누리소서!"

嗚呼王生, 父死不鳴. 刃加仇頸, 身卽赴冥. 欲全其父, 寧弃其生. 一時之死,
千秋之名. 哀哉尙饗.

수재들은 제문을 읽자마자 소리 놓아 대성통곡을 했습니다. 그 우는
소리는 산과 땅을 다 흔들 정도였지요. 그 이유를 묻는 사람 치고 눈물을
흘리지 않는 사람이 없었답니다.

그렇게 통곡을 하고 난 수재들은 왕 씨네 노모와 아내를 불러 절을 하
고 부의금을 직접 전달했습니다.

"백모님, 형수님 … 이 재물로 장례를 치루도록 하십시오!"

그래서 노모가

"말씀대로 며느리와 상의하도록 하지요."

하고 말하니 유씨는 통곡을 하면서 이렇게 말하는 것이었습니다.

"여러분의 두터운 정에 감사드립니다! 저희 서방님이 막 돌아가셨지

만 차마 당장 빈소를
꾸밀 수는 없으니 삼
년 동안 출상을 미루
면서 생전에 못 해 드
린 예절을 다할 생각
입니다. 삼 년 기한이
다 차면 장례 절차를
의논하도록 할 테니
여러분들께서도 서두
르지 마십시오."

수재들은 그녀의 말
이 무슨 뜻인지도 모
른 채 각자 헤어져 그
자리를 떠났습니다.

정표. 효자나 열녀의 모범적인 행실을 표창하기 위하여 조정에서
하사하곤 하였다. 사진은 청나라 광서 19년(1893)의 것이다

그 뒤로 친척들은 그 집을 드나들 때에는 어김없이 발인 날짜를 묻곤
했습니다. 유 씨는 그때마다 말을 막고 '반드시 삼 년을 기다려야 한다'
고 대답하곤 했지요.

"예전부터 장지에 모셔야 넋이 평안해진다고 하던데 어째서 삼 년이
라고 못을 박는 겁니까?"

친척들이 다들 이렇게 말했지만 유씨는 끝까지 그 말을 들으려 하지 않았지요. 그리고는 집안에 관을 임시로 모셨답니다.

탈상하는 날이 되자 빈소를 치운 다음 유씨는 한 바탕 통곡을 하더니 그날부터 음식을 끊었습니다. 그 사실은 주위 사람들 모두 눈치채지 못했지요. 그렇게 열흘도 되지 않아 허기 때문에 창자가 끊어지는 바람에 세상을 등지고 말았답니다. 학당의 수재들은 그 소식을 듣고 더더욱 신기해 하면서 모두 와서 조문을 하고 빈소를 둘러 보았습니다. 그러자 왕세명의 어머니가 이렇게 알려 주는 것이었지요.

"며느리가 굳은 의지로 뜻을 세워 지아비를 따르기로 맹세하여 삼 년을 하루처럼 지내다가 사람들이 준비도 하기 전에 결국 자신의 몸을 바쳤답니다. 이제 겨우 세 살 배기 고아와 이 늙은 것만 남았으니 불쌍하기도 하지요 불쌍하기도 해!"

수재들은 그 말을 듣고 통곡을 그치지 않았지요. 그리고는 다함께 가서 진 대윤에게 그 사실을 알렸답니다. 그러자 진 대윤은

'효자와 열녀가 한 집안에서 나오다니 참으로 존경스럽구나!'

하고 놀라면서 즉시 각 상급 관청에 이 사실을 보고하여 우선 위로의 물자를 지원하고 안무사가 상소를 올려 그녀의 절개를 표창하게 했습니다.

殉節婦娼
待變出板

절개 지킨 아내가 때 기다려 순사를 택하다

수재들과 친척들은 그들대로 입관을 돕고 왕세명의 어머니에게 알려 날을 잡아서 함께 발인에 나섰지요. 사람들은 그제서야 유씨가 당초 기어이 삼 년 동안 빈소를 지키기를 고집하면서 그 남편을 안장하려 하지 않은 것이 사실은 바로 자신까지 내외가 함께 묻히기 위한 결정이었음을 깨달았답니다.[48] 주변 사람들은 그 소식을 듣고 저마다 감탄해 마지 않는 것이었습니다. 이에 순안巡按 마馬 어사[49]가 그 사실을 조정에 보고하매 그 대문에 '효열孝烈'이라고 이름을 붙이고 패방[50]을 세워 표창하라는 어명이 내려졌답니다. 지금은 그 이야기를 소개한 『효열전지孝烈傳志』가 세상에 전해지고 있지요.

아비 죽고 차마 검시 하지 못하는 것은	父死不忍簡,
사람의 아들들의 마음이리라.	自是人子心.
원한 품은 지 몇 해가 넘어서야	懷仇數年餘,
마침내 그 원수 갚았구나.	始得伏斧砧.

---

48 【즉공관 미비】□□□下生矣. □□□□에 환생할 테지.

49 순안어사(巡按御史) : 벼슬 이름. 명대에 조정에서 지방관들을 감찰하고 죄인을 심문하거나 중사의 득실을 직언하게 하기 위해 시행하였다. 건국 초기인 홍무 연간에는 임시로 간간이 파견하다가 영락(永樂) 원년(1403)부터는 상설제로 바뀌어, 각 성(省)마다 한 사람씩 파견되었다. 품계는 낮았지만, 황제를 대신하여 전국을 순시하며 국가대사는 조정에 상소하고 사소한 사안들은 직접 판결을 내리는 등, 포정사사(布政使司)와 경쟁적인 관계를 유지했으며, 각 부(府)·주(州)·현(縣)의 지방관들도 그 명령을 따라야 할 정도로 권력이 막강하였다.

50 패방(牌坊) : 중국 고대에 기념으로 세우던 건축물의 일종으로, '패루(牌樓)'라고도 한다. 주로 과거급제자·청백리·충신·효자·열녀·의인의 공덕을 표창하고자 하는 목적에서 조정에서 세워 주었다. 후대에는 패방을 하사 받고 가문의 명성을 드높이기 위하여 과부에게 강제로 수절하게 하거나 자기 살을 베어 부모에게 효도하게 하는 등의 변태적인 기행을 조장하는 폐단을 낳는 경우가 많았다.

효자와 열녀를 표창하여 청나라 조정에서 내린 패방

어디 죽기를 두려워 하면서	豈肯自怯[51]死,
아비의 유골 상하는 일 용납할 수 있으랴?	復將父骨侵.
법관은 글귀에만 얽매여	法吏拘文墨,
헛되이 그 서생의 열정을 본받지만	枉效書生忱.
의협심 가진 열사가	寧知俠烈士,
한번 죽기에 주저함 없음을 어이 알리오?	一死無沉吟.
그 아내는 지아비가 남긴 교화에 감격하며	彼婦激餘風,

---

51 [교정] 겁내지[怯] : 상우당본 원문(제1459쪽)에는 "□死"의 앞 글자가 모호하다. 천진
고적판 『즉공관 비점 이각 박안경기』(제761쪽)에서는 앞 글자를 '아낄 린(吝)'으로, 강
소고적 '중국화본대계판' 『이각 박안경기』(제609쪽)에서는 글자가 다른 '아낄 린(悋)'
으로 각각 판독했는데 이 경우 "□死"는 "죽음을 아끼다"가 된다. 그러나 글자의 외형으로
보거나 전후 맥락을 따져 볼 때 '겁낼 겁(怯)'으로 해석하는 편이 더 현실적일 것 같다.
때문에 역자는 "□死"를 '怯死'으로 해석하여 "죽기를 겁내지" 식으로 번역하였다.

삼 년 동안 두고 두고 결심을 굳히더니　　　三年蓄意深.

하루아침에 지아비와의 약속을 지키고　　　一朝及其期,

구천에서 마침내 지아비와 상봉하였구나.　　地下遂相尋.

이 같은 효자와 열녀는　　　　　　　　　似此孝與烈,

세간의 잠언으로 남길 만하도다!　　　　　堪爲簿[52]俗箴.

---

52 **[교정]** 기록하다[簿] : 상우당본 원문(제1460쪽)에는 '얇을 박(薄)'으로 되어 있으나 전
　　후 맥락을 따져 볼 때 '(장부) 적을 부(簿)'의 오자로 보아야 옳다.

해제

남송 순희淳熙 3년, 소주蘇州 사람 주경선朱景先은 사천 땅에 차마사茶馬使로 임명된다. 마침 그 아들 주손朱遜은 나이가 스무살이어서 소주의 대갓집인 범范 씨댁과 정혼한 상태로 혼례만 기다리고 있는 상태였다. 부친을 따라 사천 땅으로 온 주손은 외로움을 참지 못해 범 씨댁과 혼례를 치르기도 전에 성도成都의 장張 씨네 딸 복낭福娘을 첩으로 들인다. 그로부터 1년이 지난 후, 딸을 데리고 성도까지 와서 혼인을 마무리하려던 범 씨댁 장인은 사윗감이 그 사이에 첩을 들였다는 소식을 듣고 분을 참지 못하고 '장복낭을 쫓아내야 딸을 데리고 혼례식 자리에 가겠다'고 엄포를 놓는다. 그러자 주손은 범 씨댁과의 혼례를 성사시키기 위해 하는 수 없이 자기 아이를 밴 복낭을 본가로 돌려보내기로 결심한다. 이듬해에 차마사의 임기가 다 차서 소주로 귀향하게 된 주경선은 출산을 앞둔 복낭이 함께 따라가려 하자 '주손이 폐결핵을 앓아서 몸조리를 시켜야 하는데 도중에 출산까지 하게 되면 곤란하다'는 이유를 들어 끝까지 동행을 거부한다.

주 씨댁 식구들을 떠나 보내고 결국 혼자 성도에 남은 장복낭은 아들을 낳고 '기아寄兒'라는 이름을 지어 준다. 혼자서 삯바느질로 겨우 생계를 꾸리던 그녀는 개가하라는 주변의 설득에도 불구하고 끝까지 주손에 대한 절개를 지키면서 오로지 아들을 양육하는 데에만 전념한다. 2년후, 신혼 당시 병을 얻은 주손이 결국 병사하자 범씨는 과부가 되어 주씨댁 대가 끊어질 위기에 처한다. 그러자 주경선은 말년에 집안에 대가 끊긴 것을 생각하면서 몹시 슬퍼한다. 그로부터 7~8년이 지나서 사천 땅에 부임한 신임 차마사 소경少卿 왕악王渥은 주경선이 모친상을 당했다는 부고를 듣고 사람을 보내 대신 조문을 한다. 이때 왕년에 주손의 일을 돌보아 주다가 소주까지 온 차마사의 사령은 주경선에게 아들을 낳은 장복낭이 개가하라는 주변의 설득을 물리치고 절개를 지키면서 아들을 양육하고 있다는 소식을 전한다. 뜻밖에 날아든 희소식에 놀란 주경선은 몹시 반가워하면서 서신을 써서 장복낭에게 전해 줄 것을 부탁하는 한편 현지 관리들에게도 장복낭 모자가 소주까지 무사히 귀향할 수 있도록 도와 줄 것을 당부한다. 차마사 왕악은 마침 임안에 볼 일이 있는 풍馮 진사에게 부탁해서 그 배에 장복낭 모자를 태워 무사히 소주까지 가서 마침내 주경선과 상봉한다. 주경선은 그 사이에 손자를 위해 '천석天錫'이라는 이름을 지어 주었는데 그 이름이 공교롭게도 기아가 성도에 있을 때 장복낭이 지어 준 이름과 일치하는 것을 알고 놀라고, 이 이야기는 소주 고을에서 신기한 이야기로 사람들 입에 회자된다.

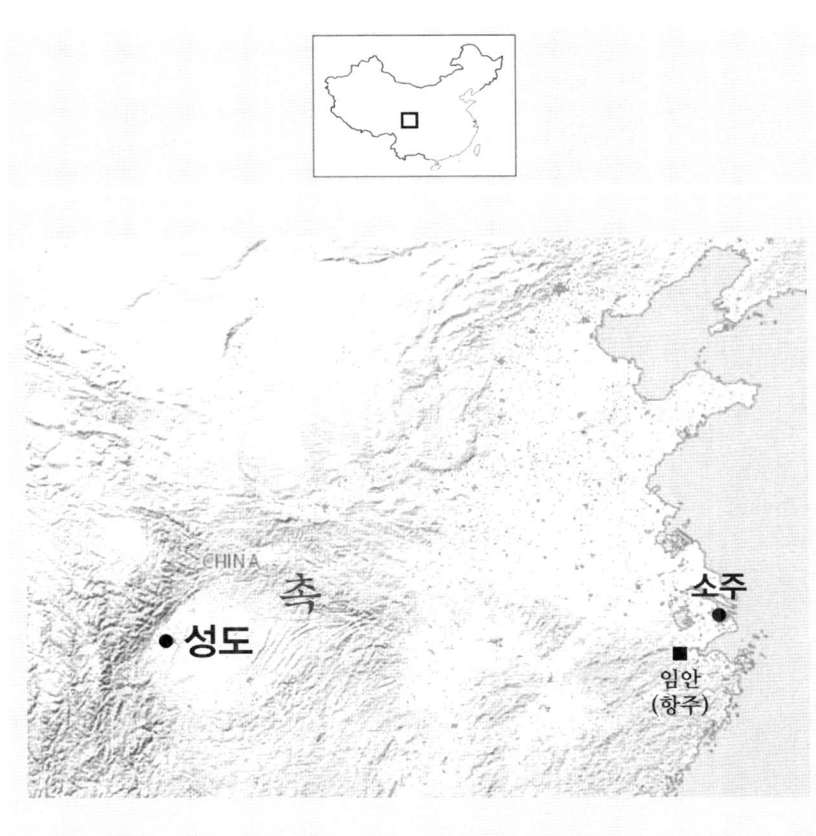

CHINA

축

● 성도

소주
●

임안
(항주)
■

번역

이런 시가 있습니다.

밭 가는 소에게는 남는 풀이 없건만	畊牛無宿草,
곳간의 쥐에게는 곡식이 남아 도누나.	倉鼠有餘糧.
세상 만사에 운명 이미 정해져 있거늘	萬事分已定,
덧없는 삶에 공연히 혼자서만 바쁘구나!	浮生空自忙.

이야기를 들려 드리도록 하겠습니다. 세상에서 만사는 모두가 전부터 운명이 정해져 있기 마련입니다. 눈 앞에서 벌어지는 일만 해도 그렇습니다. 몇 해도 되지 않은 일들의 경우야 미리 예측한다 한들 놀랍게 여길 일이 못 되지요. 또 세상에 여태 그런 일이 없었거나 여태 그런 사람이 존재했던 일이 없었던 경우들이 널렸다고 칩시다. 그런 경우들이더라도 수십 년 전에 이미 선지자가 그 사실을 설파한다거나, 또는 몇천 리 밖에서 정확하게 맞추는 경우들은 정말 사람들이 꿈에서조차 상상도 하지 못할 정도이지요. 그러나 이로써 그러한 일들이 전부터 정해져 있었다는 것을 알 수 있답니다.

계속 이야기를 들려 드리지요. 송나라 선화[1] 연간에 수양[2]에 성이 유劉,

---

1 선화(宣和) : 송나라 제8대 황제 휘종(徽宗) 조길(趙佶, 1082~1135)이 1119~1125년까지 7년 동안 사용한 연호.
2 수양(睢陽) : 중국 고대의 지명. 지금의 하남성 상구현(商丘縣) 일대에 해당한다.

이름이 량㴑인 관리가 한 사람 살았습니다. 그와 아내는 나이가 두 사람 다 마흔이 넘은 상태였지요. 그런데 몇 번이나 아들을 낳으려고 했지만 결국 낳지 못한 채 어린 딸 하나만 두고 있었습니다. 그런데 유 나리가 서울로 전보되어 가고 그 어린 딸은 집에 있다가 병을 얻어 죽는 바람에 실어 가서 묻어 주게 되었지요.

부인은 딸의 시신이 대문 밖으로 실려 나가는 것을 보고 비통함을 견딜 수가 없어서 통곡을 하다가 실신해서 의자에 축 늘어진 채 앉아 있었습니다. 그런데 가만 보니 쪽머리를 높이 틀어올린 웬 여인이 들어오더니 말하는 것이었습니다.

"부인께서는 어째서 이렇게도 슬프게 우십니까?"

그래서 부인이 이렇게 말했지요.

"몇 번이나 자식 상을 당해 대가 끊기고 겨우 어린 딸만 남았는데 이번에도 요절해 버렸지 뭡니까! 나리조차 집에 안 계시니 이 고초를 어떻게 견디겠습니까?"

"부인, 애태우실 필요 없습니다. 이제는 귀한 아드님을 보실 때가 되었으니까요. 나리는 이미 보직 인사가 끝났으니 요 며칠 사이에 돌아오실 것입니다. 돌아오시거든 성 서쪽에 사는 위㴑 씨댁 열두 째 아주머니 집에 가서서 낡은 옷 하나를 구해 간수하게 하십시오. 아들을 낳으시면 큰 은제 상자를 빌려서 옷을 깔고 아이를 그 상자 안에 담으십시오. 그리고 조금 지나면 꺼내서 젖이름을 지어 주시되 '합주合住'나 '몽주蒙住[3]'라고 붙여 주십시오. 그렇게만 하시면 자라기도 쑥쑥 자라고 키우기도 수월해서 다시는 요절할 염려가 없게 될 것입니다.[4] 이 늙은 것이 드린 말씀을 단단히 기억하십시오!"

잉어를 안은 아이가 그려진 양류청(楊柳靑) 민화

부인은 여인의 도리를 중시하는 성격이었습니다. 그렇다 보니 남에게서 가장 듣기 좋아하는 것이 이런 이야기들이었지요. 부인은 그 말이 단정적이고 상세하길래 물었지요.

"할멈은 어디서 왔길래 그런 일을 다 아세요?"

"내가 어디서 왔든 어디로 가든 신경 쓰지 마십시오. 저야 부인께서 하

3 　합주(合住)나 몽주(蒙住) : 이 두 이름을 글자 그대로 번역하면 '꼭 닫아라[合住]'와 '꼭 꼭 씌워라[蒙住]'라는 뜻이 된다. 여기서 '주(住)'는 일종의 정도부사로, 동사 뒤에 붙어서 해당 행위가 빈틈 없이 용의주도하게 이루어지는 것을 나타낸다.

4 　【즉공관 미비】今世此輩婦人如此荒誕者盡有. 乃應驗則必不然耳. 요즘 세상에 이런 연배의 여인들 중에 이런 황당한 경우가 넘쳐 나지. 영험하다고 하지만 그렇지 않을 것이다.

도 슬프게 통곡을 하는 것이 딱하기도 하고 ⋯ 거기다가 부인의 귀한 아드님이 곧 생길 참이어서 방법을 가르쳐 드리고 앞으로도 잘 키우시라고 드린 말씀인 걸요."

그래서 부인이 물었지요.

"성함이 어떻게 되십니까? 나중에 사례라도 잘 해 드리겠습니다!"

"저는 남들의 고민을 해결해 드리는 데에 익숙한 사람인 걸요. 좋은 일을 해도 남의 사례는 바라지 않습니다."

말을 마친 여인은 문 밖으로 나갔는데 그 행방을 알 수가 없었습니다. 그런데 정말 닷새가 지났을 때였지요. 유 나리가 저주[5]의 법조연[6]으로 전보되어 집으로 돌아왔지 뭡니까. 부인은 어린 딸이 요절하고 그 뒤에 쪽머리 여인을 만난 이야기를 자세하게 이야기해 주었지요. 그러자 유 나리는 한동안 상념에 젖어 있는 것이었습니다. 그리고는 자녀의 죽음을 몹시 두려워하는 마음에 여인의 말을 전해 듣더니 해서 안될지언정 일단 시도라도 해 보기로 했습니다. 게다가 자신이 임명되어 돌아오는 것을

---

5   저주(滁州) : 중국 고대의 지명. 지금의 안휘성 저주시(滁州市) 일대에 해당한다. 원대 말
    기에 곽자흥(郭子興)·주원장(朱元璋)이 이끈 홍건적(紅巾賊)의 근거지이기도 하다.
6   법조연(法曹掾) : 중국 고대의 관직명. 북제(北齊) 때 청도군(淸都郡)과 업현(鄴縣)·임
    담현(臨潭縣)·성안현(成安縣)에 설치한 법조의 수장. 다른 주·부에서는 그보다 지위가
    낮은 법조의 관리였다.

이야기한 데다가 그것을 맞춘 것을 보고 속으로 어느 정도 그 말을 믿게 되었지요. 그래서 이튿날, 바로 성의 서문西門을 나가서 위 씨네 집을 수소문하고 다녔습니다. 그러나 두 리 정도 길을 다녔지만 장씨·이씨·왕씨·조趙씨 집은 다 있어도 위씨 집은 없지 뭡니까.

"그 이야기는 안 맞는 것 같군!"

장택단의 『청명상하도』 속의 찻집

이렇게 말하면서 돌아올 때였습니다. 성문 옆에 이르렀을 즈음에 목이 마르지 뭡니까. 마침 웬 찻집이 눈에 들어오길래 안으로 들어가 앉아서 끓인 차를 먹었습니다. 그리고 나서 주인에게 성을 물어 보았더니 마침 위씨이지 뭡니까! 찻집에는 젊은이가 하나 있었는데, 주인의 조카로 열

한번 째 조카였습니다. 유 나리는 그의 호칭이 나오는 것을 보고 마음에 짚이는 것이 있었던지 위 씨네 열한 째에게 물었습니다.

"그대 집에 형제가 있소?"

"형제가 열두 사람 있습니다!"

"그럼 … 형씨에게 형수가 있겠구려?"

그러자 위 씨네 열한째가 말하는 것이었습니다.

"계수씨를 맞아 들여서 아들을 열이나 낳았는데 한 아이도 상하거나 요절한 일이 없었습니다. 지금 함께 살면서 같이 먹다 보니 가난한 살림에 버티기가 무척 어렵지 뭡니까!"

위 씨네 열두째 아주머니가 실제로 있고 거기다가 아들이 많은 것을 본 유 나리는 그 여인의 당초의 말과 부합되는 것을 확인하자 자기도 모르게 몹시 반가워했습니다. 그래서 자신의 사연을 그에게 털어 놓았지요. 그리고 매번 어린 자식을 잃은 일과 웬 여인이 '열두째 아주머니에게서 낡은 옷을 빌리라고 가르쳐 주었는데 지금 그처럼 아들을 많이 두신 것을 보니 예언한 말이 허망한 것만은 아닌 것 같다'고 덧붙였습니다.

위 씨네 열한째는 웬 관리가 서로 내왕하기를 바라자 속으로 기뻐했습

중단의 예시. 지금의 와이셔츠처럼 겉저고리를 걸치기 전에 속옷처럼 덧
대어 입었다고 한다

니다. 그래서 서둘러 안으로 들어가서 형제들을 보고 그 이야기를 했지
요. 그러자 위 씨네 열두째가 즉석에서 자신이 입던 낡은 중단의[7]를 꺼내
더니 유 나리에게 선물로 주는 것이 아닙니까. 유 나리는 유 나리대로 몸
에서 지니고 온 지폐 두 꿰미[8]를 꺼내 그에게 답례로 주려 했지만 위씨
형제는 한사코 받으려 들지 않는 것이었습니다.

 "귀댁에서 도련님을 낳으셨을 때 축하주[9]나 한잔 얻어 마시고 나중에

---

7 중단의(中單衣) : 중국 고대의 복식의 일종. 저고리와 치마가 연결된 원피스의 일종으로,
   제사를 지내는 제례복이나 조정의 조회에서 입는 조복(朝服) 안에 받쳐 입었다. 몸에 직
   접 닿는 내의와 제례복·조복 '사이'에 착용한다고 해서 '중의(中衣), 중단(中單)' 등으로
   불렀다고 한다.
8 꿰미[貫] : 돈을 세는 단위. 보통 엽전 천 닢을 실에 꿴 것을 '관(貫)'으로 불렀다. "만 꿰
   미"는 아주 큰 재산을 뜻한다. 여기서는 종이돈이라고 했으므로 엽전 두 꿰미 즉 이천
   닢에 해당하는 액수의 종이돈으로 해석된다.
9 축하주[喜酒] : '희주(喜酒)'는 중국에서 혼례식 피로연 등 경사가 생긴 집에서 마시는
   축하주를 말한다.

저희 집을 좀 보살펴 주신다면 그걸로도 충분합니다요!"

그러자 유 나리는 고맙다는 인사를 하고 나서 낡은 옷을 가지고 집으로 돌아갔답니다.

그리고 나서 얼마 지나지 않았을 때였습니다. 그 부인이 정말로 아이를 배었지 뭡니까. 그리고 다섯 달이 되었을 때 부부는 함께 저주 임지로 왔지요. 그러던 어느 날이었습니다. 관아에서 부부가 마주앉아 밥을 먹고 있는데 유 나리가 부인을 보고 말하는 것이었지요.

"그 여인의 말대로 '위 씨네 열두째 아주머니'가 분명히 있기는 있었던가 보오. 낡은 옷도 구했고 아들을 낳는다는 예언도 확실히 근거가 있었지. 그건 그렇고 … 큰 은제 상자가 하나 있어야 된다고 하던데 … 내 생각에는 아이를 담을 정도의 상자라면 아주 커야 할 게요. 안 그러면 담을 수가 없을 텐데 … 뉘집에 그런 상자가 있다고 쉽게 가서 빌리겠소? 그건 좀 황당하구만!"

"그 말은 그렇더군요! 남들한테도 아마 없을 겁니다. 있다 손 치더라도 우리가 어디서 수소문해서 그 집에서 빌린단 말입니까? 다만, … 그 할멈 하는 말씀이 구구절절 허황되지 않으니 … 일단 그 말이 맞는 말인지 두고 보자구요."

부부가 마침 이렇게 의심을 하고 있을 때였습니다. 유 나리에게 부(府)에서 보낸 공문이 왔는데 그에게 저주 관아의 곳간을 점검하는 일을 맡긴다는 내용이었지요. 유 나리는 지체할 수가 없어서 당장 곳간지기에게 지시해서 장부를 모두 가지고 오게 했습니다. 그리고 관아 곳간에 보관 중인 물건들은 모두 골라내서 상세하게 조사하게 했지요.

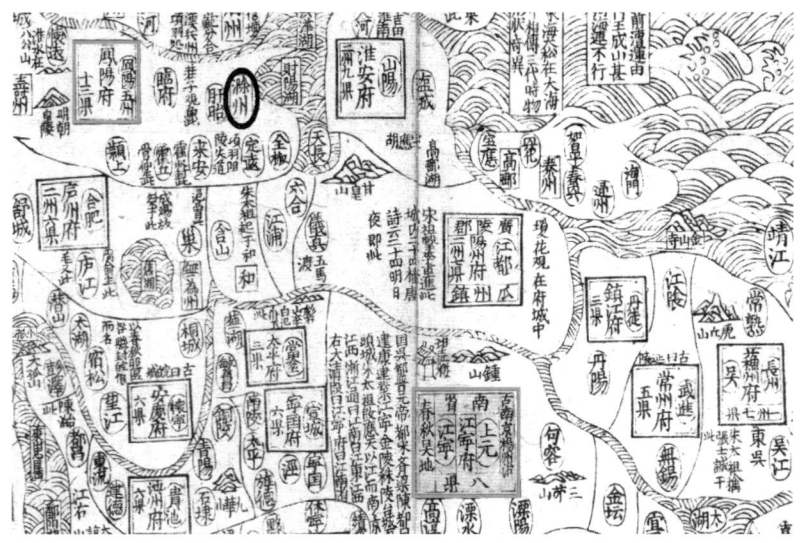

『대명구변만국인적노정전도(大明九邊萬國人跡路程全圖)』에 표시된 저주(동그라미). 그 왼쪽에 태조 주원장의 고향 봉양(鳳陽). 그 아래쪽에 도읍 남경(상원)이 보인다

저주는 원래 황량하고 외진 고을이었습니다. 그래서 곳간에 보관하고 있는 물건들도 볼품이 없어서 별로 그렇게 괜찮은 것은 보이지 않았습니다. 유독 그 안에 큰 은제 상자만 두 짝 남아 있을 뿐이었지요. 유 나리는 마음에 와 닿는 것이 있었지만 이내 의아하게 여겼습니다.

'어째서 … 이런 물건이 다 있을까?'

그래서 곳간지기에게 물어 보았더니 이렇게 말하는 것이었지요.

"근래에 흠차[10]로 파견된 내상[11] 담식譚植이라는 분이 절서[12] 땅에 파견
되어 공무를 보게 되었는데 그 분이 거쳐 가는 주나 현마다 어김없이 특
산품을 바쳐야 했지요. 그 특산품들을 담는 그릇으로는 일률적으로 은으
로 상자를 만들게 한 다음 그 은 상자까지 모두 거두어 갔답니다. 해서
주 관아에서 그때 여기에 마련하게 된 거지요. 헌데, … 나중에 내상께서
저주 쪽을 거치지 않고 다른 길로 가 버렸지 뭡니까 글쎄! 해서 은 상자
는 쓰지 않게 되었고 곳간에 그대로 남겨져서 공용물로 보관하게 된 겁
니다요!"

유 나리는 그 이야기를 속으로 잘 기억해 두었다가 돌아가서 부인에게
그 이유를 들려주고 내외가 함께 신기하게 여겼답니다.

몇 달이 지나서 부인은 아들을 하나 낳았습니다. 그래서 곳간으로 가
서 그 은제 상자를 빌린 다음 그 여인이 한 말대로 위 씨네 열두째 아주
머니 집 낡은 옷을 바닥에 깔고 낳은 아들을 상자 안에 뉘었지요. 그리고

---

10 흠차(欽差) : 황제가 파견한 사자. 칙사(勅使).
11 내상(內相) : 당・송대에 한림학사(翰林學士)에 대한 또다른 호칭.
12 절서(浙西) : 중국 고대의 지역명. 중국에서는 전통적으로 절강성의 전당강(錢塘江)을
     중심으로 그 동쪽을 '절동(浙東)', 그 서쪽을 '절서(浙西)'라고 불렀다.

한 시진[13] 정도 지나고 나서야 아이를 꺼내고 젖이름을 '몽주'라고 지어 주었습니다. 그리고 나서 그 상자 바닥을 보니 글자가 새겨져 있는데 바로 '선화 경자년[14] 제宣和庚子年製'라는 글자였습니다. 두 사람이 수양에서 여인이 일러 준 시기를 떠올려 보니 그 상자가 만들어지기 전이지 뭡니까. 어찌 된 영문인지는 모르지만 그 여인은 이 일을 진작부터 알고 있었던 셈이지요.

명대의 도자기와 바닥면의 제작 연도 표시. 이 도자기는 '명나라 선덕 연간에 제작되었다'고 소개되어 있다

그 아들에게는 나중에 이름을 '효위孝韙', 자를 '정보正甫'라고 지어 주었습니다. 그는 벼슬이 병부 시랑[15]에까지 이르렀고 정말 아주 귀한 지체

---

13 시진(時辰) : 고대 중국에서는 하루를 열두 시진으로 나누고 간지(干支)로 불렀으므로, 한 시진은 지금의 두 시간에 해당된다. 현대 중국어에서 한 시간을 '소시(小時)'라고 하는 것은 이 시진을 염두에 둔 표현이라고 할 수 있다.
14 선화 경자년(宣和庚子年) : 북송 휘송의 재위 시기인 선화 2년, 즉 서기 1120년을 말한다.

가 되었답니다. 쪽머리 여인의 말 치고 어느 하나 들어맞지 않은 것이 없었지요. 참으로 그 운명이 이미 전부터 정해져 있었다고 하겠습니다. 더욱이 아까 그 물건은 세상에 아직 존재하기도 전이었습니다. 그런데도 그 존귀한 분은 벌써 그 안에 한 동안 누워 있어야만 성인이 될 수 있었고, 자리도 그곳이라고 예언 했으니 정말 신기하지 않습니까?

이제는 만 리 밖에서 지내던 어떤 사람의 이야기를 들려 드리도록 하겠습니다. 두 사람은 서로 모르는 사이였지요. 그런데도 이쪽이 미리 얻은 이름이 저쪽에서 원래 얻은 이름과 놀랍게도 같았다고 합니다. 이 이야기의 타고난 운명은 훨씬 더 신기한 셈이지요. 그 내막을 분명하게 아시려면 먼저 소생의 구호[16] 네 구절을 들어 보시기 바랍니다.

아이 데리고 버려진 한 어미 있었나니	有母將雛橫遣離,
만 리 길 와서 상봉하게 될지 누가 알았으랴?	誰知萬里遇還時.
두 곳에서 이름 부합되는 것을 보시라	試看兩地名相合,

---

15 병부 시랑(兵部侍郎) : 중국 고대의 관직 명. 명대의 대표적인 중앙정부기관인 '육부(六部)'의 하나인 병부의 차관급 관리. '육부'는 이부(吏部)·호부(戶部)·예부(禮部)·병부(兵部)·형부(刑部)·공부(工部)를 아울러 부르는 이름으로, 명나라 태조 때에 설치되었다. 육부는 처음에는 중서성(中書省)에 예속되었다가 중서성의 철폐와 함께 황제에 직속되었다. 각 부에는 관련 업무를 주재하는 수장인 상서(尙書, 장관급)와 그를 보좌하는 좌·우 두 명의 시랑(侍郎, 차관급)을 중심으로 하되, 그 아래로 낭중(郎中)·원외랑(員外郎)·주사(主事) 등을 두었다. 한대에는 궁정에서 황제를 모시는 측근 내시였으나, 당대 이후로는 그 지위가 점차 높아져서 지금의 차관급에 이르렀다.

16 구호(口號) : 명대에 유행한 시의 일종. 현재는 구령(口令)이라는 뜻으로 사용되지만 원래는 문구를 다듬지 않고 즉흥적으로 읊는 시를 부르는 말이었다. 당나라의 이백(李白)이 지은 「구호오왕미인반취(口號吳王美人半醉)」도 구호시의 하나로 분류된다.

이제야 왕년에 하늘이 내린 아이임을 믿겠구나!　始信當年天賜兒.

이번 작품[17] 역시 송대에 소주[18]의 한 관리에 관한 이야기입니다. 그 관리는 성이 주朱, 자가 경선景先인데, 외자로는 '전銓'자를 이름으로 썼지요. 순희[19] 병신丙申 연간에, 그는 사천 지역의 차마사[20]를 주관하고 있었습니다. 이 고을에는 이름이 손遜인 도령이 하나 살았는데, 나이가 벌써 스무 살이었습니다. 그는 아내로 범范씨를 맞아들였는데, 소주에서는 대갓집이었지요. 그런데 손이 아내를 집으로 맞아들이기도 전에 아버지를 따라 그 임지로 따라가게 되었지 뭡니까.

그 도령은 청춘으로 한창 왕성한 나이였습니다. 그런데 관아에 홀몸으로 지내느라 무료한 데다가 욕정은 불길과도 같이 억누를 길이 없었지요. 그래서 남에게 부탁해서 아버지 주경선을 보고 '일단 첩을 하나 들여서 잠자리 시중이라도 들게 해 주어야 한다'는 말을 대신 전하게 했습니다.

17　이번 작품[這回書] : 이 표현을 통하여 이야기꾼이 이제부터 들려주는 것이 '몸 이야기(main story)' 즉 '정화(正話)'이며, 방금 전까지 들려 준 이야기는 '앞 이야기(prologue)' 즉 '입화(入話)'였음을 확인할 수가 있다. '저회서(這回書)'는 글자 그대로 풀면 '이번 이야기' 정도의 뜻이지만 뒤에 "이야기"라는 표현이 또 나오기 때문에 '작품'으로 달리 표현하였다.

18　소주(蘇州) : 명대의 지명. 남직예(南直隷)에 속했던 소주부(蘇州府, 지금의 강소성 소주시)를 말한다.

19　순희(淳熙) : 송나라 제11대 황제 효종(孝宗) 조신(趙昚, 1127~1194)의 연호. 1174~1189년까지 16년 동안 사용하였다. "순희 병신년"은 순희 3년으로 서기로는 1176년에 해당한다.

20　차마사(茶馬使) : 명대의 관직명. 정식 직함은 차마대사(茶馬大使)로, 차마사(茶馬司)를 관장했으며 정9품이었다. 태조 주원장이 원래의 소속 관리 명칭이던 사령(司令)·사승(司丞)을 각각 대사(大使)·대부(大副)로 개칭하였다.

"사내가 본처를 맞아들이기도 전에 첩부터 들이다니 … 그런 법도가 어디에 있다더냐?"

경선이 이렇게 말하자 도령이 말했습니다.

"물론 그런 법도는 없습니다. 그러나 … 지금 수천 리 밖에서 타향살이를 하고 있습니다. 관례에 어긋나기는 하지만 임기응변으로 지금 외로운 제가 짝을 구할 방법을 모색하는 수밖에 없지요! (…) 나중에 본처를 맞아들이고 나서 첩을 돌려보내도 안될 것은 없지 않겠습니까?"[21]

"그것도 그럴싸하구나. 다만 … 나중에 사랑에 빠져서 돌려 보내려고 해도 어려워질까 걱정이다!"

"말씀 드리지 않았습니까. 사내 대장부는 매사에 일도양단一刀兩段 이지요. 거기에 무슨 어려움이 있겠습니까?"

도령이 이렇게까지 말하자 경선도 허락하는 수밖에 없었습니다. 도령은 이리하여 관아의 건장한 포졸 호홍胡鴻에게 부탁하여 외지로 나가 소실 감을 찾아보게 했지요. 호홍은 성도의 장씨 성을 가진 사람의 집을 찾아갔습니다. 그 집에는 여자가 하나 있는데, 이름이 복낭福娘으로, 자태가

---

21 【즉공관 미비】娶妻可也. 不宜爲遣還之說, 先自作法子凉. 첩을 들이는 것은 괜찮다. 그러나 돌려 보낸다는 말은 하지 않는 것이 옳다. 사전에 스스로 방법을 강구해서 해결했어야지.

아름답고 성격이 부드러웠지요. 그래서 돌아와서 도령에게 알려 주니 예물로 은자 쉰 냥을 가져가서 데려와 소실로 삼았습니다. 복낭은 도령과 나이가 비슷해서 그야말로

젊은 남녀이다 보니	少女少郞,
그 즐거움 주체할 수 없구나.	其樂難當.
두 사람의 즐거움과 사랑이	兩情歡愛,
아교나 옻칠 같이 끈끈하네.	如膠似漆.

한 해가 지났을 때였습니다. 뜻밖에도 소주의 범 씨네에서는 딸이 다 자랐는데 사위는 먼곳에서 아버지를 수행하면서 여태 돌아올 기약조차 없지 뭡니까. 양가 청춘의 장래를 망칠까 봐서 되는 대로 혼수를 잘 장만한 다음 신부 아버지 범옹이 직접 임지까지 수레로 싣고 가서 혼사를 치루기로 했습니다.

범옹 일행이 사천 땅으로 들어설 즈음이었습니다. 미리 사람을 시켜 주 씨댁 관아에 기별을 전하게 했더니 '주 도령이 한 해 전에 소실을 들였다'지 뭡니까. 그 사실을 안 범옹은 즉시 함을 실은 수레를 멈추어 세우고 더 이상 움직이지 않았습니다. 그리고 서신을 써서 사돈에게 전했지요.

"처를 먼저 맞아들이고 첩을 나중에 들이는 것은 세상에서도 늘 있는 일입니다. 허나 … 처가 혼례를 치루지도 않았는데 첩을 먼저 집에 들였

다니 그 저의가 어디에 있는지요? 지금 저희 딸이 출가하기 위해 출발할 채비를 하고 예물도 곧 장만될 참입니다. 그러니 기필코 곁가지[22]를 없애셔야만 연리지[23]의 금슬을 이룰 수 있겠습니다. 그래서 이렇게 말씀드렸습니다."[24]

先妻後妾, 世所恒有. 妻未成婚, 妾已入室, 其義何在? 今小女於歸戒途, 吉禮將成, 必去駢枝, 始諧連理. 此白.

손님들, 제 이야기 좀 들어 보십시오! 이 '첩을 먼저 들이고 처를 나중에 맞아들이는 것'은 정말 올바른 도리가 아닙니다. 그러나 사내가 첩을 거느리는 것 역시 늘상 있는 일이지요. 이번에도 기왕 첩을 집에 들인 이상 처첩의 구분만큼은 분명히 해야 옳습니다. 서열 때문에 하극상이 벌어지지 않아야 서로가 편안히 지낼 수가 있으니까요.[25] 그래야만 합당한 처분으로 신뢰를 얻을 수가 있는 것입니다.

그러나 여자들 치고 질투 하지 않는 사람이 없으니 어쩌겠습니까? '첩이 있다'는 한 마디 말이 나오는 순간 이미 서로간에 위화감이 생기기 마련입니다. '기필코 쫓아내야만 눈엣 가시를 뽑을 수 있다'는 논리인 거지

---

22 곁가지[駢枝] : '병지(駢指)'는 '병모지지(駢拇枝指)'를 줄인 말로, 엄지 손가락 옆에 기형의 손가락이 더 나 있는 육손을 말한다. 일반적으로 남지만 쓸모가 없는 것을 가리켜서 편의상 "곁가지"로 번역하였다.
23 연리지(連理枝) : 중국의 고대 전설에 등장하는 나무. 서로 다른 나무의 가지들이 맞닿아 결이 통하면서 한 그루가 되었다는 뜻으로, 다정한 연인이나 금슬이 좋은 부부 사이를 가리키는 말로 주로 사용된다.
24 【즉공관 미비】此丈人亦狼. 然今世往往有此. 장인이라는 이 자도 참 고약하다. 그러나 요즘 세상에는 종종 이런 자가 있더군.
25 【즉공관 미비】正論. 맞는 말씀.

요. 그러니 그와 상의를 한들 어떻게 서로가 받아들일 수가 있겠습니까? 아버지 된 사람이 훌륭한 식견을 가지고 있다면 바른 말로 이런 식으로 설득했어야 합니다.

『금석색(金石索)』의 「오서도(五瑞圖)」에 소개되어 있는 고대의 연리지(목연리)

"첩이 미천하기는 하지만 똑같이 양갓집 자녀이니라. 기왕에 몸으로 지아비를 섬기는 것 역시 평생 동안 해야 할 일인 이상 어떻게 경솔하게 첩을 내보내라고 하겠느냐? 우리 집의 첩을 다른 집에 출가시키는 것 역시 올바른 도리가 아니다. 일이 여기까지 이르렀다면 너그럽게 포용하고 화기애애하게 함께 지낼 수밖에 없느니라. 남들이 본처가 어질고 지혜롭다고 칭송하게 되면 첩도 자연히 스스로 분수를 지키며 복종할 것이니라. 그러니 안될 것이 뭐가 있느냐?"

만약에 그 아버지가 이렇게 이르려고만 했다고 칩시다. 그랬더라면 미처 혼례를 치루지 못한 그 범 씨댁 여자가 제 아무리 질투가 심하더라도 험악한 꼴을 보이고 온갖 수단을 다 쓰면서 감 놔라 배 놔라 하기는 어려웠을 것입니다. 그러나 한 집안의 아버지라는 양반이 딸을 보호한답시고 '중재가 상책'이라는 것도 깨닫지 못한 채 되려 딸을 부추겨 선을 넘으려고나 들기에 바빴지요. 이 집안에 처리하기 난처한 일들이 잔뜩 생긴 것이야 아예 관심조차 없었던 거지요.

어쨌거나 이 서신이 보내짐으로써 다음과 같은 일이 벌어지게 됩니다[26]!

| 비단이불 속 사랑하는 첩이 | 錦窩愛妾, |
| 하루아침에 칼처럼 연평 나루[27]서 헤어지네. | 一朝劍析延津. |

26　다음과 같은 일이 벌어지게 됩니다[有分交] : 명대 (의)화본 및 장회(章回)소설에서 장면이 끝나거나 바뀔 때마다 사용하는 상투어. 보통 이 앞에는 "바로 이 걸음 덕분에(只因此一去)"라는 말이 관용적으로 사용되며, 이 뒤에는 다음 장면에서 벌어지게 될 사건이나 상황들을 사전에 미리 암시하는 두 구절의 시를 사용함으로써 청중들이 이야기에 몰입하도록 이끄는 역할을 하는데, 엄밀한 의미에서는 독서를 목적으로 한 일반 소설의 관용적인 표현이라기보다는 극장에서의 공연을 목적으로 한 공연물에서 주로 사용하는 연극적 장치의 일종으로 이해하는 것이 더 좋을 듯하다. "분교(分交)"는 '분교(分教)'로 표기하기도 한다. 여기서는 "유분교(有分交)"를 편의상 "다음과 같은 일이 벌어지게 된다" 식으로 번역하였다.

27　연평 나루[延津] : '연진(延津)'은 연평진(延平津)을 말한다. 진(晉)나라의 명사인 장화(張華)가 풍성(豐城) 현령으로 부임해서 감옥 한 구석에서 용연(龍淵)·태아(太阿) 두 보검을 얻은 친구 뇌환(雷煥)에게서 하나를 선물로 받았다. 하루는 장화가 연평 나루를 지나는데 차고 있던 그 보검이 별안간 칼집을 벗어나 물가로 날아가더니 용으로 둔갑해서

먼 길 너머에 있던 고아가 　　　　　　　　　　遠道孤兒,

만 리 길 와서야 진주가 합포로 돌아가누나.[28] 　　萬里珠還合浦.

그야말로

세상에 좋은 물건 오래 가지 못하니 　　　世間好物不堅牢,

오색구름[29] 금세 흩어지고 유리도 깨진다네. 　綵雲易散琉璃碎.

인연 없으면 마주보고 있어도 못 만나고 　無緣對面不相逢,

인연 있다면 천리를 떨어져도 만나고 마는 법. 有緣千里能相會.

범 씨댁의 서신을 받은 주경선은 도령을 보고 말했습니다.

"내가 지난번에 이야기했었느니라. (…) 오늘 네 장인이 서신을 보내

　　물 속에서 튀어나온 다른 용과 한 쌍을 이루어 허공으로 솟아올라 사라졌다고 한다. 자세
　　한 이야기는 제3권의 맛보기[入話] 부분을 참고하기 바란다. 여기서는 주손 도령의 첩
　　장복낭이 주경선의 반대로 그와 헤어진 일을 두고 한 말이다.

28 진주가 합포로 돌아가네[珠還合浦] : 광서성(廣西省) 남쪽 남중국해 연안의 해변 도시인
　　합포(合浦)는 예로부터 진주의 명산지로 유명하였다. 전설에 따르면 현지 관리들이 진주
　　조개의 씨가 마를 정도로 지나치게 남획을 하자 조개들이 다른 지역으로 옮겨가 버려서
　　진주가 더 이상 산출되지 않았다고 한다. 그 후 후한대에 맹상(孟嘗 : ?-?)이 기존의 폐해
　　들을 타파하자 진주 조개들도 그제서야 합포로 돌아왔다고 한다. 여기서 "만리 길 와서
　　진주가 합포로 돌아가네"는 주경선의 손자가 만리나 떨어진 사천 땅에서 본향으로 돌아
　　와 주경선과 상봉한 일을 두고 한 말이다.

29 오색 구름[綵雲] : 특이한 자연현상의 하나. 흐리거나 비가 내릴 때에 하늘과 육지 사이에
　　낮게 드리워지는 무지개[彩虹]와는 달리 맑은 하늘에 중천에 뜨는 여러 가지 색깔을 띤
　　구름을 가리킨다. 전통적으로 상서로운 일이 생긴다는 상징성을 부여하여 때로는 서운
　　(瑞雲)・경운(景雲)・자운(紫雲) 등으로 불리기도 한다. 참고로 2022년 5월 10일에 제
　　20대 대통령 취임식장에 나타난 것 역시 무지개가 아니라 오색 구름으로 볼 수 있다.

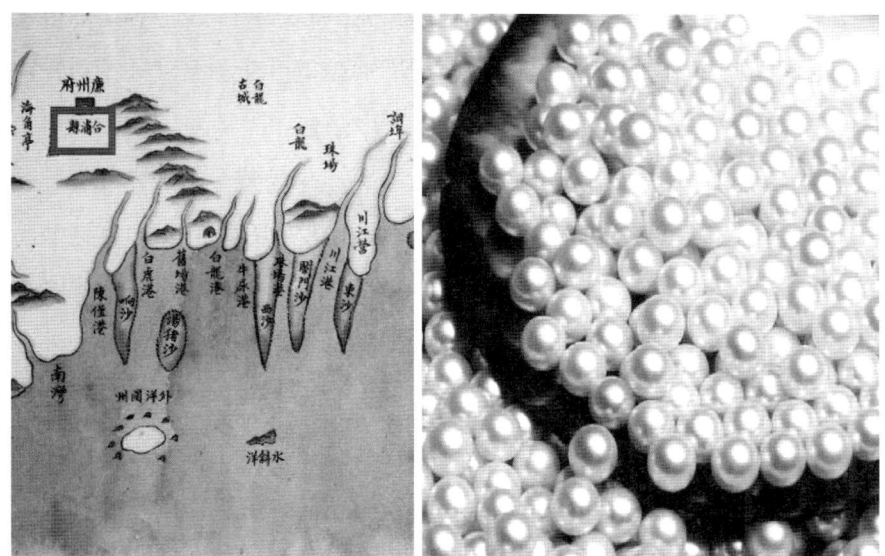

『중화연해형세전도(中華沿海形勢全圖)』(1774)에 표시된 합포현(동그라미)과 특산물 '남주(南珠)'

어 따지시지만 애초부터 그 분을 설득할 수가 없다. 그 분은 '기필코 첩을 내보내야만 혼례를 치룰 수가 있다'고 하신다. 네 처는 벌써 현 경계까지 와 있는데 … 확답을 들어야만 여기로 오겠다고 하시는구나. (…) 이 문제는 … 네 결정을 따르는 수밖에 없을 것 같다!"

도령은 속으로 정말로 장복낭을 아까워했습니다. 그러나 지난번에 첩을 집에 들일 때 처음부터 본처를 맞아들이면 첩을 내보내기로 약속했었지요. 그런데다가 오늘은 아버지까지 또 이렇게 말하고, 장인은 장인대로 당장 확답을 요구하고 있는 상황에 처한 셈이었지요. 그러니 만약에 첩을 내보내지 않으면 혼례를 치룰 도리가 없지 뭡니까. 그야말로 진퇴

양난이다 보니 속으로는 눈물이 다 나올 지경이었습니다. 결국 그 이야기를 장복낭에게 털어 놓는 수밖에 없었지요. 그러자 장복낭이 말하는 것이었습니다.

"애초에 저를 필요로 하지 않으실 때에야 시댁의 뜻을 따랐습니다. 하지만 … 지금 이 댁 문을 들어왔고, 지은 죄도 없는 이상 저를 쫓아낼 수는 없으실 텐데요.[30] 큰 아씨를 모시고 오시면 그 분을 깍듯이 예의를 차려서 모시면 그만입니다. 그런데 어째서 절더러 나가라고 하십니까?"

"내가 너를 어떻게 포기하겠느냐! 다만, … 당초 너를 집에 들일 때에 처음부터 아버지께 말씀드렸었지. '정식으로 혼례를 치르는 날 알아서 돌려보내겠다'고. (…) 지금 아버지께서 전날의 약속을 들먹이면서 나를 나무라시고 범 씨댁 장인께서도 따님을 데리고 현 경계에 머물고 계신다. (…) 네가 떠나야 따님을 우리 집으로 보내시겠다고 말이다! (…) 나도 진퇴양난이다 보니 어쩔 도리가 없구나!"

그러자 장복낭이 말했습니다.

"소첩은 천한 몸이니 서방님 댁에서 알아서 하시는 수밖에요.[31] 서방님 댁에서 내보내시겠다고 하시니 어떻게 억지로 저를 잡아 두고 큰 아

---

30 【즉공관 미비】□話也直. □□ 말이 참 직설적이군.
31 【즉공관 미비】賢而可憐. 현명하지만 딱하게 됐구나.

씨가 오시는 것을 방해할 수가 있겠습니까? 허나, … 소첩에게는 어쩔 수 없는 사정이 있어서 나가려고 해도 나갈 수가 없습니다."

"어쩔 수 없는 사정이라니?"

그 말에 장복낭은 이렇게 말했습니다.

"소첩이 벌써 아이를 배었습니다. 이건 … 분명히 서방님댁 핏줄일 테지요. (…) 소첩이 만약 본가에 돌아가고, 나중에 자녀를 낳게 된다면 어쨌든 주 씨댁 사람일 텐데 … 그런 상황에서 어디로 개가할 수가 있겠습니까? 나중에 집을 지킬 거라면 차라리 지금 나가지 않는 편이 옳지 않겠습니까?"[32]

"네가 만약에 나가지 않으면 범 씨댁에서는 혼례를 치루려 하지 않을 테니 … 평생의 중대사인 혼사를 망치는 꼴이 되지 않겠느냐? 설사 그 분을 압박해서 억지로 혼례를 치룬다 치더라도 우리 집에 출가하고 나서는 좋은 감정을 가지지 않을 것이 분명하다. 그렇게 너를 모질게 대하기라도 하면 되려 불미스러운 꼴이 되고 말 테지. (…) 일단 피해 나갔다가 내가 혼례를 마치고 나면 천천히 기회를 봐서 그녀를 설득한 다음 너를 불러 와서 함께 지내게 하겠다. 그래야 문제가 없을 것이니라!"[33]

---

32 【즉공관 미비】己辦苦守矣. 이미 끝까지 절개를 지킬 각오를 한 게지.
33 【즉공관 미비】未嘗非老成之見. 물정에 밝은 식견 아닌 적이 없지.

그렇게까지 말하니 장복낭도 어쩔 방법이 없었지요. 그야말로

사람으로 살자면 여자로는 태어나지 마소　　　人生莫作婦人身,
백년 인생의 고락이 죄다 남의 손에 달렸나니!　百年苦樂繇他人.

복낭은 돌아가지 않을 작정이었습니다. 그러나 안방의 시아버지는 내보내겠다고 하고 도령은 도령대로 장인의 말을 좇아 혼례를 치루려는 마음 뿐이었지요. 복낭이 아무리 애를 써도 도령의 뜻을 꺾을 수가 없었습니다. 그러니 그저 눈물만 자꾸 훌쩍거릴 뿐 어떻게 반발할 수가 있겠습니까? 일단 혼자 집으로 돌아가 지내는 수밖에 없었답니다.

주 씨네에서는 이 사실을 범 씨댁에 알렸습니다. 범옹은 그제서야 딸과 함께 출발해서 밤낮 없이 달려 관아까지 와서 좋은 날을 잡아 혼례를 치루었지요.

주 도령도 어쩔 수 없는 사내였습니다. 그 마음이 연잎 위의 이슬방울 같이, 이쪽에서 빠지나 싶더니 저쪽으로 쪼르르 가서 붙는 것이 아닙니까[34]! 게다가 범씨와 부부의 즐거움을 이루고 나니 장복낭과의 이별의

---

34 연잎 위의 이슬방울 같이~[荷葉上露水珠兒] : 명대의 속담. "연잎 위의 이슬방울 같이, 이쪽에서 빠져 저쪽으로 가서 모인다[一似荷葉上露水珠兒, 這邊缺了, 那邊又圓]"는 것은 연잎 위의 이슬방울이 이리저리 자유자재로 움직이듯이 사람 마음도 복잡다단하고 수시로 변하는 것을 두고 한 말이다. 여기서는 주손 도령의 사랑이 장복낭에서 범씨에게로 옮겨 간 것을 말한다. 복문(複文)으로 이루어진 이 속담은 때로는 "연잎 위의 이슬방울 같다 — 이쪽에서 빠져서 저쪽으로 고인다" 식으로 주절과 종속절이 분리되어 헐후어(歇

슬픔 따위는 아랑곳도 하지 않았습니다. 부부 두 사람이 일단 금슬 좋게 지내다 보니 이때만큼은 그 첩이 없어도 아무 문제가 없었지요.

그 이듬해였습니다. 주경선이 차마사의 임기를 채우자 조정에서는 소경[35] 왕악王渥을 파견해 교대시키고 경선을 소환하여 조정으로 돌아오게 했습니다. 그래서 경선은 날짜를 정하여 팔월에 임지를 떠났지요. 이때 복낭은 분만할 때가 임박해 있었습니다. 그래서 사람을 시켜 '도령을 따라서 같이 소주로 가고 싶다'는 의사를 전하게 했지요. 그런데 경선이 말하는 것이었습니다.

"이치로 따지자면 아이를 배었으면 원래 데리고 같이 가야 옳겠지. 허나, … 도중에 아이를 낳기라도 하면 여간 불편하지 않다. 그러니 일단 그 아이 운을 두고 보도록 하자. 만약 지금 당장 아이를 낳는다면 데려가기가 수월할 테지만."

그러자 복낭은 몇 번이나 와서 하소연했습니다.

後語)로 사용되거나 '유월의 연잎 위 물방울 — 자유자재로 움직인다[六月裡荷葉上的水珠 — 流走自如]' 식의 유사한 속담 / 헐후어로 사용되기도 하였다.
35 소경(少卿): 명대의 관직명. 고대에 태상시(太常寺)는 제사와 예악을 관장하는 기관이었다. 진대(秦代)에 '봉상(奉常)'을 두고 한대(漢代)에 이를 '태상(太常)'으로 개칭하였다. 명대(明代)의 경우에는 주원장(朱元璋)이 오(吳) 원년(1367)에 태상사(太常司)를 설치했다가 홍무(洪武) 30년(1397) 다시 태상시로 개칭하고 경(卿)·소경(少卿)·시승(寺丞) 등의 관리를 두었다.

"출가해서 지아비를 섬기는 몸으로서 당시에는 그저 큰 아씨를 맞아들이시는 일 때문에 잠깐 본가에 돌아가 있었습니다마는 처음부터 인연을 끊을 이유가 없었습니다. 게다가 … 뱃속의 아이가 누구 핏줄입니까? 그런데도 버리고 가시겠다니요! (…) 당장 낳든 아니든 간에 '닭한테 시집을 가면 닭을 따라 간다[36]'는 말처럼 당연히 같이 가야지요!"

송대 화가 소한신(蘇漢臣)의 『추정희영도(秋庭戲嬰圖)』에 그려진 놀이에 몰두하는 아이들(대만고궁박물원 소장)

주경선은 벼슬을 사는 관리의 몸인데 이 여자가 합당한 논리로 따지니

---

36 닭한테 시집을 가면~[嫁雞隨雞, 嫁狗隨狗] : 원·명대의 속담. 여자가 출가하면 남편이 싫든 좋든 순종해야 한다는 뜻이다.

말로는 설득시킬 수가 없다는 생각이 들었습니다. 그래서 부인에게 이야기해서 며느리인 범씨를 설득하고 그녀가 복낭을 관아로 데려오게 해서 함께 동쪽으로 귀환하기로 했지요. 그렇지 않아도 범씨는 도령으로부터 두 번이나 미리 이야기를 들은 적이 있었습니다. 거기다가 이번에 시부모까지 와서 이야기를 하니 명령을 거스르기가 난처하지 뭡니까. 그녀는 뼈대 있는 집안 출신으로 대의를 아는지라 어찌 되었든 복낭을 맞이할 채비를 했답니다. 그러나 어떻게 하겠습니까.

> 하늘의 바람과 구름을 예측할 수 없듯이   天有不測風雲,
> 사람에게도 불행과 행복은 주야로 바뀌는 법.[37]   人有旦夕禍福.

주 도령은 여색을 밝히는 사람이었습니다. 그가 혼례를 치루기 전만 보더라도 그렇지요. 다급하게 첩을 집으로 들여서 장복낭을 이럴 수도 저럴 수도 없게 만들었으니[38] 어찌 성질이 급한 자가 아니겠습니까? 그런데 지금은 범씨와 부부가 되어 서로 금슬 좋게 지내는 것은 물론이고 장복낭까지 내쳐서 상황을 완전히 뒤집어 놓아 버렸습니다. 그리하여 이전의 독한 불이 죄다 한곳으로 집중되면서 아침저녁으로 그녀의 몸을 더듬기에만 바쁘지 뭡니까 글쎄! 그러다 보니 진작에 폐결핵에 걸려서 피를 토하고 밤에는 몸이 펄펄 끓었지요. 의원은 '여색을 가까이 하지 말

---

37 하늘의 바람과 구름을 예측할 수~[天有不測風雲, 人有旦夕禍福] : 원·명대의 속담. 세상일의 길흉과 화복은 하늘의 비바람의 변화를 예측하는 것만큼이나 어렵다는 뜻이다.
38 【즉공관 미비】 公子罪之魁也. 도령이 죄의 원흉인 게지.

라'고 단단히 주의를 주었습니다. 그래서 부인은 경선과 이렇게 상의했지요.

"아들이 병을 얻었는데 며느리 하나뿐입니다. 아무래도 며느리한테는 침실을 따로 해서 자라고 설득해야 겠습니다. 만약에 장 씨네 딸을 다시 불러온다면 분명히 '기름 솥에 장작을 올려 놓는 격'[39]이 될 테지요. 역시 그 아이는 돌려보내고 같이 데려가지 않는 것이 낫겠습니다. 다만, … 그 아이가 곧 아이를 낳을 테고 … 아들이든 딸이든 우리 주 씨네 자손인데 떼어 놓고 가서 유감입니다!"

그러자 경선이 말하는 것이었습니다.

"아들 하고 며느리는 한창 나이요. 아들이 몸조리만 잘 한다면야 손자가 없는 것이 무슨 걱정이겠소? (…) 장 씨네 딸은 … 아직 아이를 낳지 않았지만 아들인지 딸인지 알 수 없을 때에 헤어지는 편이 낫소.[40] 만일 며칠 사이에 아들이라도 낳는다면 오히려 버리기가 난처해져.[41] 지금은 그저 '가는 길에 아이를 낳으면 불편하다'고 둘러대기만 했지만 … 그래

---

39 기름 솥에 장작을 올려 놓는 격[油鍋內添上一把柴] : 명대의 속담. 불에 기름을 끼얹는 것처럼 사태가 더욱 악화되는 것을 두고 한 말이다. 때로는 '아궁이에 장작을 넣는 격(給竈門添了一把柴)' 같은 속담이나 '불에 기름 끼얹기(火上加油)' 식의 4자 성어로 사용되기도 하였다.

40 【즉공관 방비】 胡說. 헛소리!

41 【즉공관 미비】 此乃是仕宦中人硬肚腸, 只顧目前耳. 이것은 그야말로 뼈대 굵다는 자들이 모진 마음을 먹는 경우지. 그저 눈앞만 생각하니!

도 설득이 되지 않으면 일단 나중에 꼭 부르겠다고 약속하면 그만이오."

이렇게 결정을 내리는 것이었지요. 그렇게 해서 도령은 억지로 장복낭과 작별하고 성도를 떠나 소주로의 귀환 길에 올랐답니다.

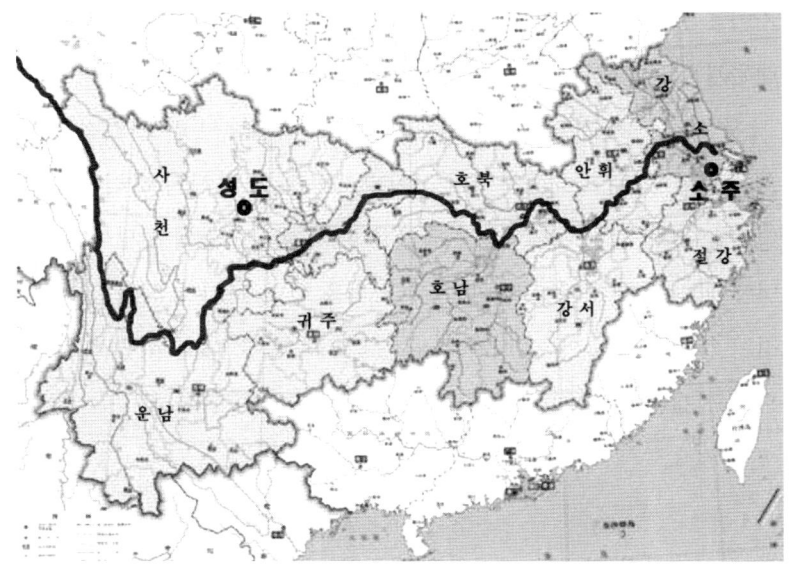

장강유역도 속의 성도(좌)와 소주(우)의 위치

장복낭은 주 씨댁에서 데려 가려고 하지 않자 집에서 몇 번이나 통곡을 했습니다. 그러면서도 속으로는 그저 아이를 낳을 날만 고대하고 있었지요.

그렇게 해서 주 씨댁이 떠난 지 사십일만에 아들을 하나 낳았습니다. 그녀는 주 씨댁에 반드시 돌아가야겠다고 여기고 사천 땅에는 잠시 머무는 것으로 치고 아들의 젖이름을 '기아寄兒[42]'라고 지어 주었습니다. 복낭은 아들을 낳자 가난을 달갑게 여기며 절개를 지키기로 하고 절대로 남에게 출가하지 않겠다고 맹세했지요. 부모와 고향 사람들이 아무리 설득을 해도 전혀 마음을 바꾸지 않았답니다. 그녀는 길쌈을 하고 바느질을 해서 돈을 벌어 생계를 꾸리면서 기아가 다 클 때까지 그 곁을 지켰습니다.

기아는 용모가 수려하게 생긴 것이 여느 아이들과는 달랐습니다. 골목 또래들과 같은 아이들과 어울려 놀 때면 기아는 번번이 아이들의 우두머리 노릇을 하곤 했지요. 그러면서도 스스로 '나리[官人]'라고 일컫고서 다른 아이들을 부르고 호령하면서 그야말로 받들어 모시게 하려는 모습이 역력했습니다. 일곱 여덟 살 쯤 되었을 때에는 장복낭이 학당에 보내 선생님에게 배우게 했더니 익히는 시나 책을 한번 보기만 해도 금방 외워 버리는 것이 아닙니까. 그러자 복낭은 더더욱 큰 기대를 하면서 굳은 마음으로 절개를 지켰습니다. 주 씨댁에서 나중에 인정을 해 주든 말든 간에 말이지요.[43]

복낭이 어렵게 절개를 지키면서 아들을 가르친 이야기는 잠시 접어두기로 하겠습니다.

한편, 주 씨댁은 소주로 돌아왔는데 사천 땅과는 만 리나 떨어져 있어서 서로 소식을 알 수가 없었습니다. 그렇게 두 해가 지나 경자년[44]이 되

---

42 기아(寄兒) : 글자 그대로 풀면 '맡겨진 아이'라는 뜻이 된다.
43 【즉공관 미비】 有大見. 대단한 식견을 가졌군.
44 경자년[庚子歲] : 송나라 효종의 재위 시기인 순희 7년, 즉 서기 1180년에 해당한다.

장복낭이 한 마음으로 절개를 지키다

었을 때였지요. 그 댁의 도령 주손朱遜이 병이 낫지 않는 바람에 숨이 져 버리고 말았지 뭡니까.[45] 범씨는 네 해 동안 부부로 지내기는 했지만 두 해 동안은 동침을 하지 않는 바람에 자녀가 아예 없었습니다. 주경선은 주경선대로 겨우 이 도령만 낳아서 다른 아들이나 딸은 아예 없었지요. 그렇다 보니 하나가 죽자 그야말로 대가 끊어져 버리고 말았지 뭡니까요. 이 이야기를 증명하는 시가 있습니다.

불효는 셋이 있는데 후손 없는 것이 최고건만	不孝有三無後大,
아들 죽어 뜻밖에 대 끊어질지 누가 알았으랴?	誰料兒亡竟絶孫.
진즉에 오늘 같은 처량한 신세 될 줄 알았더라면	早知今日淒涼景,
어째서 그때 아이 밴 첩을 홀대했더란 말인가!	何故當時忽妾妊.

주경선은 벼슬살이에서는 부귀영화를 누렸습니다. 그러나 위로는 노모를 봉양하고 아래로는 과부가 된 며느리를 다독거리면서도 슬하에 자손이 하나도 없었지요. 그렇다 보니 신세가 고독한 데다가 슬프고 고통스러워도 기댈 데조차 없자 다시는 밝은 얼굴로 즐겁게 웃는 날이 없었답니다. 게다가 을사년[46]이 되자 경선의 노마님까지 세상을 떠나고 말았습니다 그려. 그렇다 보니 경선의 속내에는 날이 갈수록 고통과 상심만

---

45 숨이 져 버리고 말았답니다[嗚呼哀哉] : '오호애재(嗚呼哀哉)'는 고대에 제사를 지낼 때 낭독한 제문(祭文)에서 망자의 죽음을 애도하는 비통한 감정을 나타내는 데에 상투적으로 사용하는 표현으로, "아아, 슬프구나!" 정도로 번역할 수 있다. 중국의 전통 소설이나 희곡에서는 죽음을 완곡하게 표현하는 말로 사용되기도 하였다.
46 을사년(乙巳年) : 송나라 효종의 재위 시기인 순희 12년, 즉 서기 1185년에 해당한다.

남을 뿐이었습니다. 그 지경이 되자 지난번에 아들이 아이를 밴 첩을 부르려던 일조차 다른 세상 일처럼 여겨졌습니다. 그러니 어디 그쪽 소식을 기억이나 했겠습니까! 그러나 이런 말이 있지요.

"볼거리가 없으면 無巧
이야깃거리가 되지 않는다."[47] 不成話.

사천의 후임 차마사인 왕악 소경은 주경선이 모친상을 당했다는 소식을 들었습니다. 주경선은 그와 교대한 전임 차마사여서 서로 연결되어 있었지요. 그래서 일부러 사람을 보내어 부의금과 예물을 들고 현지로 가서 조문을 하게 했답니다.

이때 온 사람이 누구인지 아십니까? 바로 왕년에 주 도령이 장복낭을 불러 오도록 부탁했던 예전의 건장한 포졸 호흥이었습니다. 그는 현지의 순간[48]인 추규鄒圭를 따라 소주에서 공무로 달려온 간편한 배 편으로 주

---

47 볼거리가 없으면~[無巧不成話] : 명대의 속담. 사람들의 이목을 끌 만한 관심거리나 줄거리가 없으면 이야기 거리가 되지 못한다는 뜻이다. 여기서의 '화(話)'는 '말(word)'이 아니라 '이야기(story)'로 이해해야 옳다. 때로는 '볼거리가 없으면 책이 되지 않는다[無巧不成書]', '볼거리가 없으면 연극이 되지 않는다[無巧不成戲]' 등으로 쓰기도 한다.

48 순간(巡簡) : 송대의 관직명. 정확한 명칭은 순검(巡檢), 정식 명칭은 순검사(巡檢使)이다. 오대 후당(後唐)의 장종(莊宗) 때에 처음 설치되었고, 송대에는 도성의 경사부(京師府) 동·서 양쪽에 각각 도동순검(都同巡檢) 2명과 경성사문순검(京城四門巡檢) 1명씩을 두었으며, 연변(변경)·연강·연해에도 순검사(巡檢司)를 두었다. 명대에는 도시나 관문 등에 순검사(巡檢司) 순검을 두고, 현령이 관할하게 하였다. '검(檢)'을 '간(簡)'으로 쓰기도 하는 것은 두 글자의 한국식 발음은 다르지만 명대 발음은 똑같은 '젠(jian)'이어서 시간이 흐르면서 혼용된 것으로 보인다.

씨댁에 이르렀습니다. 예물을 전달한 그는 주경선이 자신의 사천 땅에서의 옛 일을 물어보자 일일이 자세하게 알려 주었지요. 주경선은 원래 감정이 메마른 사람이었습니다. 그런데도 수하에 있던 옛 사령을 보자 유난히 반가워하면서 이러쿵 저러쿵 할멈처럼 답답한 마음을 푸는 것이었습니다.[49] 호홍은 주 씨댁에 한 동안 머물면서 이런저런 잡다한 이야기를 다 했답니다. 그리고 주경선의 집안의 사정과 상황들을 보고 마음에 새기면서 하인에게 물었지요.

"안타깝게도 나리가 한창 나이에 요절하셨구려. (…) 지금 도련님도 낳지 못하셨으니 어떻게 후계자를 세운다는 말인가!"

"세우기는 반드시 세우실 텐데 … 아무래도 남의 집 자식이라면 어디 살갑겠습니까요? 그래서 대감께서 여태 말도 안 꺼내고 계십니다요!"

그러자 호홍은 이렇게 말했습니다.

"만약에 말이오 … 나리가 친혈육을 세상에 남기셨다면 말이지 … 대감께서 기뻐하실까요?"[50]

"기뻐하시다 마다요! 헌데 … 어디서 찾아 내겠습니까요?"

---

49 【즉공관 미비】 人情也. 인지상정이야.
50 【즉공관 미비】 胡鴻亦是有心人. 호홍 역시 인정 있는 사람이로군.

"있기야 … 거기에 연고가 좀 있기는 하지요! 허나, … 대감 의향은 어떠실지 원!"

그러자 그 소리를 들은 하인은 이상한 생각이 들어서 물었습니다.

"하신 말씀이 … 무슨 뜻이신지요?"

"당신들은 어째서 나리께서 성도에 계실 때 댁에 들였던 첩을 잊어버렸소이까?"

"들이기는 들이셨지요. (…) 허나, … 나중에 큰 아씨를 맞아 들이시는 일 때문에 그 본가로 돌려 보내셨습니다만."

"지금 그 첩이 아들을 낳았는데도?"

"다른 남편한테 개가해서 아들을 낳은 것이 우리 댁과 무슨 상관이 있습니까?"

그 말에 호흥이 말했습니다.

"억울하다, 억울해! (…) 개가하기는 뭘 해? 따지고 보면 이 댁에서 데려가야 할 자손인 걸!"

"우리는 믿을 엄두가 나지 않는구려. (⋯) 그 이야기는 대감마님을 뵙고 고하시오. 이야기 드리러 가보라고요!"

하인은 호홍의 말을 일일이 다 주경선에게 알려 주었습니다. 그제서야 주경선은 그 해에 임지를 떠나던 날 장 씨네 딸이 출산을 앞두고 몇 번이나 함께 소주로 가겠다고 했던 일을 기억해내었지요. 그리고 유복자가 그곳에 있다는 사실을 분명히 알게 되었습니다. 아들을 낳았다는 말을 듣고 나니 놀랍기도 하고 반갑기도 하지 뭡니까. 그래서 허둥지둥 호홍을 불러서 그녀의 소식을 물었지요. 그러자 호홍이 말하는 것이었습니다.

"소인은 대감마님 의향이 어떠신지 모릅니다. (⋯) 해서 함부로 말씀을 올릴 수가 없사옵니다!"

"너는 지난번에 나리의 첩으로 있었던 그 여자가 지금은 어떻게 되었는지만 이야기해 주면 되느니라!"

그 말에 호홍이 말했습니다.

"대감마님께 사실대로 고하겠습니다. (⋯) 당시 나리가 그 여자를 집에 들일 때 바로 소인이 그 중간에서 일을 처리했었습니다. 그래서 실상을 잘 알고 있지요! 나리가 그녀를 내보낼 때에도 사실은 아이를 배고 있었지요. 나중에 대감마님께서 임지를 떠나시고 사십여 일 지나서 바로 도련님을 한 분 낳았답니다!"

"지금 … 어디에 있느냐?"

"그 도련님은 … 정말 용모가 맑고 빼어난 데다가 영리하십니다. 글공부도 아주 잘 하시고요. (…) 지금은 어머니 곁에서 모자가 서로를 의지하면서 지내고 있습니다!"

"설마 … 그 여자가 여태 개가도 하지 않았다는 게냐?"

그러자 호흥이 말하는 것이었지요.

수를 놓는 여인

"말씀드리자면 그 여자도 참 불쌍합니다요! 옷을 바느질해서 돈을 벌어 생계를 꾸리고, 그 아들을 양육하고 글공부를 시키면서도 남한테 개가하려 하지 않았으니까요. 그 부모가 설득을 하고 고향에서도 그녀를 걱정하는 사람들이 있습니다. 심지어 소인조차도 그녀에게 그런 날이 오기만을 간절히 바랐을 정도입니다요. 허나 그 사이에서 아무리 '갑절이나 되는 은자를 더 벌 수 있다'고 구슬러 보았자 무슨 소용이 있습니까.[51] 그 의지가 무쇠처럼 굳세서 말이 더 먹히지 않는 것을요. (…) 나중에는 아들이 글공부를 시작하자 그 길조차 아예 접어 버렸다지 뭡니까."

"정말로 그렇다면 우리 주 씨네 명맥이 끊어지지 않게 되었으니 이보다 더 큰 기쁨이 없구나! 그건 그렇고 … 네가 한 이야기가 정말 믿을 만한 것이냐?"

그러자 호홍이 말했습니다.

"소인은 대감마님께서 과거에 부리신 놈입니다요. 지금까지 정직하게 모셨고 거짓말도 할 줄 모릅니다. 무엇보다도 … 그 여자는 소인이 담당했었습니다. 어떻게 착오가 있을 리가 있겠습니까?"

"그렇다고는 하지만, 내 대를 잇는 일은 예삿일이 아니다. (…) 지금 서로가 만 리나 떨어져 있으니 사실 여부를 그래도 모르겠구나. (…) 너는 일개 사령일 뿐인데 … 어찌 네 말 한 마디에 경솔하게 처신할 수가 있

---

51 【즉공관 미비】細人之見, 細人之言. 세심한 사람의 안목이요 말이로다!

겠느냐?"

"대감마님께서 소인의 말을 못 믿으신다면, … 소인이 배로 수행해 온 분이 순간 추규이십니다. 그 분 역시 대감마님께서 부리신 관리이지요. 그 분한테 물어 보십시요. 그 분도 사실대로 잘 알고 있으니까요."

그 말에 일리가 있다고 여긴 주경선은 상세한 실정을 알고 싶은 마음이 간절해졌습니다. 그래서 즉시 하인을 보내 추 순간을 불러 오게 했지요.

추 순간은 왕년의 상관이 자신을 소환하자 지체할 엄두도 내지 못하고 허둥지둥 품첩[52]을 써서 인사를 왔습니다. 그래서 주경선은 자신이 사천[53] 땅에 있을 때의 일을 물었지요. 그러자 그는 장복낭이 절개를 지키면서 아들을 가르친 일과, 그 아들이 총명하고 준수하기가 예사롭지 않은 일을 소상하게 들려주는 것이었습니다. 그런데 그의 이야기가 호홍이 한 말과 조금도 틀리지 뭡니까. 경선은 하도 기뻐서 땅바닥에 쓰러질 정도였습니다.

그는 안으로 들어가서 부인과 며느리 범씨에게 그 사정을 자세히 일러 주었지요. 그러자 온 가족이 놀라고 기뻐하면서 말하는 것이었습니다.

---

52 품첩(稟帖) : 중국 고대에 백성들이 관아에, 관원이 상급 관청에 보고하고 처분을 요청한 공문의 일종.
53 사천[蜀] : '촉(蜀)'은 중국 고대의 지역명으로, 지금의 사천(四川) 지역에 해당한다.

主天錫萬里
荷名

주천석이 만 리 너머에서 이름을 올리다

"정말 그렇다면 죽을 고비에서 되살아난 격이니 조상님들께 큰 경사입니다!"[54]

경선은 술과 밥을 잘 준비하도록 분부해서 추 순간을 잘 대접했습니다. 그리고 사천 땅에서 그 모자를 소주로 데려와 대화를 나누는 일을 추 순간과 상의했지요. 그러자 추 순간이 말했습니다.

"그 길은 너무도 멉니다. 게다가 한 사람은 여자요 한 사람은 아이여서 … 먼 길을 오는 것이 여간 어려운 일이 아니지요. 그러니 큰 힘을 들이지 않는다면 이곳에 올 때까지 보살필 도리가 없습니다. (…) 소관은 지금 공무를 마쳐서 조만간 촉 땅으로 돌아갑니다. 대감께서 제 편에 그곳 수령에게 서신을 보내시고 오는 길의 뱃삯이며 수레삯을 책임져 주십시오. 그러시면 소관 견마지로를 다하여 그 모자가 길을 나서도록 조처해서 당장 댁까지 모시도록 해 드리겠습니다. 그렇게 해야 착오가 없을 것입니다!"

"귀하의 말이 참으로 물정에 맞는 생각일세. 본관이 지금 서신을 두 통써 주겠네. 한 통은 제치사[55] 유(劉) 상서[56]에게 보내는 것이고, 한 통은 바

---

54 【즉공관 미비】是時 才驚喜, 何不當初携歸. 이제서야 놀라고 반가워하는군. 그러게 어쩌자고 당초에 데리고 돌아가지 않았던고!

55 제치사(制置使) : 송대의 관직명. 변방의 군무를 담당하고 지방의 질서를 통제할 목적으로 당대 대중(大中) 5년에 처음 설치되었다. 송대의 경우 초기에는 그 존폐가 가변적이었으나 금나라에 밀려 강남으로 남하한 남송대부터는 금나라와의 전쟁 수행을 위하여 설치되는 경우가 차츰 많아졌으며 안무대사(安撫大使)가 겸임하는 일이 많았다. 명대의 총독(總督)처럼 때로는 여러 지역의 군무를 통괄하기도 하였다.

56 상서(尙書) : 명대의 중앙정부기관인 육부(六部)의 수장. 육부는 명대의 이부(吏部)·호

로 차마사 왕 소경에게 보내는 것일세. 오는 길에 생길 모든 사정을 두루 배려해서 길에서 모자가 아무 걱정이 없도록 보살펴 줄 것을 그들에게 부탁하는 내용일세. (…) 두 사람이 그곳에서 짐을 챙겨 출발하는 일은 … 모두 귀하와 호홍이 잘 살펴 주기 바라네. 그러면 본관도 감격해 마지 않을 걸세. 나중에 기필코 보답을 하도록 함세!"

"오늘이 바로 소관과 호홍이 대감께 보답하는 날인가 봅니다. 소관 어찌 감히 매사에 최선을 다하여 어린 도련님이 댁에 도착할 수 있도록 두루 보살펴 드리지 않을 수가 있겠습니까? (…) 조만간 바로 길을 나서도록 하겠습니다!"

주경선은 그렇게 해서 되는 대로 서신을 쓰기 시작했지요. 서신의 내용은 다음과 같았습니다.

"이 주전이 불우하여 노모가 세상을 여의고 아들이 요절하여 지금은 자손이 없구려. 왕년에 촉 땅을 떠날 때 어떤 성도의 여자 장씨가 아들의 첩으로 있었는데 아이를 배는 바람에 그곳에 남겨 놓고 왔소이다. 지금 왕년의 부하인 순간 추규와 역시 왕년의 사령인 호홍이 모두 '이미 아들

부(戶部)・예부(禮部)・병부(兵部)・형부(刑部)・공부(工部)를 아울러 부르는 말이다. 명나라 태조(太祖) 때에 설치된 육부는 처음에는 중서성(中書省)에 예속되었다가 중서 성이 철폐되면서 황제에 직속되었다. 각 부에는 관련 업무를 주재하는 상서(尙書)와 그를 보좌하는 좌・우 두 명의 시랑(侍郎)을 중심으로 하되 그 아래에는 낭중(郎中)・원외 랑(員外郎)・주사(主事) 등의 관리를 두었다.

을 낳았고, 지금 따져보니 여덟 살'이라고 합디다. 아이를 만리나 떨어진 먼 곳에 남겨 놓고 보니 참으로 보잘 것 없는 자손이 실과도 같다고 하겠소이다. 그래서 그들을 오 땅으로 귀환시키려 하나 가냘픈 모자가 먼 길을 건너오기란 쉬운 일이 아니지요. 외람되지만 큰 힘을 쓰시어 지켜 주셔서 그들이 배나 수레를 이용하는 데에 걱정이 없게 해 주시기를 바라오. 그렇게 해 주신다면 혈육이 상봉할 수 있을 뿐만 아니라 참으로 조상의 혈맥이 이로써 이어지게 되는 셈이니 그 감격이야 말로 형용할 수 없을 것이오. 그래서 주전이 말씀 올리오."

銓不祿, 母亡子夭, 目前無孫. 前發蜀時, 有成都女子張氏爲兒妾, 懷娠留彼. 今據舊胥巡簡鄒圭及舊役胡鴻俱言, 業已獲雄, 今計八齡矣. 遺孽萬里, 實係寒宗如線. 欲致其還吳, 而伶仃母子, 跋涉非易. 敢祈鼎力覆庇, 使舟車無虞, 非但骨肉得以會合, 實令祖宗藉以綿延, 感激非可名喩也. 銓白.

　　그는 똑같은 내용의 서신을 두 통 작성해서 추 순간에게 건네 가져가게 했습니다. 이어서 즉시 호홍에게 상을 내리고 왕 소경이 조문차 예물을 보낸 것에 감사의 뜻을 전했습니다. 그리고 나서 두 사람에게는 각각 후한 노자를 내리고 몇 번이나 신신당부를 했지요. 그러자 그 부탁을 받은 두 사람은 그 자리를 떠나는 것이었습니다.

　　주경선은 현지의 상급 관청들이 판단을 내릴 것이고, 거기다가 왕년의 두 부하도 힘을 보태면 분명히 아무 걱정 없이 건너올 수 있을 거라고 여겼습니다. 그렇게 온 가족이 밤낮으로 좋은 소식이 오기만 고대한 것은 말 할 필요도 없었지요.

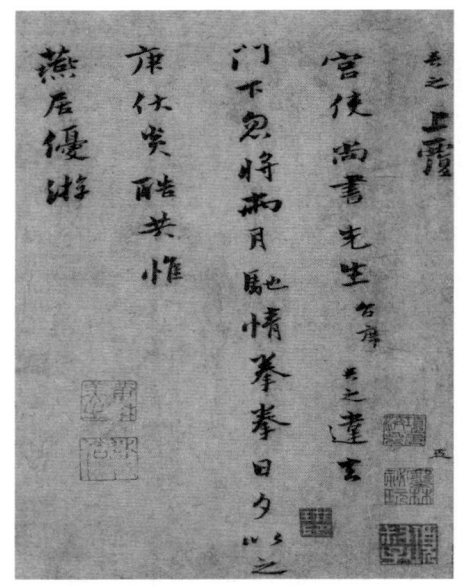
서신 예시. 『강여지가 궁사 상서선생께 드리는 편지〔康與之致宮使尚書先生尺牘〕』(부분)

계속 이야기를 들려 드리도록 하겠습니다. 그 길로 돌아간 추 순간과 호홍은 드디어 사천 땅에 도착했습니다. 추 순간은 유 상서에게 보내는 서신을 지니고 상서댁으로 가서 건넸습니다. 호홍은 호홍대로 왕 소경의 차사에게 보고를 하고 전임 차마사 주경선의 감사 공문과 함께 서신을 건넸지요. 왕 소경이 호홍에게 그 서신의 상세한 내용을 묻자 호홍은 일일이 이야기해 주었습니다. 그러자 왕 소경은 그 당부를 마음에 새기고 즉시 호홍에게 분부했습니다.

"자네는 먼저 그 집에 가서 이 소식을 알리게. 그리고 모자로 하여금 짐을 잘 챙기게 이른 다음 내게 보고하도록 하게. 나는 조만간 상황을 봐서 그들이 출발해 길에 오를 수 있도록 두루 수배해 놓도록 하겠네!"

호홍은 그 명령을 받들어 그 길로 장 씨네로 가서 복낭을 만났습니다. 그리고 자신이 파견되어 소주의 주 씨댁에 가서 태부인[57]의 조문을 다녀 온 일을 자세하게 들려주었지요. 그러자 복낭이 급하게 묻는 것이었습니다.

"주 도령님과 가족 분들은 다 평안하십디까?"

"도령님은 벌써 오륙년 전에 작고하셨더군요."

장복낭은 한 바탕 대성통곡을 했습니다. 그리고 나서 주 도령 사후의
일을 물었더니 호홍이 말했지요.

"도련님은 후사가 없어서 주 대감님께서 하루 종일 걱정을 하시더군
요. 그러다가 무심결에 '아씨 쪽에 아드님이 있고 아씨가 그에게 글공부
를 시키며 절개를 지키고 개가하지 않았다'고 말씀드렸습니다. 그러자
주 대감님은 그 말을 안 믿으시다가 추 순간에게 물으시더니 하는 말이
일치하자 그제서야 몹시 반가워하셨습니다. 그리고는 서신 두 통을 쓰시
더니 이곳 유 제사와 왕 소경에게 '그들이 방법을 강구해서 아씨와 어린
나리를 호송해 소주까지 보내 줄 것'을 당부하셨습니다. 방금 전에 소경
을 뵈었더니 절더러 먼저 아씨 모자에게 알려 드리라고 하시면서 조만간
상황을 봐서 바로 두 분이 출발하게 해 드리겠다고 하시더군요!"

장복낭은 왕년에 소주까지 따라가려고 했었지요. 그것은 그녀의 본심
이었습니다. 그러나 일이 뜻대로 되지 않아 억지로 그곳에 남을 수밖에
없었지요. 거기다가 남의 집에 개가하는 것을 바라지 않는 바람에 이렇

---

57 태부인(太夫人) : 벼슬아치나 대갓집의 종복이 주인의 모친을 높여 부르던 호칭.

게 힘들게 절개를 지켜 왔던 것입니다. 그런데 이번에 주 씨댁에서 자신을 불러들이려고 하는 것을 보니 그야말로 '잎이 지면 뿌리로 돌아간다'[58]는 격이었지요. 그러니 그 속마음이 어떻게 기쁘지 않을 수가 있겠습니까? 그래서 한편으로는 호홍이 소식을 전해 준 데에 고맙다는 인사를 하고 한편으로는 아들을 보고 이야기를 해 주었습니다. 그리고는 동쪽으로 출발할 채비를 마친 다음 왕 소경이 자신들을 보내주기만을 기다렸답니다.

왕 소경은 유 제사를 만난 김에 주경선이 성도에 남겨진 자손을 부탁한 일을 같이 거론하면서 다 같이 말했습니다.

"이는 남의 댁 혈육을 상봉하게 해 주는 아름다운 일이올시다. 우리가 당연히 힘 써서 도와 드려야지요!"

그런데 이때 마침 촉 땅의 진사 풍진무馮震武가 임안[59]으로 가야 할 일이 생겨서 동쪽으로 떠나는 배 편이 있는데 가는 길에 소주를 들른다지 뭡니까. 게다가 배 안이 넓직해서 얼마든지 거기에 끼어 갈 수가 있다는 것이었습니다. 왕 소경은 그 사실을 알고 유 제사에게 보고했습니다. 그리고 각자 서신을 보내서 풍 진사에게 사정을 이야기해 주었지요.

---

58 잎이 지면 뿌리로 돌아가는 격[葉落歸根] : 중국 고대의 속담. 객지에 나가 있는 사람은 언젠가는 고향으로 돌아가게 되어 있다는 뜻으로, 자신의 근본을 잊지 않는 것을 두고 하는 말이다. 때로는 '떨어진 잎은 뿌리로 돌아간다(落葉歸根)' 식으로 사용되기도 한다.
59 임안(臨安) : 송대의 지명. 지금의 절강성 항주(杭州) 일대에 해당한다.

그처럼 대단한 거물들이 '한 배에 끼어 가게 해 달라'고 부탁을 하는데 손님들 같으면 들어 주지 않을 수 있겠습니까? 풍 진사는 사공에게 분부해서 좋은 선창을 칸막이로 안팎으로 나누고[60] 깨끗하게 치운 다음 주 씨 댁 가솔이 배에 탈 때까지 기다렸습니다. 유 제사와 왕 소경은 각자 노자와 다과비로 은자를 건네고, 즉시 추 순간과 호홍 두 사람에게 장복낭 모자가 출발 준비를 하는 것을 거들게 했지요. 아울러 호홍에게는 모자를

『소주청명상하도』 속의 명대 관선. 뱃머리에 범 머리가 그려져 있다

소주까지 잘 호송하도록 일렀습니다.

이리하여 장복낭은 본가의 가족과 작별하고 여덟 살짜리 아들 기아와

---

60 【즉공관 방비】要緊. 아주 중요하지.

함께 풍 진사[61]의 배에 올랐답니다. 풍 진사가 그녀가 사대부[62] 집안의 가속임을 알고, 거기다가 제사와 차마사가 부탁한 일도 있고 해서 모자를 각별하게 보살펴 준 것은 새삼 이야기할 필요도 없었습니다.

이렇게 다 같이 출발했는데 아직 목적지에는 당도하지 않은 상태였습니다.

한편 이쪽 주경선의 집에서는 날마다 소식을 고대하고 있었습니다. 그야말로 '큰 가뭄에 비를 기다리는 것'처럼 말입니다.

그러던 어느 날이었지요. 조정에서 남교례[63]가 끝나자 크게 은전을 내려 시종관[64]에 한해서는 아들 한 명에게 그 직함을 세습하게 하고, 아들이 없는 경우에는 손자에게 혜택을 주게 했지 뭡니까. 주경선은 자손이 있다고 보고하자니 지금 당장은 사실 없는 상황이었습니다. 그렇다고 해서 없다고 보고하자니 벌써 사람을 시켜 사천 땅에 데리러 가게 한 상태

---

61 풍 진사[馮進士] : 상우당본 원문(제1492쪽)에는 '장진사(張進士)'로 나온다. 그 다음 줄의 "풍 진사"로 마찬가지이다.

62 사대부[縉紳] : '진신(縉紳)'은 홀(笏)을 큰 띠와 가죽띠 사이에 끼운다는 의미로, 고대 중국 관리들의 옷 차림새를 두고 하는 말이기 때문에, 때로는 사대부를 가리키는 말로 사용된다.

63 남교례(南郊禮) : 명대에 황제가 도읍 교외에서 천지에 제사를 지내는 의식을 '교례(郊禮)'라고 했는데, 그 교외가 보통은 도성의 남문 바깥인 경우가 많아서 '남교례' 또는 '남교'로 부르기도 하였다.

64 시종관(侍從官) : 황제·황후를 수행하는 관원. 송대에는 대학사(大學士)·시제(侍制)·급사중(給事中) 및 육부의 상서시랑(尙書侍郞)을 '시종관' 또는 '종관(從官)'으로 불렀다. 이와 함께 이들보다 품급이 낮은 중서사인(中書舍人)·기거랑(起居郞)·기거사인(起居舍人)은 '소시종(小侍從)'으로 불려졌다. 우리 식 표현으로 하자면 '당상관(堂上官)' 정도로 이해해도 무방할 듯하다.

이다 보니 아직 도착하지는 않았지만 희망이 없는 것은 아니었지요. 그러니 조정의 은전을 허사로 만들 수야 있겠습니까?[65] 그래서 속으로 이렇게 계획을 세웠습니다.

'차라리 일단 이름을 보고하도록 하자. 나중에 데려다가 세습직에 충원시키면 되지 않겠는가?'

마음은 정했으니 이름만 하나 있으면 문서에 적기에 안성맞춤일 것 같았습니다. 그래서 골똘이 생각해 보았지요.

'어떤 이름을 쓰는 것이 좋을까?'

아들 손자가 누려야 한다는 황은이 내려졌으나	有恩須賃子和孫,
집안에 아직 해당자가 없으니 어이할꼬!	爭奈庭前未有人.
만리 떨어진 곳에선 이미 유복자 출발했다 하니	萬里已迎遺腹孽,
일단 그 이름이라도 대궐에 고하도록 해야지.	先將名諱報金門.

주경선은 잠자리에서 하룻밤 내내 뒤척거리면서 생각해 보았습니다. 그러나 아무리 해도 좋은 이름이 떠오르지 않지 뭡니까. 그러다가 이튿날 아침에 속에서 불현 듯 이런 생각이 들었습니다.

---

65 【즉공관 미비】此時□□子孫之妙. 이제서야 자손을 □□하는 절묘한 상황이 벌어졌구만.

'촉 땅 장씨의 아들을 마침내 거두어 돌아오니 … 이거야말로 몇 년 동안 희망을 버렸다가 하늘에서 뚝 떨어진 셈이다. 그러니 '하늘에서 내리신' 아이가 아니고 무엇이겠는가? (…)『시경』에도 이르기를 '하늘께서 공에게 큰 복을 내리시도다[66]'라고 했지. (…) 이름을 '천석天錫'[67]이라고 하면 … 천만다행으로 얻었다는 뜻을 함축할 뿐 아니라 … 이름의 의미도 고상하게 여겨지는군. (…) 아주 기막히다, 아주 기막혀!"

그렇게 해서

"주천석이라는 손자가 있습니다."　　　　　　有孫朱天錫

라고 책자[68]에 적어서 의부[69]에 가서 보고하니 마침내 은전이 내려졌답니다. 그러니 이제는 촉 땅에서 사람이 와서 그 직함에 충원하기만 기다리면 그만이었지요.

---

66 하늘이 공에게 큰 복을 내리시니[天賜公純嘏] :『시경(詩經)』「노송·비궁(魯頌·閟宮)」에 나오는 말. 이 구절은 생일을 맞은 사람에게 장수를 기원하는 말로 사용된 것이지만, 여기서는 주경선이 하늘이 자신에게 손자를 내려 준 일을 두고 한 말이다. 원문은 "하늘이 공께 큰 복을 내리시니, 장수하여 노나라를 보전하셨네(天錫公純嘏, 眉壽保魯)"으로, '주석 석(錫)'은 '내릴 사(賜)'와 같은 의미로 사용되었다.

67 천석(天錫) : 글자 그대로 풀면 '하늘께서 내리셨다'라는 뜻이 된다.

68 책자(冊子) : 장부나 공책을 말한다.

69 의부(儀部) : 명대 예부(禮部)에 속한 부서들 중의 하나. 홍무 원년(1368)에 주원장은 예부에 총부(總部)·사부(祠部)·선부(膳部)·주객부(主客部)를 두었으며, 홍무 22년 (1389)에 이 중의 총부가 의부로 개칭되었다. 예절과 의식에 관한 업무를 관장하였다. 나중에는 예부 또는 그 소속 관리에 대한 별칭으로 사용되기도 하였다.

荒徐宅。叶達反至于海邦、

南夷。莫不率從莫敢不

釋二山名宅君也謂徐

應難若順也〇泰山龜也

餘則國之東也

從之國也〇天錫公

居常與許復周公之宇。

叶濟宜大夫庶士邦國

委反

黃髮兒齒賦也常或作

邑人以是顥德公也令

曾人以是譬之故地見侵

未娶其母叔姜亦應未

壽母・壽考之母成風也

춘추시대 노나라의 대부 해사(奚斯)가 지은 것으로 전해지는 「노송·비경」 대목

그렇게 얼마 지나지 않았을 때였습니다. 갑자기 호홍이 다시 인사를 와서 머리를 조아리더니 유 상서와 왕 소경의 답신 두 통을 가져와 바치고 말하는 것이었습니다.

"일은 이미 무사히 마쳤습니다. 두 대감께서 노자를 챙겨 주셔서 장 씨네 작은 아씨와 작은 도련님 모두 풍 진사의 배에 끼어 타고 가게 되었지요. 지금은 벌써 하하[70]까지 와 계십니다!"

---

70 하하(河下): 송대의 지역명. 지금의 강소성 회안시(淮安市) 초주구(楚州區) 서북쪽에 해당한다.

주경선은 몹시 기뻐하면서 사람을 시켜 마중을 나가게 할 참이었습니다. 그런데 가만 보니 풍 진사가 먼저 명첩을 가지고 들어와서 절을 하지 뭡니까. 그래서 경선이 풍 진사를 접견하니 그가 '유 제사와 왕 소경 두 대인의 부탁으로 임안으로 오는 길에 손자 모자를 배에 태우고 왔는데 다행스럽게도 모자 모두 평안하며, 이미 댁 앞에 와 있다'고 알려 주는 것이었습니다.

주경선은 연신 고맙다고 인사를 하면서 풍 진사에게 답배를 하는 것이었지요. 그리고는 즉시 장복낭 모자를 데리고 올라오게 했습니다. 그러자 장복낭은 아들 기아를 데리고 시부모와 큰 아씨 범씨에게 인사를 했습니다. 그리고는 옛 일을 떠올리면서 온 가족이 한 덩어리가 되어서 한바탕 통곡을 했지요. 이어서 장복낭이 기아로 하여금 조부모에게 차례로 절을 하게 하니 이번에는 또 온 가족이 기쁘고 반갑게 여기는 것이었습니다. 그리고 나서 주경선이 장복낭에게 물었습니다.

"손자 … 이름을 어떻게 부르느냐?"

"젖이름으로 '기아'라고 불렀고 두 해 전에 학당에 보내서 선생님에게 배우게 했는데 그 선생님께서 '천석'이라는 이름을 지어 주시더군요."

그 말에 주경선은 깜짝 놀라면서 말했습니다.

"의부에서 은전으로 세습직을 받을 당사자의 이름을 요구하기는 하지 너희들은 아직 도착하지 않지 … 내 그래서 하룻밤 동안 궁리를 한 끝에 그 두 글자로 이름을 짓고 미리 책자에 적어 올렸다. 그런데 너희가 만리 너머에서 두 해 전에 벌써 그 두 글자로 이름을 지었을 줄이야! (…) 이로써 타고난 팔자는 정해져 있다는 것을 알 수 있구나. 참으로 기이한 일이로고!"

그러자 집안사람들은 모두 감탄하면서 신기해 하는 것이었습니다.

주경선이 어느 날 갑자기 손자를 얻고, 사천 땅까지 가서 손자를 데려온 일은 이렇게 해서 근래에 사람들 입에 오르내리는 이야깃거리가 되었답니다. 또, 두 곳에서 이름을 지은 것이 공교롭게도 일치한 일이며, 주씨네 집 문을 들어서자마자 세습직에 충원시킨 일은 더더욱 놀라운지라 그 소문이 퍼져 나가더니 마침내 떠들썩한 화젯거리가 되었답니다. 나중에 주천석은 조정에서 내린 음직을 세습하여 그 지위가 아주 높아졌습니다. 장복낭은 장복낭대로 조정의 책봉을 받는 명예를 누렸지요. 그것은 그녀가 절개를 지키면서 아들을 가르친 데 대한 보상이었습니다. 이 이야기를 증명해 주는 시가 있습니다.

첩 들이기 본처보다 먼저한 것도 우연이거늘	娶妾先妻亦偶然,
첩 버릴 때 변심조차 주저없을 줄 어찌 알았나?	豈知弃妾更心堅.
만리 길 돌아온 것도 전생에 정해진 운명이니	歸來萬里縁前定,
음지에서도 몸가짐 잘 해야 함을 명심하시라!	善念陰中必保全.

제33권

양추마가 곤장 치기를 기꺼이 바라고
부잣집 도령이 크게 놀라다

楊抽馬甘請杖 富家郞浪受驚

해제

송나라 촉주蜀州 강원江源의 양망재楊望才는 기이한 술법을 가지고 있어서 7~8살 때부터 선동仙童들을 춤추게 하거나 굿을 할 줄 알았다. 장성한 뒤로는 외모가 추하고 두 눈은 귀신같아졌지만 하는 말은 영험하여 점을 치기만 하면 백발백중이어서 남들에게 '양추마楊抽馬'로 불린다. 그러던 어느 날, 아전 둘을 집으로 초대한 그는 각각 15,000전씩을 주고 그들에게 자기 부부 두 사람한테 곤장 20대를 치게 하지만 돈까지 받은 두 아전은 그것을 거부한다. 얼마 뒤에 양추마가 사술로 사람들을 현혹하니 사형에 처해야 한다고 누가 관아에 고발하자 군수는 그를 잡아와 감옥에 가둔다. 추마는 침착하게 감옥에 들어가더니 자신의 재주를 선보여 관아의 사리司吏인 양침楊忱의 숙부의 죽을 날을 예언하여 사람들의 감탄을 자아낸다. 양침의 딸은 병이 들어 아무리 고쳐도 낫지 않다가 양추마가 병의 원인을 맞춘다. 양침은 그의 소원을 들어 줄 생각으로 죄명을 가볍게 줄여 주고 군수는 그 부부에게 각자 20대의 곤장을 때리게 한다. 공교롭게도 곤장을 치는 일을 맡은 형리는 지난번에 그의 집에 초대되어 돈을 받았던 아전들이어서 그제서야 그의 영험함에 탄복하면서 곤장을 치는 시늉만 한다.

어떤 부잣집 아들은 양추마와 사이는 좋았지만 그의 기이한 술법은 그다지 인정하지 않는다. 그러던 어느 날, 양추마가 그에게서 돈을 2만 전꾸어 달라고 하지만 부잣집 아들은 그 부탁을 들어주지 않는다. 그러자 추마는 환술로 어떤 여자를 불러내어 날이 저물 무렵에 부잣집 아들을

만나러 가게 한다. 그 부잣집 아들이 아침에 잠을 깨 보니 동침한 여자는
보이지 않고 웬 시신이 세 토막이 나 있고 침상은 피가 낭자한 상태였다.
놀란 부잣집 아들은 양추마를 찾아가 상의하고 부적을 받아 침실에 붙인
다음 방으로 들어와 살피니 시신과 핏자국이 모두 사라지고 모두가 원래
모습으로 돌아와 있는 것이 아닌가. 부잣집 아들은 그의 술법에 탄복하
고 서둘러 2만 전을 양추마에게 꾸어 준다. 다음날, 두 사람이 교외에 나
들이를 가서 웬 술집에서 술을 마시던 중 부잣집 아들은 화로 앞에 앉은
여인이 바로 간밤에 동침을 한 바로 그 여자임을 알고 깜짝 놀란다. 그런
데 추마가 옆에서 빙그레 웃는 것을 보고 전날의 낭패가 사실은 추마의
장난이었음을 깨닫고 다시 한 번 놀란다. 이때부터 부잣집 아들은 양추
마의 술법을 높이 평가한다.

이 이야기는 홍매가 지은 『이견병지夷堅丙志』 권3에 소개된 「양추마楊抽
馬」 이야기를 소재로 지어졌다.

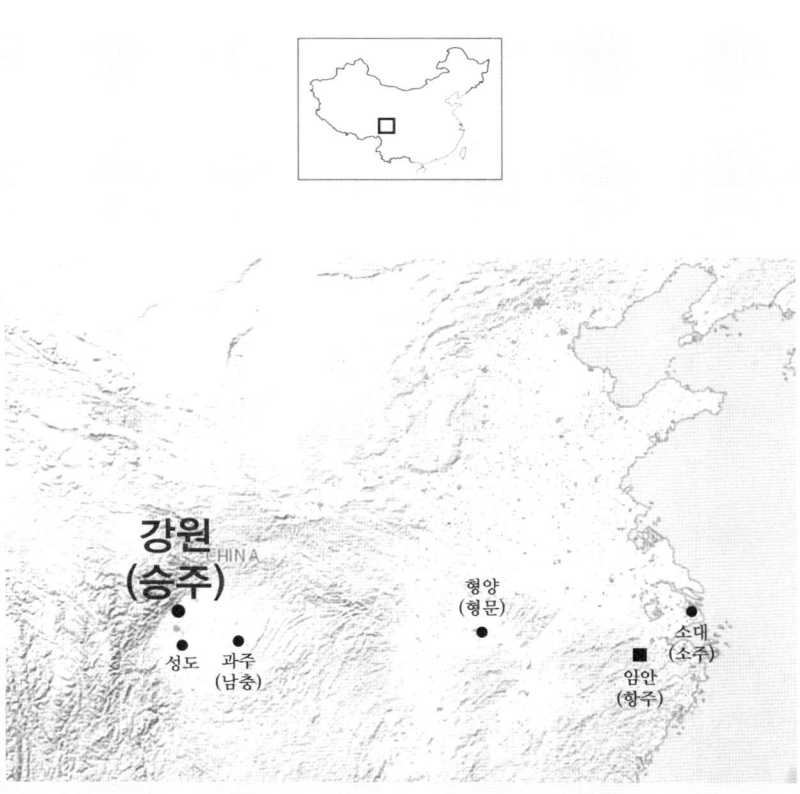

강원
(승주)

성도　과주
　　（남충）

형양
（형문）

임안
（항주）

소대
（소주）

CHINA

번역

이런 시가 있습니다.

칙사가 강남 오면서 화려한 배 타고	勅使南來坐畫船,
가사에 옥대까지 차고 화로 연기를 막았네.	袈裟猶帶禦爐煙.
괜스레 재상 조공에게 맞섰다가	無端揰着曹公相,
가죽 채찍으로 스무 대 맞고 전생의 빚 갚았구나!	二十皮鞭了宿緣.

이 네 구절의 시는 바로 우리 왕조의 영락[1] 연간에 소사[2]를 지낸 요광효[3]가 지은 것입니다. 요 소사는 승려 출신으로, 법명은 도연道衍인데, 본관本貫이 소주蘇州였지요. 그는 출가한 몸이기는 했지만 법술法術을 두루 갖추고 전술도 겸비한 사람이었습니다. 그야말로 원대의 유병충[4]과 같은

---

1 영락(永樂) : 명나라 제3대 황제 성조(成祖) 주체(朱棣, ?~1425)가 사용한 연호로, 1403~1424년까지 22년 동안 사용되었다.

2 소사(少師) : 중국 고대의 관직명. 소부(少傅)·소보(少保)와 함께 '3소(三少)' 또는 '3고(三孤)'로 불린다. 서주(西周)시대에 이미 설치되었다고 하며 태사(太師)·태부(太傅)·태보(太保)의 '3공(三公)'이 군왕을 보필하는 것을 보조하였다. 지위는 높지만 고유 직무가 없었다. 북송대에는 휘종(徽宗)이 정화(政和) 2년(1112)에 '3공'을 재상(宰相), '3고'를 보상(輔相)으로 두었으며 선화(宣和) 원년(1119) 이후로는 훈신(勳臣)에게 관직을 더하여 정1품으로 삼았다. 명대에는 대신을 보필하며 그 직무가 막중했으나 차츰 명예직으로 변하면서 종1품으로 훈신들에 대한 승진·추증에 주로 적용되었을 뿐 고유 직무나 정원이 없었다.

3 요광효(姚廣孝, 1335~1419) : 명대 초기의 승려이자 정치가. 이름은 도연(道衍), 자는 사도(斯道)이며 호는 천희(天禧)·도허노인(逃虛老人)·난각옹(嬾閣翁) 등이 있으며, 장주(長洲, 지금의 소주시) 사람이다. 연왕 주체를 설득해 쿠데타를 일으켜 황제로 즉위시키고 그 공로로 태자소사(太子少師)에 배수되고 '광효'라는 이름을 하사받았다. 태조실록(太祖實錄)을 감수하는 한편 백과전서인 『영락대전(永樂大典)』을 찬수하였다. 사후에 영국공(榮國公)에 추증되고 '공정(恭靖)'이라는 시호를 받았다.

4 유병충(劉秉忠, 1216~1274) : 원대의 정치가. 자는 중회(仲晦), 호는 장춘산인(藏春散

부류였지요. 그런데 태조[5]께서는 친왕들을 책봉하실 적마다 고승을 한 명씩 골라 그 나라에 딸려 보내곤 했습니다. 그래서 도연이 은밀히 연왕[6]을 보고 말했지요.

"전하께서 신을 동반자로 요청해 주십시오. 그러면 신도 반드시 흰 모자를 선물로 대왕께 씌워 드리겠사옵니다!"

'흰 백(白)'자를 '임금 왕(王)'자 위에 씌우면 바로 '황제 황(皇)'자가 되지요. 이런 수수께끼를 담아서 자신이 그가 황제가 되도록 보좌하겠다는 뜻을 비춘 것이지요. 연왕은 그가 범상치 않다는 것을 눈치챘지요. 그래서 정

人)으로, 형주(邢州, 지금의 하북성 형태시) 사람이다. 북방 선종인 임제종(臨濟宗) 지도 자인 해운(海雲)의 천거로 쿠빌라이(忽必烈) 휘하로 들어갔다가 박학다식한 것을 눈여겨 본 쿠빌라이가 각별히 신임하였다. 중통(中統) 원년(1260)에 쿠빌라이가 원나라 황 제로 즉위하자 그 명령에 따라 각종 제도들을 제정했으며, 지원(至元) 원년(1264)에 쿠 빌라이의 명령에 따라 환속하고 '병충'이라는 이름을 하사받았다. 나중에 개평(開平, 내 몽고자치구)과 중도(中都, 지금의 북경시 일부) 두 성의 건설을 감독하였다. 지원 8년 (1271)에 국호를 '대원(大元)'으로 정할 것을 건의하였다.

5   태조(太祖) : 명나라를 건국한 주원장(朱元璋, 1328~1398)을 가리킨다. 건국하면서 지 금의 강소성 남경(南京)을 도읍으로 정하였다. 주원장 사후, 그 아들로 지금의 북경에 연왕으로 책봉된 주체(朱棣)는 조카 건문제(建文帝)를 제거하고 제3대 황제 영락제(永 樂帝)로 즉위한 후 도성 및 중앙정부의 기능을 자신의 근거지인 북경으로 이관하였다. 반면에 남경은 부황이 왕업을 닦은 명나라의 발상지였기 때문에 그 격을 낮출 수 없어서 '양경제(兩京制)'를 채택하여 당초의 도읍이었던 남경이 유사시의 도읍 즉 '유도(留都)' 로서 북경과 동일한 정부기구를 유지하게 했는데, 이를 계기로 북경이 속한 하북지방을 '북직예', 남경이 속한 강소지방을 '남직예'로 일컬었다.

6   연왕(燕王) : 명나라 제3대 황제인 성조(成祖) 주체(朱棣, ?~1425)를 말한다. 명나라를 세운 아비 태조(太祖) 주원장에 의하여 '연왕'으로 책봉되어 북경지역에 주둔하며 몽골 족의 남하를 막았다. 그러나 조카인 건문제가 주원장 때 각지에 분봉한 번국(藩國)들을 축소하려 하자 군사를 일으켜 1402년 남경을 함락시키고 황제로 즉위한 후 도읍을 자신 의 근거지인 북경으로 옮겼다.

요광효 초상

말로 태조를 알현하고 말씀을 올려 그를 넘겨 받아서 책봉지로 갔답니다. 나중에 도연은 연왕이 정난[7]을 찬성하는 공을 세우는 한편 군사를 이끌고 승패를 겨룰 때마다 점을 치기도 전에 승부를 예견했답니다.

연왕이 마악 군사를 일으켰을 때였습니다. 연왕이 그에게 물었지요.

"적측 군사의 실력이 어떻소?"

7　정난(靖難) : 글자 그대로 풀면 '변란을 평정하다' 정도의 뜻으로 해석된다. 명나라의 제2대 황제인 건문(建文) 연간 초기에 건문제 주윤문(朱允炆, 1377~?)은 측근이던 제태(齊泰)·황자징(黃子澄)의 건의를 따라 초대 황제 주원장이 각지에 책봉한 번왕(藩王)들의 영지를 줄이는 이른바 '삭번(削藩)'을 단행하였다. 그 과정에서 이에 반발한 주원장의 넷째아들이자 주윤문의 숙부로 당시 북경지역을 영지로 삼고 있던 '연왕' 주체가 제태와 황자징을 간신으로 규정하고 황제를 지키고 간신들을 제거한다는 명분을 내세워 '정난'이라는 명목으로 반란을 일으켰다. 그로부터 3년 동안 내전을 벌인 끝에 주체가 마침내 도성(남경)을 함락시키고 스스로 황제(제3대 황제 성조)로 즉위했으며 건문제 주윤문은 행방이 묘연해졌다. 일설에는 주체가 황제가 된 뒤에 대규모로 추진한 환관 정화(鄭和)의 대항해는 사라진 전 황제 주윤문을 찾아내어 제거하는 것이 진짜 목적이었다고 한다.

그러자 그가 말했습니다.

"대업은 이루실 것이 분명합니다. 다만, … 양일의 시간이 걸리기는 하겠군요."

나중에 연왕의 군사는 동창[8] 싸움에서 패했습니다. 연왕은 그제서야 그가 말한 '양일兩日'이 바로 '창성할 창昌'자를 두고 한 말이었음을 깨달 았지요. 그 일이 있은 뒤에 그가 말했습니다.

"이제부터는 더 이상 장애물이 없을 것입니다!"

그러자 정말로 싸움마다 승리를 거두었지 뭡니까. 연왕은 곧바로 황제의 자리에 오르고 연호를 '영락永樂'으로 고쳤답니다.

도연은 황제로부터 '광효廣孝'라는 이름을 하사받고 소사의 직함까지 받았지요. 물론 직함을 받기는 했지만 머리를 기르고 세속으로 돌아가는 것만은 바라지 않았습니다. 그래서 예전처럼 머리를 민 채로 용포와 옥대를 갖추어 입고 장안 거리[9]를 드나들곤 했지요. 그러니 문신과 무신들

---

8 동창(東昌) : 명대의 지명인 동창부(東昌府)를 말한다. 지금의 산동성 요성시(聊城市)의 동창부현(東昌府縣)에 해당한다. 명·청대에 경항대운하(京杭大運河)를 통한 조운(漕運)으로 말미암아 경제가 번영하고 문화가 발달하였다.
9 장안 거리[長安街] : 명대의 도읍인 북경의 거리 이름. 지금의 천안문(天安門) 앞에서 동서로 이어지는 큰 거리였다.

중에서 그가 좌명 공신[10]임을 아는 사람 치고 어느 누가 흠모하고 존경하지 않을 수 있겠습니까?

성조 영락제 초상

그러던 어느 날이었습니다. 성조成祖 황제께서 어필御筆을 들어 직접 그를 남해南海의 보타[11] 낙가산[12]에 내려 보내어 불공을 들이게 했습니다. 소사는 그래서 몇 척이나 되는 대형 관선官船을 타고 장강을 따라서 출발했지요. 그렇게 며칠도 지나지 않았을 때였습니다. 소주[13] 부두에 이르니

---

10 좌명공신(佐命功臣) : 중국 근세에 군주를 보필하여 창업을 도운 개국공신을 말한다.
11 보타(普陀) : 중국 절강성 주산(舟山)군도의 1,390여 개의 섬들 중 하나. 섬 자체가 산처럼 높다고 해서 '보타산'으로 불리기도 한다. 산서성의 오대산(五臺山), 사천성의 아미산(峨眉山), 안휘성의 구화산(九華山)과 더불어 중국 불교 4대 명산으로 일컬어지는 산이며, 관음보살이 수행하면서 중생을 구제했다는 전설이 전해지는 불교 도량이 남아 있다.
12 낙가산(落伽山) : 절강성 주산의 보타산에서 동남쪽 5km 지점에 위치한 작은 섬. 전설에 따르면 관음보살이 이곳에서 수행을 했다고 하는 등, 예로부터 이웃한 보타산과 함께 양대 불교 성지로 일컬어져 왔다. 지금은 '낙가산(洛迦山)'으로 표기하고 있다.
13 소주(蘇州) : 명대의 지명. 남직예(南直隷)에 속했던 소주부(蘇州府, 지금의 강소성 소주시)를 말한다.

만선[14]이 고소[15]의 관역하(館驛河) 하류에 준비되어 있는 것이었습니다.

소주는 그 부모의 고향이었지요. 그는 뭍에 올라가 그 지역의 풍속을 둘러보고 싶어졌습니다. 과거와는 어떤 변화가 생겼는지 말입니다. 그는 종복들을 물리쳐 따라오지 못하게 하고 혼자서 직철[16]을 몸에 걸치고 떠돌이 중 행색으로 서문(胥門)[17]에서부터 걸어서 저자로 들어가서 거리를 돌아다녔지요.

그렇게 보고 노닐 때였습니다. 갑자기 멀리서 벽제 소

『삼재도회』의 「소주부경도(蘇州府境圖)」에 그려진 소주부 일대. 소주부로 진입하는 길목 어귀에 접관정(接官亭)이 보인다. 소주를 출입하는 관리들을 영접하는 정자였던 것으로 보인다

리[18]가 들려 오지 뭡니까? 저자의 사람들은 그다지 놀라는 기색은 없었

---

14 만선(灣船) : 명대에 수심이 낮은 강변을 오가는 작은 배를 말한다.

15 고소(姑蘇) : 중국 고대의 지명. 지금의 강소성 소주시 일대에 대한 또다른 이름으로, 그 서남쪽에 자리잡은 고소산에서 유래하였다. 때로는 고서(姑胥)·고여(姑餘)로 불리기도 하였다.

16 직철(直裰) : 중국 근세의 일상복의 일종. 깃이 비스듬하게 나 있고 소매 통이 크며 소매 끝에 테가 둘러진 두루마기. 때로는 승려나 도사가 착용하는 긴 두루마기를 가리키기도 한다.

17 서문(胥門) : 중국 소주시 서쪽 만년교(萬年橋) 남쪽에 있는 문. 춘추시대에 오나라가 도성을 건설할 때에 만든 문의 하나로, 멀리로 고서산(姑胥山, 고소산)을 마주보고 있어서 '서문'이라고 불렀다고 한다.

지만 저마다 길을 비켜 양쪽으로 서더니 길을 양보하는 것이었지요. 그
러자 누군가가 '양곡을 책임진 조^響 관인께서 행차하셨다'고 하는 것이었

명대 『수호전』 삽화. '직철'이 어떤 형태의 의복인지는 불분명하다. 그러나 그
의미를 따져 볼 때 서문경(우)의 옷이 오른쪽으로 여미는 전통 양식인 반면 '직철'
은 무송(좌)의 옷처럼 수직으로 단추를 부착한 양식이었을 가능성이 높다

습니다. 소사[19]는 비록 걸어가는 중이었지만 당연히 그 관리를 안중에도
두지 않고 계속 거리를 어슬렁거리면서 그 행렬을 피하지 않았습니다.
아 그런데 얼마 되지도 않아서 그 관리가 가마를 타고 행차하는가 싶더
니 가마 앞에 선 사령 등의 무리가 호통을 치면서 욕을 퍼붓는 것이었습

---

18 벽제 소리[喝導] : '갈도(喝導)' 또는 '갈도(喝道)'는 고대 중국에서 관리가 행차할 때 그
행렬 맨 앞에 앞장을 서서 관리의 행차를 알려 행인들이 길을 비키도록 유도하던 행위를
가리킨다. 우리나라에서는 이를 '벽제(辟除) 소리'라고 하였다.
19 소사(小舍) : 소사인(小舍人)'을 줄여 부른 호칭이며, '사인'은 '도령, 도련님'에 해당한다.

니다.

"이 중놈아! 썩 비키지 못할까!"

소사는 그래도 살며시 코웃음만 칠 뿐이지 뭡니까. 그래서 포졸 둘이 그와 실랑이를 벌였더니 소사가 이렇게 한 마디 내뱉었습니다.

"무례한 짓 마시오. 내가 왜 당신네를 피해야 하오?"

길을 비키지 않는 것을 본 포졸은 법도를 어겼다고 여겨 바로 그를 사로잡았습니다. 그리고는 관리의 가마가 자신들 앞까지 오자 이렇게 아뢰었지요.

"웬 떠돌이 중이 길을 비키지 않기에 붙잡았사옵니다. 처분을 내려 주십시요!"

그래서 가마 위의 그 관리가 물었습니다.

"네놈은 어디서 온 떠돌이 중이길래 이다지도 방자한 게냐!"

소사는 그래도 아무 소리도 하지 않는 것이 아닙니까. 관리는 버럭 성을 내면서 호통을 쳤습니다.

"끌고 가서 매우 쳐라!"

　사람들은 대답을 하기가 무섭게 매가 제비·참새를 나꿔채듯이 소부를 땅바닥에 꼼짝도 못하게 제압하더니 곤장을 스무 대나 치지 뭡니까! 소사는 해명할 틈조차 없이 꼼짝없이 당할 수밖에 없었습니다.[20] 그렇게 곤장을 치고 나서 가만 보니 부府 관아에서 웬 승차[21]가 앞서의 배에 있던 사람 하나와 함께 나는 것과도 같이 달려오더니 말하는 것이었지요.

"소사 나리! 어딜 가셨나 했더니만 여기에 계셨군요?"

　사람들은 놀라서 말했습니다.

"소사 나리 … 라니 누가요?"

　그러자 그 승차가 말하는 것이었지요.

"방금 전에 각급 사司·도道·부府·현縣의 나리들께서 전부 칙사이신 소사 요 나리의 배로 영접하러 오셨다가 변복을 하고 서문으로부터 들어오셨다는 소리를 들었습니다요. 해서 그 배의 뱃꾼 하고 같이 허겁지겁 달

---

20 【즉공관 미비】 □□難忍. □□를 참기 어렵겠군.
21 승차(承差) : 송·명대의 관직명. 하급 군관으로 전전사(殿前司)에 소속되었으며, 사령을 높여 부르는 이름이기도 하였다. 때로는 승국(承局)'로 부르기도 하였다.

려왔습니다. 다른 나리들은 모두 뒤에서 따라오시는 중입니다요. (…) 네놈들은 어째서 이렇게 무례하게 구는 게냐!"

그 말을 들은 사람들은 깜짝 놀라 얼굴이 파랗게 질린 채 소리를 지르면서 뿔뿔이 흩어져 버리는 것이었습니다. 아까 그 관리의 가마를 메었던 가마꾼들조차 그 관리를 땅바닥에 내동댕이치더니 가마까지 버리고 부모님이 다리를 두 개 더 달아 주지 않은 것을 야속해 하면서 모조리 다 내빼는 바람에[22] 겨우 그 관리 하나만 그 자리에 덜렁 남아 있을 뿐이었답니다.

알고 보니 그 관리는 성이 조曹로, 오현[23]의 현승[24]이었습니다. 그 자리에서 승차는 오랏줄을 꺼내어 현승을 꽁꽁 묶더니 소사의 처분을 기다렸습니다. 얼마 뒤에, 수守·순巡 두 도[25]를 위시하여 부府·현縣의 각급 관리들이 우루루 영접하러 몰려 왔습니다. 그러더니 소사를 에워싼 채 찰원察院 관아로 가서 좌정하게 한 뒤 각급 관리들이 차례로 인사를 하는 것이

---

22 【즉공관 미비】走爲上着. 내빼는 게 상책이고 말고.
23 오현(吳縣) : 명대의 지명. 지금의 강소성 동남부인 소주시와 무석시(無錫市) 사이에 자리잡고 있다. 동으로는 곤산(崑山), 남으로는 오강(吳江), 서로는 태호(太湖), 북으로는 상숙(常熟)과 맞닿아 있다.
24 현승(縣丞) : 명대의 관직명. 지부(知府)를 보좌한 부 동지(府同知) 또는 지현(知縣)을 보좌했으며, 때로는 '이윤(二尹)'으로 부르기도 하였다.
25 수·순 두 도[守巡兩道] : 명·청대의 지방 군사조직인 수도(守道)와 순도(巡道)를 말한다. 포정사(布政使) 아래에 좌·우로 참정(參政)과 참의(參議)를 두고, '수도'라는 이름으로 특정한 지역에 군대를 주둔시키고 지키게 하는 한편, 안찰사(按察使) 아래로는 부사(副使)·첨사(僉事) 등을 두고 '순도'라는 이름으로 특정한 지역을 분담해 순찰하게 하였다. 여기서는 수도와 순도의 수장을 가리키는 말로 사용되었다.

었지요. 그리고 나서 승차는 벌써 각급 관리들 앞에서 소사가 능욕을 당한 일을 알렸습니다. 그러자 관리들은 모조리 무릎을 꿇고 용서를 빌면서 그 자리에서 조 현승의 죄를 다스릴 것을 건의하는 것이었지요. 그런데 소사가 웃으면서 말했습니다.

"잠시 관아 감옥에 가두었다가 내일 오전 공무를 보는 자리에서 처분을 내리겠소."

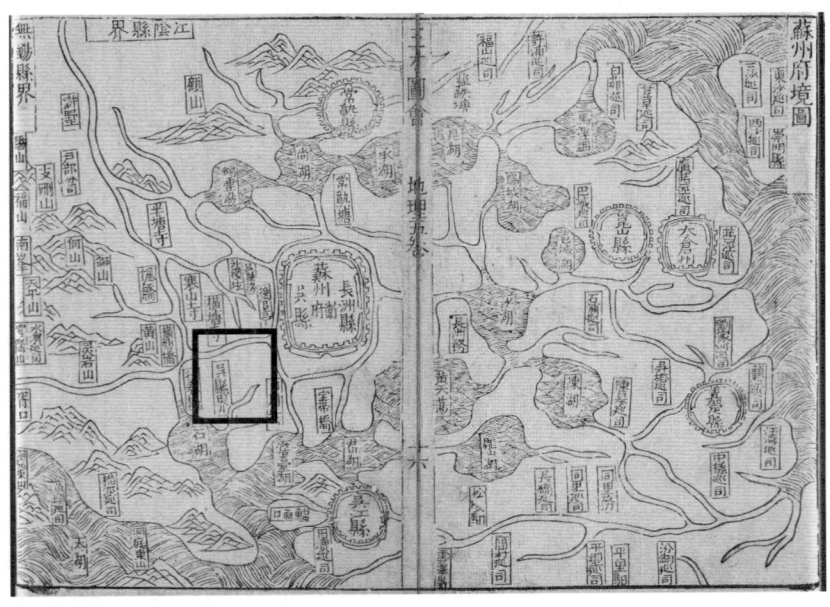

『소주부경도』에 그려진 오현의 위치(『삼재도회』)

그리고는 그 자리에서 현승을 데리고 나가 부 관아에 가두게 했습니다. 그러자 각급 관리들은 그와 작별 인사를 하고 나오고 소사는 날이 저물자 바로 찰원[26]에서 묵었지요.

그리고 이튿날 아침에 관아의 대문을 여니 각급 관리들이 다시 인사를 하러 들어오는 것이었습니다. 그래서 소사가 입을 열어 물었습니다.

"어제 그 맹랑한 관리는 어디에 있는가?"

그러자 관리들이 말했지요.

"부 관아 감옥에 갇혀 있사온데 아직 명령을 내리지 않으셔서 감히 처치하지 못했사옵니다!"

"데리고 들어 오라!"

각급 관리들은 '이번에는 조 현승도 살아남기는 글렀구나' 하고 여겼습니다. 현승은 현승대로 '목숨이 경각에 달렸구나' 하고 여기고 몸 둘 바를 모르고 쩔쩔 매었지요. 그는 옥졸을 따라서 무릎걸음으로 재판정 뜰 아래까지 기어 가더니 머리를 조아리면서 죽기를 자청했습니다. 그러자 소사는 웃음을 띠고 관리들을 보면서 말하는 것이었습니다.

---

26 찰원(察院) : 명대의 감찰기관인 도찰원(都察院)의 약칭. 도찰원은 좌·우로 각각 도어사(都御史)·부도어사(副都御史)·첨도어사(僉都御史)를 중심으로 예하 기관을 거느리고 절강(浙江) 등 13개 도(道)에 분소를 두고 내·외직 관리들을 감찰하였다. 때로는 어사가 어명에 따라 외지로 파견되었을 때 현지에 임시로 구성되는 집무 장소도 '찰원'으로 일컬어졌다.

"젊은 관리가 물정을 모르는구나. 설사 떠돌이 중이 저잣거리를 돌아다닌다 한들 너와 무슨 상관이 있다고 기어이 매질까지 했더냐?"

그러자 각급 관리들이 이구동성으로 말했습니다.

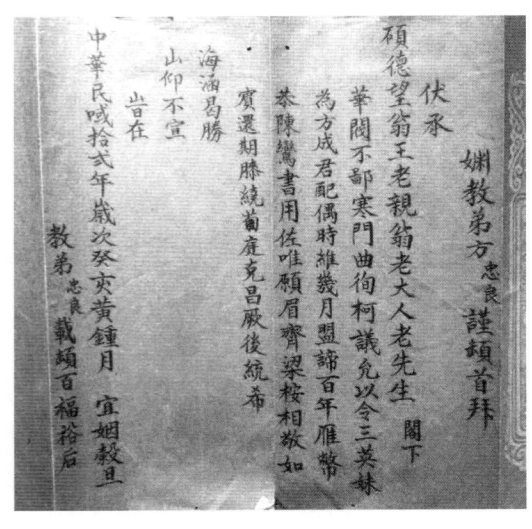

간첩의 예시

"눈을 달고도 태산을 몰라 보다니 … 그 죄가 만 번 죽어도 마땅합니다. 그저 바라옵건대 대감께서 그 자를 주살하시되 상소만은 올리지 말아 주십시오! 모쪼록 소관들이 세심하게 살피지 못한 죄를 너그럽게 헤아려 주신다면 큰 은혜로 여기겠나이다!"

소사는 빙그레 웃으면서 소매 속에서 간첩東帖을 하나 꺼냈습니다. 그리고는 관리들에게 보여 주는데 바로 앞서의 그 시 네 구절이었지요. 관리들이 그것을 보고 났을 때 소사가 껄껄 웃으면서 말하는 것이었습니다.

"이 일은 내가 전생에 저 자에게 진 빚이오. 어제 신분을 숨기고 여유를 부리며 돌아다닌 것도 바로 전생의 빚을 갚기 위해서였지. (…) 이제 일이 다 끝났소이다! 그 관리는 애초부터 별 죄를 지은 일이 없소이다. 그러니 다들 마음 놓고 각자의 본분에 충실하도록 하시오. 나도 더 이상 문제 삼지 않겠소!"

그러자 관리들은 모두가 소사의 도량에 탄복했답니다.

물론, 소사가 과거와 미래의 일을 안다는 것. 그 말만큼은 절대로 허튼소리가 아니었습니다. 손님들께서 만약 믿지 않으신다면 소생이 새로 송나라 때의 어떤 기인奇人에 관한 이야기를 들려 드리도록 하지요. 그 역시 남에게 곤장으로 전생의 빚을 물으려 한 경우입니다. 앞의 본보기는 다들 보신 바 대로입니다만 이번 사람에게는 기이한 구석이 꽤 많이 있었답니다. 소생이 차근차근 이야기를 들려 드릴 테니 몸 이야기 삼아 들어 보시지요.

옛날에 기이한 사람이 있었는데	從來有奇人,
그 술법이 세상을 넘나들 정도였지.	其術堪玩世.
일체의 참된 형상들이	一切眞實相,
그저 놀이용으로나 쓸 만할 뿐이라네.	僅足供游戲.

그럼 이야기를 들려 드리도록 하겠습니다. 송나라 왕조 촉주[27]의 강원[28]에 기인이 한 사람 살았습니다. 그는 성이 양楊, 이름이 망재望才이며

자는 희려希呂였지요. 그가 젊었을 때였습니다. 어디에서인지는 알 수 없지만 무심코 마주친 기이한 사람에게서 기이한 책을 얻고 기이한 도술을 전수받았답니다.

그는 일곱여덟 살 되었을 때에 학당學堂에서 이상하게 괴이한 일을 벌였습니다. 예컨대 애를 써서 학생들을 한 무리 모아 놓고 그 학생들에게 신선계 동자의 춤을 추게 한다거나 신령이나 귀신이 강림한 푸닥거리를 시키기도 했지요. 어떤 경우에는 유비·관우·장비로 분장해 세 사람이 여포와 싸운 장면을 연출하기도 하고 어떤 경우에는 위지공[29]으로 분장해 철편[30]으로 창을 빼앗는 장면을 연출하기도 했습니다. 입으로 뭐라고 대사를 외는지는 알 수 없었지만 하여간 자기 마음대로 공연을 하곤 했답니다. 오죽 하면 그 마을 아이들조차 저마다 박자에 맞추어 춤을 추지 않는 경우가 없을 정도였지요. 마치 선생님이 가르치기라도 한 것처럼 옆에서 지켜보는 사람들 눈에는 정말 볼 만 했습니다. 아 그런데 춤이 다 끝나고 나서 그 아이들에게 물어 보면 조금도 기억을 하지 못하지 뭡니까.

---

27 촉주(蜀州) : 송대의 지명. 당대에 처음 설치되었으며 송대에는 숭경군(崇慶軍)으로 격상되었으며 1913년에 숭경현으로 되었다. 대체로 지금의 사천성 숭주(崇州)·도강언시(都江堰市) 등지를 관할하였다.
28 강원(江源) : 송대의 지명. 지금의 사천성 성도시 인근의 숭주시 일대에 해당한다.
29 위지공(尉遲恭, 585~658) : 당대 초기의 장수. 자는 경덕(敬德)이며, 삭주(朔州) 선양(善陽, 지금의 삭주) 사람이다. 수나라 말기에 유무주(劉武周) 휘하의 장수이다가 당나라에 투항하였다. 그 뒤로 왕세충(王世充)의 군대를 격파하고 두건덕(竇建德)·유흑달(劉黑闥) 등의 반란을 진압하는 등 큰 공을 세웠다. 나중에 이세민(李世民)이 현무문(玄武門)에서 쿠데타를 일으키자 그가 황제로 즉위하는 것을 도왔다. 민간 전설에서는 그가 철편을 잘 썼다고 전해진다.
30 철편(鐵鞭) : 중국 고대의 병기. 쇠로 만든 몽둥이의 일종이다. 전설에 따르면 황개(黃蓋)·위지공(尉遲恭)·호연찬(呼延贊) 등의 장수가 사용했다고 한다.

그러던 어느 날이었습니다. 같이 공부하는 아이들 중의 하나가 책 통[書簡] 속에 돈을 몇백 문[31] 소지한 일이 있었습니다. 그런데 아무도 그 사실을 모르고 있는데 양생楊生이 별안간 그에게 '돈을 꾸어 달라'고 하는 것이 아닙니까. 같이 공부하는 그 아이는 '없다'고 둘러대었지요. 그러자 양생은 냅다 그의 손가락을 꺾으면서 말했답니다.

"네 돈 몇백 몇십 몇 문이 지금 책 통 속에 있지 않니? 어째서 없다고 잡아떼는 거야?"

다른 학생들은 처음에는 그 말을 믿지 않았습니다. 그러나 다같이 그 아이의 책 통을 열어서 보았더니 액수가 정말 한 문도 틀림이 없지 뭡니까요. 그 소문이 퍼져서 다들 '양씨성을 가진 선비가 기이한 술법을 부린다'고 떠들어 대었답니다.

그는 나이가 차츰 많아지면서 외모가 못나고 기이하게 자랐습니다. 두 눈은 귀신 같고 하는 말마다 신통력을 보였지요. 그래서 인근지역 사람들이 모두 찾아와서 길흉사를 물어보았더니 묻는 족족 다 맞추는 것이었지요. 그는 제비를 뽑아서 사람들의 운세를 점칠 수가 있었기 때문에 사천 지방에서는 그에게 '양추마楊抽馬'라는 별명을 지어 주었답니다.

추마의 입을 통하여 나온 말은 '가깝다'고 하면 가까운 데서 들어맞고

---

31 문(文) : 중국 고대에 엽전을 세는 단위. 일반적으로 천 개의 엽전 즉 1천 문을 한 꿰미에 꿰어서 '1관(貫)'으로 불렸다. 때로는 '전(錢)'으로 부르기도 하였다.

'먼 데'라고 하면 먼 데서 들어맞았습니다. 또 '맞다'고 하면 정말로 맞고 '틀리다'고 하면 정말로 틀리지 뭡니까.[32] 그럼 그가 보여준 몇 가지 괴이한 사례들을 간단히 예로 들어 보지요.

운수를 표시한 제비(찌)가 꽂혀 있는 산통

양 씨네는 남쪽에 살았습니다. 거기에는 큰 나무가 한 그루 있었는데 그늘이 몇 장丈[33]이나 되었지요. 그러던 어느 날이었습니다. 쪽지를 하나 쓰고 나가서 대문 앞에 이렇게 붙였지요.

"내일 오시와 미시 사이[34]에 행인들은 이곳을 지나가면 안됩니다. 괴

---

32 맞다고 하면 맞고 틀리다고 하면 틀리지 뭡니까[正則正應, 奇則奇應] : 원문의 '정(正)'과 '기(奇)'는 춘추시대의 사상가 노자(老子)의 『도덕경(道德經)』에 나오는 말로, 각각 상수(常數)와 변수(變數), 또는 '통상적인 방법'과 '변칙적인 방법'을 뜻한다. 병법서 등에서는 각각 '정규전'과 '게릴라전' 식의 개념을 지닌 일종의 작전 용어로 사용되기도 한다. 여기서는 편의상 '정'과 '기'를 '맞다'와 '틀리다'로 의역하였다.

33 장(丈) : 중국의 전통적인 도량형 단위. '장'은, '10(十)'을 손으로 들고 있는 글자의 형태에서 짐작할 수 있듯이, 열 자[十尺]를 가리킨다. 중국에서 한 자는 역사적으로 진·한대에는 23cm, 당대에는 30cm 등, 시대마다 조금씩 차이가 존재하는데, 명·청대에는 대략 31cm 정도였다고 한다. 따라서, 한 장은 310cm이므로 얼추 3m 정도 되는 셈이다.

34 오시와 미시 사이[午未時候] : 동양에서는 고대에 하늘과 땅의 우주원리를 방위와 시간을 나타내는 데에 적용하였다. 특히, 시간의 경우 '12간지(十二干支)'를 적용하여 자시

이한 불행을 만날 지도 모르니까요."

그런데 그것을 본 누군가가 소문을 내었습니다.

"추마의 집 문 앞에 이런 쪽지가 있더라!"

그러자 다들 앞다투어 구경을 하러 몰려 들었지 뭡니까. 그것을 본 사람들은 추마가 좀 기이한 사람임을 다 알고 있었기 때문에 그 말을 믿지 않을 수가 없었지요. 그래서 다들 '내일 오시와 미시에는 절대로 그 집 문 앞에는 얼씬도 하지 말자'며 조심했습니다. 아 그런데 정말로 그 때가 되자 그 큰 나무가 갑자기 꺾여 쓰러지면서 길을 막아 버렸지 뭡니까. 그 바람에 길 양쪽 건물들까지 적잖게 허물어졌답니다. 그것은 모두가 양추마가 예언한 대로였습니다. 그래서 그렇게 된 것이었지요. 그는 남이 그 일을 알지 못해 실수로 다치기라도 할까 걱정해서 미리 널리 알려 사람들이 불행을 피할 수 있게 해 준 것입니다. 사람들이 그때 미처 알지 못하고 그 거리를 다니고 있었다면 마치 손오공[35]이 여의봉에 깔린 것처럼

(子時)는 밤 23시~01시, 축시(丑時)는 밤 01~03시, 인시(寅時)는 밤 03~05시, 묘시(卯時)는 새벽 05시~07시, 진시(辰時)는 아침 07시~09시, 사시(巳時)는 오전 09시~11시, 오시(午時)는 정오인 11시~13시, 미시(未時)는 오후 13시~15시, 신시(申時)는 오후 15~17시, 유시(酉時)는 저녁 17시~19시, 술시(戌時)는 밤 19시~21시, 해시(亥時)는 밤 21시~23시로 각각 정하였다. 여기서 "오시와 미시 사이"라면 오후 1시 전후에 해당하는 셈이다.

35 손오공[孫行者] : '손행자(孫行者)'는 명대의 소설가 오승은(吳承恩, 1500?~1583)이 지은 장편소설 『서유기(西遊記)』에서 금고방(金箍棒, 여의봉)을 휘두르며 맹활약 하는 주인공 손오공(孫悟空)을 말한다. 손오공이 천축국(天竺國)으로 불경을 구하러 간 당나라

모조리 피떡이 되어버리고 말았을 테지요.

명대 후기에 간행된 『이탁오비평 서유기(李卓吾批評西遊記)』에 그려진 손오공(좌)
과 삼장법사(우)

또 양추마는 늘 겸백縑帛을 지니고 저자로 들어가 팔곤 했습니다. 그때

사는 사람이 그것을 받아 손으로 대중해 보니 길이가 서너 장 정도 되어

삼장법사(三藏法師)의 행자로 등장하기 때문에 손오공에 대한 또다른 호칭으로 사용되
었다. 여기서는 '손행자'를 편의상 국내에 널리 알려져 있는 이름인 "손오공"으로 번역하
였다.

보였지요. 가격 역시 적당해 보였습니다. 사는 사람이 그래도 싸게 살 요량으로 값을 좀 깎아 보았더니 그가 전혀 입씨름을 벌이지 않는 것이었지요. 그런데 거래가 성사되고 났을 때였습니다. 그에게 다시 대중해 보게 했더니 사는 사람이 낸 돈만큼 겸백의 길이가 변해 있는 것이 아닙니까. 사는 사람이 몇 장 길이로 재어 놓고 값을 기껏 몇 자 만큼만 치루었다고 칩시다. 그러면 겸백 역시 겨우 몇 자만큼으로 변했던 거지요.

외출하여 누구를 방문할 때도 마찬가지였습니다. 그는 노새를 타곤 했는데 꽤 씩씩하고 튼튼했지요. 그런데 그 집 대문 안까지 들어가서 노새를 뜰 기둥에 매어 놓고 손님과 주인이 인사를 나누고 차를 마셨지요. 그리고는 '다른 용무로 잠시 나가 보겠다'고 둘러대고 노새를 남겨 놓은 채로 그 자리를 떠났지 뭡니까. 그러자 그 노새는 처음에는 쉬지 않고 울부짖고 껑충거렸습니다. 그런데 주인이 한참을 지나도 돌아오지 않자 노새는 아무 소리도 내지 않더니 차츰 줄어드는 것이 아닙니까. 주인이 괴이하게 여기고 자세히 살펴보았더니 종이를 오려서 만든 노새였습니다.

사천의 제치사[36]에는 삼십 년 전의 공문서가 하나 있었습니다. 그런데 급히 대조해 보려고 했더니 연식이 오래 되고 먼지가 잔뜩 쌓인 탓에 그 행방을 알 수가 없지 뭡니까. 제치사의 서리가 하루 종일 찾아 헤맸지만

---

36 제치사(制置司) : 송대의 관직명. 당대 후기에 지방의 질서를 통제할 목적으로 설치하였다. 그 수장은 제치사(制置使)로, 지위가 자사(刺史)보다 낮았다. 북송대에는 변방을 지키는 일을 담당했으며 강남으로 남하한 남송대부터는 금나라와 대치하면서 빈번히 설치되었다.

도무지 찾을 길이 없었지요. 그때 누군가가 '양추마한테 가서 물어 보면 행방을 분명히 알 수 있을 것'이라고 귀띔해 주었습니다. 그래서 서리가 가서 물었더니 양추마가 '어떤 건물 어느 장롱의 몇 번째 단[屜] 아래에 있다'고 일러 주는 것이었습니다. 그 말대로 가서 찾아보니 정말 바로 거기에서 나오는 것이 아닙니까!

하루는 미산[37]의 침琛 선사禪師가 집에 들렀더니 마침 시골에서 온 손님이 그 자리에 있지 뭡니까. 그 손님은 새로 말 한 필이 생겼는데 몸통은 검고 코 부분만 흰 색이어서 그 모습이 꽤 남달라 보였지요. 그래서 양추마가 그것을 보고 말했습니다.

"이 말은 타기 적합하지 않습니다. 제게 선물로 주시는 방법 밖에 없겠는데요. 귀하께서 그래도 이 말을 타시면 이롭지 못한 일이 생길 것이 분명합니다!"

그러자 그 시골 손님은 성을 내면서 말했지요.

"선생이 그런 말씀을 하는 걸 보니 … 저를 등쳐서 제 말을 가로챌 속셈일 테지요?"

---

37 미산(眉山) : 송대의 현 이름. 사천성 성도시 서남부에 있으며 민강(岷江) 서안에 가까이 있어서 고대에는 미주(眉州)로 불렸다. 송대 문학의 대가인 소순(蘇洵) 부자가 이곳 출신이다.

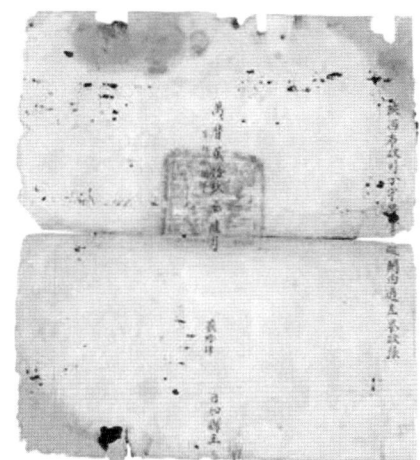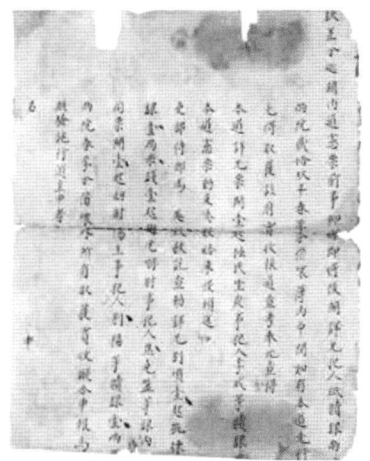

명대 공문서 예시. 만력 연간에 섬서포정사(陝西布政司)에서 보낸 필사 공문

"돈 백 냥을 써서 호의로 그 큰 액[厄]을 풀어 드리겠습니다. (…) 저를 믿지 못하시겠다면 그것도 귀하의 운명일 테지요. 오늘 선사께서 이 자리에서 증인을 서 주십시요. (…) 귀하는 명년 오월 스무날에 전생에 진 원한에 대한 천벌을 받게 될 겁니다. 그러니 명심하시고 마굿간에 가서 그 여물을 보는 일이 없도록 하십시요! 또, … 왼쪽 갈비뼈를 잘 지키셔야 합니다. 그날을 무사히 넘긴다면 그래도 다시 귀하를 뵐 수가 있겠지요."

그 시골 손님은 그가 한 이야기가 황당하기도 하고 보통 일이 아니길래 더더욱 성을 내면서 그의 말을 듣지 않고 그 자리를 떠나 버렸지요.
다음 해 같은 날이 되었을 때였습니다. 그 시골 손님이야 어디 그의 충고를 마음에나 두었겠습니까? 아니나 다를까 직접 말 여물을 주러 갔지 뭡니까. 그랬더니 그 말이 갑자기 날뛰면서 두 발굽으로 마구 차는 바람에 땅바닥에 쓰러지고 말았습니다. 그가 쓰러진 것을 본 그 말이 급히 왼쪽 갈비뼈를 향하여 힘껏 발길질까지 하는 것이었지요. 그 바람에 갈비뼈가 전부 부러지고 말았지 뭡니까요 글쎄! 그 시골 손님은

"어이쿠!"

소리와 함께 마구 비명을 지르다가 어느 사이에 숨이 끊어져 죽고 말았답니다. 침 선사는 그 일을 알고 깜짝 놀랐습니다. 그리고 매번 사람들을 볼 때마다 '양추마가 영험하다'고 탄복하곤 했답니다. 이것은 그가 직접 눈으로 목격한 일이었습니다.

우虞 승상은 형·양[38]에서 소환되었을 때 그 아들 공량公亮이 추마에게 서신을 보내 장래의 일을 물었습니다. 그래서 추마는 이렇게 답장을 썼지요.

"'소'를 얻든 못 얻든 간에 반 달 뒤에 동첨서를 맡으실 것입니다."
得蘇不得蘇, 半月去作同僉書.

당시까지만 해도 '첨서[39]'에는 '같을 동同'자가 붙어 있지 않았습니다.

---

38 형·양(荊襄) : 형주(荊州)와 양양(襄陽)을 아울러 일컫는 이름으로, 넓게는 호북성 일대를 가리키기도 한다.

39 첨서(僉書) : 송대의 관직명. 명대에 각 도지휘사사(都指揮使司) 및 위·소(衛所) 등의 기구에 설치하였다. 정원은 1~2명으로, 군사 조련이나 둔전(屯田) 등의 업무를 담당하였다.

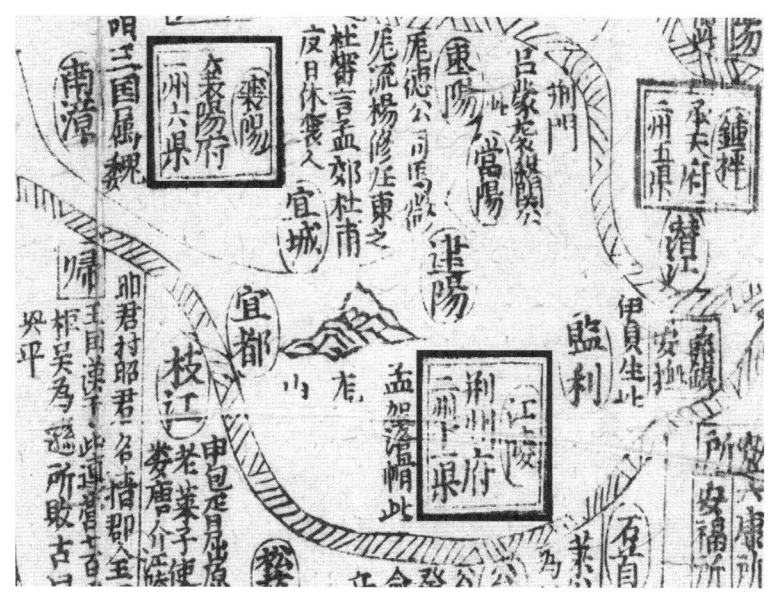

『대명구변만국인적노정전도(大明九邊萬國人跡路程全圖)』속의 형주(하)와 양양(좌). '형·양'은 이 두 지역을 아울러 일컫는 이름이다. 아래의 물줄기가 장강이다

그래서 우공은 그 말을 믿지 않았지요. 그런데 나중에 소대[40]의 군수가 되었을 때였습니다. 부임한 지 열다섯 날만에 정말로 소환되어 '동첨서추밀원사同僉書樞密院事'에 임명되었지 뭡니까. 그때는 전처화錢處和가 이미 첨서를 지내고 있었습니다. 그래서 그 앞에 '동'자를 덧붙이게 된 거지요. 그의 예지력은 이처럼 한 치도 틀림이 없었답니다.

과주[41]의 교수[42] 관수경關壽卿은 이름이 손孫이었습니다. 그런데 그의 동

---

40 소대(蘇臺) : 고소대(姑蘇臺)를 줄여서 부른 이름. 지금의 강소성 소주시 서남부의 고소산 위에 있다. 전설에 따르면 춘추시대에 오나라 국왕 합려(闔閭)가 건설했으며 그 아들 부차(夫差)가 그 위에 춘소궁(春宵宮)을 지었다. 나중에 월나라가 공격하매 불에 소실되었다. 때로는 여기서와 마찬가지로 소주시를 가리키는 말로 사용되기도 한다.

료 중 한 사람이 양추마의 술법 소문을 듣고 '그에게 종복을 보내 서신으로 점을 보게 해 달라'고 부탁했지요. 그런데 그 종복이 도착하기도 전에 추마가 미리 알고 집에서 그의 아내에게 당부했습니다.

"서둘러 밥을 지으시오. 관씨 성의 나리 댁에서 보낸 종복이 올 텐데 대접을 해야겠어."

그의 아내는 그 말대로 밥을 지었지요. 밥이 다 되고 나니 관 씨댁 종복이 그제서야 그 자리에 나타났겠다? 그 종복이 대문으로 들어오기도 전에 추마가 그를 맞이하면서 웃는 얼굴로 말했습니다.

"자네는 자기 댁 일은 묻지 않고 남의 집 일로 먼 길을 왔는가?"

관 씨댁 종복은 놀라서 절을 하면서 말했습니다.

---

41 과주(果州) : 송대의 지명. 당대 무덕(武德) 4년(621)에 설치되었으며, 지금의 사천성 남충(南充)·봉안(蓬安)·서충(西充)·영산(營山)·악지(岳池) 등지를 관할하였다. 북송대의 지리서인 『태평환우기(太平寰宇記)』 "과주"조에 따르면, "군 남쪽 8리 지점에 있는 과산에서 이름을 땄다[以郡南八里果山爲名]고 한다.

42 교수(敎授) : 중국 고대의 관직명. 한·당대에 박사(博士)를 설치하고 관학의 학생들을 교육하였다. 송대에 이르러 종학(宗學)·율학(律學)·의학·무학(武學) 분야에 교수를 설치하고 학문을 전수하는 한편, 각 로(路)·주(州)·군(軍)에도 관학을 열고 교수를 설치하여 경술(經術) 등의 학문을 학생들에게 교육하였다. 나중에는 각 왕부(王府)마다 교수를 설치하고 벼슬을 주니 이때부터 교수가 보직을 갖기 시작하였다. 그 지위는 제독학사사(提督學事司)보다 낮았다. 원대에도 각 로·주·부(府)마다 교수를 설치했으나 명·청대에는 부학(府學)에 교수를 설치하였다.

"선생께서는 참말로 신선이십니다요!"

그의 아내가 지은 밥으로 그 종복을 대접하는 사이에 추마는 답장을 써서 장래의 불행과 행복에 관한 충고를 하고 나서 그 자리를 떠났답니다.

알고 보면 그의 아내는 성이 소(蘇)로, 역시 보통사람이 아니었습니다. 원래는 기방 출신의 여자이지만 외모는 그저 그랬지요. 그런데도 거드럼을 부리면서 호락호락 손님을 받으려 하지 않았답니다. 그리고 자신이 받았던 손님들에 대해서는 누구는 좋고 누구는 나쁘고 누구는 뜨게 되어 있고 누구는 몰락하게 되어 있고 누구는 죽을 팔자이고 누구는 불행을 당한다는 식으로 평가하곤 했지요. 그는 학당을 열고 제자를 받는 관상가이기라도 한 것 같았습니다.[43] 상대의 기색을 살피고 판정을 내리기는 해도 당사자 앞에서는 별로 드러내 놓고 말하지 않고 뒤에서만 한두 마디 하곤 했지요. 그러나 그 판단이 영험하지 않은 경우가 없었지 뭡니까. 그렇다 보니 그 명성이 당대에 높아져서 그녀를 만나러 오는 손님이 꽤 많았지요. 오죽하면 왕실의 자손이며 대갓집 도령들의 수레와 말들로 대문 앞에 북적거릴 정도였습니다. 그녀는 개중에서 마음에 드는 사람이 있으면 밤에도 몇 사람 받곤 했답니다. 그러나 내왕하면서 가까워진 사람들 중에서 누가 자신을 아내로 맞아들이기라도 할라치면 그냥 이렇게 말할 뿐이었지요.

---

43 【즉공관 미비】安得有妓如此一問□事乎. 어디에 이처럼 묻기만 하면 매사를 다 □해 주는 기생이 다 있을 수 있겠는가!

"눈 앞에 계신 분들은 모두 제 지아비가 아니시군요."

그러다가 나중에 양추마의 그 못나고 괴이한 얼굴을 보고 나서는 너무도 좋아하면서 말하는 것이었습니다.

주공과 도화녀의 이야기를 다룬 중국 영화 포스터

"내 지아비가 여기에 있었군요!"

추마는 추마대로 소씨를 보더니 예전부터 알고 지내던 사이이기라도 한 것처럼 말했지요.

"알고 보니 내 아내가 예서 사람들하고 부대끼면서 지내고 있었구려!"

이렇게 서로 의기가 투합되었지 뭡니까. 그렇게 해서 양추마가 소씨를 맞아 들인 거지요. 마치 도화녀[44]

---

44 도화녀(桃花女) : 중국의 민간 전설·희곡에 등장하는 여인. 하남 운양촌(雲陽村) 임이공 (任二公)의 딸 임도화(任桃花)는 같은 마을의 주공이 점을 잘 친다는 소문을 들었다. 그래서 술법을 써서 주공의 점이 두 번이나 틀리게 만든다. 격분한 주공은 도화를 아내로 삼으려 하지만 도화의 술법 때문에 번번이 실패한다. 나중에 도화는 주공의 일가족을 위험에서 구해 주고 주공이 사죄하자 그에게 출가한다. 이 이야기는 원대에 『도화녀파법가 주공(桃花女破法嫁周公)』·『파음양팔괘도화녀(破陰陽八卦桃花女)』·『강음양팔괘도화 녀(講陰陽八卦桃花女)』등의 잡극 희곡으로 지어졌으며 명대의 잡극 희곡집인 『원곡선 (元曲選)』에도 소개되어 있다.

가 주공周公[45]에게 출가한 것처럼 말입니다. 그 뒤로 그 집안에는 갈수록

| 음과 양에 기준이 생기며 | 陰陽有準, |
| 불행과 행복에 틀림이 없구나! | 禍福無差. |

이런 식으로 양추마의 명성은 날이 갈수록 높아만 갔습니다. 설사 본인이 집에 없더라도 그 집에 가서 묻기만 하면 한 치도 틀림이 없었답니다. 그래서 그 집 대문 앞은 늘 북적거리고 집안도 와자지껄 했습니다. 왕후장상이며 귀한 손님들이 현장에 보이지 않는 날이 하루도 없을 지경이었지요.

그러던 어느 날이었습니다. 추마가 그 고을에 있을 때였지요. 고을 관아에서 형리가 둘 찾아 왔지 뭡니까. 이름은 보나마나 장천張千과 이만李萬이었을 겁니다. 어쨌든 둘은 추마를 아는 사이인지라 같이 와서 인사를 했습니다. 그러자 추마는 그 두 사람을 덥석 잡아끌고 관아 대문을 나오더니 말하는 것이었지요.

"두 분 저희 집으로 가십시다! 긴요한 말씀을 한 마디 드려야겠소이다!"

그 두 형리는 추마가 자신들을 집으로 초대한다고 하자 '헛수고는 하

---

[45] 주공(周公) : 주나라 문왕(文王)의 아들이자 무왕(武王)의 아우인 희단(姬旦, ?~BC1105)을 말한다. 그의 채읍(采邑, 영지)이 지금의 섬서성 기산현(岐山縣) 동북쪽에 해당하는 주(周) 땅에 있었기 때문에 '주공' 또는 '주공 단(周公旦)'으로 일컬어졌다.

지 않았구나' 하고 여겼지요. 그래서 자진해서 따라가기로 하고 그의 뒤를 따라 걸음을 옮겼습니다. 그러자 추마가 말하는 것이었지요.

"두 분이 평소에 쓰는 관아의 곤장 … 그것도 같이 들고 가 주시지요."

그래서 장천과 이만이 말했지요.

"댁에 가는데 곤장은 어디다 쓰시게요? 설마 … 누구를 때려 달라는 말씀은 아니겠지요?"

"다 쓸 데가 있어서 그러지요. 가 보면 영문을 알게 되실 겁니다!"

장천과 이만은 추마가 기이한 사람이라는 사실을 잘 알고 있었습니다. 그래서 '정말 무슨 시킬 일이라도 있나' 싶어서 그 말대로 각자 곤장을 하나씩 들고 그를 따라 집으로 왔지요. 그랬더니 추마가 삼만 전錢을 가져 와서 두 사람에게 주는 것이 아닙니까!

"소인들을 어디에 쓰시려는 건지는 모르겠습니다마는 … 일도 안 했는데 … 어떻게 무턱대고 받을 수가 있겠습니까요!"

장천과 이만이 이렇게 말하자 추마가 말했습니다.

"일단 제 성의부터 받아 주십시오. 그리고 나서 부탁을 드리겠소이다!"

"선생, 일단 말씀부터 하시지요. 도와 드릴 수 있는 일이라면 소인들이 알아서 말씀대로 따르겠습니다!"

그러자 추마는 안으로 들어가서 아내 소씨를 불러 내더니 두 형리와 인사를 시키는 것이었습니다. 영문을 알지 못한 장천과 이만은 '어째서 아내를 불러내서 인사를 시키나' 싶지 뭡니까요. 그러나 둘 다 의아하게 여기면서도 함부로 입도 벙긋하지 못했지요. 그런데 가만 보니 추마와 그 아내가 각자 그 곤장을 장천과 이만에게 주더니 말하는 것이었습니다.

"부탁드릴 일이란 다른 것이 아니고 … 두 나리가 이 곤장으로 우리 부부 둘한테 스무 대씩 쳐 주시오. 그렇게만 해 주시면 정말 고맙겠습니다!"[46]

장천과 이만은 깜짝 놀라서 말했지요.

"그게 무슨 말씀입니까요?"

"신경 쓰지 마시고 제 말씀대로만 해 주시오. 그러면 저희를 아끼는 것

---

46 【즉공관 미비】眞正奇怪. 정말로 해괴하구만.

양추마가 곤장 치기를 기꺼이 바라다

으로 알겠소이다."

"일단 무슨 까닭인지 설명부터 해 주십시요!"

그래서 추마가 말했지요.

"우리 둘이 지금 당장 곤장을 맞아야 되거든요. 그럴 바에야 차라리 개
인적으로 두 나리를 모셔다가 이 업보를 해결하는 게 재판정에서 망신을
당하는 것보다 낫다 싶어서 말이오. 모쪼록 허락해 주시구려!"

"그럴 수야 없지요, 그럴 수야 없어! 소인들은 죽어도 그런 막된 짓은
못 합니다요!"

그러자 추마와 아내는 한숨을 쉬면서 말했습니다.

"두 나리가 기어이 못하겠다고 하는 걸 보니 … 우리 운명은 벌써 결정
이 나서 액땜[解禳]을 할 수 없게 되었나 봅니다 그려! (…) 예까지 오느라
수고들 하셨소이다! 곤장은 안 쳐 주었지만 돈은 받아 가시구려.[47]"

"주시는 돈은 더더욱 명분이 없지요!"

---

47 【즉공관 미비】先送杖錢, 更奇. 곤장을 맞기도 전에 돈을 쥐어 준다니 더더욱 해괴하구나.

"받아 가기나 하시오. 나중에 저한테 조금씩 한 턱 내시면 되지요 뭘!"

쇠파리

장천과 이만은 처음에는 극구 사양하기는 했습니다. 그러나 형리라는 작자들이야 돈을 보면 마치 쇠파리[48]가 피를 발견한 것과 같은 꼴 아니겠습니까? 결국에는 슬그머니 받아 챙기는 것이었습니다.

"기왕에 후한 상을 내리셨고 또 … '어른이 주시면 아랫사람은 사양하면 안된다'[49]는 말도 있기는 하지요. (…) 나중에 소인들을 쓰실 일이 생기면 물이든 불이든 가리지 않겠습니다요!"

두 사람은 그야말로 '세운 공도 없이 상을 챙기는 격'[50]이었습니다. 그

---

48 쇠파리[蒼蠅] : 중국어에서 '창승(蒼蠅)'은 일반적으로 '파리(fly)'를 가리키는 말로 사용된다. 그러나 여기서는 바로 뒤에 '피를 보다[覷血]'이라는 표현이 이어지는 점에 착안하여 편의상 외형은 파리와 비슷하지만 피를 빠는 곤충인 '쇠파리(warble fly)'로 번역하였다.

49 어른이 주시면 아랫사람은 사양하면 안된다[長者賜, 少者不敢辭] : 중국 전한대에 대성(戴聖)이 엮은 것으로 전해지는 『예기(禮記)』「곡례 하(曲禮下)」에서 유래한 말. 원문은 "어른이 주시면 나이가 적은 이나 지위가 낮은 이는 사양하면 안된다[長者賜, 少者賤者不敢辭]"고 되어 있다.

50 세운 공도 없이 상을 받는 격[無功受賞] : 중국 전국시대 사상가 한비(韓非, BC280?~BC233)가 엮은 『한비자(韓非子)』「식사(飾邪)」에 나오는 말. 원문은 "공이 없

래서 아주 신바람이 나서 몹시 기뻐하면서 그 자리를 떠났지요.

계속 이야기를 들려 드리도록 하지요. 양추마는 평소에 신령들에게 제사를 지낼 때마다 어김없이 신위를 여섯 개 모시곤 했습니다. 그럴 때에는 동쪽의 두 신위는 자리를 비워 놓고 '신의 자리'라고 불렀습니다. 또, 서쪽의 두 자리는 부부 두 사람이 주인으로 앉았습니다. 그리고 그 아래의 두 자리는 그때마다 승려와 도사를 한 사람씩 초빙해서 함께 앉게 했지요. 그래서 그가 모시는 것이 무슨 신인지 알 수가 없었습니다. 불교를 따르는 것도 아니고 도교를 따르는 것도 아니다 보니 남들은 가늠조차 할 수가 없었지 뭡니까. 그의 행동이 기이한 것을 본 현지의 구역 담당관은 그 사당의 신령들이 남다른 것을 "옳지 못한 방식으로 사람들을 미혹했으니 국법에 따라 사형에 처함이 옳다[左道惑衆, 論法當死]"고 여겨 고을 관아에 고발했습니다. 관아에서는 그 고발을 받아들여 사람을 보내 그를 체포해 관아로 끌고 오게 했지요. 그런 다음에 심문을 하기에 앞서 일단 감옥에 가두었습니다.

옥리들은 지금까지 그가 수완이 대단하면서도 수상하고 괴이한 사람임을 알고 있었습니다. 그래서 그의 대단한 술법을 두려워한 나머지 칼을 씌울 엄두조차 내지 못하고 극진하게 그의 기분을 맞추어 주는 것이

는데도 상을 주면 재물이 부족해서 백성들이 원망하는 법이다[無功而受賞, 則財匱而民怨]"로 되어 있다. 상과 벌은 법치의 수단으로서 반드시 적절하게 사용해야만 권선징악의 목적을 이루고 군주는 군주대로 바라던 효과를 얻을 수 있다고 여겨 이렇게 말한 것이다. 그러나 여기서는 글자는 같지만 '수(受)'를 '줄 수(授)'가 아니라 '받을 수(受)'의 의미 그대로 쓴 데다가 상황도 사뭇 달라서 정반대의 뉘앙스를 준다.

었습니다. 그러면서도 그가 술법을 써서 도망가기라도 하면 찾을 길이 없게 될까 봐서 속으로 걱정이 이만저만이 아니었지요. 추마는 그 심정을 눈치채고 옥리를 보고 말했습니다.

"귀하는 안심하기 바랍니다. 내 걱정일랑 할 필요가 없소이다! 내 기꺼이 아내와 각자 형벌을 받을 테니까. 우리 운명은 벌써 정해져서 절대로 피할 수가 없소이다. 그러니 자진해서 웃는 얼굴로 형벌을 받는 것이 옳지요."

그래서 옥리가 말했지요.

"선생께서는 신묘한 술법을 지니고 계십니다. 아무리 운명 때문에 형벌을 받아야 옳다고는 하시지만 … 피할 수 없을 턱이 있습니까? 그건 그렇고 … 어째서 형벌을 받기를 자청하시는 겝니까?"

"그건 마귀의 업보가 그렇게 만들어서 피할 수 없는 것이외다. 이 액을 떼워야만 도를 이룰 수 있답니다."

옥리는 그제서야 마음을 놓는 것이었습니다. 정말로 양추마는 태연하게 감옥에 있으면서 전혀 허튼 짓을 하지 않았지요.

고을 관아에서는 그를 사리[51]인 양침楊忱에게 보내어 그 죄를 따지게 했습니다. 사리는 그가 술법을 부리는 것을 잘 알고 있는지라 그를 두둔하는 입장이었습니다. 그러나 아무래도 남들이 지켜보고 있으니 자기 체면을 지켜야 했지요. 그래서 재판정에서 심문을 하지 않을 수가 없었습니다. 그런데 양추마는 자기 신변의 일을 변명하기는커녕 당당하게 고개를 들고 사리를 보면서 말하는 것이었지요.

"댁의 숙부 아무개씨 … 근래에 기별이 왔는지요? (…) 안됐습니다, 안됐어요!"

사리는 그가 하는 말이 무슨 뜻인지 알 수가 없었습니다. 그래서 묵묵히 아무 대답도 하지 못했지요. 그런데 가만 보니 바깥에서 웬 사람이 걸어 들어오더니

"성도에서 사람이 왔는데 사리 나리 숙부님의 부음을 알리러 왔습니다!"

하고 고하는 것이 아닙니까. 깜짝 놀란 사리는 재판정을 나가면서 속으로 추마가 영험하다며 감탄하는 것이었습니다.

당시에 사리에게는 오랫동안 병을 앓는 딸이 하나 있었습니다. 그런데 진생陳生이라는 의원이 지어 준 약을 썼는데도 아무리 먹어도 효과가 없

---

51 사리(司理) : 송대의 관직명. 정식 명칭은 사리참군(司理參軍)이다. 송대 초기에 각 주마다 마보원(馬步院)을 두고 군인을 판관으로 임명하여 형옥(刑獄)과 송사(訟事)를 관장하게 하였다. 태조의 개보(開寶) 6년(973)에 마보원을 사구원(司寇院)으로 개칭하고 문신을 사구참군(司寇參軍)으로 삼았으며 나중에 '사구'를 '사리'로 개칭하였다.

지 뭡니까. 그래서 사리가 은밀히 관아로 불러 물어 보려고 했더니 입을 열기도 전에 추마가 대뜸 말하는 것이었습니다.

"공의 따님은 오랫동안 병을 앓았지요. (…) 진 의원이 처방한 약은 조금도 보탬이 되지 않으니 복용하실 것 없습니다. 그 병은 바로 뒤뜰 후박나무 속의 작은 뱀이 해코지를 한 탓이니까요. 저도 당장은 고쳐 드리기가 어렵습니다. 이 몸이 감옥에 갇혀 있어서 귀신들을 부릴 수가 없기 때문이지요. 제가 곤장을 맞고 나서 부적으로 그 병을 고쳐 드리지요. 그러면 금세 평안해질 테니 걱정하실 것 없습니다!"

사리가 그 말을 부인을 보고 들려주었습니다. 그러자 부인이 말하는 것이었지요.

후박나무의 꽃과 말린 껍질

"그러고 보니 다 이유가 있었군요. 우리 딸이 병을 앓기 전에 언젠가 뒤뜰에서 웬 작은 뱀 한 마리가 후박나무 위로 기어 올라가는 것을 보았답니다. 그때부터 속이 흐리멍텅해지더니 병이 생겼지요. (…) 그 분이 그 까닭을 알고 있고, 거기다가 고칠 수도 있다고 한 이상 방법이 있는 것이 분명합니다! 그 분이 감옥에서 나올 수 있도록 어서 도와 주시고 병을 고쳐 달라고 부탁하십시요!"

사리는 그렇지 않아도 그를 도울 마음이 있었습니다. 그래서 죄명을 가볍게 고쳐서 이렇게 적었지요.

"알고 보니 이단으로 사람들을 현혹시켜 죽을 죄를 진 것이 아니라 술법을 부리는 자가 함부로 남의 불행과 행복을 입에 올린 것뿐이었습니다."
元非左道惑衆死罪, 不過術人妄言禍福.

그렇게 해서 '곤장형을 내려서는 안된다'는 판결을 내렸지요. 그리고는 그 판결문을 고을 재판정에 보고했습니다. 그러자 군수는 법률에 따라 판결을 내려 추마와 그 아내 소씨에게 각각 엉덩이에 곤장을 스무 대씩 치게 했습니다. 그런데 이제 보니 그 자리에서 형벌을 집행하는 형리가 지난번에 추마의 돈을 받은 바로 그 장천과 이만이었지 뭡니까! 두 사람은 모두 예전에 그의 덕을 본 데다가 내심 그의 예지력에 탄복하던 참이었습니다. 그래서 인정을 베풀어 수완을 부려서 부들 회초리로 매질을 하는 시늉만 했지요. 추마와 소씨는 모두 '업보 때문에 어쩔 수 없다'고 한 데다가 두 사람이 곤장을 살살 쳐 준 덕분에 천연덕스럽게도 대수롭지 않게 여기는 것이었습니다.

추마는 곤장을 맞고 집으로 돌아오자마자 부적을 한 장 썼습니다. 그리고는 거기다 몇 자를 더 적어 밀봉한 다음 사리의 관아로 보냈지요. 사리가 도와 준 데 대한 답례인 셈이었습니다. 그래서 사리가 그것을 펼쳐보니 부적이 한 장 들어있지 뭡니까. 그에게 나무에 걸어 놓으라고 했던 것이었지요. 그리고 또다른 붉은 종이에는 이런 내용이 적혀 있었습니다.

"명년에 귀댁에 경사가 있을 것입니다."

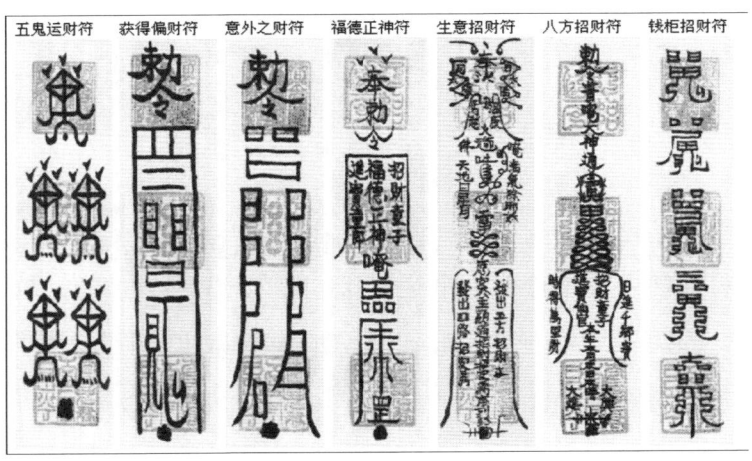

용도에 따라 다양하게 그려진 중국의 도교 부적들

사리는 일단 그 부적을 시험 삼아 걸어 놓게 했습니다. 그랬더니 정말 딸의 병이 씻은 듯이 낫았지 뭡니까. 붉은 종이의 내용은 남겨 놓았다가 다음해에 무슨 경사가 생길지 두고 보기로 했습니다. 그런데 정말로 사리의 형제 네 사람이 다음 해에 모두 급제했지 뭡니까 글쎄!

추마의 기이한 술법들 중에 이와 비슷한 경우는 한두 가지가 아니었습니다. 다만 곤장을 맞은 일화의 경우는 액땜을 했다고는 하지만 미리 형리들로 하여금 스스로 곤장을 쳐서 액땜을 해 줄 것을 부탁한 것이었지요. 그런데 나중에 형리들이 그 부탁을 들어 주지 않았습니다. 결국 곤장을 맞게 되었을 때 곤장을 친 사람이 공교롭게도 그 두 사람이었으니 정말 신기하기 짝이 없지 뭡니까. 그 일을 증명하는 시가 있습니다.

불행과 행복에는 옛부터 전생에 원인이 있는 법　　　禍福從來有宿根,
곤장 맞는 데엔 전생의 업보 있음을 알지어다.　　　要知受杖亦前因.
그대여 양추마의 경우를 보시오.　　　　　　　　　請君試看楊抽馬,
술법 부린들 어찌 억지로 사람 피할 수 있는지.　　　有術何能強避人.

양추마는 술법이 대단하고 기이한 데다가 목소리도 쩌렁쩌렁했습니다. 그래서 두려워하며 따르지 않는 이가 없을 정도였지요. 그런데 유독 어떤 부잣집 자제만은 추마와 오랫동안 사귀면서 아주 두텁고 절친한 사이로 알려졌습니다. 그렇다 보니 늘 장난기가 있어서 그를 존경하고 신뢰하려 들지 않았지 뭡니까. 그 무렵 추마가 하루는 우연히 볼 일이 좀 생겨서 쓸 돈이 필요했는데 액수가 이만 전이었습니다. 그런데 수중에 하필이면 돈이 부족하지 뭡니까.

'일단 한 사람한테 폐를 끼치는 수밖에!'

이렇게 생각한 그는 그 부잣집에서 물건을 빌려서 썼습니다. 그런데 그 소리를 들은 그 부잣집 자제가 좀 뜻밖이라는 반응을 보이지 뭡니까.

손님들, 제 이야기를 좀 들어 보십시오. 일반적으로 부잣집들 치고 인색하지 않은 경우가 없습니다. 무조건 재물을 목숨 같이 여기면서 유난히 애지중지하지요. 그렇다 보니 신통력을 가진 전신[52]이 기꺼이 그런 사람을 따라가는 것입니다. 그런데 만약에 돈을 소중하게 여기지 않고 벌기가 무섭게 써 버린다고 칩시다. 그렇게 되면 전신을 성내게 만들 테니 어디 그의 손에 돈을 쥐어 주려 하겠습니까![53] 그렇기 때문에 '인색하지 않으면 부자가 되지 못하고 부자만이 인색할 수 있는 것'입니다. 그야말로 "돈 이야기를 하면 인연이 없어지는 셈"이지요.

그 부잣집 자제는 양추마와 사이가 좋기는 했지만 그저 그가 흥밋거리 술법을 부려서 그 앞에서 기분을 맞추어 주었을 뿐이었습니다. 그런데 뜬금 없이 자기 집에서 돈을 빌리려 하는 것이었지요. 그래서 그는 속으로 못된 마음을 잔뜩 품었습니다. 한편으로는 세간에서 술법을 부리는 도사가 자기네 집 가산에 욕심을 내고 자기한테서 뜯어 내려 드는 것으로, 돈을 빌려서 집을 나가면 자신도 내팽개칠 거라고 여겼습니다. 그리고 한편으로는 돈을 빌리는 것이 버릇이 되어 버리면 수시로 들락거릴

---

52 전신(錢神) : 재물의 신. 글자 그대로 풀면 '돈의 신'이라는 뜻이 되지만 의미상으로는 '재물의 신'을 뜻하는 '재신(財神)'고 별 차이가 없다.

53 【즉공관 미비】絶頂議論. 탁월한 주장이다.

테니 빌미를 주면 안된다고 여겼습니다. 그래서 그냥 이렇게 둘러 대었
지요.

재물의 신(전신)

"집에서 마침 돈이 부족해서 부탁을 들어드릴 수가 없군요!"

그가 거절하는 것을 본 추마는 껄껄 웃으면서 말했습니다.

"당신을 위해서 빌리려고 한 것인데 싫다고 하는구려! (…) 내 그대를 좀 놀라게 만들어 드리리다. 그때 가서는 안 빌려 주지 못해 안달을 할 걸요? 그때 가서 내 솜씨를 보여 드리지!"

그 뒤로는 부잣집 아들을 보아도 다시는 돈을 빌려 달라는 말을 꺼내지 않았습니다. 부잣집 아들은 자기 딴에는 용케 그의 요구를 거절했다고 여기고 무척 의기양양해 했지요. 그러다가 무심코 어느 날 혼자 서재에서 자게 되었습니다.

때는 이미 날이 저물었을 무렵이었습니다. 갑자기 문 두드리는 소리가 들리는 것이었습니다. 그래서 일어나서 문을 열고 보려는 찰나였지요. 가만 보니 웬 여자가 문 틈을 비집고 들어오는 것이 아닙니까! 그녀는 슬픈 표정으로 인사를 하더니 말했습니다.

"소녀는 동쪽 집의 딸입니다. 지아비가 술에 취해 주정을 부리면서 마구 쫓아오는데 그 기세를 감당할 수가 없지 뭡니까. (…) 오늘은 밤이 이미 깊어져서 먼 길을 갈 수가 없게 되었지요. 그런데 다행스럽게도 댁이 가까이 있어서 하룻밤만 묵었으면 합니다. (…) 날이 밝기 전에 바로 집으로 몰래 돌아가서 지아비가 술이 깨기를 기다리도록 하겠습니다."

부잣집 아들이 그 모습을 보니 참으로 고운 여인이지 뭡니까. 그래서 은밀히 생각해 보았지요.

'밤이어서 이 일을 아는 이도 없으니 … 저 여인을 받아 주고 잠자리 짝으로나 삼아 볼까? 날이 밝기도 전에 떠나겠다고 하니 … 귀신도 모를 게 아닌가!'

그리하여 흔쾌히 승락하면서 말했지요.

"아씨께서 마다하지 않으신다면 … 지금은 아는 사람이 없으니 마음 놓고 함께 이 한 밤을 주무시고 내일 일찍 댁으로 돌아가시면 되겠군요!"[54]

그러자 그 여인은 전혀 거절하는 기색도 없이 웃음을 머금고 옷을 벗는 것이었습니다. 베개를 나란히 하고 함께 누운 두 사람은 서둘러 운우의 정을 나누었지요.

하나는 외딴 집에서 고즈넉이 지내는데	一箇孤舘寂寥,
뜻밖에 미인이 갑자기 나타났네.	不道佳人猝至,
하나는 밤길 가기 슬퍼하더니	一个夜行凄楚,
뜻밖에도 서재에서 밀회 가질 줄이야.	誰知書舍同歡.

---

54 【즉공관 미비】也直得二萬錢. 이만 전 값은 하겠구먼.

양쪽 모두 아무 마음 없어서　　　　　兩出無心,

상황이 좀 머쓱하다 여기는가 싶더니　略覺情形忸怩,

각자 잠시 만난 사이에　　　　　　各因乍會,

돌연 마음이며 태도 신기하게 놀라네.　翻驚意態新奇.

누가 약하고 누가 강한지도 모른 채　未知你弱我強,

침착하게 시험해 보고　　　　　　　從容試看,

일단 스스로 음과 양의 조화 맞추며　且自抽離添坎,

떠들썩하게 놀아 보는 것이 먼저로다.　熱鬧爲先.

음과 양이 어우러져 태극을 이룬 모습

그렇게 운우의 정을 나눈 두 사람 다 나른해져서 오경[55]까지 잠을 잤답니다.

그리고는 부잣집 아들은 동이 트면 누가 눈치라도 챌까 봐서 서둘러 여인을 깨웠습니다. 그런데 몇 번이나 부르고 흔들어도 대답은커녕 몸조차 움직이지 않는 것이 아닙니까. 그가 속으로 이상하게 여기고 있는데 코로 피비린내가 엄습하는데 몹시 강렬했습니다. 부잣집

---

55 오경(五更) : 중국에서는 고대에 밤 시간을 다섯 단계로 구분하고 저녁 일곱 시부터 밤 아홉 시까지를 초경(初更) 또는 일경(一更), 밤 아홉 시부터 밤 열한 시까지를 이경(二更), 밤 열한 시부터 새벽 한 시까지를 삼경(三更), 새벽 한 시부터 새벽 세 시까지를 사경(四更), 새벽 세 시부터 새벽 다섯 시까지를 오경(五更)이라고 불렀다.

아들은 이상한 생각이 들었지만 하는 수 없이 잠자리에서 일어나 등잔불을 밝혔지요. 그리고 그것을 들고 침상 앞으로 가서 보다가

"어이쿠!"

하고 소리를 지르고 말았습니다. 그야말로

정수리를 여덟 조각으로 쪼개고	分開八片頂陽骨,
얼음물을 반통이나 끼얹는 격이로구나![56]	澆下一桶雪水來.

어째서인지 아십니까? 알고 보니 간밤의 그 여인의 머리와 몸은 진작에 세 토막이 나 있지 뭡니까. 그 바람에 붉은 피가 마구 쏟아져 나오면서 그 더운 핏비린내가 코를 파고 들었던 것이었지요.[57] 누군가에게 죽음을 당한 것 같았습니다.

부잣집 아들은 당황한 나머지 덜덜 떨면서 생각했습니다.

'그 남편이 쫓아와서 여인을 죽인 거겠지? 헌데, … 어째서 나는 해치지 않은 걸까? (…) 내 아무리 두 번이나 하는 바람에 좀 피곤해져서 정

---

56 정수리가 여덟 조각으로 깨지고~[分開八片頂陽骨, 傾下半桶雪水來] : 원·명대 화본소설의 상투어. 마치 두개골을 쪼개고 얼음물을 끼얹어서 정신이 번쩍 들 정도로 깜짝 놀라는 모습을 두고 하는 말이다.
57 【즉공관 미비】惡取笑. 장난질 한번 고약하구나.

부잣집 도령이 크게 놀라다

신 없이 곯아 떨어져 버렸다고는 하지만 … 같이 자던 사람이 죽음을 당했는데 어째서 조금도 눈치채지 못한 걸까? (…) 이제 일이 이 지경이 되어 버렸고 … 시체가 침상에 있고 핏자국까지 낭자하니 … 곧 날이 밝기라도 하면 여인의 남편이 와서 사람을 내놓으라고 난리를 칠 것이 분명하다. 그러면 들통이 나지 않겠는가! 시체를 수습하려 한들 순간적으로 어떻게 깨끗이 치울 수가 있겠나? 이 불행은 보통 일이 아니다! (…) 양추마 그 양반이라면 … 두루 술법을 지니고 있으니 어쩌면 눈속임 하는 술법 같은 거라도 부려서 시체를 숨길 수 있을 지도 모르겠다. 밤길을 나서서라도 그 양반을 찾아가야겠어!'

그는 때가 사경이고 오경이고, 낮이고 밤이고 따질 겨를이 없었습니다. '마음이 급하면 길을 따지지 않는다'[58]라고 했던가요? 그는 허둥지둥 대문을 나가더니 양추마의 집을 향하여 정신없이 허겁지겁 달려갔습니다. 그리고는 북이라도 두드리는 것과도 같이 마구 대문을 두드렸지요. 그 서슬에 두 주먹이 퉁퉁 부어 오를 지경이었지요. 양추마는 그제서야 안에서 대답을 방에서 나와서 물었습니다.

"뉘시오?"

---

58 마음이 급하면 길을 따지지 않는다[慌不擇路] : 원·명대의 속담. 다급해지면 무슨 일이든 한다는 뜻이다. 원대 극작가 시혜(施惠)의 남희(南戲) 희곡인 『유규기(幽閨記)』 「산한순라(山寒巡邏)」의 "타만흥복이 이곳으로 온 것은 그야말로 마음이 급하면 길을 따지지 않고 굶주리면 음식을 가리지 않는다는 격이로구나![陀滿興福來到此間, 所謂慌不擇路, 飢不擇食]"라는 대사에서 유래한 말이다.

그 말이 끝나기가 무섭게 부잣집 아들이 허겁지겁 대답했지요.

"접니다, 저에요! 어서 문 좀 열어 보십시오! 드릴 말씀이 있습니다!"

이때의 부잣집 아들은 그야말로

경기 환자가 느긋한 의원 만난 격.[59]　　　急驚風撞着了慢郎中.

추마는 금방 그의 목소리인 것을 눈치챘습니다. 그러나 대문은 열 생각도 하지 않고 내내 그를 나무라지 뭡니까.

"사이가 막역한 귀한 벗이니 무슨 일이든 돕는 것이 도리올시다. 헌데 … 지난번에는 돈을 좀 빌려 달라고 해도 빌려 주지 않더니 … 오늘은 이렇게 오밤중에 들이닥쳐설랑 나는 왜 찾소이까?"

"잘못한 일은 이따가 따지시고 어서 … 이 문부터 좀 열어 주시라니까요!"

그러자 추마는 침착하게 대문을 열어 주었습니다. 부잣집 아들은 추마를 보자마자 울음을 터뜨리더니 절을 하면서 말하는 것이었지요.

59　경기 환자가 느긋한 의원 만난 격[急驚風撞着了慢郎中] : 명대의 속담. 다급한 상황인데도 여유를 부리는 사람을 나무랄 때에 쓰는 말이다.

"선생님! 이 기막힌 불행에서 절 좀 구해 주십시요!"

"무슨 일이길래 그렇게 허둥거리시오?"

"사실대로 말씀드리겠습니다! 어젯밤 날이 저물 무렵이었습니다. 웬이웃 여인이 제게 몸을 의탁하길래 본의 아니게도 여인을 받아들여 밤을 보냈습니다. 그런데 밤에 … 누가 죽였는지는 모르겠습니다만 … 지금 시체가 집에 쓰러져 있습니다. 난데없이 큰 불행이 날아 든 격이지 뭡니까! 그저 선생님께서 신묘한 술법으로 구해 주시기만 바랄 뿐입니다요!"

"그거야 아주 쉽지요. 그렇기는 한데 … 그대는 내가 다급할 때 도와주지 않았지요. 그런데 내가 그대의 다급한 사정을 왜 봐 준단 말이오?"

"좋은 친구 사이 아닙니까! (…) 선생님 하고 오랫동안 내왕해 온 정을 생각해 주십시요! (…) 전번에는 하필이면 돈이 부족하다 보니 죄를 지었습니다. 지금 제 목숨을 구해만 주신다면 … 앞으로 다시는 선생님한테는 자린고비 짓을 하지 않겠습니다요!"

그러자 추마가 웃으면서 말했습니다.

"당황할 것 없소이다! 부적을 한 장 써 드리리다. 가지고 가서 댁의 침실에 붙이자마자 방문을 잠그시오. 절대로 남들에게 알리면 안됩니다!

그리고 날이 밝은 뒤에 문을 열어 보면 진상을 알게 될 겁니다."

"선생님, 저를 놀리시면 곤란합니다! 혹시라도 … 날이 밝고 나서 문을 열었는데 원래 그대로라면 낭패가 나지 않겠습니까요?"

"그럴 리가 있나요! (…) 정말 그렇다면 내 부적이 영험하지 못하다는 뜻인데 그래서야 나중에 어떻게 술법을 쓰겠소? 더욱이 그대와는 내왕한 지가 꽤 된 사이에 … 어찌 그대가 잘못 되게 만들 리가 있겠소? 내 말대로만 하시오. 그러면 아무 탈도 없을 거라고 장담합니다!"

"만약에 … 선생님의 신묘한 술법 덕분에 목숨을 구한다면 백만 전을 써서라도 보답하겠습니다!"[60]

그러자 추마는 웃으면서 말했습니다.

"그렇게까지는 필요가 없고 … 그냥 원래대로 이만 전만 빌려 주면 됩니다."

"그 정도도 못 해 드릴려구요?"

---

60 **【즉공관 미비】** 閑時不燒香, 極來抱佛脚, 正是此等人. '한가할 때는 불공을 들이지 않다가 다급해지니까 부처님 발목을 끌어안는다'고 하더니 딱 그런 자일세 그려!

추마는 붓을 들더니 부적 한 장을 써서 그에게 건넸습니다. 부잣집 아들은 그것을 소매 속에 넣자마자 서둘러 그 자리를 떠났지요.

다행스럽게도 날이 아직 밝지 않아서 허둥지둥 추마가 당부한 대로 방 안에 붙였습니다. 그리고 자신은 나오자마자 방문을 닫고 바깥으로 나와 서 있었습니다. 그런데도 이는 여전히 두려움에 딱딱 마주치고 숨은 숨대로 제대로 가눌 수가 없었지요. 그렇게 지키고 서 있던 그는 날이 훤히 밝자 그제서야 용기를 내어 방 앞으로 다가갔지요. 그런데 방문을 열기 전에 먼저 문 틈으로 훔쳐보았더니 어느 사이에 그다지 어지러운 느낌은 들지 않았습니다. 그래서 서둘러 문을 열고 들어가서 보았지요. 아 그런데 가만 보니 침상의 이불이며 침구들은 깨끗한 채로 얼룩 하나 없지 뭡니까. 거기에 또 무슨 시신 따위가 있겠습니까!

부잣집 아들은 그제서야 마음을 놓고 몹시 기뻐하는 것이었습니다. 그는 즉시 이만 전을 준비했지요. 그리고 한편으로는 종복에게 분부해서 술과 안주를 들고 직접 추마의 집을 찾아가서 고맙다는 인사를 했지요.[61]

"본래 이만 전만 빌리려고 했는데 이렇게 얻었으니 이걸로 충분합니다. 헌데 어째서 굳이 술에 안주까지 보내는 친절을 다 베푸셨소이까?"

추마가 이렇게 말하자 부잣집 아들이 말했습니다.

---

61 【즉공관 미비】 此時偏爽利了. 이때만큼은 유난히 시원스럽구만.

"선생님께서 신통력이 남다르신 덕분에 저를 벗어나기 어려울 뻔한 재앙에서 구해 주셔서 단단히 보답하려고 한 것뿐입니다. 거기다가 선생님께서 '이만 전만 있으면 된다'고 하셨지만 제 딴에 그 큰 은혜에 보답할 길이 없길래 술이라도 한 잔 올리고 즐겁게 웃고 이야기라도 나눌까 해서요."

"그렇다면 귀하와 후련하게 마셔야지요. 그렇기는 한데 … 집안이 좁고 따분한 데다가 … 불시에 누가 찾아오기라도 하면 어지럽고 분답스러우면 속 편하게 마실 수가 없소이다. 그러니 내일 이 술과 안주를 가지고 같이 교외로 나가서 실컷 즐기시는 게 어떻겠소이까?"

"그거 정말 기막히겠군요! 일단 이 술과 안주는 두고 드십시오. 내일 또 술값을 챙겨 교외로 모셔서 즐겁게 즐기면 되지 않습니까."

"고맙소이다, 고마워!"

그리고는 이만 전과 함께 술과 안주를 다 받아서 들어가는 것이었습니다. 부잣집 아들은 아들대로 작별인사를 하고 나서 집으로 돌아갔지요.

다음날이 되니 그가 정말로 와서 놀러 나가자고 부르는 것이 아닙니까. 그래서 추마는 그를 따라 교외로 나왔지요. 그런데 몇 리도 못 갔을 때였습니다. 가만 보니 웬 외지고 격조 있는 곳에 술집 주렴[62] 하나가 저쪽에서 펄럭거리고 있는 것이 아닙니까.

"이 술집이 깨끗하고 조용하군요. 우리 여기서 한 잔 하십시다!"

추마가 이렇게 말하자 부잣집 아들은 바로 종복에게 일러 음식을 담은 곽을 술집 윗자리에 잘 놓게 했습니다. 그리고는 추마를 안내해 술집으

『소주청명상하도』 속의 명대 술집.
지붕 위로 술집임을 알리는 깃발(황자)이 펄럭이고 있다

로 들어와서 서로 마주보고 앉더니 점원을 불러 맛난 고급 술을 내어 오게 했지요. 그런데 가만 보니 안에서 웬 여인이 화로 앞에 있다가 대답을 하더니 손에 술 한 주전자를 들고 앞으로 다가오는 것이었습니다. 고개

---

62 주렴(酒簾) : 중국 고대에 술집에 세워 놓던 일종의 간판. 천을 장대 끝에 꿰어서 술집 문 앞에 늘어뜨려 놓으므로써 영업 중임을 알렸다.

를 들고 그 여인을 본 부잣집 아들은 깜짝 놀라고 말았습니다. 알고 보니 전날 밤에 자기 집에서 자다가 죽음을 당한 바로 그 여인이지 뭡니까 글쎄! 외모가 조금도 틀림이 없었습니다.[63] 그저 다른 것이 있다면 이제 막 병을 앓기 시작한 것 같은 모습이었지요. 부잣집 아들을 발견한 그 여인은 여인대로 시선을 고정한 채 그를 쳐다보면서 남몰래 생각에 사로잡힌 것 같았습니다. 마치 속으로 무슨 의심을 하기라도 하는 것처럼 말입니다. 부잣집 아들은 좀 황당해서 물었지요.

"우리는 … 당신 하고는 평소 알던 사이가 아닌데 … 우리를 보자마자 자주 우리를 힐끔거리는구려. 무슨 까닭이라도 있소?"

그러자 그 여인이 말하는 것이었지요.

"나리께 말씀드리지요. 간밤에 꿈을 꾸었는데 누가 웬 장소로 저를 데려 가더군요. 아주 잘 꾸며진 서재였습니다. 그런데 안에서 웬 젊은이가 저를 재워 주더군요. 그 젊은이의 모습이 … 나리하고 좀 닮아서 … 그래서 이상하게 여기던 참입니다!"

"재워 주었다면 … 나중에 또 어떻게 헤어졌소이까?"

---

63 【즉공관 미비】妙甚. 아주 기막히다.

"나중에 한밤중이 되어서야 꿈을 깼지요. 그런데 몸이 평소와는 달리 편치 않다 싶더니만 아 글쎄 갑자기 붉은 피를 몇 말이나 흘렸지 뭡니까! (…) 여태까지도 숨만 붙어 있을 뿐 기운이 하나도 없네요! 평생에 여지 껏 이런 병은 앓은 적이 없는데 어쩌다가 이런 병이 생겼는지 모르겠습니다."

그런데 양추마는 곁에서 내내 입도 벙긋 하지 않은 채 몰래 빙긋빙긋 웃고만 있을 뿐이었습니다. 부잣집 아들은 그제서야 그가 짓궂은 장난을 친 것을 눈치챘지요. 그렇다고 해서 섣불리 캐물을 수도 없었습니다. 그 래서 은밀히 간밤에 한 바탕 즐거움을 누린 인연을 생각해서 술집 여인 에게 두둑하게 상을 내려 약을 먹고 몸 조리를 하도록 일렀지요. 양추마 는 양추마대로 싱글벙글 하면서 소매 속에서 부적을 한 장 꺼내더니 그 여인에게 건네면서 말하는 것이었습니다.

"이 부적을 가져다 잠을 자는 침상에 붙이도록 하시오. 그러면 이상한 꿈도 꾸지 않고 몸도 저절로 나아질 게요!"

그러자 여인은 기뻐하면서 고맙다고 인사를 했습니다.

그리고 나서 두 사람은 술집 문을 나섰지요. 부잣집 아들은 추마에게 이렇게 투덜거렸습니다.

"전번의 그 일 … 어디서 닥친 재앙인가 했는데 이제 보니 선생께서 장난을 치신 게로군요?[64] 저를 놀라게 만들고 거기다가 저 여인까지 잃게 만드시다니 … 그런 식으로 장난을 치시는 건 옳지 않습니다!"

"난 그저 그녀의 얼을 불러내서 귀하를 유혹하게 한 것뿐이외다. 귀하가 만약 생각만 신중하게 먹었더라면 놀랄 일이 생길 리가 어디 있겠소이까! 누가 그녀를 보자마자 욕정에 이끌려서 수작을 걸라고 하기라도 했남? (…) 그래 놓았으니 귀하가 안 놀라면 누가 놀라겠소이까!"

추마가 이렇게 말하자 부잣집 아들도 웃으면서 말했지요.

"한 밤중에 미인이 찾아 왔으니 유하혜[65]나 노나라 사내[66]라고 해도 가만히 있지는 않았을 겁니다. 그러니 전들 어떻게 마음이 동하지 않을 수가 있겠습니까? (…) 나중에 놀라기야 했지만 그 직전까지야 … 저도 즐

---

64 【즉공관 방비】纔知. 이제야 눈치를 챘구만.

65 유하혜(柳下惠) : 춘추시대의 정치가·사상가인 전획(展獲, BC720~BC621)을 말한다. 대부(大夫) 전무해(展無駭)의 아들로, 자는 계금(季禽) 또는 자금(子禽)이다. 노나라의 유하읍(柳下邑)을 식읍으로 받았기 때문에 '유하혜'로 불리기도 하였다. 노나라의 사사(士師)에 임명되어 형벌·송사 등의 업무를 관장하였다. 『순자(荀子)』「대략(大略)」에 따르면, 하루는 밤에 성문에서 숙직을 서다가 웬 집 없는 여인을 마주쳤다. 그는 여인이 동상에 걸릴까 걱정하여 자신의 품에 안기게 해서 옷으로 덮어 주면서도 밤새 법도를 벗어난 행동을 하지 않았다고 한다.

66 노나라 사내[魯男子] : 『시경(詩經)』「소아·항백(小雅巷伯)」에 따르면, 춘추시대 노나라의 어떤 사내가 혼자 집안에 있었는데 어느 날 밤에 폭풍우가 몰아쳐서 이웃집 과부의 집이 무너지자 사내에게 달려 와서 하룻밤만 재워 줄 것을 부탁했으나 그 사내는 끝내 과부를 집안으로 들이지 않았다고 한다.

거움을 만끽할 수 있었지요. (…) 지금 또 부탁드릴 테니 그녀를 데려다 가 저와 회포를 좀 풀게 해 주시지요. 그렇게 해 주시면 은혜에 감동해서 또 단단히 보답하겠습니다!"

유하혜와 그 무덤

"그 여인은 귀하와 원래 전생에 작은 인연이 좀 있었소이다. 해서 그녀 의 얼을 데려다 놓았던 거지요. 되는 대로 술법을 부린다고 되는 일이 아 니란 말이외다. 귀신들이 벌을 내릴 것이 두렵지도 않소이까? (…) 귀하 는 원래 전생에서 내게 이만 전의 빚을 졌소이다. 지난번에 그렇게까 지 하지 않았더라면 귀하께서 어디 빌려 주려고 했겠소이까? 그래서 어 쩌다가 그런 장난을 친 것 뿐이올시다. 아 그러게 내가 처음부터 이만 전 말고는 받을 필요가 없다고 하지 않습디까? 나도 더 이상은 사례를 바라지 않소이다. 그러니 귀하도 더 이상 헛된 생각일랑 품지 마시오!"

부잣집 아들은 그제서야 필사적으로 추마의 신묘한 술법을 존경하고 탄복하게 되었습니다. 추마는 나중에 성도에서 점을 쳐 주고 지냈다고 하는데 나중에는 그 최후를 알 수 없게 되었답니다. 명심하십시오, 아무리 대단한 술법을 부리더라도 하늘이 정해 주신 운명은 벗어날 수 없다는 것을요!

기이한 술법 지니고	異術在身,
세상을 놀라게 만들었네.	可以驚世.
만약 전생의 인연이 아니라면	若非夙緣,
섣불리 시도하지 말라.	不堪輕試.

곤장도 피하기 어려운데	杖既難逃,
돈인들 어찌 함부로 넘보리오?	錢豈妄覬.
그저 미리 알고서	不過前知,
장난 삼매경에 빠질 뿐인 것을!	游戲三昧.

1. 이각 박안경기의 창작과정

'이박'을 지은 능몽초凌濛初, 1580~1644는 명대 말기의 소설가·극작가이
자 출판가이다. 명대 절강浙江의 오정烏程 사람으로, 자가 현방玄房이며, 호
로는 초성初成과 즉공관주인即空觀主人을 사용하였다. 그는 생전에 문학·예
술·경학·역사 등 다양한 분야에서 저술을 남겼지만2 그 중에서도 가장
두각을 나타낸 것은 소설·희곡·가요 등의 통속문학 분야였다. 그가 지
은 희곡을 당시의 유명한 극작가이던 탕현조湯顯祖, 1550~1616에게 보내고
조언을 부탁한 일이나, 당시 강남에서 연극 담론을 주도하던 또 다른 극
작가 심경沈璟, 1553~1610의 무대 연출 스타일을 비판한 일, 또 자신이 운영
하는 서방書坊을 통하여『서상기西廂記』·『남음삼뢰南音三籟』등, 당시 독서시
장에서 인기를 끌던 희곡·가요집들을 펴낸 일 등은 능몽초가 통속문학
의 소개와 창작에 얼마나 지대한 관심을 가지고 있었는지 잘 보여 준다.

동시대의 정치가이자 학자이던 사조제謝肇淛, 1567~1624는 능몽초의 출판
관과 관련하여 이런 평가를 내렸다.

오흥의 능씨가 간행한 책들은 책을 만들어 이익을 노리는 데에 급급한 데다

---

1 이 부분은 2023년에 선보인 학고방판『박안경기』(전 6권)의 것을 주로 활용하였다.
2 능몽초의 각종 저술 일람표는 2023년에 학고방 출판사에서 펴낸『박안경기』제6권의
425~426쪽의 것을 참조하기 바란다.

가, 사람을 부리는 데에도 인색하여, 그 사이에서 엮고 다듬느라 오자가 빈번하게 나오니 이 얼마나 해괴한 일인지 모른다. 그러면서도『수호전』·『서상기』·『비파기』니『묵보』·『묵원』이니 하는 책들은 거꾸로 온 정신을 집중하여 정성과 심혈을 기울임으로써 천의무봉의 태세로, 쓸데없이 희곡을 눈과 귀의 놀잇감으로 꾸미는 데에만 몰두하니, 이 또한 안타까울 따름이다.[3]

『오잡조五雜組』는 만력萬曆 병진년1616에 완성되었으니 여기에 언급된 것은 능몽초가 한창 출판활동에 전념하던 30대 시절의 상황인 셈이다. 정통문학을 중시하던 사제조로서는 능몽초가 소설·희곡·서화첩 같은 통속서들에만 지나친 정성과 투자를 집중하는 행태가 상당히 불만스러웠던 것으로 보인다. 그러나 우리는 사제조의 이 볼멘소리를 통하여 당시 독서시장의 동향에 촉각을 곤두세우고 있던 능몽초가 '경·사·자·집 經史子集'의 정통문학보다는 소설·희곡 등 통속문학에 훨씬 더 깊은 애정을 가지고 있었음을 확인할 수 있는 셈이다.[4]

수향거사는『이각 박안경기』의 서문에서 능몽초의 통속문학 창작과 관련하여 이렇게 소개하였다.

---

3 『오잡조』권13「사부1(事部一)」:"吳興凌氏諸刻, 急於成書射利, 又慳於倩人編摩其間, 亥豕相望, 何怪其然. 至於水滸西廂琵琶及墨譜墨苑等書, 反覆精聚神, 窮極要眇, 以天巧人工, 徒爲傳奇, 耳目之玩, 亦可惜也."

4 문성재,「명말 희곡의 출판과 유통 - 강남지역의 독서시장을 중심으로」,『중국문학』제41집, 2004.5, 제156쪽. 물론, 능몽초가 이처럼 통속문학의 창작과 출판에 몰두한 것은 해당 분야에 대한 개인적인 관심이 결정적인 요인으로 작용했다고 본다. 그러나 여기에는 당시 독자들의 성격이나 독서시장의 추세에 민감한 출판가로서의 그의 판단력도 한몫했을 것이다.

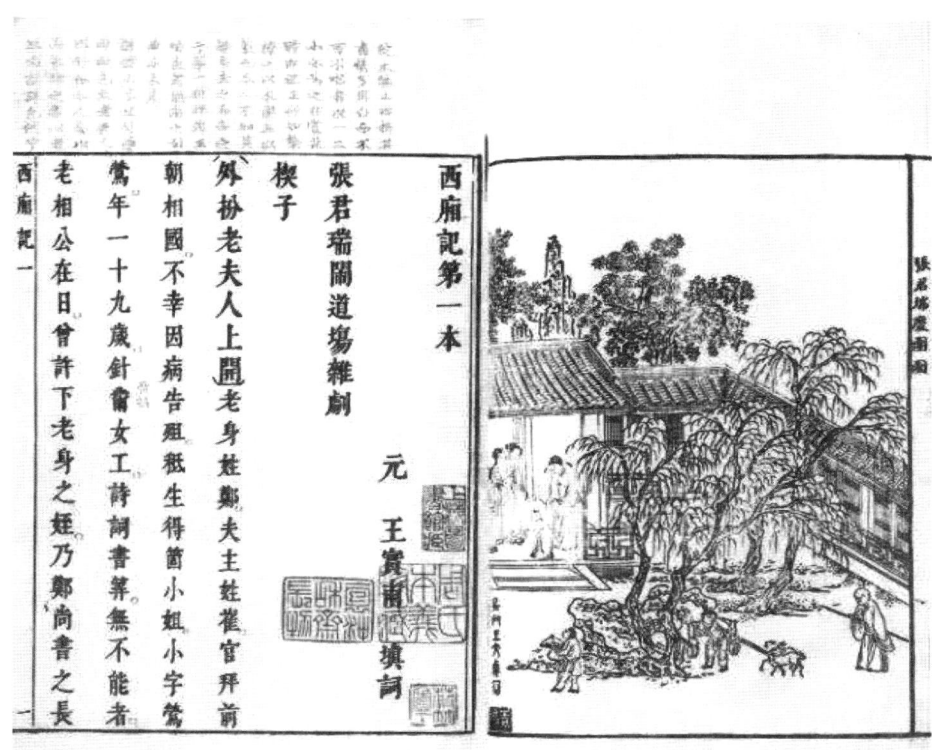

출판업을 가업으로 계승한 능몽초가 여러 색으로 인쇄해 펴낸 당시의 인기 희곡 『서상기(西廂記)』

즉공관주인이라는 분은 그 사람 자체도 기이하거니와 그 글도 기이하며 그 역정 또한 기이하다. 뜻을 제대로 펼치지는 못 했으나 원대한 그 재능을 발휘하는 기회를 만나매 남는 재능을 내어 전기를 짓고 거기서 몸을 더 낮추어 연의를 지으니, 이 박안경기를 두 번에 걸쳐 간행하게 된 까닭이다.[5]

---

5 수향거사, 「이각 박안경기 서」.

수향거사의 증언은 ①능몽초가 통속문학 저술과 출판에 종사하기 시작한 시점과, ②능몽초가 희곡과 소설을 창작한 순서에 관하여 우리에게 두 가지 사실을 시사해 준다. 수향거사의 증언에 따르면, 능몽초가 통속문학에 관심을 가지고 창작에 착수한 시점은 "과거에서 뜻을 제대로 펼치지 못한" 때부터이다. 능몽초가 과거시험에서 "뜻을 이루지 못한" "정묘년의 가을"은 그가 48세 되던 천계天啓 7년1627이었다. 이 해 가을에 응천부應天府, 지금의 남경에서 거행된 향시鄕試에 지원했다가 낙방했기 때문이다. 그러자 그는 통속문학의 창작에 본격적으로 뛰어들게 된다. "전기를 짓고 거기서 몸을 더 낮추어 연의를 지으니"라는 수향거사의 증언을 통하여 초기에는 희곡 창작에 종사하던 능몽초가 거기서 한 걸음 더 나가 창작 범위를 소설로까지 확장시켰음을 알 수 있다. 이때 몸을 낮추어 지은 소설이 바로 숭정崇禎 원년1628 10월에 소주蘇州의 상우당을 통하여 선보인 『박안경기』초각이다. 그렇게 우연히 선보인 『박안경기』의 대성공은 능몽초가 그 후속작을 준비하는 데에 결정적인 계기를 제공하였다.

억지로 지어낸 말과 투박한 이야기들이어서 장독을 덮기에도 부족한 내용임에도 불구하고 날개를 달고 날고 다리를 달고 달리는 것처럼 빠르게 유행하였다. 서상은 우연히 한번 시도해 본 것이 성공을 거두자 '또 내겠다'고 하는 것이었다. 그래서 내가 웃으면서 '한번으로도 충분하지 않소!' 하고 말은 하면서도 도중에 멈출 수는 없다고 여겨 일단 이번에도 마흔 편을 엮기로 한 것이다.[6]

---

6   즉공관주인(능몽초), 「이각 박안경기 소인」.

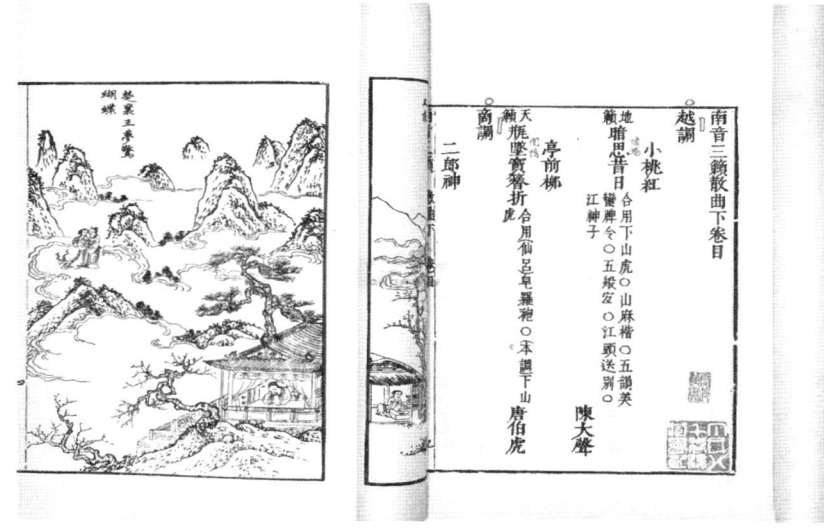

능몽초가 엮은 가곡집 『남음삼뢰(南音三籟)』의 본문과 삽화.
조판과 삽화에 상당한 공을 들인 것을 알 수 있다

　능몽초가 「이각 박안경기 소인」에서 밝힌 『이각 박안경기』 출판 경위에 따르면, 직접적인 계기는 전작 『박안경기』의 성공에 고무된 상우당 운영자 안소운安少雲의 간곡한 요청이었다. 그러나 본인 역시 "도중에 멈출 수는 없다"며 한번으로는 부족하다고 여겨 후속작을 내는 데에 동의했다는 것이다.

　그렇다면 『이각 박안경기』는 언제 정식으로 출판되었을까? 그 출판을 앞두고 수향거사와 능몽초가 각각 작성한 「이각 박안경기 서」와 『이각 박안경기 소인』을 보면 그 작성 시점이 "숭정 임신 겨울[崇禎壬申冬]"로 되어 있다. 능몽초가 살아 있을 때의 '임신년'은 명나라의 마지막 황제 주유검朱由檢, 1611~1644이 즉위한 뒤로 다섯 번째 해로, 서기 1632년에 해당

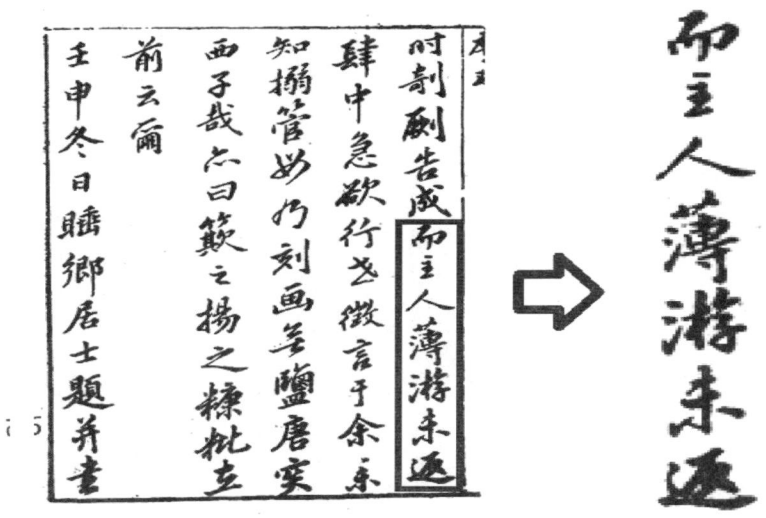

수향거사가 쓴 서문의 '박유미반' 대목. 이를 통하여 서문이 작성되던 시점에도 능몽초가 외지에 머물고 있었음을 알 수 있다

한다. 그 해의 "겨울"을 음력 11월부터 1월까지라고 본다면 양력으로는 1632년 연말보다는 그 이듬해인 1633년 연초일 가능성도 배제할 수 없다. 『이각 박안경기 소인』에는 능몽초가 그 글을 완성한 시점을 "임신년 겨울날[壬申冬日]"이라고 밝혔으나 수향거사의 서문과 날짜를 맞춘 것일 뿐 실제로는 해를 넘겼다고 보는 편이 합리적인 것이다.

『이각 박안경기』의 정식 출판이 해를 넘긴 숭정 6년1633에 이루어졌다는 사실은 수향거사의 증언을 통해서도 뒷받침 된다.

이제 책은 마침내 완성되었지만 (즉공관)주인이 벼슬을 지내느라 아직 돌아오지 않았다. 그러나 서사에서는 서둘러 책을 펴 내고자 하여 내게 서문을 청

탁하였다.[7]

　수향거사의 증언을 정리하면, 『이각 박안경기』를 인쇄할 목판은 모두 준비되었으나 그 직전에 작자인 능몽초가 공교롭게도 작은 벼슬을 지내느라 객지에 머물고 있었고 '신상품' 출시 일정을 앞당기려는 안소운의 재촉으로 자신이 서문을 대신 작성했다는 것이다. 원문에는 능몽초의 벼슬살이를 '박유薄游'로 표현했는데, 중국의 대표적인 검색 사이트 바이두百度의 온라인사전에 따르면, 그 의미는 "하찮은 녹봉을 위하여 객지에서 벼슬살이를 하는 것爲薄祿而官游於外"이다. 실제로 능몽초 연보를 확인해 보면 능몽초는 숭정 6년 봄에 "강서포정사 반증굉의 남창 관아에 머물렀다"고 소개되어 있다. 그렇다면 원문의 '박유'는 능몽초가 포정사 관청이 있던 남창에서 반증굉의 고문으로 잠시 재직한 일을 가리키는 셈이다. 그리고 그의 귀환을 학수고대하고 있던 상우당 안소운의 독촉으로 허겁지겁 작성한 것이 우리가 이 책 서두에서 읽은 그 짧은 「이각 박안경기 소인」이다. 『이각 박안경기』가 정식으로 출판된 것은 숭정 6년이었다고 보는 편이 합리적이라고 보는 이유이다.

2. 이각 박안경기의 체제

　현존하는 『이각 박안경기』 판본들 중에서 가장 일찍 간행된 것은 숭

7　수향거사, 「이각 박안경기 서」.

정 5년1632에 소주의 상우당에서 간행한 판본이하 '상우당본'이다. 이 판본의 경우, 중국에는 현재 국가도서관國家圖書館에 소장된 것이 유일하다. 그러나 전체 내용에서 제13권~제30권까지의 분량이 사라진 채 절반 정도만 남아 있을 뿐이다. 그 뒤로 1941년에 일본의 닛코日光를 방문한 중국의 서지학자 왕고로王古魯, 1901~1958가 도쿄[東京]의 내각문고內閣文庫에서 또 다른 판본이하 '내각문고본'을 새로 발견하였다.

이 판본의 경우, 맨 앞에 수향거사의 「이각 박안경기 서」와 능몽초 본인의 「이각 박안경기 소인」이 차례로 배치되어 있다. 이어서 목차와 삽화가 배치되고 그 뒤에는 40편의 작품 본문이 온전하게 엮여져 있다.

1) 목차

전작 『박안경기』와 마찬가지로, 수록된 작품 총 40편의 작품의 제목이 순서대로 소개되어 있다. 각 권의 제목은 장르가 다른 제40권을 제외한 나머지 39편이 모두 전형적인 명대 장회소설章回小說의 양식에 따라 앞뒤 두 구절의 대구對句로 구성되어 있다. 또, 각 구절의 글자 수는 7자구를 쓴 것이 총 18건, 8자구를 쓴 것이 총 18건으로 가장 많다. 반면에 6자구를 쓴 것은 제4권·제6권·제33권·제40권의 4건이 불과하며 그 중에서도 제40권은 제목이 대구가 아닌 단일한 구절로 붙여져 있어서 이채異彩를 띤다.

2) 삽화

명대에 간행된 소설이나 희곡은 일반적으로 앞머리에 1~2장의 삽화를 배치하는 것이 관례였다. 『이각 박안경기』에도 제1권부터 제39권까지 총 78장의 삽화가 한꺼번에 배치되어 있다. 다만, 장르가 다른 잡극 희곡인 제40권 『송공명이 원소절에 소란을 일으키다[宋公明鬧元宵雜劇]』의 경우에는 삽화가 누락되어 있다. 능몽초 당시에는 희곡이나 소설에 일반적으로 삽화를 넣는 것이 관례였다는 점을 감안할 때, 제40권에 삽화가 누락되어 있다는 것은 이 부분이 나중에 뒤늦게 추가되었을 가능성을 시사해 준다. 만약 이 부분이 능몽초가 『이각 박안경기』를 선보이던 숭정 6년 당시의 원본이 맞다면 상식적으로 제40권에도 똑같이 삽화가 들어가 있어야 정상이기 때문이다.

3) 본문

제40권을 제외하면, 제1권부터 제39권까지는 권마다 우선 맨 오른쪽에 세로로 제목이 두 줄로 배열되고, 거기서 몇 칸을 띄운 다음부터 본문이 오른쪽에서 왼쪽으로 배열되어 있다. 본문은 쪽마다 10행씩, 행마다 대체로 200자씩 들어가 있다.

목판의 중심 하단에는 '상우당尙友堂' 세 글자가 표시되어 있으며, 일부 작품에는 해당 작품의 목판을 제작한 판각공版刻工의 이름이 표기되어 있다. 내각문고본의 경우, 제1권 상단에 '유음이 그리다[劉崟摹]'라는 문구가 들어가 있는데, 그 의미를 따져 볼 때 삽화를 그린 화공畵工의 이름으로

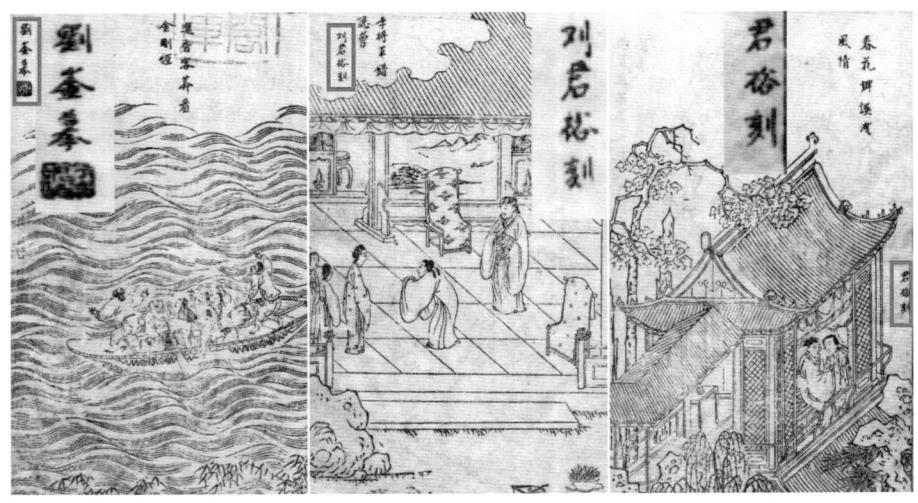

『이각 박안경기』 삽화에 표시된 판각공의 서명들. 왼쪽부터 '유음 모(劉釜摹)', '유군유 각(劉君裕刻)', '군유 각(君裕刻)' 등의 글자들이 보인다.

추정된다. 이 밖에도 제6권 상단에 '유군유가 새기다[劉君裕刻]', 제18권 하단에 '군유가 새기다[君裕刻]'라는 문구가 표시되어 있는 것이 확인된다. 문구의 의미를 따져 볼 때, '유군유劉君裕'는 해당 작품의 목판을 제작한 판각공의 이름인 것으로 보인다. 화공 유음과 한 집안 사람으로 추정되는 그의 이름은 다른 도서에서도 확인할 수 있다. 역시 내각문고에 소장된 명대의 『이탁오선생비평 서유기李卓吾先生批評西遊記』 제100회의 삽화 오행산하정심원일정도五行山下定心猿一精圖에 그려진 바위 옆에 표시된 '군유유씨가 새기다[君裕劉刻]'라는 문구가 그 예이다. 이를 통하여 유군유라는 인물이 명대 말기에 다양한 책의 삽화를 판각하면서 맹활약한 유명한 판각공이었으며, 당시에 출판용 목판의 판각 및 삽화 제작이 일종의 가업으로 전승되면서 직업화·전문화되었음을 짐작할 수 있다.

3. 평점 작자의 독특한 서사장치

각 권의 본문에는 중요한 대목마다 군데군데 작자의 입장을 피력하는 평점評點이 안배되어 있다. 일반적으로 '평評'이란 작품의 특정한 대목에 다는 작자의 소감이나 논평을 가리키는데, 그 위치에 따라 각 쪽의 꼭지에 다는 미비眉批, 본문 행간에 다는 방비旁批, 또는 본문 옆에 단다고 해서 '측비(側批)' 등이 있었다. 또, '권점圈點'은 마침표처럼 구문이 끝나는 곳을 표시하거나, 독자들에게 환기시키고자 하는 대목이나 구절을 부각시키는 역할을 하는 것으로, '。、•' 등으로 표시되었다. 이 독특한 서사장치는 원래 '설화' 시대에는 공연장에서 이야기를 들려주는 이야기꾼이 일종의 내포작가로 작품 속에 개입하면서 독자적인 목소리를 내는 데에 주로 사용되었다. 그것이 『이각 박안경기』에서는 작자인 능몽초가 그 이야기꾼의 역할을 대신하면서 독자들에게 자신이 강조하는 주제나 메시지를 전달하는 소통의 장치로 활용되었다.

명대 독서시장에서 평점은 희곡이나 소설의 주요 대목에서 이따금 요식적으로 간단하게 사용하는 것이 보통이었다. 그러던 것을 능몽초는 『이각 박안경기』에서 무려 979개의 각종 평점을 사용하였다. 그에게 있어 평점은 작품마다 자신이 강조하고자 하는 내용이나 전달하려 하는 메시지를 독자들이 쉽게 파악할 수 있도록 유도하는 장치였다. 이야기꾼이 공연장의 관중들을 염두에 둔 서사장치라면, 평점은 서재에서 책으로 이야기를 읽는 독자들을 배려한 소통장치였던 셈이다. 대단히 상세하면서도 때로는 치밀하게 안배된 이 평점들은 일종의 내포작가로 작품 속에

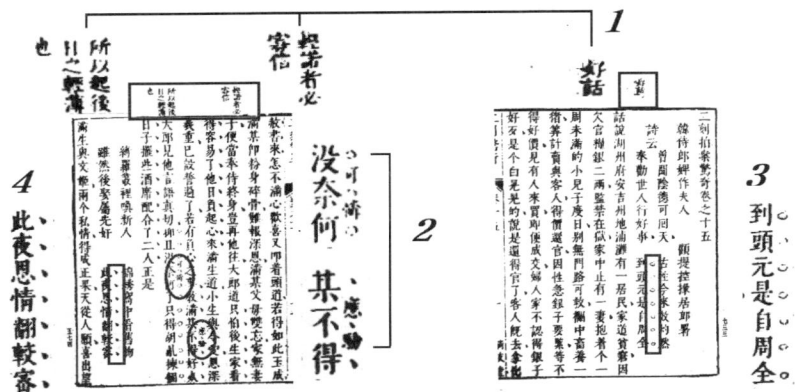

『이각 경기』의 평점 예시. 능몽초가 사용한 미비(1)와 방비(2), 권(3)과 점(4) 등 다양한 방식으로 자신의 의견을 개진하면서 독자와 소통하려 한 것을 볼 수 있다

직접 개입하면서 메시지를 전달하고 나아가 최종적인 목적'교화'을 달성하고자 하는 작자능몽초의 의지를 느낄 수 있게 한다. 그래서 일본 학자 카사미笠見는 평점이 고도로 활성화되어 작품 전체가 하나의 장편 논설과도 같은 성격을 보여 주는 것이 『박안경기』 서사의 가장 큰 특징"이라고 평가하기도 하였다.[8]

4. 내각문고본의 의문점

지금까지 살펴보았듯이, 현재 존재하는 『이각 박안경기』의 판본들 중

---

8 카사미 야요이(笠見弥生), 「『초·이각 박안경기』의 언어에 관하여 (『初·二刻拍案驚奇』の語りについて)」, 『동경대학 중국어중국문학연구실기요(東京大學中國語中國文學研究室紀要)』, 제18호, 28쪽, 2015.

에 가장 온전하게 전해지는 것이 일본의 내각문고본임은 분명하다. 다만, 이 판본이 능몽초가 숭정 6년에 당시 독자들에게 선보인 바로 그 최초의 판본인지에 관해서는 몇 가지 의문이 제기되고 있다.

1) 상이한 표지

내각문고본이 숭정 6년의 원본이 아닐 가능성은 인쇄에 사용된 목판을 통해서도 제기된다. 대표적인 사례가 제5권 「양민공이 원소절에 아들을 잃고, 열셋째가 다섯 살에 황제를 알현하다」와 제9권 「경박한 신랑이 갑자기 신부와 이별하고, 고용된 시녀가 옥 두꺼비를 알아 보다」이다. 이 두 작품의 경우, 목판 가운데에 한결같이 "이속 경기二續驚奇"라는 문구가 표시되어 있다. 문제는 이 두 이야기를 제외한 나머지 36편의 작품에는 해당 위치에 모두 "이각 경기二刻驚奇"라는 문구가 표시되어 있다는 데에 있다. "2각 경기"를 '박안경기의 속편'이라는 뜻에서 "속 경기續驚奇"라고 이해할 경우, "이속 경기"는 '속 경기의 속편'이라는 뜻으로 이해해야 하는 셈이다. '이각 경기'와 '이속 경기'가 서로 다른 판본일 가능성을 배제할 수 없다는 뜻이다.

2) 중복된 작품

능몽초는 「이각 박안경기 소인」에서 "일단 이번에도 마흔 편을 엮기로 한 것이다聊復綴爲四十則"이라고 밝힌 바 있다. 상식적으로 해석한다면 이 "마흔 편"은 모두 전작 『박안경기』를 엮고 남은 "백량대를 짓고 남은 목

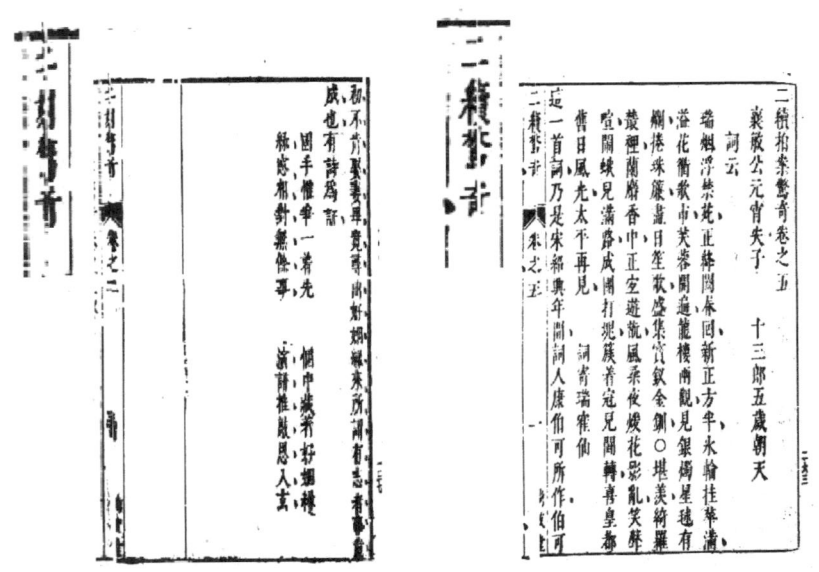

'이각 경기(二刻驚奇)'와 '이속 경기(二續驚奇)' 표시 사진. 동일한 판본에서 제목이 서로 다르게 표시되어 있는 것을 확인할 수 있다

재와 무창의 남은 대나무"를 새로 엮은 것이다. 전작에 수록된 작품들과는 '구분되는 별도의' 의화본 소설들이라는 뜻이다. 내각문고본은 문구에서 부분적으로 편차를 보이기는 하지만, 23번째 이야기인 제23권 「언니가 넋이 떠돌다 오랜 소원을 이루고 처제가 병상서 일어나 전날의 인연을 잇다」가, 그보다 4년 전에 간행된 『박안경기』초각의 제23권과 동일한 작품이다. 상식적으로 엄정한 창작관을 고수한 능몽초가 전작에서 이미 소개한 작품을 5년 뒤에 다시 끼워 넣었을 리는 없는 것이다.

3) 장르가 다른 작품

마지막 이야기인 제40권 「송공명이 원소절에 소란을 일으키다」가 장르의 성격상 소설novel이 아닌 희곡drama인 점도 납득하기 어렵다. 수향거사의 서문에서 보듯이, 희곡과 소설은 능몽초 당시에 각각 '연의演義'와 '전기傳奇'로 그 명칭이 분명히 구분되어 있었다. 그런데 장르가 다른 '전기'를 '연기'로 둔갑시켜 『이각 박안경기』에 '신작'으로 수록한다는 것은 논리적이지 않다는 뜻이다. 또, 『이각 박안경기』 목차 맨 뒤의 제40권 부분을 살펴보면 제목인 "송공명요원소 잡극宋公明鬧元宵雜劇" 바로 아래에 작은 글씨로 '부附'자가 들어가 있는 것을 확인할 수 있다. 여기서의 '부'는 정식 수록되는 본문과는 별도로 추가한 부록附錄임을 뜻한다. 이 글자의 존재만으로도 이 희곡이 능몽초가 『이각 박안경기』를 출판할 때 처음부터 "40편四十則"의 하나로 기획되고 수록된 작품이 아니라 제40권 자리에 나중에 누군가에 의하여 부록으로 끼워 넣어진 것임을 알 수 있는 것이다.

당시 복단대復旦大 교수였던 중국문학 사학자 장배항章培恒은 이같은 의문점들에 문제를 제기하면서 다음과 같은 결론을 내렸다.

내각문고에 소장된 『이각 박안경기』가 세상에서 유일한 판본이기는 하지만 상우당에서 처음 발간한 판본은 아니다. 원래 수록되었던 제23권과 제40권은 이미 망실되었고, 그래서 『박안경기』의 제23권과 「송공명이 원소절에

소란을 일으키다」 잡극 희곡을 각각 끼워 넣음으로써 40권을 채운 것이기 때문이다.[9]

宋公明鬧元霄襍劇
第一折
提綱 末上
青主紫東風未放花于樹早吹殿星如雨賣馬雄車
香滿路鳳簫聲動玉壺光轉一夜魚龍舞○戲兒雪
掏黃金縷笑靨盈暗香去泉裏尋香千百度驀然
四頁那人却在燈火闌珊處,
李師師手破新桓 周待制慘賦離情
小旋風箸花禁苑 及時雨元夜觀燈

青耳集
竟天胜語
即空觀
敘事
填詞

二刻拍案驚奇目錄終

宋公明鬧元霄襍劇

宋公明鬧元霄襍劇 (附)

장르가 다른 제40권 희곡의 첫머리(좌)와 목차(우)의 '부(附, 동그라미 표시)'

5. 이각 박안경기의 소재들

중국 학계에서는 『이각 박안경기』를 "중국소설사에서 작자가 독자적으로 창작한 최초의 화본소설집"이라고 높이 평가하고 있다.[10] 그러나

---

9 장배항(章培恒), 「영인본 『이각 박안경기』 서」, 『이각 박안경기』, 제3쪽, 상해고적, 1985.
   "內閣文庫所藏『二刻拍案驚奇』雖爲天下孤本, 而非尙友堂原刊足本: 原刊的第二十三卷與四十卷業已亡佚, 故將『拍案驚奇』的第二十三卷與『宋公明鬧元宵雜劇』分別補入, 以湊足四十卷之數."
10 석창유, 「『박안경기』전언」, 『박안경기』(초각), 강소고적, 제1쪽, 1990.

능몽초가 이 소설집의 줄거리와 인물들을 모두 혼자서 창조해낸 것은 아니다. 엄밀하게 말하면 『이각 박안경기』는 『이견지夷堅志』·『전등신화剪燈新話』·『제동야어齊東野語』·『정사情史』·『지낭智囊』 등, 송대와 명대에 서면체 중국어'문언'로 지어진 단편 소설이나 희곡에서 발굴한 소재를 재구성하고 당시의 독자들이 이해할 수 있도록 구어체 중국어'백화'로 쉽게 부연하고 자신의 주장을 삽입하는 방식으로 재창작한 결과물이기 때문이다. 실제로 『이각 박안경기』에 수록된 작품들의 출처를 살펴보면, 홍매洪邁의 『이견지』에서 소재를 취한 것이 제2권·제7권·제8권·제11권 등 총 12편으로 가장 많다. 그 다음이 제6권·제24권 등, 구우瞿佑의 『전등신화』에서 소재를 취한 것이다. 이와 함께 제10권 등과 같이 『제동야어』에서 소재를 취한 것도 보인다. 그 중에는 제28권·제37권 등과 같이 풍몽룡의 『지낭보智囊補』나 채우蔡羽의 『요양해신전遼陽海神傳』 등, 능몽초와 비슷한 시기인 명대에 지어진 소설에서 소재를 취한 것들도 포함되어 있다. 이 밖에도 제3권·제9권 등처럼, 능몽초 당시에 민간에서 유행하던 연극 희곡을 소설로 각색하고 재창작한 사례도 더러 보인다.

능몽초가 『이각 박안경기』에 수록한 작품들의 출처를 소개하면 다음 표와 같다.

이각 박안경기				이야기 소재 출처		
순서	제목	시대	작자	제목	편명	영향
1	進香客莽看金剛經 出獄僧巧完法會分	명		古今圖書集成·神異典一	金剛持念	
2	小道人一著饒天下 女棋童兩局注終身	송	洪邁	夷堅志補 권19	蔡州小道人	
3	權學士權認遠鄉姑 白孺人白嫁親生女	명	葉憲祖	丹桂鈿盒雜劇		撮盒緣傳奇 鈿盒奇緣(傅青眉)

| 이각 박안경기 | | | | 이야기 소재 출처 | | |
순서	제목	시대	작자	제목	편명	영향
4	青樓市探人蹤 紅花場假鬼鬧	명				紫金魚傳奇 今古奇觀(제36회), 十三郎五歲朝天
5	襄敏公元宵失子 十三郎五歲朝天	송	岳珂 洪邁	桯史 夷堅志補8	眞珠族姬	
6	李將軍錯認舅 劉氏女詭從夫	원	瞿佑 葉憲祖 馮夢龍	剪燈新話 金翠寒衣記 情史	 翠翠傳 劉翠翠	頒頭書
7	呂使者情媾宦家妻 吳太守義配儒門女	송	洪邁	夷堅志支戈 권9	董寒州孫女	買笑局金(傅青眉)
8	沈將仕三千買笑錢 王朝議一夜迷魂陣	송	洪邁	夷堅志補8	王朝議	
9	莽兒郎驚散新鶯燕 偁梅香認合玉蟾蜍	명	葉憲祖	素梅玉蟾雜劇		蟾蜍佳偶(傅青眉)
10	趙五虎合計挑家釁 莫大郎立地散神奸	송	周密	齊東埜語 권20	莫氏別室子	
11	滿少卿饑附飽颺 焦文姬生讐死報	송	洪邁 馮夢龍	夷堅志 권11 情史	滿少卿 滿少卿	死生怨報(傅青眉)
12	硬勘案大儒爭閒氣 甘受刑俠女著芳名	송	洪邁 周密 馮夢龍	夷堅志支庚 권10 齊東埜語 情史	吳淑姬嚴蕊 嚴蕊 嚴蕊	
13	鹿胎庵客人作寺主 剡溪里舊鬼借新屍	송	洪邁	夷堅志補 권16	嵊縣山庵	
14	趙縣君喬送黃柑 吳宣教乾償白鏹	송	洪邁 馮夢龍	夷堅志補8 情史	李將仕 吳約知縣 李將仕	賣情扎囤(傅青眉) 今古奇觀 권38 彫縣君喬送黃柑子
15	韓侍郎婢作夫人 顧提控掾居郎署	명	 沈齡	不可緣 三元記傳奇		
16	遲取券毛烈賴原錢 失還魂牙僧索剩命	송				
17	同窓友認假作眞 女秀才移花接木	명	洪邁	夷堅志堅甲 권19	毛烈陰獄	
18	甄監生浪吞秘藥 春花婢誤洩風情	명				
19	田舍翁時時經理 牧童兒夜夜尊榮	춘추				
20	買廉訪贗行府牒 商功父陰攝江巡	송	洪邁	夷堅志補 권24	賈廉訪	
21	許蔡院感夢擒僧 王氏子因風獲盜	명				
22	癡公子狠使噪脾錢 賢丈人巧賺回頭婿	명	邵景詹	覓燈因話	姚公子	人鬼夫妻(傅青眉)

이각 박안경기				이야기 소재 출처		
순서	제목	시대	작자	제목	편명	영향
23	大姊魂遊完宿願 小姨病起續前緣	원	瞿佑	剪燈新話	金鳳釵記	원잡극 碧桃花와 유사
			沈璟	一種情傳奇		
			馮夢龍	情史	吳興娘	
24	庵內看惡鬼善神 井中譚前因後果	원	瞿佑	剪燈新話	三山福地志	
25	徐茶酒乘鬧劫新人 鄭蕊珠鳴冤完舊案	명	何喬遠	九朝野記		
26	憎敎官愛女不受報 窮庠生助師得令終	명				
27	僞漢裔奪妾山中 假將軍還姝江上	명	王同軌	耳譚		撮盒緣傳奇
						智賺還珠(傅靑眉)
28	程朝奉單遇無頭婦 王通判雙雪不明冤	명	馮夢龍	智囊補		沒頭疑案(傅靑眉)
29	贈芝麻識破假形 擷草藥巧諧眞偶	명		靈狐三束草	大別狐	
			馮夢龍	情史		
30	瘞遺骸王玉英配夫 償聘金韓秀才贖子	명		鴛鴦被雜劇	王玉英	
			王同軌	耳譚		
			馮夢龍	情史		
31	行孝子到底不簡屍 殉節婦留待雙出柩	명	李詡	戒菴漫筆		
			王同軌	耳譚		
			馮夢龍	情史		
32	張福娘一心貞守 朱天錫萬里符名	송	洪邁	夷堅志補 권10	朱天錫	義妾存孤(傅靑眉)
33	楊抽馬甘請杖 富家郎浪受驚	송	洪邁	夷堅志丙 권5	楊抽馬	
34	任君用恣樂深閨 楊太尉戲宮館客	송	洪邁	夷堅志乙 권5	楊戲館客	
35	錯調情賈母罵女 誤告狀孫郎得妻	?	馮夢龍	情史	吳松孫生	錯調合璧(傅靑眉)
36	王漁翁捨鏡崇三寶 白水僧盜物喪雙生	?	洪邁	夷堅志支戊 권9	嘉州江中鏡	
37	疊居奇程客得助 三救厄海神顯靈	명	蔡羽	遼陽海神傳	遼陽海神	
			馮夢龍	情史		
38	兩錯認莫大姐私奔 再成交楊二郎正本	명				
39	神偸寄興一枝梅 俠盜慣行三昧戲	명				失印救火
						盜銀壺
40	宋公明鬧元宵	송	施耐庵	水滸傳 제72회		
			張端義	貴耳集		
			童甕天	甕天脞語		

6. 능몽초의 소설 창작 원칙 사실주의 고수

능몽초는 '이박'을 창작하는 과정에서 일관되게 고수한 원칙이 있었다. 그것은 바로 "교화에 죄인이 되지 않는다[不爲敎化罪人]"와 "뜻을 설득하고 경계하는 데에 둔다[意存勸戒]"는 것이다. 물론, 서둘러 작성된 『이각 박안경기 소인』에는 그것이 어떤 의미인지 구체적으로 언급되어 있지 않다. 그러나 그 전작 『박안경기』의 서문에는 그가 고수한 창작 원칙의 내용과 이유가 비교적 자세하게 언급되어 있다.

근래에는 태평성대가 오래 이어지다 보니, 백성들이 방탕해지고 그 뜻 또한 방종으로 치닫는 경향이 있습니다. 그래서 경박한 망나니들은 붓을 좀 놀릴 줄 알게 되기만 하면 지레 세상을 오도하고 잘못된 것들을 두루 가져다 쓰면서 황당무계한 것이 아니면 믿으려 들지 않는 바람에 그 내용이 하도 외설적이고 더러워서 차마 듣기조차 민망스럽기 일쑤이지요. 유가의 가르침에 죄를 짓고, 다음 생에 업보를 쌓기로는 이보다 더한 경우가 없을 것입니다. 더욱이 종이도 그런 책들 때문에 값이 올랐건만 그런 이야기들이 날개 없이도 퍼져나가고 다리 없이도 돌아다니곤 합니다[11]

서문에서 볼 수 있듯이, 능몽초는 유가에서 금기시하는 '괴·력·난·신怪力亂神'의 귀신 이야기와 지나친 음담패설을 다룬 책들이 당시의 독서

---

11 능몽초, 「박안경기 서」, 『박안경기』 제1권, 학고방 출판사, 2023. 아래의 인용문들 역시 『박안경기』 서문의 내용이다.

시장에 범람하면서 사람들의 도덕과 풍속을 부정적인 영향을 끼치는 데에 상당한 불만을 토로하고 있다. 유가적 교화를 무척 소중하게 여기는 정통 지식인인 그의 입장에서는 이 같은 사회병리 현상들을 일소하는 일이 정통 지식인에게 대단히 중요한 책무라고 여긴 듯하다. 그런 그에게 있어 교화의 죄인이 되지 않는 길은 소설을 통하여 어리석은 사람들을 계도하는 방법뿐이었다. 「박안경기 서」에서 밝힌 바에 따르면, 사실 능몽초가 『박안경기』를 짓게 된 가장 큰 이유도 당시 사람들의 땅에 떨어진 도덕관에 경종을 울리고, 나아가 잘못된 가치관을 바로잡자는 데에 있었다.

능몽초가 '이박'을 선보이면서 사실주의를 창작의 대전제로 표방한 것도 바로 이 때문이었다. 그는 "황당무계해서 믿을 수 없고[荒誕不足信]", "외설스러워 차마 들어 줄 수 없는[褻穢不忍聞]" 귀신 이야기나 음담패설이 횡행하는 현상을 비판하면서 "보고 듣는 범위 이내 및 일상에서 생활하는 영역[耳目之內, 日用起居]"에서 생생하고 익숙한 소재들을 토대로 소설을 창작할 것을 역설하였다. 그는 그 대안으로 기존의 퇴폐적인 창작 풍토와는 상반되는 접근방법, 즉 "보고 듣는 범위 이내 및 일상에서 생활하는 영역", 즉 일상생활을 토대로 한 소설 창작을 제안하였다. 이같은 사실주의적 접근방법은 「이각 박안경기 서」에서 수향거사가 당시의 소설가들에게 눈 앞에 펼쳐지는 '만물의 상태와 인간의 감정[物態人情]'에 주목하면서 사실주의[眞]의 예술적 경지를 지향할 것을 역설한 것과도 궤를 같이한다. 『박안경기』의 서문·범례와 상우당의 패기[牌記] 등에 "교화의 죄인이 되지 않겠다"는 몇 번이나 다짐이 등장하는 것은 소설의 사회적 교화에 대한 그의 각성과 의지가 얼마나 확고했는지 잘 보여 준다. 능몽초의 이 같은 창작 원칙은 실제로 『박안경기』에 이어 『이각 박안경기』에서도 일관되게 고수되었다.

그가 수집한 것들은 대부분 매우 사실적이고 근거가 있는 것들이다. 비록 더러 신이나 귀신의 이야기를 언급하기도 하지만 그래서 역사가인 사마천이 역사를 기술할 때와 마찬가지로 묘사가 사실적이다. … 이국적인 볼거리를 곁들이므로써 세속의 유생들이 가진 편견을 깨는 것도 나쁠 것은 없을 것이며, 요염한 미인이나 풍류 넘치는 밀회 따위를 다룬 이야기들의 경우도 소설집에 수록해야 할 것들이다. 다만, 세상의 풍속을 더럽히는 이야기들의 경우만큼은 모조리 배제시키려 노력하였다. 즉공관주인의 말을 빌리자면 참으로 '세상에서 내 이야기를 구할 수 있는 이들이 충신이나 효자가 되는 데에 어려움이 없게 해 줄 것이고 그렇게 되지 못하는 자들이라도 음행을 일삼지는 않게 될 것'이라는 격이다.[12]

능몽초가 '이박'에서 평범한 일상의 사회와 인물에서 소설적 재미를 찾으려고 노력한 것은 바로 '평범함도 기이함으로 승화될 수 있다[平淡爲奇]'거나 '기이함이 없는 것을 기이함으로 여긴다[無奇之所以爲奇]'라는 확고한 신념이 있었기 때문이었다.

그렇다고 해서 능몽초가 소설의 허구적인 요소들을 완전히 부정한 것

---

12 수향거사, 「이각 박안경기 서」.

은 아니다. 능몽초는 자신의 사실주의 창작 원칙을 관철하기 위하여 "사건의 진실과 허구, 이름의 사실과 거짓이 각각 반씩 섞이게 할 것[其事之眞與飾, 名之實與贋, 各參半]"을 제안하였다. 이는 사실주의에 입각하여 소설을 창작하되 필요에 따라서는 소설의 교화효과를 배가시키기 위하여 허구적인 요소를 양념처럼 적절하게 활용하는 융통성을 허용한 셈이다. 간혹 "작품들 속에서 귀신을 언급하고 꿈을 거론한 것들도 있지만 … 그 취지역시 독자들을 설득하고 경계로 삼게 하는" 장치로서 운용한 것이라는 수향거사의 증언은 바로 이같은 배경 속에서 나온 것일 것이다. 실제로 그는 『이각 박안경기』에서 대부분 실제로 발생한 사건과 인물을 다룬 이야기들을 소개하면서 중간중간에 이국적인 볼거리나 풍류가 넘치는 남녀간의 사랑 이야기나 귀신 이야기들을 적절하게 활용하는 것을 주저하지 않았다. 그가 『이각 박안경기』에서 당시 사람들이 일상에서 볼 수 있는 각계각층의 다양한 인물들을 주인공으로 내세워 역시 일상에서 접할 수 있는 사건들을 위주로 스토리텔링을 이끌어간 것은 아무래도 "다룬 일들은 사람들의 정서나 일상과 가까운 것들이 많은 반면, 귀신·괴물 같은 허황된 것들은 그다지 다루지 않은 것이다[事類多近人情日用, 不甚及鬼怪虛誕]"라는 『박안경기』 시절부터의 초심을 고수한 결과로 해석된다.

7. 『이각 박안경기』의 해적판들

능몽초의 『이각 박안경기』는 숭정 6년에 출판된 이래로 독서시장에서 상당한 인기를 얻었던 것으로 보인다. 『이각 박안경기』가 출판되고 나서

'즉공관주인' 또는 '박안경기'라는 이름을 차용한 해적판이 잇따라 등장했기 때문이다. 대표적인 해적판이 바로 『별본 이각 박안경기別本二刻拍案驚奇』이다.

'또 다른 판본의 『이각 박안경기』'라는 뜻으로 해석되는 "별본 이각 박안경기"는 정식 제목이 『박안경기 2집拍案驚奇二集』이다. 현재 프랑스 파리 국가도서관에만 소장되어 있는 세계 유일본으로, 표지의 오른쪽 위에는 능몽초가 직접 엮었다는 뜻의 "즉공관주인 편차即空館主人編次"가, 왼쪽 아래에는 상우당의 목판을 사용했다는 뜻의 "본아 장판本衙藏板"이라는 문구가 들어가 있으며, 서두에는 『이각 박안경기』의 것과 똑같이 숭정 6년에 작성된 「이각 박안경기 소인」이 배치되어 있다. 중국의 서지학자 유수업劉修業. 1910~1993의 분석에 따르면, 이 판본의 목판은 제1권~제10권까지는 한 쪽의 절반[半葉]이 10행, 각 행이 20자씩으로, 내각문고본 『이각 박안경기』와 같은 것이지만 제11권 뒤로는 한 쪽의 절반이 9행에, 각 행이 21자씩으로 구성되어 있다. 지금까지 서지학자들이 연구한 바에 따르면, 이 판본은 『이각 박안경기』에 다른 소설집에 사용된 목판을 끼워넣은 것이라는 것이다. 실제로 그 다른 목판들의 체제는 북경대학교에 소장된 제3의 의화본 소설집인 『환영幻影』의 체재와 정확히 일치한다. 말하자면 "별본 이각 박안경기"는 능몽초가 직접 집필한 세 번째 소설집이 아니라 서상안소운?이 기존에 출판되어 인기를 끌고 있던 『이각 박안경기』에 『환영』에 수록되었던 작품들을 섞어 인쇄한 뒤에 능몽초가 새로 엮은 소설집인 것처럼 둔갑시킨 해적판이라는 뜻이다. 제목은 다른데 책

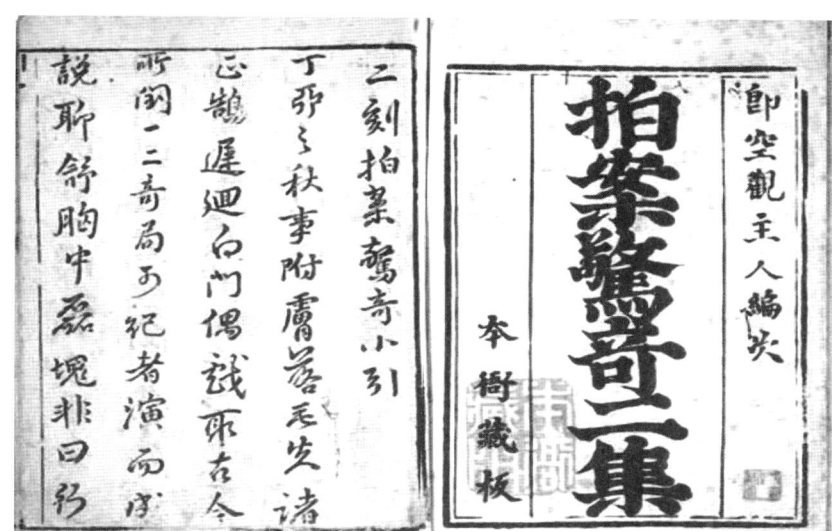

프랑스 파리 국가도서관에 소장된 『박안경기 2집』의 표지(우)와 『이각 박안경기 소인』(좌).
책 제목이 다른데 소개 글 내용은 그대로이다. 능몽초가 아닌 제3자가 만든 해적판이라는 뜻이다

을 소개하는 글의 제목은 그대로 「이각 박안경기 소인」인 것이 그 증거
이다. 그 뒤에 지어진 『환영』 작품들을 끼워 넣어 34권 총 34편으로 엮
어져 있다. 게다가 「이각 박안경기 소인」의 "마침내 그 이야기들을 베끼
고 모아 책으로 엮은 것이 마흔 편이나 되었다[遂爲鈔撮成篇, 得四十種]" 대목의
'40四十' 부분은 교묘하게 깎아내고 '34卅四'로 바꾸어 놓았다. 제목 역시
부분적으로 편차를 보인다. 제1권~제10권까지는 『이각 박안경기』와 동
일하나 『이각 박안경기』제15권의 「한시랑비작부인, 고제공연거낭서(韓
侍郞婢作夫人, 顧提控掾 居郞署)」가 여기서는 「강애낭신호주부인, 고제공
연거낭서(江愛娘神護做夫人, 顧提控掾 居郞署)」제2권로 앞부분이 바뀌어져
있는 것이 그 예이다.

『환영』은 명나라 숭정 16년¹⁶⁴³에 처음으로 간행되었다. 따라서 이 둘이 합쳐진 "별본 이각 박안경기"의 존재는 그 출판 시점이 그보다 나중, 즉 서기 1643년 이후임을 시사해 준다. 중국 근현대의 서지학자인 정진탁鄭振鐸, 1898~1958·유수업의 연구에 따르면, 그 수록 작품들을 『이각 박안경기』·『환영』과 비교하면 다음 표와 같다.

권수	환영 제목	출처	제목 비고
권01	滿少卿饑附飽颺 焦文姬生讎死報	이각 권11	
권02	江愛娘神護做夫人 顧提控聖恩超主政	이각 권15	韓侍郎婢作夫人 顧提控掾居郎署
권03	美男人拾箭得婚 女秀才移花接木	이각 권17	同窓友認假作眞 女秀才移花接木
권04	甄監生浪吞秘藥 春花婢誤洩風情	이각 권18	
권05	遲取券毛烈賴原錢 失還魂牙僧索剩命	이각 권16	
권06	李將軍錯認舅 劉氏女詭從夫	이각 권6	
권07	呂使者情媾宦家妻 吳太守義配儒門女	이각 권7	
권08	沈將仕三千買笑錢 王朝議一夜迷魂陣	이각 권8	
권09	莽兒郎驚散新鶯燕 傷梅香認合玉蟾蜍	이각 권9	
권10	趙五虎合挑家釁 莫大郎立地散神奸	이각 권10	
권11	不苟存心終不苟 淫奔受辱悔淫奔	환영 제3회	情詞無可逭 羞殺抱琵琶
권12	李侍講無心還寶物 王指揮有意救恩人	출처 불명	
권13	恤孤仗義反遭殃 好色行凶終有報	환영 제1회	看得倫理眞 寫出奸徒幻
권14	延名師誤子喪妻 設奸謀敗名殞命	환영 제27회	爲傳花月道 貫講差使書
권15	昵淫朋痴兒蕩産 仗義僕敗子回頭	환영 제8회	義僕還自守 浪子寧不回
권16	耽風情店婦宣淫 全孝義孤兒完節	환영 제6회	衆心還媥抱 惡計枉教施
권17	貪淫婦圖歡偏受死 烈俠士就戮反超生	환영 제9회	淫婦情可誅 俠士心當宥
권18	老衲識書生于未遇 忠臣保危主而令終	출처 불명	
권19	富差貧夫婦拆散 尋親行孝父子團圓	출처 불명	
권20	死殉夫一時義重 生盡節千古名香	환영 제7회	生報華募恩 死謝徐海義
권21	奸淫漢殺李移桃 神明官追厂斷鬼	환영 제13회?(본문 없음)	匿計佔紅顔 發棺蘇呆婿
권22	任金剛假官劫庫銀 張銅梁僞鑱誅大盜	환영 제15회?	動庫饑雖巧 擒兇智倍神
권23	認惡友謀財害命 舍正身斷獄懲凶	환영 제16회	見白鏹失義 因雀引明冤
권24	無福官叛而尋死 有才將巧以成功	출처 불명	
권25	狠毒郎圖財失妻 老實頭憑天得婦	환영 제25회	緣投波浪裏 恩向小窓親

권수	환영 제목	출처	제목 비고
권26	忠臣死義鐵錚錚 貞女全名香撲撲	환영 제5회	烈士殉君難 書生得女貞
권27	報父仇六載伸寃 全父尸九泉含笑	환영제 2회	千金苦不易 一死樂伸寃
		이각 권31회?	行孝子到底不簡屍 列節婦留待雙出柩
권28	痴人望貴空遭騙 賊禿貪財却受誅	환영 제28회	修齊邀紫綬 說法騙紅裙
권29	財色兼貪何分僧俗 寃仇互報那怕官人	환영 제29회	淫貪皆有報 僧俗總難逃
권30	飮盅毒禍起蕭牆 刺哲謀珠還合浦	출처 불명	
권31	積陰功陡遇極品 棄糟糠暴死窮途	출처 불명	
권32	騙來物牽連成禍種 遇故主始終是功臣	출처 불명	
권33	逞奸計以婦賣姑 盡孝道將妻換母	환영 제4회	設計去姑易 賣身送婦難
권34	孝女割肝救祖母 眞尼避地絶塵緣	출처 불명	

『이각 박안경기』의 명성을 차용한 또다른 해적판으로는『삼각 박안경기三刻拍案驚奇』가 있다. 이 판본은 두 가지 판본이 있다. 먼저, ① 현재 북경도서관에 소장된 판본은 속지에 또다른 의화본소설집으로 포옹노인抱甕老人이 엮은『금고기관今古奇觀』의 제목에서 착안한 것으로 보이는 "형세기관形世奇觀"이라는 문구가 가로로 붙어 있으며, 제1회부터 제7회까지만 남아 있다. 또, ② 북경대학교 도서관에 소장된 판본은 총 30회가 전해지는데 명대 말기 판본과 역시 같은 시기의 것으로 추정되는 필사본이 남아 있다. 현존하는『이각 박안경기』의 판본들을 표로 소개하면 대체로 다음과 같다.

이 판본은 원래 제목이『환영』이며, 저자는 "몽각도인·서호낭자 합집夢覺道人西湖浪子 合輯"으로 기재되어 있는 것을 보면 원래는 몽각도인과 서호낭자가 함께 엮은 소설집『환영』에 '표지 갈이'를 하여 마치 그것이 즉공관주인의 세 번째 소설집인 것처럼 둔갑시킨 것으로 보인다.『환영』에『형

소장자	제목	분량
마렴(馬廉)	삼각 박안경기	20여 회
북경도서관(정진탁 소장본)	형세기관	환영의 제1~7회
북경시 문물 부서	형세기관?	환영 총 21회
프랑스 파리 국가도서관	별본 이각 박안경기	제11~34회 총 24권이 이각과 다름 총 15회가 환영과 동일하나 나머지 9회는 환영과 다름
일본 좌백(佐伯)문고		

세기관』, 나아가『삼각 박안경기』라고 제목을 붙였다는 것은 누가 보더라도 능몽초가 지은『박안경기』와『이각 박안경기』의 명성과 인기를 빌려 독자들을 끌어들이려고 한 것임을 짐작할 수가 있다.『형세기관』이라는 또다른 제목이『금고기관』의 명성을 차용하려 한 것과 같은 맥락이다.

이처럼 해적판이 줄줄이 만들어질 정도로 인기를 끌던 능몽초의『이각 박안경기』와『박안경기』는 명나라가 망하고 청나라로 왕조가 교체되는 난세를 거치면서 그 인기가 급격히 사그라들더니 청나라에서는 아예 '금서'라는 낙인까지 찍히면서 독서시장에서 완전히 자취를 감추었던 것으로 보인다.

1세   만력 8년 5월 7일[1580년 6월 18일]

절강[浙江] 호주부[湖州府] 오정현[烏程縣] 동성사포[東晟舍舖][1]에서 부친 능적지[凌迪知]와 생모 장씨[蔣氏] 사이에서 태어남.

조부 능약언[凌約言]은 가정[嘉靖] 경자년[庚子年] 거인[擧人] 출신으로 벼슬이 남경[南京]의 형부[刑部] 원외랑[員外郞]에 이르렀고, 가정 병진년[丙辰年] 진사[進士] 출신인 부친은 당시 52세, 생모는 21세였다.

2세   만력 9년[1581년]

아우 능준초[凌濬初]가 태어남.

12세   만력 19년[1591년]

관학[官學]에 입학함.

18세   만력 25년[1597년]

늠선생[廩膳生]으로 편입됨.

21세   만력 28년 12월 5일[1600년]

부친 능적지가 72세로 사망함. 그 고을의 진사 주국정[朱國禎]이 조문을 옴.

---

1   동성사포(東晟舍浦) : 지금의 중국 절강성 호주시 직리진(織里鎭)에 해당한다.

23세 만력 30년[1602년]

딸을 항주杭州에 머물던 가흥嘉興 출신 문인 풍몽정馮夢禎의 손자 풍연생馮延生에게 출가시킴.

11월 8일, 풍몽정이 혼인 예물을 지참하고 방문하자 외숙인 오몽양吳夢暘과 함께 극단인 여삼반呂三班을 불러 『향낭기香囊記』를 무대에 올리고 한밤중까지 접대함.

24세 만력 31년[1603]

정월 25일, 사돈 풍몽정이 덕청德淸의 산소에서 차례를 지낸다는 소식을 듣고 호주에서 지인인 송종헌宋宗獻·장염군張髥君과 함께 현지로 가서 술을 마시며 이경二更까지 담소를 나눔. 26일, 일행은 호주의 청산菁山으로 자리를 옮겨 나들이를 하고 수암상인守庵上人을 만남.

2월, 풍몽정·복원상인復元上人·송종헌과 함께 소주蘇州 나들이를 하면서 배에서 시를 짓고 글을 논함. 이 자리에서 풍몽정은 능몽초가 입수한 원대에 출판된 『경덕전등록景德傳燈錄』의 발문跋文을 쓰는 동시에 『동파선희집東坡禪喜集』과 『산곡선희집山谷禪喜集』에 평점評點을 붙여 줌.

8월 5일, 항주의 풍몽정을 방문하러 갔다가 그 자리에 있던 복원상인과 상봉함.

이 해에 왕서등王犀燈이 호주에 나들이를 왔다가 능몽초와 그 형 함초涵初, 아우 준초의 융숭한 대접을 받고 병중에도 그 길로 능 씨네 차적원且適園을 방문함. 얼마 후, 형 함초가 45세의 나이로 사망함.

26세　만력 33년[1605년]

6월, 아내 심씨[沈氏]가 장자 침[琛]을 낳음.

9월 6일, 생모 장씨가 남경에서 사망함.

10월, 생모의 관을 고향으로 운구하고 풍몽정이 부고를 듣고 와서 조문함.

27세　만력 34년[1606년]

국자감[國子監] 제주[祭酒] 유왈영[劉曰寧]에게 글을 올림. 유왈영이 그 글을 병부[兵部] 우시랑[右侍郎]이던 경정력[耿定力]에게 보이자 자신의 형인 경정향[耿定向]의 진사 동기인 능적지의 아들이며, 경정향이 평소 능몽초의 글재주를 칭찬했다고 밝힘.

이 해에 선친의 지인인 남경 국자감 사업[司業] 주국정[朱國禎]과 인연을 맺음. 외숙부인 오윤조[吳允兆]가 남경 처소를 방문하자 정담을 나누고 도서들을 감상한 후 자신이 지은 희곡의 서문을 써 줄 것을 부탁함.

같은 해에, 첫 번째 학술저서인 『후한서찬[後漢書纂]』을 남경에서 출판하는 한편 선친의 지인인 왕서등에게 서문을 써 줄 것을 부탁함. 이 해부터 남경에 장기 체류함.

29세　만력 36년[1608년]

자신의 희곡 5편을 당시 극작가로 명성을 날리던 탕현조[湯顯祖]에게 보냄. 탕현조는 답장에서 그의 희곡에 대해 극찬함.

30세　만력 37년[1609년]

3월~7월, 내방한 원중도袁中道를 남경 진주교珍珠橋 처소에서 접대함. (…)

가을~겨울에, 주무하朱無瑕·종성鍾惺·임고도林古度·한상계韓上桂·반지항潘之恒 등과 진회하秦淮河에서 모임을 가지고 시를 지음.

37세　만력 44년[1616년]

12월, 첩 탁씨卓氏가 차남 보葆를 낳음.

40세　만력 47년[1619년]

탁씨가 삼남 초楚를 낳음.

42세　천계天啓 원년[1621년]

다색인쇄기법[套版]으로 『동파 선희집東坡禪喜集』과 『산곡 선희집山谷禪喜集』을 판각하는 한편 진계유陳繼儒에게 『동파선희집』의 서문을 써 줄 것을 요청함.

43세　천계 2년[1622년]

가을, 학술저서인 『시역詩逆』을 간행하면서 「시경인물고詩經人物考」라는 글을 부록으로 삽입함. 이 저술의 교정은 능서삼凌瑞森 등이 맡고 자신이 직접 서문을 씀.

44세 천계 3년[1623년]

4월, 상경하여 알선謁選에 참여함. 이때 마침 예부 상서禮部尙書 겸 동각 대학사東閣大學士에 배수된 지인 주국정도 능몽초와 같은 배로 상경함.

6월, 주국정과 함께 북경에 도착함.

45세 천계 4년[1624년]

계속 북경에 체류함. 이 해 중양절에 모유茅維·담원춘譚元春·갈일룡葛一龍·왕가언王家彦·주영년周永年·정도수程道壽·장이보張爾葆 등과 함께 가희인 학월미郝月媚의 집에 모여 술을 마시고 시를 읊음.

47세 천계 6년[1626년]

『규염옹虬髯翁』등 13편의 잡극雜劇 희곡,『교합삼금기喬合衫襟記』등 3편 의 전기傳奇 희곡 및 남곡南曲 선집인『남음삼뢰南音三籟』를 완성한 것으로 보임.

48세 천계 7년[1627년]

가을, 남경에서 응천부應天府 향시鄕試에 응시했으나 낙방한 후『박안경기』집필을 시작함.

49세 숭정崇禎 원년 [1628년]

10월, 소주蘇州의 상우당尙友堂에서『박안경기』를 정식으로 출판함.

11월, 첩 탁씨가 사남인 고臯를 낳음.

50세　숭정 2년^{1629년}

심태^{沈泰}가 자신이 엮어 간행하는 『성명잡극 이집^{盛明雜劇二集}』에 능몽초가 지은 잡극 『규염옹』을 수록함.

51세　숭정 3년^{1630년}

자신의 학술저서인 『공문양제자언시익^{孔門兩弟子言詩翼}』을 간행하면서 아우 능영초에게 교정을 맡기고 자신은 직접 서문을 씀.

52세　숭정 4년^{1631년}

복건^{福建}에서 벼슬을 사는 친척 반증굉^{潘曾紘}의 도움으로 복건 제학사^{提學副使} 하만화를 초청해 자신의 학술저서 『성문전시적총^{聖門傳詩嫡冢}』 16권에 대한 서문을 부탁함. 같은 해에, 책이 간행되자 뒤에 「신공시설^{申公詩說}」 1권을 부록으로 수록함.

53세　숭정 5년^{1632년}

10월, 첩 탁씨가 오남 목^棽을 낳음.

겨울, 『이각 박안경기』를 완성함.

54세　숭정 6년^{1633년}

봄, 강서 포정사^{江西布政使}로 있는 반증굉의 남창^{南昌} 관아에 머뭄.

5월, 반증굉과 작별하고 복건지역을 편력함. (…) 복건에서 조학전^{曹學佺}·이서화^{李瑞和} 등과 교류함. … 이서화의 글을 읽고 그의 급제를 예견함.

가을(?), 『이각 박안경기』를 정식으로 출판함.

55세　숭정 7년^{1634년}

강서^{江西} 남부를 순무^{巡撫}하던 반증굉에 의해 그 막부에 초빙됨.

57세　숭정 9년^{1636년}

반증굉이 군사를 거느리고 근왕^{勤王}에 나서자 (…) 다시 상경해 과거에
응시하지만 이번에도 낙방함.

9월, 사촌형 반담^{潘湛}의 초청으로 호주^{湖州} 성 남쪽의 저산^{杼山}에 올랐다
가 「유저산부^{遊杼山賦}」를 지어 낙심한 자신의 소회를 토로함.

58세　숭정 10년^{1637년}

장욱초^{張旭初}가 「오소합편^{吳騷合編}」을 엮으면서 능몽초의 산곡^{散曲} 「상서<sup>傷
逝</sup>」·「석별^{惜別}」·「야창화구^{夜窓話舊}」 등 3편을 소개함.

60세　숭정 12년^{1639년}

다시 향시에 응시했으나 이번에도 낙방함. 마지막으로 부공^{副貢}의 자
격으로 상해^{上海} 현승^{縣丞}으로 발탁된 것으로 보임^{시점에 논란}. (…) 그 사이에
8개월 간 현령의 업무를 대리함.

왕년에 복건에서 알게 된 이서화가 송강부^{松江府}의 추관^{推官}이 되어 인사
를 옴.

상해 현지 사대부들의 도움으로 조운^{漕運}의 임무를 맡아 조^[糶]를 북경

까지 원만히 수송하고 귀환한 후 「북수 전부北輸前賦」와 「북수 후부北輸後賦」
를 지음.

해상방위 관련 업무를 담당함. 당시 적폐가 극심하던 염전에서 '정자
법井字法'을 추진하여 적폐를 해소하고 연해지역에서 그대로 적용하면서
여러 차례 상사의 칭찬을 받음.

63세　숭정 15년[1642년]

서주徐州의 통판通判으로 승진함. 이임할 때 상해의 백성들이 통곡하고
눈물을 흘리며 전송해 줌. 서주에 도착해 황하黃河가 메말라 거마가 다닐
수 있을 정도인 광경을 보고 세상에 우환이 생길까 우려하며 한숨 지음.
부임과 동시에 방촌房村에 배치된 후 방하 주사防河主事 방윤립方允立과 황하
치수의 묘책을 궁리한 끝에 좋은 효과를 얻어 우첨 도어사右僉都御史로 총
독조운總督漕運·순무유양巡撫維揚을 겸한 노진비路振飛로부터 여러 차례 칭찬
을 받음.

64세　숭정 16년[1643년]

병비유서兵備維徐의 임무를 맡은 하등교何騰蛟가 황제의 명령을 받들어
유적流賊 진소을陳小乙 토벌을 위해 여량홍呂梁洪의 한협제漢協帝·당악공唐鄂公
의 사당에서 출진을 선포함. 공교롭게도 큰 바람이 불어 모래가 날리면
서 관군에게 불리해져 하등교가 대책을 구하자 와불사臥佛寺에서 한밤중
에 「초구 10책剿寇十策」을 작성해 바침. (…) 하등교가 그 건의를 받아들이
고 그를 '십구형十九兄'이라고 존대하자 감격해 성공을 위해 최선을 다할

것을 맹세함. (…) 하등교가 감기監紀의 소임을 맡기려 하자 사양한 후 혼자 말을 타고 적진으로 뛰어들어 조정에 귀순하도록 설득해 다음날 진소을 등이 무리를 이끌고 와서 투항함. (…) 하등교가 연자루燕子樓에서 고을의 문무 관리들을 위해 잔치를 베풀고 능몽초에게 술을 내리자 즉석에서 「탕산 개가碭山凱歌」·「연자루 공연燕子樓公讌」을 지음.

얼마 후 호광순무湖廣巡撫로 승진한 하등교가 능몽초를 감군첨사監軍僉事로 천거하고 휘하에 두려 했으나 그대로 방촌에 남아 치수에 전념함.

65세 숭정 17년1644년

「별가 초성공 묘지명別駕初成公墓誌銘」에 따르면, 정월 7일 밤, 이자성의 유적이 서주 성을 공격하면서 일단의 군사를 나누어 방촌을 약탈하자 백성들을 지휘해 성을 군게 지킴. (원래 현지 민병을 훈련시키고 유적이 공격해 오면 근방의 병력이 지원에 나서고 유적이 대거 공격해 오면 봉화를 올리고 모두가 지원에 나서기로 약속했으나 유적이 서주 성을 거세게 공격하자 각지의 민병들은 그 서슬에 두려움을 느끼고 아무도 지원에 나서지 않아 혼자 고군분투함)

9일 동이 틀 때까지 사수하던 중 적진에서 투항을 제안하자 성루에서 그들을 꾸짖고 조총으로 몇 명을 쏘아죽임. 격노한 유적들이 맹공을 퍼부어 함락을 눈앞에 두자 백성들의 목숨을 지키기 위해 자결하려 했으나 백성들도 통곡하며 사수를 맹세하자 그때부터 단식에 돌입함. (…) 종복이 벼슬이 낮은데 군이 죽을 필요가 있느냐고 반문하자 "나는 내 절개를 지키려 하는 것이다. 어찌 벼슬이 높고 낮음을 따졌겠느냐" 하고 말하고 몇 되나 되는 피를 토함. (…) 적진에 자신은 죽을 목숨이니 백성들은 다

치게 하지 말라고 부탁하고 12일 아침 "우리 백성들을 다치게 하지 말라"고 세 번 외친 후 세상을 떠나니 사람들이 모두 통곡하고 자결로 충성심을 보인 자가 열 명 넘게 있었음. 다음날, 성루로 진입한 적군은 죽은 능몽초의 안색이 살아 있는 것 같은 것을 보고 놀라면서 약속대로 한 사람의 목을 베고 세 사람을 창으로 꿴 후 나머지는 모두 살려 줌. 얼마 후 관군이 도착하자 유적은 도주하고 하등교는 그의 죽음을 전해 듣고 비통해 하며 관리를 보내 제사를 지낸 후 그의 시신을 담은 관을 호주로 옮겨 대산戴山 남쪽에 안장함.